Weidenmann · Der gelbe Handschuh

Alfred Weidenmann

Der gelbe Handschuh

Illustrationen von Alexandra Bräunling
Loewe

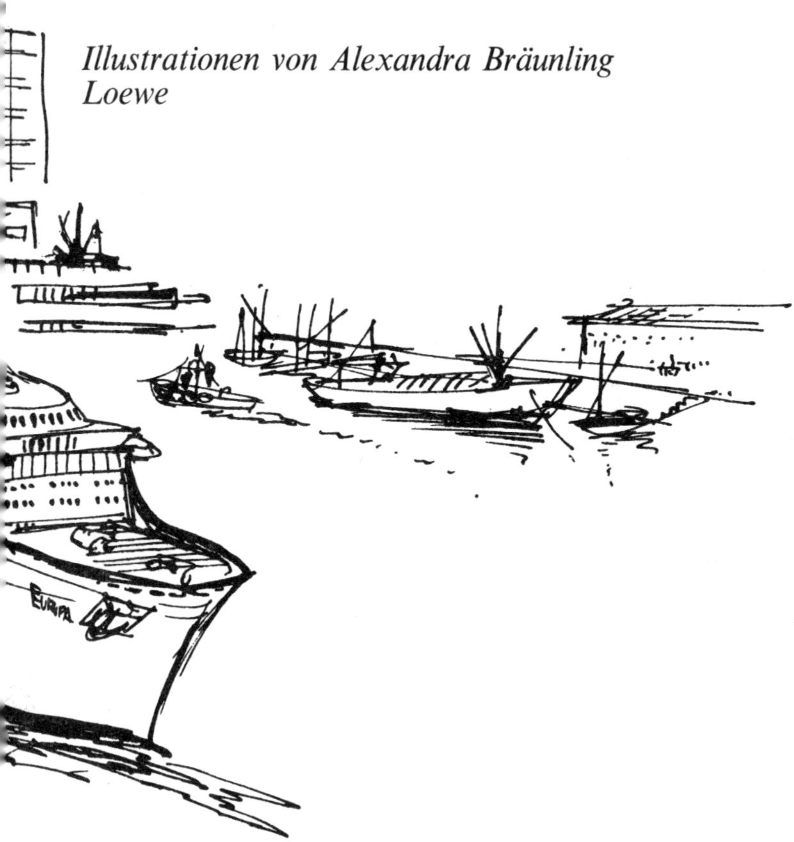

CIP-Titelaufnahme der Deutschen Bibliothek

Weidenmann, Alfred:
Der gelbe Handschuh / Alfred Weidenmann.
Bindlach: Loewe
(Die LeseRiesen)
ISBN 3-7855-1895-1

ISBN 3-7855-1895-1

Umschlag: Erich Hölle und Claudia Böhmer
Satz: Typo Tausend, Nürnberg
Druck und Bindung: Slovart, Bratislava
Printed in Czechoslovakia

Inhalt

Nicht nur das Wetter stellt sich auf den Kopf

Als es zur Pause klingelte, hatte Alexander der Große gerade den Hellespont überschritten und ganz Kleinasien in die Tasche gesteckt.

„Das dürfte für heute ja auch genügen“, sagte Studienrat Dr. Lebsanft. Dabei setzte er sich hinter das Katheder, schraubte seinen Füllfederhalter auseinander und fing an, sich ins Klassenbuch einzutragen. „Vorerst fliehen die Perser jetzt mal bis zur nächsten Stunde nach Syrien, versuchen ein neues Heer auf die Beine zu bringen, und Alexander marschiert mit seinen Truppen hinter ihnen her.“

Obgleich es mitten am Vormittag war, brannten im Klassenzimmer der 7b die drei Deckenlampen. Vor den Fenstern hing der Himmel nämlich dunkelgrau und schwer über der Stadt. Die Wolken streiften beinahe die Fernsehantennen auf den Dächern, und der Funkturm war mit seiner Spitze schon ganz verschwunden.

„Also bis morgen, meine Herrschaften.“ Studienrat Lebsanft klappte das Klassenbuch wieder zu und machte sich auf den Weg zur Tür.

„Entschuldigung, Herr Studienrat“, sagte da ein Junge in einem knallroten Wollpullover und stand auf. Er hatte hellblondes Haar und hieß Peter Finkbeiner. „Ich müßte jetzt los, wenn Sie es erlauben.“

„Hätte ich doch glatt vergessen“, gab der Studienrat zu. „Du bist ja für die zwei letzten Stunden entschuldigt. Also schleich dich und viel Glück!“

„Ja, es ist reine Glückssache“, erwiderte der Schüler Finkbeiner. „Besten Dank.“

„Mach's gut, altes Haus“, rief ein Junge aus der letzten Bankreihe. Die ganze Klasse grinste, und manche hielten ihre Daumen senkrecht in die Luft oder machten mit zwei ausgestreckten Fingern das Victory-Zeichen.

„Ich bin tief gerührt“, grinste Peter zurück, und dann flitzte er los.

Das Wetter hatte sich über Nacht auf den Kopf gestellt. Gestern war man in der großen Pause noch im Schulhof durch die Sonne spaziert, und heute lag überall hoher Schnee. Es hatte geschneit bis in den frühen Morgen. Und dann war es plötzlich eisig kalt geworden.

Der Schüler Peter Finkbeiner trabte durch das Schultor und hinüber zum Zeitungskiosk an der Paradestraße. Von dort waren es noch hundert Meter bis zur U-Bahn. Jeder Schritt auf dem festgefrorenen Schnee hörte sich an, als wenn jemand Streichholzschachteln zerbricht.

Als der Zug aus dem Tunnel gedonnert kam, galoppierte Peter durch die Sperre. Er lief die Treppe hinunter so schnell er konnte und erreichte gerade noch den letzten Waggon. Kurz bevor sich die Türen schlossen, blickte er noch zu der großen Uhr hinüber, die mitten über dem Bahnsteig hing.

Und haargenau im gleichen Augenblick tat das auch ein anderer Junge. Er war keine zwei oder drei Monate älter als Peter und hieß Ulli Wagner.

Der Unterschied war nur, daß jeder der beiden Jungen auf eine andere Uhr blickte. Ulli Wagner tat es in der Empfangshalle des Hotels Kempinski, das mitten in der Stadt lag und ganz dicht am Kurfürstendamm. Und im Kempinski war Ulli Wagner Hotelboy. Gleichzeitig war sein Vater dort einer der beiden Chefportiers.

Die Uhr, um die es sich handelte, hing in der Halle über den gläsernen Türen und zwischen zwei vergoldeten Säulen. Sie zeigte kurz vor elf.

„Höchste Eisenbahn“, sagte Ulli zu sich selbst und

wollte zur Portierloge hinüber. Aber da kam ein Hotelgast in einem Kamelhaarmantel aus dem Lift.

„Wo bleibt heute meine Times, junger Mann?“ wollte der Kamelhaarmantel wissen.

„Sorry“, antwortete Ulli. „Die hängt vermutlich noch irgendwo im Nebel herum. Aus London ist noch keine Maschine gelandet. Aber ich bleibe am Ball, mein Herr.“

„Das wäre sehr freundlich“, meinte der Kamelhaarmantel und übergab Ulli seinen Zimmerschlüssel. „Ich bin am frühen Nachmittag wieder zurück.“

„Zimmer 514 ist am frühen Nachmittag zurück“, wiederholte Ulli, als er den Zimmerschlüssel an der Portierloge abgab.

Herr Wagner senior bestellte gerade Opernkarten, während sein Kollege Huber veranlaßte, daß eine Portion Hundefutter auf Zimmer 212 gebracht wurde.

„Zwei Plätze in der achten Reihe“, notierte inzwischen Portier Wagner und nahm den Telefonhörer wieder vom Ohr. Dabei bemerkte er seinen Sohn, der schon wieder zur Uhr hinüberblickte.

„Wenn wir nicht zu spät kommen wollen“, meinte der Hotelboy Ulli, „müssen wir jetzt die Kurve kratzen.“

„Ja, wir sollten pünktlich sein“, antwortete Herr Wagner. „Also in fünf Minuten am Personalausgang.“

„In fünf Minuten“, flüsterte Ulli und türmte los. Schon auf der Treppe begann er, seine grüne Uniformjacke mit den Goldstreifen aufzuknöpfen.

Im gleichen Augenblick segelte eine ziemlich dicke Dame auf die Portierloge zu. „Das Wasser in meinem Badezimmer wird nicht warm“, schnaufte sie.

„Ich werde sofort das Nötige in die Wege leiten“, sagte Portier Wagner und ging dann zu der japanischen Reisegruppe hinüber, die schon seit einer Stunde bei ihren Koffern in der Halle herumsaß. „Ihr Omnibus zum

Flugplatz Tempelhof ist im Schnee steckengeblieben. Aber es ist bereits Ersatz unterwegs. Just a few minutes, Ladies and Gentlemen." Herr Wagner lächelte sein in Jahren erprobtes Portierlächeln und verbeugte sich ein wenig. Die Japaner lächelten zurück und verbeugten sich gleichfalls.

Fünf Minuten später stapften die beiden Wagners vom Parkplatz des Kempinski herüber über den Kurfürstendamm zur U-Bahn. Quer über der Straße hingen schon die ersten Weihnachtssterne aus lauter kleinen bunten Glühbirnen, und aus dem Gepäckraum eines Autos guckte ein Tannenbaum.

„Weihnachten liegt in der Luft", meinte Herr Wagner. „Man kann es schon richtig riechen."

Aus der Uhlandstraße kam einer der doppelstöckigen Busse und rollte an seine Haltestelle. Leider klemmten die Türen wegen der Kälte. Wer drin war, konnte nicht heraus, und wer draußen gewartet hatte, konnte nicht rein. „Prost Mahlzeit", sagte einer der Passanten, verkroch sich in seinen Mantelkragen und ging zu Fuß weiter.

In der überfüllten U-Bahn mit ihren zitronengelben Wagen bekamen die beiden Wagners nur noch Stehplätze. Der Geruch von Mottenpulver lag in der Luft, weil die Leute ihre Wintermäntel und ihre Wollhandschuhe heute morgen so überstürzt aus den Kleiderschränken geholt hatten.

Die U-Bahn fuhr unter dem Kurfürstendamm und der Tauentzienstraße zum Wittenbergplatz. Und jetzt sollte es nur noch ein paar Minuten dauern, bis der Schüler Peter Finkbeiner die beiden Wagners kennenlernte. Er fuhr nämlich im gleichen Zug. Nur in einem anderen Waggon.

Beim Aussteigen am Wittenbergplatz ging Ulli mit

seinem Vater noch gute zwanzig Meter vor Peter über den Bahnsteig.

Aber schon auf der Treppe zur Straße war nur noch ein halbes Dutzend Passanten zwischen den beiden Jungen.

Und als die Wagners aus dem U-Bahn-Schacht kamen, wäre Peter Finkbeiner beinahe mit ihnen zusammengestoßen. Ulli und sein Vater blieben nämlich plötzlich stehen und blickten hinüber zum Kaufhaus des Westens. Das war ein riesiger Steinblock mit neun Stockwerken und etwa fünfzig großen Schaufenstern. Auf seinen Dächern wehten Fahnen wie auf einem Regierungsgebäude.

„Jetzt wird die Sache spannend", meinte Herr Wagner.

„Ich bin so aufgeregt, als hätte ich Schmetterlinge im Bauch", gab Ulli zurück.

„Was nicht besser wird, wenn wir hier wie die Ölgötzen stehenbleiben."

Die beiden gingen also über die Straße und verschwanden im Haupteingang des Kaufhauses. Und damit waren sie zuerst einmal in der Abteilung für Lederwaren und Handschuhe.

„Gestatten Sie", sagte Herr Wagner zu einer der vielen Verkäuferinnen. „Ich habe eine Einladung zur Jubiläumsveranstaltung –"

„Da drüben der dritte Fahrstuhl." Die Verkäuferin lächelte. „Hoffentlich haben Sie Glück."

„Besten Dank", erwiderte der Hotelportier in Zivil und wanderte mit seinem Sohn aus der Lederwarenabteilung durch die Schreibwaren zu den Toilettenartikeln hinüber. Dort hatte sich eine ziemliche Menge Menschen angesammelt und schob sich vor einem der breiten Fahrstühle hin und her.

„Bitte begreifen Sie doch", sagte ein dicker Mann in einer grauen Uniform flehend, „ich darf nur die Herrschaften mit der blauen Karte einsteigen lassen!"

Der Uniformierte stand breit vor der offenen Tür seines Fahrstuhls und ruderte mit den Armen wie ein Freistilschwimmer. „Bitte machen Sie doch Platz für die Gäste, die eingeladen sind."

Und genau in diesem Moment waren die paar Minuten abgelaufen, die es am Wittenbergplatz noch verhindert hatten, daß sich die Wagners und der Schüler Peter Finkbeiner kennenlernten.

„Bitte sehr", sagte nämlich der Kempinskiportier gerade und zeigte seine blaue Eintrittskarte vor. Gleichzeitig legte er Ulli die Hand auf die Schulter. „Und das ist mein Sohn."

„Nummer eins", sagte in diesem Augenblick eine Stimme. „Und ich bin Sohn Nummer zwei."

Die Wagners drehten sich um und blickten sprachlos in das Gesicht eines blonden Jungen, der fröhlich grinste.

„Also herein in die gute Stube", sagte der uniformierte Fahrstuhlführer und ließ die Wagners zusammen mit dem Schüler Finkbeiner an seinem dicken Bauch vorbei in den Lift. Anschließend machte er die Tür zu, was bei den vielen Menschen gar nicht so einfach war, und dann drückte er auf den Knopf für das sechste Stockwerk.

„Es ist zum Auf-die-Bäume-Klettern", stöhnte er. „Aber zum Glück gibt es ja so ein Jubiläum nicht jeden Dienstag."

„Das haben Jubelfeste so an sich", bemerkte Peter Finkbeiner höflich.

Der Dicke in seiner Uniform riß die Augen auf, und man sah förmlich die Gedankenarbeit hinter seiner Stirn. Aber im Moment fiel ihm einfach keine passende Antwort ein.

Die dreißig oder zweiunddreißig Personen standen in dem Lift so dicht nebeneinander wie Spargel in einer Konservendose.

Auch die Wagners und Peter konnten sich mit den Nasenspitzen beinahe die Hand geben.

Als der Fahrstuhl von der zweiten in die dritte Etage kletterte, flüsterte Vater Wagner: „Mir sind ja in meinem Leben schon eine ganze Menge Frechheiten über den Weg gelaufen, aber du bist drauf und dran, jeden Rekord zu schlagen."

Der Knabe namens Peter Finkbeiner lächelte und nickte mit dem Kopf, als hätte man ihm gerade zum Geburtstag gratuliert. „Jedenfalls besten Dank dafür, daß Sie mich so schnell adoptiert haben", flüsterte er dann ebenfalls. Und als der Lift jetzt im vierten Stock vorbeifuhr, fügte er noch hinzu: „Meine Eltern sind mit unserer Einladungskarte bestimmt schon mittendrin." Dabei wanderten seine Augen nach oben, als könnte sein Blick durch die Decke im Fahrstuhl hindurchdringen. Anschließend guckte er wieder Herrn Wagner mitten ins Gesicht: „Es ist also alles in bester Ordnung."

„Nerven wie ein Nilpferd", bemerkte Ulli. Gleich darauf erreichte der Lift das sechste Stockwerk.

„Endstation", verkündete der uniformierte Fahrstuhlführer. „Ich bitte die Herrschaften, jetzt auszusteigen."

Als Peter Finkbeiner an ihm vorbeiging, zog er die linke Augenbraue in die Höhe.

Zufälle gibt's, die gibt's gar nicht

Der große Saal in der sechsten Etage war gerammelt voll. Wer an den weißgedeckten Tischen keinen Platz mehr gefunden hatte, saß irgendwo auf Stühlen, die noch in aller Eile herbeigeschleppt wurden, oder auf den Fensterbänken über der Zentralheizung.

Für einen Teil der eingeladenen Gäste gab es schließlich nur noch Stehplätze.

Auf einem mit Tannengrün und Weihnachtskugeln geschmückten Podium spielte eine Musikkapelle, und ein gutes Dutzend Kellner servierte Kaffee und Kuchen.

Die Besucher hatten ihre Wintermäntel und ihre Hüte an der Garderobe gelassen. Man konnte jetzt also sehen, daß sie sich genauso hübsch angezogen hatten wie zu einer silbernen Hochzeit. Die Herren waren fast ausnahmslos in Dunkel erschienen, und die Damen hatten noch kurz zuvor ihre Köpfe beim Friseur vorbeigebracht.

Und das hatte seinen guten Grund.

In den Einladungen und in den Zeitungen war nämlich darauf hingewiesen worden, daß die Veranstaltung vom Fernsehen übertragen würde. Und tatsächlich lagen dicke Gummikabel zwischen den Tischreihen, Scheinwerfer waren aufgebaut, und drei Kameras warteten darauf, daß es losging.

„Nun sieh mal zu, wie du hier deine Eltern findest", sagte Herr Wagner, als er mit den beiden Jungen den Saal betreten hatte. „Da findest du leichter die berühmte Stecknadel in dem gleichfalls berühmten Heuhaufen."

Aber der Schüler Peter Finkbeiner mußte sich nur eine knappe Minute umsehen. Dann sagte er schon: „Da drüben sind sie."

Mutter Finkbeiner hatte es ihrem Sohn nämlich leichtgemacht. Sie hatte sich ihr Kleid mit den großen gelben Sonnenblumen angezogen, und die waren einfach nicht zu übersehen. Neben ihr saß ein Herr in einem dunkelgrauen Anzug mit Nadelstreifen. Und zwischen den beiden stand ein leerer Stuhl.

„Du hast also nicht geschwindelt", bemerkte Herr Wagner. „Das versetzt meiner Menschenkenntnis einen Tiefschlag."

„Tut mir leid", antwortete Peter. „Und noch einmal besten Dank." Er gab den beiden Wagners die Hand und segelte dann zu dem Sonnenblumenkleid hinüber. Frau Finkbeiner hatte es zum ersten Mal im Frühjahr beim Apothekerball getragen.

„Meine sehr verehrten Damen und Herren", tönte jetzt eine Stimme aus dem Lautsprecher. Gleich darauf war es im ganzen Saal so still wie sonntags in einem Klassenzimmer. „Das Kaufhaus des Westens möchte Sie mit seinem Direktor, Herrn Habernoll, bekannt machen", fuhr die Lautsprecherstimme fort.

Und jetzt betrat ein Herr in einem nachtblauen Anzug das Podium. Er hatte ein blütenweißes Stecktuch in der Brusttasche und trug eine Krawatte mit roten Punkten.

„Schönen guten Tag, meine sehr verehrten Damen und Herren", sagte der Direktor und verbeugte sich dabei nach allen Seiten.

„Gleichfalls einen schönen guten Tag", sagte in diesem Augenblick eine Dame mit einem Fuchspelz über den Schultern und klatschte ganz allein in die Hände.

Sie wollte ganz besonders freundlich sein, weil sie ja eingeladen worden war und weil Kaffee und Kuchen gratis waren.

Direktor Habernoll lächelte ein wenig verlegen, verbeugte sich zum zweiten Mal und fuhr dann fort: „Das

Kaufhaus des Westens hat, wie Sie alle wissen, zu seinem Jubiläum ein großes Preisausschreiben veranstaltet, und mehr als zweihunderttausend Berliner Familien haben sich daran beteiligt. Das ist einfach enorm, wenn ich das in aller Bescheidenheit feststellen darf."

Jetzt applaudierten alle im Saal.

„Ich möchte Ihnen nun die Herren Dr. Pelz und Rechtsanwalt Dr. Wiesenholz vorstellen. Unter ihrer Aufsicht sind die Gewinner unseres großen Preisausschreibens ermittelt worden."

Die zwei Herren, die jetzt auf das Podium kamen, trugen beide dunkle Hornbrillen. Es war nicht festzustellen,

wer von ihnen Dr. Pelz war oder Dr. Wiesenholz. Aber das spielte im Augenblick ja auch keine Rolle.

„Es sind insgesamt 41 327 richtige Lösungen eingegangen“, sagte einer der Herren. „Unter unserer Aufsicht sind aus diesen 41 327 richtigen Einsendungen die Gewinner ausgelost worden.“

„Und alle diese Gewinner befinden sich hier im Saal“, verkündete jetzt der Kaufhausdirektor. „Unsere blauen Einladungen sind nämlich nur an diejenigen verschickt worden, die durch das Los gezogen wurden und gewonnen haben.“

„Das ist ja fabelhaft“, riefen ein paar Besucher durcheinander, und der ganze Saal klatschte wieder in die Hände.

„Gewonnen haben Sie also alle, das wissen Sie jetzt“, sagte einer der beiden Herren mit den Hornbrillen. „Und nun geben wir die Preise bekannt, die jeder von Ihnen bekommen wird.“

„Jetzt geht's um die Wurst“, bemerkte Frau Finkbeiner in ihrem Sonnenblumenkleid.

„Um die Sache spannend zu machen“, sagte Direktor Habernoll und lächelte dabei, „fangen wir mit den kleineren Preisen an und steigern uns dann.“

Als kleinere Preise gab es zuerst einmal Bücher, Schallplatten, Geschenkkartons mit Seife oder echt ungarische Salamis.

Die aufgerufenen Gewinner mußten ihre Einladungskarten vorzeigen und bekamen dann ihre Preise überreicht. Dabei spielte die Musikkapelle einen Tusch, und die Leute applaudierten.

Schon nach einer Viertelstunde war die Luft elektrisiert wie bei einem Elfmeter im Fußballstadion. Denn nun wollte jeder Besucher möglichst spät aufgerufen werden.

Jetzt kam bereits ein Porzellanservice für sechs Personen an die Reihe. Anschließend gab es fünf Armbanduhren, zehn Lederkoffer, ein Dutzend Eisschränke und dann eine Reise für zwei Personen auf die Zugspitze.

Als schließlich ein Moped aufgerufen wurde, sagte plötzlich ein jüngerer Mann in einer Wildlederjacke: „Moment mal, jetzt wollen wir uns zuschalten.“

Gleich darauf strahlten die Scheinwerfer hell auf, man hörte ein paar leise Kommandos, und dann blitzten über den Kameras kleine rote Lampen auf.

„Wir begrüßen jetzt auch die Fernsehzuschauer“, sagte Warenhausdirektor Habernoll, und dann redete der junge Mann mit der Wildlederjacke in ein Mikrophon. Aber davon war kein Wort zu verstehen, weil im Saal wieder einmal in die Hände geklatscht wurde. Das Moped hatte eine ältere Dame mit ganz weißen Haaren gewonnen.

„Gratuliere“, sagte Herr Direktor Habernoll und lächelte dabei in die Fernsehkamera.

„Besten Dank“, meinte die weißhaarige Dame. „Kann ich hier gleich mal die erste Runde drehen?“

Der ganze Saal wieherte.

„Das ist ja nicht mehr auszuhalten“, jammerte Frau Finkbeiner und puderte sich die Nase.

„Aber du weißt doch“, tröstete sie Peter, „je später wir drankommen, um so besser der Preis.“

„Das ist es ja gerade“, stöhnte Frau Finkbeiner und griff nach der Hand ihres Mannes. „Du bist ja ganz ruhig, Otto.“

„Das sieht bloß so aus, mein Liebes“, antwortete Herr Finkbeiner und ließ seinen Blick nicht von dem Podium.

„Wir kommen jetzt allmählich zu den Hauptpreisen“, gab dort Direktor Habernoll gerade bekannt. Er zupfte an seinem blütenweißen Stecktuch, und dann ergriff wieder eine der beiden Hornbrillen das Wort.

„Eine komplette Stereoanlage –“

Im Saal war es wieder ganz still, bis der Name des Gewinners bekanntgegeben wurde. Daraufhin spielte die Kapelle ihren Tusch, und die Leute applaudierten zum soundsovielten Mal.

„Was würdest du dazu sagen, wenn wir ein Zebra gewinnen?“ flüsterte der Hotelportier namens Wagner.

„Mach jetzt bitte keine Witze“, meinte Ulli. „Ich platze gleich, wenn wir nicht endlich drankommen.“

Aber die Wagners mußten noch eine ganze Weile warten.

Im Licht der Scheinwerfer und vor den Fernsehkameras wurden vorläufig noch ein paar große Ölgemälde gewonnen, eine komplette Kücheneinrichtung und schließlich drei vierzehntägige Reisen nach Mallorca.

Und dann passierte es.

Eine der beiden Hornbrillen öffnete den nächsten Briefumschlag und las vor: „Zwei Flug-Schiff-Reisen für jeweils zwei Personen zu den Karibischen Inseln. Die Gewinner sind – “

Wieder einmal war es ganz still im Saal, als jetzt der Warenhausdirektor die beiden Adressen überreicht bekam.

„Familie Otto Finkbeiner, Nibuhrstraße 78.“

„Du kriegst die Tür nicht zu“, japste eine Frau in einem Sonnenblumenkleid.

„Und der zweite Gewinner“, fuhr Herr Habernoll mit seiner rotgepunkteten Krawatte fort, „ist Familie Christian Wagner aus der Knesebeckstraße 51.“

Eine halbe Minute später versammelten sich die beiden Familien nebeneinander auf dem Podium. Die Fernsehleute leuchteten sie mit ihren Scheinwerfern an und fuhren mit ihren Kameras auf sie zu.

„Bitte dichter zusammenrücken, damit wir Sie alle im Bild haben“, bat der junge Mann mit der Wildlederjacke.

„So sieht man sich wieder“, feixte der Schüler Peter Finkbeiner, als jetzt auf einmal Ulli Wagner ganz dicht neben ihm stand.

„Ja, so sieht man sich wieder“, bestätigte der Hotelboy in Zivil.

Dann blickten beide in die Kamera und versuchten dabei so vorteilhaft wie möglich auszusehen. Man konnte ja nie wissen, wer die Sendung einschalten würde.

Inzwischen erklärte der Kaufhausdirektor, daß es mit

der Reise zu den Karibischen Inseln am 19. Dezember losgehen sollte.

„Es handelt sich dabei um eine kombinierte Flug- und Schiffsreise von Hapag-Lloyd“, fuhr Herr Habernoll fort. „Man fliegt mit einer Boeing 727 bis New York, und von dort geht es dann mit dem Kreuzfahrtschiff MS Europa zu den schönsten Inseln in der Karibik.“

Die Musik spielte ihren Tusch, und die Leute im Saal klatschten wieder einmal.

Auf dem Podium verbeugten sich die Familien Finkbeiner und Wagner, als hätten sie gerade eine Hundertmeter-Staffel gewonnen.

„Zufälle gibt's, die gibt's gar nicht“, sagte eine halbe Stunde später Herr Finkbeiner in einem Café am Wittenbergplatz.

Inzwischen hatte man drüben im sechsten Stockwerk des Kaufhauses noch ein ganzes Wohnzimmer aus Mahagoni gewonnen, eine Reise rund um die Welt und ein nagelneues Auto.

Anschließend hatte sich Direktor Habernoll von seinen Gästen verabschiedet, und dann hatte die Musikkapelle noch so lange gespielt, bis der Saal leer war.

Als Herr Finkbeiner seiner Frau an der Garderobe wieder in den Mantel half, wußte er bereits, wie sein Sohn die beiden Herren Wagner kennengelernt hatte. Man stellte sich gegenseitig vor und gab sich die Hände, und jetzt saß man nebeneinander in diesem Café am Wittenbergplatz. Durch das Schaufenster konnte man auf der anderen Straßenseite das Kaufhaus des Westens sehen mit seinen fünf Fahnen auf dem Dach.

„Ja, manche Zufälle haben es in sich“, antwortete Herr Wagner auf das, was Herr Finkbeiner gerade gesagt hatte. Dabei stand er auf. „Ich muß jetzt zuerst mal meine Frau anrufen“, sagte er noch. „Sie hat sich nämlich vor acht Tagen den linken Knöchel angebrochen und läuft jetzt zu Hause mit einem Gipsbein durch die Gegend."

„Die Telefonzelle ist gleich neben dem Buffet", bemerkte ein Kellner, der in diesem Augenblick an den Tisch kam, um die Bestellung aufzunehmen.

Etwa nach zehn Minuten kam Herr Wagner wieder zurück. „Ich hab' auch gleich im Hotel angerufen", sagte er entschuldigend. „Ich bin nämlich Portier im Hotel Kempinski, und mein Junge..."

„Die Herrschaften wissen Bescheid", unterbrach ihn sein Sohn Ulli. Er tat es so höflich, als hätte er einen Hotelgast vor sich. „Ich habe inzwischen schon ein wenig von uns erzählt."

„Und dabei hat es sich herausgestellt, daß wir beinahe Nachbarn sind", sagte Herr Finkbeiner und lachte. „Ich habe eine Apotheke direkt am Kurfürstendamm kurz vor der Joachimstaler Straße, also dem Kempinski fast gegenüber."

„Also, Zufälle gibt's ..." bemerkte Herr Wagner jetzt schon zum zweiten Mal.

„...die gibt's gar nicht", ergänzte sein Sohn Ulli und grinste.

„Und was hat Ihre Frau gesagt?" fragte Frau Finkbeiner in ihrem Sonnenblumenkleid.

„Sie werden sich wundern! Natürlich hatte sie die Fernsehübertragung eingeschaltet und wollte sehen, wie ihre beiden Männer aussehen, wenn sie über die Mattscheibe flimmern. Aber wir haben ihr nicht gefallen. Wir hätten nicht ein einziges Mal gelächelt und immer nur an die Decke oder auf den Boden geguckt."

„Stimmt", gab Ulli zu.

„Und die Karibischen Inseln", setzte Herr Wagner seinen Bericht fort, „könnte ich mir an den Hut stecken."

„Das wird ziemliche Umstände machen", bemerkte Herr Finkbeiner.

„Und warum?"

„Weil sich ihr Magen schon wie ein Handschuh umdreht, wenn sie nur die Havel sieht oder den Grunewaldsee", erklärte Herr Wagner. „Also auf ein Schiff bringen sie keine sechs Pferde."

„Schade", meinte Frau Finkbeiner. „Die schöne Reise..."

„Die Reise fällt deswegen nicht ins Wasser", widersprach Herr Wagner. „Das hat sich meine Frau schon ganz genau überlegt."

„Darf man erfahren, was sie überlegt hat?" fragte Ulli.

„Sie schlägt vor, daß ich meinen Herrn Sohn mitnehme und daß sie zu Hause bleibt", erklärte Herr Wagner. „Das sei ganz fabelhaft, dann könne sie in aller Ruhe ihr Gipsbein auskurieren."

„Das kann ich doch gar nicht annehmen!" widersprach Ulli.

„Und dann sagt sie noch", fuhr Herr Wagner fort, „irgendwo hätte sie einmal gelesen, daß Reisen bildet. Und Bildung sei genau das, was du brauchen könntest."

„Damit ist für Sie das Problem erledigt." Frau Finkbeiner lachte. „Ich meine die Sache mit den zwei Personen. Aber wie ist das bei uns?" fragte sie jetzt ihren Mann.

„Da du ja für Seekrankheit nicht anfällig bist", antwortete der Apotheker und zündete sich dabei eine Zigarre an, „fahren wir eben alle drei. Die Reise kann für Peter nicht die Welt kosten, und vielleicht kommt uns das Warenhaus mit dem Preis sogar ein wenig entgegen!"

„Und die Apotheke?" wollte Frau Finkbeiner wissen. „Drei Wochen sind kein Besenstiel."

„Wenn ich mir mal über Nacht einen Nierenstein

anlache, müssen sie auch ohne mich auskommen", stellte Herr Finkbeiner fest und paffte eine kleine weiße Rauchwolke vor sich hin.

„Besten Dank, Papa", sagte Peter an der kleinen Rauchwolke vorbei.

„Ach, Otto", Frau Finkbeiner lächelte und strich mit der flachen Hand eine Falte aus ihrem Sonnenblumenkleid, „eigentlich wollten wir erst zu unserem fünfzigsten Geburtstag eine große Reise machen."

„Wer weiß, ob wir dann noch Purzelbäume schlagen", meinte Herr Finkbeiner. „Man soll nichts aufschieben im Leben!"

Und da in diesem Augenblick der Kellner die bestellten Biere und Limonaden servierte, konnten die Finkbeiners und die Wagners jetzt ihre Gläser erheben.

„Na, dann Prost", sagte der Apotheker. „Auf die Karibischen Inseln!"

„Auf die Karibischen Inseln", wiederholten alle, die am Tisch saßen.

Ein Seehund löst Kreuzworträtsel

Schon für den nächsten Samstag bekam die Familie Finkbeiner von den Wagners eine Einladung zum Abendessen in die Knesebeckstraße 51.

„Sie müssen bitte mein Gipsbein entschuldigen", sagte Frau Wagner, als sie ihren Gästen die Wohnungstür öffnete, „aber ich hoffe, meine Kohlrouladen haben darunter nicht gelitten!"

„Ganz ausgezeichnet", lobte Herr Finkbeiner eine halbe Stunde später, und Herr Wagner fügte ein wenig stolz hinzu: „Ja, die Kohlrouladen meiner Frau sind einfach nicht zu schlagen."

Eine Woche darauf revanchierte sich die Apothekerfamilie mit einer Einladung in die Niebuhrstraße 78. Frau Finkbeiner hatte Kalbsnierenbraten und Rosenkohl gekocht.

„Ganz fabelhaft", behauptete dieses Mal Herr Wagner, und Herr Finkbeiner ergänzte daraufhin seinerseits ein wenig stolz: „Ja, das ist die Spezialität meiner Frau. Ihr Kalbsnierenbraten ist einsame Spitze."

Aber das Essen war bei diesen Besuchen nur so eine Art höfliche Nebensache. In Wirklichkeit wurde die gemeinsame Reise vorbereitet.

Dabei hatte es Apotheker Finkbeiner übernommen, zwei dicke Bücher über die Karibischen Inseln zu lesen. Er konnte den anderen jetzt schon erzählen, welche Temperaturen man um diese Jahreszeit auf Trinidad zu erwarten hatte, daß Barbados eine Insel mit sehr vielen Zuckerplantagen ist und welchen exotischen Tieren man begegnen würde.

„Auf Jamaica zum Beispiel gibt es noch eine ganze Menge Marabus und Papageien", erklärte Herr Finkbeiner und paffte eine weiße Wolke Zigarrenrauch ins Zimmer.

Peter und Ulli hatten sich im Kaufhaus des Westens einen Schiffsplan besorgt, der die MS Europa so zeigte, als wäre sie der Länge nach und in der Mitte einfach durchgeschnitten. Jetzt konnte man genau sehen, wo die Öltanks waren, die Maschinenräume, die Kabinen für die Besatzung, die Kabinen für die Passagiere und die Kommandobrücke. Die Lage der verschiedenen Decks hatten sie inzwischen schon auswendig gelernt wie englische Vokabeln.

„Sonnendeck, Verandadeck, Oberdeck, Hauptdeck,

A-Deck!“ Peter rasselte sie herunter. Und Ulli rasselte weiter: „B-Deck, C-Deck, D-Deck, Brückendeck...“

„Alle Achtung“, sagte Frau Finkbeiner, „wenn ihr jetzt schon so gut Bescheid wißt, können wir auf dem riesigen Schiff gar nicht verlorengehen. Im übrigen hole ich jetzt die Nachspeise.“ An der Küchentür drehte sie sich noch einmal um: „So eine Schiffsreise ist ein dolles Ding, wenn man sich das genau überlegt.“

„Ja, sie hat einige Vorteile“, antwortete Herr Finkbeiner und nahm wieder einmal einen Zug aus seiner Zigarre. „Man lernt ein Dutzend Gegenden kennen und muß nicht ein einziges Mal die Koffer aus- und wieder einpacken.“

„Und die Kabine schwimmt immer mit wie ein Hotelzimmer“, meinte Herr Wagner.

„Auch kein stundenlanges Rumsitzen wie im Zug oder im Flugzeug“, rief es aus der Küche. Gleich darauf kam Frau Finkbeiner mit einer Schüssel Himbeerspeise in das Zimmer zurück. „Du legst dich in deiner Kabine ins Bett, und während du schläfst, transportiert dich so ein Schiff in den nächsten Hafen.“

„Das muß man zugeben“, bemerkte Frau Wagner. „Bequemer geht's wirklich nicht.“

Plötzlich war es ganz still im Zimmer, und Frau Finkbeiner, die gerade damit angefangen hatte, ihre Himbeerspeise zu verteilen, blieb mit dem Löffel mitten in der Bewegung über der Schüssel in der Luft stehen.

Von der Straße her hörte man zuerst ein Auto vorbeifahren und dann einen Hund bellen.

Schließlich räusperte sich Herr Wagner und fragte seine Frau: „Vielleicht tut's dir jetzt leid, und du würdest die Reise doch gerne mitmachen?“ Er legte ihr den Arm um die Schulter. „Stimmt's oder hab' ich recht?“

„Einerseits natürlich“, gab Frau Wagner zu. „Andererseits ist eine Schiffreise für jemanden, der schon seekrank wird, wenn er nur in der Badewanne herumschwimmt, kein reines Vergnügen. Von meinem Gipsbein gar nicht zu reden."

Sie lachte, so gut es ging, und dann fiel ihr plötzlich ein, daß sie für Ulli ja noch mindestens zwei Paar Socken besorgen mußte und für ihren Mann eine Badehose.

„Eine ganz bunte", schlug Apotheker Finkbeiner vor. „Haifische sollen einen sehr hochentwickelten Schönheitssinn haben und lassen einen dann in Ruhe."

Als es eine Woche später am 19. Dezember zum Flugplatz ging, war Frau Wagner doch ziemlich bedrückt und brachte nicht einmal ein kleines Lächeln fertig. Aber schließlich war sie auch nicht als Schauspielerin unterwegs.

Noch bei der Gepäckaufbewahrung gelang es ihr, ganz harmlos und beinahe vergnügt zu sagen: „Und vergeßt ja nicht, mir aus jedem Hafen eine Ansichtskarte zu schikken."

Aber beim Abschiednehmen an der Sperre traten ihr dann doch ein paar Tränen in die Augen.

„Kommt gesund zurück, ihr Knalltüten", sagte sie zu ihren beiden Männern. Dann gab sie zuerst Ulli einen Kuß und anschließend Herrn Wagner.

„Mach mir nichts vor", meinte der Portier vom Kempinski. „Ich kenn doch dein Gesicht wie meine Hosentasche."

„Flugzeuge warten nicht", stellte Frau Wagner fest und gab ihrem Mann einen Schubs. „Ab mit euch!"

Ein paar Minuten später winkte sie durch eine große Glasscheibe, hinter der die Passagiere wie eine Herde Schafe zum Flugplatz geführt wurden.

Und sie winkte auch noch, als die Reisenden schon

eingestiegen waren und die Maschine zur Startbahn rollte.

Die Triebwerke heulten auf, das Flugzeug wurde immer schneller, hob sich schließlich vom Boden ab und verschwand kurz darauf in dem dichten Schneetreiben.

„Wir sind in der Luft“, bemerkte Ulli. Er hatte einen Fensterplatz, und Peter saß neben ihm. Beide blickten auf die Dächer und die Häuser hinunter. Man konnte noch Straßen erkennen, Hinterhöfe, Autos und Leuchtschriften.

„Das Rathaus Steglitz“, stellte Peter fest.

„Und da kommt schon der Grunewaldsee“, sagte Ulli.

Das Flugzeug hatte jetzt schon so viel Höhe gewonnen, daß man die ganze Stadt überblicken konnte. Aber dann wurde das Schneetreiben immer dichter. Gleich darauf war es in der Kabine so dunkel wie in der U-Bahn. Über den Sitzen leuchteten kleine Lichter auf, und dann fing die Maschine an zu zittern.

„Jetzt geht's durch die Wolken“, meinte Herr Finkbeiner. Er saß zusammen mit seiner Frau und Herrn Wagner eine Reihe hinter den beiden Jungen.

„Bitte angeschnallt bleiben“, sagte eine Stimme aus dem Lautsprecher.

„Das fängt ja gut an“, japste Frau Finkbeiner und machte die Augen zu.

Aber beinahe im gleichen Augenblick wurde es taghell im Flugzeug. Draußen schien die Sonne, und der Himmel war so blau wie an einem Hochsommertag.

„Du kannst die Augen wieder aufmachen“, meinte Herr Finkbeiner zu seiner Frau.

Die Wolken lagen jetzt bis zum Horizont wie ein Gebirge aus Wasserdampf unter der Maschine.

Aber schon eine knappe Stunde später war es mit dem Abstecher in die Sonne vorerst vorbei.

„Wir landen in wenigen Minuten“, gaben die Stewardessen bekannt und schauten nach, ob sich alle Passagiere angeschnallt hatten.

Die ersten Wolkenschwaden wischten wieder an den Fenstern vorbei und die Tragflächen verschwanden wieder im Dunst und Nebel.

Auch Frankfurt war zugeschneit. Die Maschine mußte ein ganze Weile über dem Flugplatz kreisen, weil Schneepflüge die Landebahn räumten.

„Hoffentlich kriegen wir noch unsere Maschine nach Amerika“, sagte Frau Finkbeiner sorgenvoll. Aber kaum hatte sie das gesagt, machte sie wieder einmal die Augen zu. „Mein Gott, es fängt schon wieder an zu wackeln.“

In Wirklichkeit hatten die Räder des Flugzeuges gerade auf der Landebahn aufgesetzt.

Schon ein paar Minuten später ging es durch endlose Gänge und über Rolltreppen durch das Flughafengelände zur Paßkontrolle. Die Menschen wimmelten durcheinander wie auf dem Kurfürstendamm an einem langen Sonnabend.

Die Maschine nach New York war ziemlich voll.

Aber das Kaufhaus des Westens hatte für die Gewinner seines Preisausschreibens Plätze reservieren lassen, so daß die beiden Berliner Familien in einer Reihe nebeneinander sitzen konnten.

„Sehr freundlich“, sagte Ulli, weil Peter ihm wieder den Fensterplatz anbieten wollte. „Aber dieses Mal bist du an der Reihe!“

„Ist mir schleierhaft, wie ich dich drei Wochen lang aushalten soll“, bemerkte Peter. „Aber ich nehme an.“

„Eure Höflichkeit ist ja nicht mehr auszuhalten!“ lachte Frau Finkbeiner.

Und dann ging es wieder durch den Schnee und die

Wolken in einen Himmel, der blau und sonnig war wie aus dem Bilderbuch.

„Unsere Reisegeschwindigkeit beträgt 800 Kilometer in der Stunde“, sagte eine Stimme durch die Lautsprecher. „Und wir fliegen in einer Höhe von 5000 Metern.“ Die Lautsprecherstimme gehörte dem Flugkapitän, der die Fluggäste schon beim Start im Namen von Hapag-Lloyd begrüßt und sich selbst mit dem Namen Westernhagen vorgestellt hatte.

„Wie wäre es zuerst mal mit einer Tasse Kaffee und einem Stück Kuchen?“ fragte jetzt eine hellblonde Stewardeß.

„Nichts dagegen einzuwenden“, meinte Frau Finkbeiner und blickte auf ihre Armbanduhr. „Zwanzig nach zehn ist eine gute Zeit für ein zweites Frühstück.“

Eine Viertelstunde später war das ganze Flugzeug bei Kaffee und Kuchen.

Anschließend holten die Passagiere ihre Zigaretten heraus und fingen an, sich zu vergiften. Auch Herr Finkbeiner beteiligte sich an diesem Vergnügen. Er mußte allerdings auf seine übliche große Zigarre verzichten. Im Flugzeug waren nur dünne Zigarillos erlaubt.

„Meine Schuhsohlen müßten allmählich über Frankreich sein", bemerkte der Apotheker, als er die ersten kleinen Rauchringe in die Kabine paffte.

Und tatsächlich gab gleich darauf Flugkapitän Westernhagen bekannt, daß man in fünf Minuten Paris überfliegen würde.

„Mein siebter Sinn", sagte Herr Finkbeiner und ließ eine zweite Rauchwolke aufsteigen.

Über der Normandie gab es Schildkrötensuppe, und als das Flugzeug den Atlantischen Ozean erreichte und Europa hinter sich ließ, servierten die Stewardessen Wiener Schnitzel mit Röstkartoffeln und Spargel.

Daraufhin setzten sich die meisten Fluggäste so bequem wie möglich in ihre Sessel, schlossen die Augen und ließen sich durch die Polster hindurch von den drei Triebwerken in den Schlaf massieren.

„Wer jetzt schläft, ist selber schuld", flüsterte Peter. Er saß auf der Armlehne neben Ulli, und beide blickten durch das Kabinenfenster in den blauen Himmel hinaus und hinunter auf das Meer.

Die Wolken waren am Festland zurückgeblieben.

„Das ist das erste Mal, daß ich ein Meer sehe", gab Ulli zu.

„Ich war schon einmal an der Nordsee", entgegnete Peter. „Aber so vom Strand sieht ein Meer viel kleiner aus."

„Ein tolles Ding", murmelte Ulli überwältigt.

Schon zweimal hatte das Flugzeug Schiffe überflogen, deren weißes Kielwasser deutlich zu sehen war.

Jetzt kam aus der entgegengesetzten Richtung, aber beinahe in der gleichen Höhe, ein Jumbo. Als die beiden Maschinen aneinander vorbeiflogen, war es so, als würden sich zwei schwere Lastwagen auf der Landstraße begegnen. Jedenfalls hätte man die Geschwindigkeit des anderen Flugzeugs höchstens auf achtzig oder hundert Kilometer geschätzt.

Eine Stunde später waren schließlich auch Peter und Ulli eingeschlafen. So in der Höhe der Azoren wachten sie noch einmal auf und dann wieder bei Neufundland. Kurz vor New York weckte sie die Stimme des Flugkapitäns dann endgültig.

„Vor uns warten bereits zwölf andere Maschinen auf Landeerlaubnis“, gab Herr Westernhagen bekannt. „Wir kreisen im Augenblick über New Jersey. Auf der rechten Seite sehen Sie die Skyline von Manhattan mit dem Empire State Building. Der breite Silberstreifen im Gegenlicht ist der Hudson.“

„Sieht's nicht zum Fressen schön aus?“ fragte Ulli. Er und Peter hatten ihre Nasen jetzt wieder ganz dicht am Kabinenfenster.

Als die Maschine dann gelandet war, kommandierte Apotheker Finkbeiner zuerst einmal: „Sechs Stunden zurück!“ Er meinte damit die Uhren. „Wir haben einen halben Tag gewonnen.“

Anschließend ging es durch die Paß- und Zollkontrolle. Die Polizisten in ihren blauen Uniformen erinnerten an amerikanische Kriminalfilme. Nur daß sie in Wirklichkeit viel freundlicher waren. Aber das lag daran, daß sie in diesen Filmen ja immer gerade irgendwelche Verbrecher jagten.

Im Augenblick waren sie nur ein wenig neugierig, ließen sich von den Fluggästen den Inhalt ihrer Koffer zeigen oder guckten in die Handtaschen der Damen. Ihre großen Pistolen baumelten dabei friedlich um ihre Hüften herum.

„First time in the States?" fragte ein schwarzer Zollbeamter, als Frau Finkbeiner an der Reihe war.

Die Apothekersfrau lächelte höflich und bedauerte: „Nix Englisch, tut mir leid..."

„My mother", erklärte Peter. „Yes Sir, we are the first time in the States. We come directly from Berlin."

„Dann viel Vergnügen in Amerika", meinte der Neger. „Ich bin gewesen drei Jahre Soldat in Berlin." Er lachte jetzt und zeigte dabei seine Zähne. „Kurfürstendamm, Zoo, Gedächtniskirche, Funkturm, Siegessäule, Olympiastadion, Eisbein, Berliner Weiße..."

„...und Berliner Buletten." Jetzt lachte auch Frau Finkbeiner.

„Berliner Buletten", wiederholte der schwarze Zollbeamte grinsend. Anschließend machte er mit gelber Kreide auf die Koffer schnell ein paar Kreuze und sagte: „Okay, alles in Ordnung."

„Thank you, Sir", bedankte sich Ulli, der als letzter an dem freundlichen Zollbeamten vorbeispazierte.

„Das hätten wir also", stellte Herr Wagner fest. „Aber wie geht's weiter?"

Die beiden Familien standen ein paar Minuten lang ziemlich verloren in der riesigen Halle und zwischen den vielen Menschen, die in allen Sprachen redeten. Lautsprecher gaben Landungen aus Mexiko und Rio de Janeiro bekannt, oder sie riefen Passagiere zu ihren Maschinen nach Washington und Honolulu.

Und plötzlich war aus einem dieser vielen Lautsprecher eine Frauenstimme in deutscher Sprache zu hören: „Die Passagiere von Hapag-Lloyd bitte zur Station 21, dort wartet bereits der Bus, der Sie zum Hafen bringt. Achtung bitte, die Passagiere von Hapag-Lloyd!"

„Porter please“, sagte Herr Finkbeiner zu einem Gepäckträger, der gerade vorbeikam. „Station 21, wenn Sie so freundlich wären.“

„Station twentyone“, ergänzte Herr Wagner. Als Portier vom Hotel Kempinski sprach er natürlich perfekt Englisch und noch ein paar andere Sprachen dazu.

Die Station 21 war ein Busbahnhof, zwei Stockwerke unter der Erde.

Ein riesiger knallroter Bus stand bereit, und der Gepäckträger verstaute die Koffer in seinem Gepäckraum. Dabei angelten die Herren Finkbeiner und Wagner in ihren Taschen gleichzeitig nach einem Dollar. Der Apotheker gewann das Rennen. Anschließend ging es in den weichen und breiten Sitzen des knallroten Ungeheuers zuerst einmal über die Highways mit ihren vier Fahrspuren und dann durch Tunnels und über Brücken direkt in die Stadt.

Der Omnibus war etwa zur Hälfte besetzt.

„Alles Passagiere, die auch mit aufs Schiff kommen“, flüsterte Ulli. Er drehte sich zur Seite und blickte neugierig in den hinteren Teil des Wagens. Dabei entdeckte er einen Jungen in einem verwaschenen Jeans-Anzug mit silbernen Nieten an der Jacke und an der Hose. Dieser Junge saß neben einer älteren Dame und hatte einen Bürstenhaarschnitt.

„Schon entdeckt?“ fragte Ulli.

„Bereits beim Einsteigen“, antwortete Peter. „Vermutlich Amerikaner!“

„Butterfly.“ Ulli grinste und ließ sich dabei wieder in seinen Sitz fallen.

„Wieso Butterfly?“ brummte Peter.

„Er hat hinten auf seiner Jacke einen bunten Schmetterling“, murmelte Ulli. „Als er sich vorhin umgedreht hat, konnte man ihn sehen.“

Der knallrote Omnibus tauchte jetzt wieder in einen breiten Tunnel, der taghell erleuchtet war.

„Und die Frau mit dem komischen Hut?“ Peter überlegte. „Es dürfte sich um seine Frau Mama handeln.“

„Anzunehmen“, gab Ulli zu und beobachtete gleichzeitig einen Mann, der zwei Sitze vor ihm am Fenster saß. Dieser Mann hatte seinen linken Arm um einen schwarzen Holzkasten gelegt, in dem er vermutlich eine Baßgeige mit sich herumschleppte. Im übrigen war er voll und ganz damit beschäftigt, ein Kreuzworträtsel zu lösen. Dabei blickte er beim Nachdenken immer wieder einmal mit traurigen Fischaugen zum Fenster hinaus. Er war ziemlich dick und hatte einen schwarzen Schlapphut auf dem Kopf.

Auch Peter beobachtete inzwischen den Mann mit der Baßgeige. „Sieht ein bißchen aus wie ein Seehund“, behauptete Ulli.

„Ein Seehund, der Baßgeige spielt und Kreuzworträtsel löst.“ Peter grinste.

Der knallrote Omnibus rollte jetzt wieder auf eine breite Straße und zurück ins helle Tageslicht.

„Das war der Lincoln-Tunnel“, bemerkte Herr Finkbeiner, der einen Stadtplan von New York auf den Knien hatte, „und das müßte dann die 42. Straße sein.“

Sie waren jetzt ganz plötzlich mitten in der Stadt. Die Gehsteige waren voll mit Menschen, und die Autos fuhren Stoßstange an Stoßstange. Wenn man das Ende der Häuserfassaden sehen wollte, mußte man mit dem Kopf ganz tief unter das Fenster tauchen. Aber die höchsten Wolkenkratzer waren auch dann bei ihrem 35. oder 40. Stockwerk vom oberen Fensterrand wie abgeschnitten.

Manchmal ging es an riesigen Weihnachtsbäumen vorbei mit bunten Kugeln so groß wie ein Fußball.

„In Amerika ist eben alles größer", bemerkte Frau Finkbeiner.

„Das Grüne da hinten ist der Central Park", stellte Herr Finkbeiner fest. „Und gleich geht's jetzt links am Empire State Building vorbei, das wir ja ein bißchen schon aus der Luft kennen."

„Die Turmspitze allerdings können Sie nur sehen, meine Damen und Herren", gab Ulli bekannt, „wenn Sie einen Kopfstand machen."

Es ging jetzt über den Broadway. Und dort vor dem Woolworth Building mit seinen Glasfassaden passierte es.

Eines der zitronengelben New Yorker Taxis hatte an der Ecke Chambersstreet gewartet. Jetzt fuhr es los und setzte sich direkt neben den knallroten Omnibus. Eine ganze Weile rollte es mit der gleichen Geschwindigkeit über den Broadway. Dabei suchte ein jüngerer Mann, der hinter dem Taxifahrer saß, mit seinen Blicken die Busfahrgäste ab. Er hatte seinen Kopf durch das geöffnete Taxifenster gesteckt und gab seinem Chauffeur immer wieder durch Zeichen zu verstehen, ob er schneller oder langsamer zu fahren hätte. Dabei betrachtete er sich die Fahrgäste, die im Omnibus hinter den Fenstern saßen, wie ein General, der eine Parade abnimmt.

Der junge Mann in dem Taxi hatte pechschwarzes Haar und einen genauso schwarzen, aber ganz schmalen Bart über der Oberlippe. So wie er aussah, hätte er sein Geld beim Film oder als Fotomodell verdienen können.

Als er jetzt den Mann mit den traurigen Fischaugen hinter seinen Kreuzworträtseln entdeckt hatte, versuchte er sich bemerkbar zu machen.

Aber der Seehund suchte wohl gerade einen griechischen Bildhauer mit D am Anfang und Y am Ende. Jedenfalls bemerkte er nichts.

Nun kam der Hotelportier Wagner dem jungen Mann im Taxi zur Hilfe. Er tippte dem Mann mit der Baßgeige auf die linke Schulter und sagte: „Excuse me, Sir…“

Der Seehund zuckte zusammen, als sei er gerade elektrisiert worden. Er wollte etwas sagen, aber dann entdeckte er vor dem Fenster das Taxi und den jungen Mann, der aussah wie ein Filmstar.

Der dicke Mann mit den Fischaugen entwickelte jetzt eine Schnelligkeit, die man ihm gar nicht zugetraut hätte. Er ließ das Kreuzworträtsel in der Manteltasche verschwinden, klemmte sich seine Baßgeige unter den Arm und balancierte wie ein Seiltänzer durch den Gang und an den übrigen Fahrgästen vorbei.

Im gleichen Augenblick schnitt das zitronengelbe Taxi dem Omnibus die Fahrbahn ab.

Der Fahrer fluchte und trat heftig auf die Bremse. Die Hydraulik des knallroten Ungeheuers stöhnte auf und brachte den Wagen zum Stehen.

Die Fahrgäste wurden in ihren Sitzen durcheinandergerüttelt, und der Mann mit der Baßgeige schwankte. Für einen kurzen Augenblick hätte man glauben können, daß er betrunken sei. Als er wieder festen Boden unter den Füßen hatte, ging die vordere Tür auf, und herein kam der junge Mann mit den pechschwarzen Haaren und dem schmalen Bart auf der Oberlippe. Er sprach sofort auf den Omnibusfahrer ein, und jeder, der es wollte, konnte sehen, wie er ihn mit ein paar Dollarnoten beruhigte. Gleich darauf half er dem Seehund und seiner Baßgeige beim Aussteigen. Dabei wurde an seinem Hals eine Narbe sichtbar, die vom Ohr bis in den Hemdkragen ging. Aber sein pechschwarzes Haar verdeckte sie beinahe ganz. So konnte sie nur von jemandem entdeckt werden, der in diesem Augenblick genau hinsah.

Als das Taxi mit dem jungen Mann und dem Seehund wieder im Verkehr verschwand und der Omnibus seine Fahrt fortsetzte, unterhielten sich die Passagiere natürlich darüber, weshalb man den Dicken mit seinen traurigen Fischaugen wohl aus dem Omnibus geholt hätte.

„Denn irgendwas Besonderes muß doch passiert sein", sagte Herr Finkbeiner, „sonst läßt man doch nicht im letzten Augenblick eine so fabelhafte Reise sausen."

„Bestimmt ein Krankheitsfall in der Familie", meinte die Frau des Apothekers.

„Oder ein Wasserrohrbruch in seiner Wohnung", sagte Ulli.

„Es wäre auch möglich, daß er an der Börse spekuliert", ließ sich Herr Wagner vernehmen. „Die Kurse sind über Nacht gefallen, und sein ganzes Vermögen ging in die Binsen."

„Es kann aber auch sein", meinte Peter, „daß er bloß die Noten für seine Baßgeige vergessen hat..."

In diesem Augenblick bog der knallrote Omnibus mit seinen Fahrgästen an der Südspitze von Manhattan aus der 72. Straße zum Hafengebiet ein.

„Jetzt wird's spannend", sagte Herr Finkbeiner. „Da drüben sind die Piers, und es riecht schon nach Meerwasser."

Er rieb sich erwartungsvoll die Hände wie vor dem Mittagessen am ersten Weihnachtsfeiertag. Da gab es bei Finkbeiners immer eine Gans.

Die Häuser wurden am Hafen niedriger. Sie hatten jetzt nur noch zwei oder drei Stockwerke. Beim Vorbeifahren konnte man zwischen ihnen jetzt immer öfter ein Stück Wasser sehen, und dann tauchten über ihren Dächern auch schon die ersten Schornsteine der Schiffe auf, die hier vor Anker lagen. Und die ersten Möwen kurvten an den Omnibusfenstern vorbei.

Es regnet Konfetti, und eine Kiste kommt an Bord

Schon bevor sich die Türen öffneten, hörten sie Musik. Und als sie dann aus ihrem Omnibus herausgeklettert waren, standen sie vor ihrem Schiff. Es war so hoch wie die Häuser am Kurfürstendamm und so weiß wie frischgefallener Schnee.

Die Musik kam von der Bordkapelle, die am Pier stand. Von den Decks blickten die Passagiere, die sich schon eingeschifft hatten, zusammen mit der Besatzung über die Reling. Frauen und Männer in Wintermänteln neben Matrosen, Köchen, Stewards und Schiffsoffizieren. Sie standen übereinander wie auf den Tribünen in einem Fußballstadion und warfen bunte Papierschlangen und Konfetti.

Unten am Pier wimmelte es nur so von Taxis, Omnibussen, Hafenarbeitern, Verladekränen, Gepäckträgern und immer neuen Passagieren, die noch an Bord wollten.

Die Kapelle spielte jetzt: „Hoch auf dem gelben Wagen", und eine Lautsprecherstimme rief dazwischen: „Bitte alles an Bord!"

„Wie auf einem Jahrmarkt", bemerkte Frau Finkbeiner. Anschließend flatterte das Ende einer grünen Papierschlange auf ihren Hut.

Ansonsten waren die beiden Familien aus Berlin vorerst einmal sprachlos. Sie standen zwischen ihren Koffern und staunten.

Auf einmal sagte jemand zu ihnen: „Gestatten Sie, darf ich Ihnen behilflich sein?"

Die Stimme gehörte einem Jungen in einer roten Uniform mit ziemlich vielen goldenen Messingknöpfen. „Ich heiße Axel Kannengießer und bin eigentlich Page

W CAP

im Speisesaal. Aber im Augenblick sollen wir den Passagieren bei der Einschiffung behilflich sein. Darf ich um die Tickets bitten?“ Der Junge hatte flachsblondes Haar und eine Stubsnase mit einigen Sommersprossen drumherum.

„Bitte sehr“, sagten die Herren Finkbeiner und Wagner, als sie ihre Papiere aus der Brieftasche geholt hatten. „Sehr freundlich.“

„Einen Moment“, meinte der Junge mit dem flachsblonden Haar und trabte los. Er verschwand in einem niedrigen Gebäude, hinter dessen großen Fenstern ein paar Schiffsoffiziere in blauen Uniformen zu sehen waren. Tische mit Schreibmaschinen und davor Leute, die wohl darauf warteten, dranzukommen. Zu ihnen stellte sich der Page aus dem Speisesaal. Dabei blickte er nach draußen und versuchte durch Gesten anzudeuten, daß es wohl nicht allzu lange dauern würde.

Die Bordkapelle spielte inzwischen „Du mein stilles Tal“.

Es kamen immer noch Taxis und Omnibusse mit Passagieren. Sie stiegen aus, sahen sich verwundert um und holten dann ihre Fotoapparate heraus. Andere kletterten bereits über die Gangway an Bord, und Matrosen schleppten deren Gepäck hinter ihnen her. Eifrige Stewards warfen immer noch Luftschlangen und Konfetti. Dicht neben dem Fallreep hielt jetzt ein grauer Lieferwagen mit kleinen vergitterten Fenstern. Es sah haargenau so aus wie die Autos, in denen Banken ihr Bargeld spazierenfahren.

Fünf Männer in dunklen Trenchcoats und mit breitrandigen Hüten sprangen heraus wie Doggen, die man aus dem Zwinger läßt. Sie postierten sich vor der Doppeltür an der Rückseite des Wagens. Dabei hatten sie ihre Hände tief in den Mänteln, und wenn man auch nur die Fantasie eines Maikäfers hatte, mußte einem klar sein, daß sie in ihren Taschen nicht nur Daumen drehten.

„Bon jour, messieurs“, sagte ein eleganter Herr, der ganz in Schwarz gekleidet war. Er hatte eine Melone auf dem Kopf und weiße Gamaschen über den Schuhen.

Die fünf Männer in ihren Trenchcoats tippten an den Rand ihrer Hüte und probierten freundliche Gesichter.

Der elegante Herr lüftete seine Melone nur für einen kurzen Augenblick. Trotzdem konnte man dabei sehen, daß er eine Glatze hatte. Bis auf einen schmalen Kranz von schwarzen Haaren rund um den Kopf herum in der Höhe der Ohren. Er hatte einen jungen Schiffsoffizier mitgebracht und vier Matrosen.

Die Männer in den dunklen Trenchcoats öffneten jetzt die Tür an der Rückseite des grauen Lieferwagens, und die Matrosen holten eine schmale und ziemlich große Kiste heraus.

„Attention, cher amis!" rief der Herr mit der schwarzen Melone und tanzte dabei von einem Bein auf das andere. „Très fragile! Faites attention!"

Die Matrosen packten die Kiste mit ihren Arbeitshandschuhen aus dickem, gelbem Leder und trugen sie über die Gangway. Der junge Offizier, der elegante Franzose und die fünf dunklen Trenchcoats gingen mit eingefrorenen Gesichtern hinter ihnen her.

Kurz bevor die Herrschaften das A-Deck erreicht hatten, wurden sie von einer Wolke Konfetti getroffen. Aber das schienen sie gar nicht zu bemerken.

„Sieht so aus", sagte Ulli, „als würden sie einen wahnsinnig gefährlichen Gefangenen an Bord transportieren."

„Dazu ist die Kiste zu schmal", bemerkte Peter sachlich.

„Jedenfalls ist das alles ungeheuer interessant", sagte Herr Finkbeiner.

Und dann mahnte auch schon wieder die Stimme aus dem Lautsprecher: „Alle Passagiere an Bord!"

Die Menschen auf der Pier begannen sich zu verabschieden: Passagiere von ihren Familien, Matrosen von ihren Mädchen. Die Händler mit ihren Luftballons, Ansichtskarten und Zeitungen hatten es plötzlich eilig, weil die möglichen Käufer spätestens in einer Viertelstunde im Schiff verschwinden würden. Jetzt ging es darum, noch im letzten Augenblick das Empire State Building aus Marzipan oder das Gebäude der Vereinten Nationen als Briefbeschwerer an den Mann zu bringen.

„Daily Mail!" rief ein langer Neger mit einer Pelzmütze und abgelatschten Tennisschuhen. „Herald Tribune!"

„Vielleicht gibt's was Neues, und wir haben es verschlafen", meinte Herr Wagner und kaufte dem Neger eine Zeitung ab. Er hatte sie noch nicht in seine Manteltasche gesteckt, da kam der Knabe namens Axel Kannengießer wieder angetrabt.

„Ich habe jetzt Ihre Kabinen und die Plätze im Speisesaal", verkündete er. Gleichzeitig winkte er zwei Matrosen heran. „Per favore, amigos."

„Sie sind Spanier?" fragte Frau Finkbeiner die beiden Männer, die sich jetzt um das Gepäck kümmerten.

„Yes, Madame", antwortete der eine von ihnen. „Beide von Cardogena."

„Sie sprechen deutsch?" wollte Frau Finkbeiner weiter wissen.

„Ein wenig", lächelte der Spanier. „Auf eine Schiff wir müssen sprechen ein wenig alle Sprachen..."

Als sie über die Gangway an Bord gingen, blitzte es plötzlich. „Besten Dank", sagte anschließend ein junger Mann hinter einem Fotoapparat. „Mein Name ist Weber, und ich bin der Bordfotograf. Ich werde Sie auf der ganzen Reise begleiten, und immer wenn es interessant wird, fotografiere ich die Passagiere. Meine Bilder hängen in den Schaukästen vor dem Speisesaal!" Er nahm jetzt wieder seine Kamera vors Auge und blitzte zum zweiten Mal. „Nochmals besten Dank!" Er grinste, und dann fotografierte er auch schon ein amerikanisches Ehepaar, das hinter den beiden deutschen Familien an Bord kam.

Wer von der Besatzung im Augenblick nichts zu tun hatte, stand in den Gängen herum oder beugte sich über die Reling. Und die Passagiere, die sich zum Teil schon in ihren Kabinen eingerichtet hatten, taten das gleiche.

„Wir sind jetzt auf dem B-Deck", erklärte der Page Axel Kannengießer, als er mit den Wagners und den Finkbeiners durch einen der vielen Korridore ging. „Ihre Kabinen liegen im A-Deck."

„Also eine Etage höher“, sagte Peter.

„Und wenn wir im nächsten Gang rechts abbiegen“, meinte Ulli, „landen wir mit ziemlicher Sicherheit vor zwei Aufzügen.“

„Ach, ihr kennt das Schiff schon?“ fragte der Junge mit der Stubsnase und den Sommersprossen ein wenig enttäuscht.

„Nur auf dem Papier“, erklärte Peter. „Wir haben den Schiffsplan auswendig gelernt.“

„Alle Achtung“, sagte Axel Kannengießer.

„Und übrigens sind wir so was wie Kollegen“, meinte jetzt Ulli. „Ich bin Page im Hotel Kempinski in Berlin.“

„Ist ja prima. Da sollten wir bei Gelegenheit unsere Erfahrungen austauschen“, bemerkte der flachsblonde Junge in seiner roten Uniform, und das hörte sich so an, als hätte ein Generaldirektor diesen Vorschlag gemacht.

Jetzt bog Axel Kannengießer rechts ab in einen Seitengang. „Und da sind jetzt tatsächlich eure beiden Aufzüge“, sagte er.

Im A-Deck ging es zuerst wieder durch einen langen Korridor mit vielen Türen, die alle numeriert waren.

Das Holz an den Wänden blitzte wie Glas. Die Stangen und Griffe aus Messing glänzten wie Christbaumkugeln.

Irgendwo summten Dynamos und Ventilatoren. Stewards liefen mit Blumen oder Telegrammen durch die Gegend. Gepäckträger klirrten und klapperten. Passagiere begrüßten oder verabschiedeten sich, lachten oder weinten auch ein wenig dabei.

„Es riecht nach frischer Farbe und warmem Öl“, stellte Herr Wagner fest.

„Und nach Salzwasser“, ergänzte Frau Finkbeiner.

Vor einer Tür mit der Nummer 220 blieb der Page Kannengießer stehen. Beinahe im gleichen Augenblick kam ein junger Mann in einer weißen Jacke angelaufen. Er verbeugte sich kurz und strich sich dann seine ziemlich langen Haare aus der Stirn. „Ich bin Ihr Kabinensteward“, sagte er. „Die Passagiere sagen im allgemeinen nur Horst zu mir.“ Er hatte inzwischen eine Liste aus der Tasche geholt. „Die Kabine 220 ist für das Ehepaar Finkbeiner gedacht.“ Er öffnete die Tür. „Übrigens alles Außenkabinen.“

„Ist ja fabelhaft!“ sagte Frau Finkbeiner.

Der Raum hatte zwei Betten, eine Dusche, Sessel, Tisch, hübsche blaue Gardinen und ein rundes Bullauge, durch das man im Augenblick noch einige Wolkenkratzer sehen konnte.

„Und sogar ein Fernsehapparat?“ fragte Herr Finkbeiner erstaunt.

„Allerdings nur für das Bordfernsehen“, erklärte der Page Kannengießer. „Wir haben nämlich oben im Brückendeck für das Schiff ein eigenes Aufnahmestudio.“

Die spanischen Matrosen hatten inzwischen schon die Finkbeinerschen Koffer hereingebracht.

Die Nummer 222 war gleichfalls eine Doppelkabine und sollte eigentlich von Herrn Wagner und seinem Sohn Ulli bezogen werden. Peter hätte dann allein in einer Einzelkabine reisen müssen. Aber damit war Herr Finkbeiner nicht einverstanden.

„Das können wir ihm nicht zumuten“, stellte er fest und schlug seiner Frau vor: „Peter schläft bei dir, und ich ziehe in das Einzelzimmer.“

„Kabine“, korrigierte Frau Finkbeiner und schlug jetzt ihrerseits vor, daß Peter bei seinem Vater schlafen sollte.

„Es wäre ja auch möglich, daß man den beiden jungen Herren die Doppelkabine gibt“, meinte der Steward Horst und zog dabei seinen schwarzen Schlips gerade.

„Dann hätten Sie, Herr Wagner, die 224 für sich allein. Und Einzelkabinen, wenn ich das sagen darf, sind sehr selten an Bord und eigentlich so etwas wie eine Bevorzugung und ein Glücksfall.“

„Also gut“, sagte Herr Wagner. „Ich bin damit einverstanden. Aber was sagt ihr dazu?“

Peter und Ulli blickten erst sich und dann der Reihe nach die Erwachsenen an.

„Wir hätten auch nichts einzuwenden“, bemerkten die Finkbeiners.

„Hallo Nachbar“, fragte Peter, „was meinst du?“

„Man kann es ja mal probieren“, Ulli grinste.

„Knalltüte“, gab Peter zurück.

„Womit das Problem gelöst ist“, stellte Herr Wagner fest und bezog die Kabine mit der Nummer 224. „Außerdem habe ich euch ja immer vor meiner Nase“, meinte er noch.

Die Kabine 224 lag nämlich genau gegenüber.

„Ich wünsche eine angenehme Reise“, sagte der Steward namens Horst und verbeugte sich wieder einmal höflich. „Im übrigen würde ich vorschlagen, daß Sie das Auspacken verschieben und jetzt schleunigst an Deck gehen, damit Sie die Ausfahrt nicht versäumen.“

Wenige Minuten später fanden die beiden Berliner Familien auf dem Hauptdeck noch ein paar Plätze an der Reling.

Die Musikkapelle hatte sich jetzt ganz oben neben der Brücke postiert und spielte „A Life on the Ocean Wave“. Der Blaue Peter, das Flaggenzeichen zur Abfahrt, war schon am Mast, und die Schlepper, die das Schiff aus dem Hafen ziehen sollten, spielten wie junge Hunde mit ihren Leinen.

Doch kamen noch immer Passagiere über die Gangway, und Matrosen holten das Gepäck aus den Taxis. Es flatterten auch noch immer Luftschlangen und Konfettiwolken zum Pier hinunter.

Dicht hinter den Wagners und Finkbeiners stand eine Gruppe von Stewards und Köchen mit ihren hohen weißen Mützen. Als jetzt drunten am Dock zwei Missionare in schwarzen Soutanen aus einem Wagen stiegen, pfiffen sie durch die Zähne, und einer sagte: „Das hat uns gerade noch gefehlt."

„Immerhin nicht so schlimm wie Nonnen" meinte ein anderer. „Sinken tut ein Schiff nur, wenn Nonnen drauf sind."

„Um Himmels willen, ist das wahr?" fragte Frau Finkbeiner.

„Ein steinalter Aberglaube auf allen Schiffen", lachte einer der Köche.

„Und wohlgemerkt", sagte der Page Kannengießer seelenruhig, „es sind ja nur zwei Missionare."

„Na, ich danke", meinte Frau Finkbeiner, aber sie lachte jetzt ebenfalls.

Schon zum drittenmal waren gedämpfte Gongschläge zu hören.

„Das heißt", erklärte Axel Kannengießer, „daß alles, was nicht mitfährt, schnellstens an Land muß."

Und tatsächlich verließen jetzt mehrere Personen das Schiff. Sie liefen über die Gangway, als würden sie plötzlich befürchten, nicht mehr von Bord zu kommen.

Auf der Kommandobrücke hatten sich inzwischen mehrere Offiziere versammelt, und vom vorderen Schornstein her waren drei tiefe und lange Töne zu hören.

„Die Schiffssirene", stellte Herr Finkbeiner fest.

„Eigentlich ist es ein Typhon", bemerkte der flachsblonde Page Axel Kannengießer höflich. „Das Schiffstyphon."

„Aha“, meinte der Apotheker aus Berlin. Gleichzeitig wurde die Gangway aufgehievt.

Als sie etwa 20 Meter über dem Boden hing, kam ein großer schwarzer Wagen angefahren und hielt genau dort, wo kurz zuvor noch die ersten Passagiere an Bord gegangen waren. Ein Chauffeur in einer grauen Livree sprang aus dem Wagen und ließ einen Mann aussteigen, der groß und breit war wie ein Baseballspieler. Allerdings mochte er schon so etwa 60 Jahre alt sein. Er hatte buschige Augenbrauen und einen Schnurrbart wie die Offiziere im Wachbataillon der englischen Königin. Der Mann, der einen dunklen Mantel mit einem schweren Pelzkragen trug, rührte sich nicht. Er blieb dort stehen, wo er ausgestiegen war. Er hielt es offenbar für überflüssig, sich bemerkbar zu machen.

Und es dauerte auch nur eine kurze Weile, bis die Gangway in der Luft stehenblieb und sich dann wieder senkte.

Die Menschen auf den Decks applaudierten, als wäre einem Seiltänzer im Zirkus gerade der dreifache Salto gelungen.

Zwei Matrosen kamen angelaufen. Der grau uniformierte Chauffeur übergab ihnen zwei große Koffer, während der Mann mit dem englischen Schnurrbart sehr aufrecht und ohne Eile an Bord ging.

Zwei Schritte vor Erreichen des Decks kam ein Offizier auf ihn zu, um ihn zu begrüßen. Und haargenau in diesem Augenblick quietschte unten an der Gangway schon wieder eine Autobremse.

„Mich trifft der Hammer“, sagte Peter Finkbeiner.

„Du kriegst die Tür nicht zu“, rief Ulli Wagner.

Beide blickten hinunter zur Pier, wo jetzt neben dem großen schwarzen Wagen ein ziemlich klappriges Taxi stand. Aus ihm schob sich zuerst der Kasten einer Baßgeige, dann ein brauner Lederkoffer und anschließend ein dickes Gesicht mit blassen, traurigen Fischaugen.

„Unser Seehund", stellte Ulli verwundert fest.

„Der Zoo ist wieder komplett", bemerkte Peter.

Und dann wurde die Gangway endgültig hochgezogen.

Die Schlepper nahmen Kurs und strafften die Taue.

Die Musikkapelle spielte wieder, es regnete noch einmal Konfetti von den Decks, und die Menschen an der Reling und auf dem Pier fingen an zu winken und warfen Handküsse.

Die Motoren waren jetzt immer stärker zu hören. Dazu kam noch das Geräusch von irgendwelchen Pumpen. Ein leichtes Zittern ging durch das ganze Schiff, und dann begann es sich zu bewegen.

Zuerst zerriß das Netz der bunten Papierschlangen, das sich von Bord bis zum Pier spannte.

„Es geht los", meinte Frau Finkbeiner und schob ihre Hand unter den Arm ihres Mannes.

„Ich bin sprachlos", sagte Herr Wagner und war es dann auch. Der Abstand zur Kaimauer wurde immer breiter, und während die Schlepper das Schiff jetzt aus dem Hafen zogen, verabschiedete sich die MS Europa immer wieder mit dem tiefen Röhren ihres Schiffstyphons von New York.

Noch einmal war der Blick frei auf das Gebirge der Wolkenkratzer von Manhattan.

Dann ging es an der Freiheitsstatue vorbei zwischen Brooklyn und Staten Island zum Atlantischen Ozean.

Inzwischen lief das Schiff mit eigener Kraft und hatte volle Fahrt.

In der Kiste ist eine Dame

„Ob die Lichter ganz da hinten wohl noch zu Amerika gehören?“ fragte Herr Wagner und blickte dabei in die Nacht hinaus.

„Leider hab' ich mein Fernglas vergessen“, sagte Apotheker Finkbeiner und verkroch sich noch tiefer in seinen Wintermantel.

Peter trabte schon los, da rief ihn sein Vater wieder zurück: „Du brauchst doch den Schlüssel für meine Kabine. Das Fernglas liegt genau vor deiner Nase auf dem Tisch, wenn du reinkommst. Du brauchst gar nicht zu suchen.“

„Ich komme mit“, meinte Ulli und rannte hinter Peter her.

So standen die drei Erwachsenen jetzt allein nebeneinander an der Backbordseite auf dem Brückendeck. Die Reling ragte weit über das Wasser hinaus, und sie hatten das Gefühl, von einer Brücke aus aufs Meer zu blicken. In ihm spiegelten sich die vielen Lichter des Schiffes, fuhren mit und wurden manchmal auch von den Wellen durcheinandergebracht. Der Himmel war bewölkt und ließ nur ab und zu Sterne sehen.

Die Finkbeiners und die Wagners hatten nach der Ausfahrt aus New York am Nachmittag zuerst einmal ihre Koffer ausgepackt und sich in ihren Kabinen eingerichtet. Dann hatten sie ihren ersten Spaziergang durch das Schiff gemacht; sie hatten das offene Schwimmbad auf dem Oberdeck besichtigt und ein zweites im D-Deck.

Darauf hatten sie einen Blick in den Theatersaal geworfen und in die Bars mit ihren Tanzflächen auf dem Verandadeck. Nach einer anschließenden Dusche hatten sie sich für den ersten Besuch im Speisesaal umgezogen.

Und jetzt wollten sie sich noch eine Viertelstunde lang den Wind um die Ohren pfeifen lassen, weil ja frische Luft vor dem Essen gesund sein soll.

Und die übrigen Passagiere hatten es größtenteils genauso gemacht.

Deshalb trafen Peter und Ulli im Lift und in den Korridoren nur Leute, die sich auch noch schnell an Deck Appetit holen wollten. Sie hatten sich alle so feierlich angezogen, als gingen sie in die Oper, und die Frauen sahen aus, als kämen sie alle direkt vom Friseur.

Die beiden Jungen brauchten keine fünfzehn Sekunden in der Finkbeinerschen Kabine. Sie machten Licht, und da lag das Fernglas tatsächlich gleich vor ihrer Nase. Sie wollten die Tür gerade wieder zuschnappen lassen, als plötzlich der dicke Passagier mit den traurigen Fischaugen vor ihnen stand.

„Mein Name ist Hobbs", sagte der Seehund. „Wir sind Nachbarn." Dabei schloß er die Tür der Nebenkabine Nummer 226 hinter sich zu.

„Sehr angenehm", antwortete Ulli höflich und verbeugte sich wie vor einem Hotelgast im Kempinski. Es war eben gar nicht so einfach, seinen Beruf für ein paar Wochen in den Schrank zu hängen.

„Ihr kommt aus Berlin, wie ich höre", fuhr der Dicke fort. „Unser gemeinsamer Kabinensteward hat es mir erzählt."

„Und Sie sind der Herr mit der Baßgeige", sagte Peter, „...der uns in New York fast verlorengegangen ist", ergänzte Ulli.

„Allerdings", gab der Seehund zu und betrachtete sich die Jungen einen Augenblick lang wie ein Kriminalbeamter, der gerade zwei Taschendiebe erwischt hat. Aber gleich darauf war er wieder die Freundlichkeit in Person: „Übrigens ist meine Baßgeige keine Baßgeige", bemerkte er. „Es handelt sich um ein Cello. Ein sehr gutes und altes Instrument übrigens.“

Inzwischen gingen die drei bereits durch den Korridor zum Lift.

„Eine Mundharmonika wäre einfacher zu transportieren“, wagte Peter Finkbeiner einzuwenden.

„Zugegeben“, sagte der Seehund und lachte, „aber ich nehme mein Cello ja nicht zum Vergnügen mit auf die Reise. Ich gebe schon seit mehr als zwanzig Jahren Konzerte. Allerdings bin ich dabei nicht so bekannt geworden wie zum Beispiel die Herren Menuhin oder Oistrach mit ihren Violinen. Aber ich habe auch so ziemlich in der ganzen Welt gespielt.“ Er steckte seinen Kabinenschlüssel in die Westentasche und knöpfte sich sein Jackett zu. „Ich war auch oft in Deutschland und ein paarmal in Berlin. Jetzt bin ich hier auf dem Schiff engagiert. Es gibt doch jeden Abend irgendein Programm, und dreimal in der Woche werdet ihr mich in der Atlantik-Halle bewundern können, wenn ihr wollt.“

„Sie machen also eine Schiffsreise und werden dafür auch noch bezahlt“, sagte Ulli verwundert. „Da kann man Sie ja beglückwünschen.“

„Sehr richtig, mein Sohn“, antwortete der dicke Passagier von 226. „Diese Art von Engagement ist tatsächlich sehr angenehm. Und jetzt aufgepaßt...“

Eine leichte Bewegung ging in diesem Augenblick durch das Schiff, und Peter trat dem Dicken beinahe auf einen seiner blank geputzten Schuhe.

„Immer eine Hand fürs Schiff“, erklärte der Seehund. „Das ist an Bord das erste Gesetz. Deshalb gibt es auch an jeder Wand und neben jeder Treppe diese Geländer aus Messing. Ihr werdet sehen, daß die Leute von der Besatzung immer eine Hand frei haben. Dann kann nichts passieren.“

„Man lernt immer noch dazu, pflegt mein alter Herr zu sagen." Ulli lächelte wieder sein Hotelpagenlächeln. „Jedenfalls besten Dank, Herr Hobbs."

„Eigentlich müßtet ihr Mister Hobbs zu mir sagen", bemerkte der Dicke mit den Fischaugen und kletterte dabei zusammen mit den zwei Jungen in den Lift. „Ich bin nämlich Amerikaner und lebe in New York. Allerdings war ich auch schon mal Schwede, Argentinier und Holländer. Wie das Leben so spielt." Der Lift hatte das Verandadeck erreicht, und der Seehund stieg aus. „Ich trinke noch eine Kleinigkeit an der Bar. Aber so ein Schiff ist ja wie ein Dorf. Man sieht sich immer wieder. Guten Appetit, die Herren."

„Gleichfalls, Mister Hobbs", sagten die beiden Jungen, und dann fuhr der Lift auch schon weiter zum Brükkendeck.

Zwei Minuten später suchte Herr Finkbeiner die Nacht mit seinem frisch eingetroffenen Fernglas ab. Aber die Lichter am Horizont waren inzwischen verschwunden.

„Wir befinden uns also auf hoher See, wie man so sagt", bemerkte Herr Wagner.

„Und um uns herum gibt es jetzt nichts als Wasser", sagte Frau Finkbeiner.

„Und dieses Wasser ist vermutlich so zwei bis drei Kilometer tief", ergänzte der Apotheker hinter seinem Fernglas. „Mit ein paar Millionen Fischen drin. Großen, kleinen, freundlichen und weniger freundlichen..."

„Wenn man sich das so vorstellt", murmelte Frau Finkbeiner, „man könnte beinahe ein wenig Angst kriegen."

„Angst ist nichts als eine schlechte Angewohnheit", meinte Herr Wagner. „Und schlechte Angewohnheiten kann man kurieren."

„Schade, daß man Seekrankheit nicht auch kurieren kann“, sagte Ulli leise. „Das Gipsbein allein wäre ja kein Hinderungsgrund gewesen.“

Wie ein Gebirgsbach zog das Kielwasser an der Bordwand entlang und schickte ab und zu einen ganz feinen Sprühregen herauf. Die Finkbeiners und die Wagners lehnten stumm nebeneinander an der Reling und waren überwältigt. Sie hätten alle fünf einen Frosch im Hals gehabt, wenn sie jetzt etwas hätten sagen müssen.

Fünf Minuten später war aus allen Decklautsprechern ein gedämpfter Gongschlag zu hören und dann eine Stimme:

„Meine Damen und Herren, das Abendessen ist angerichtet.“

Aber die beiden Berliner Familien blieben noch eine ganze Weile an der Reling und blickten hinauf aufs Meer und zu den Wellen, die vom Horizont herkamen.

„Es ist fast zu schön, um wahr zu sein“, bemerkte Frau Finkbeiner schließlich, und dann hängte sie sich bei ihrem Mann und bei Peter ein. Auch Herr Wagner nahm seinen Jungen unter den Arm. So spazierten sie über die Treppe in den Lift und von dort zum Speisesaal.

Der Page Axel Kannengießer stand in seiner roten Uniform an der breiten Tür aus Glas und brachte die Passagiere am ersten Abend zu ihren Plätzen.

„Ich hoffe, Sie fühlen sich schon wie zu Hause“, sagte er höflich. „Darf ich Sie bitten, mir zu folgen.“

„Du darfst“, grinste Ulli gnädig.

„Sehr freundlich, Herr Kollege“, entgegnete der Page Kannengießer und trabte voraus.

Der Saal war festlich erleuchtet. Musik spielte, auf den weißgedeckten Tischen brannten Kerzen, und der größte Teil der Passagiere hatte bereits Platz genommen. Die großen Fenster vibrierten leise, und die Stewards in ihren weißen Jacketts nahmen schon die ersten Bestellungen auf.

Am Tisch mit der Nummer 82 blieb der Page Kannengießer stehen. Er rückte einen Sessel zur Seite und sagte zu Frau Finkbeiner: „Bitte sehr."

Und dann kam auch schon der Tischsteward angeflitzt. Er hatte Speisekarten unter dem Arm und stellte sich vor.

„Ich heiße Rehbein und bin hier im Speisesaal für Sie zuständig." Er hatte rote Haare und eine Marzipanhaut.

„Sehr erfreut", sagte Frau Finkbeiner.

„Guten Abend, Herr Rehbein", grüßten die anderen.

„Und ich habe auch gleich eine Überraschung für Sie", verriet der Steward mit dem Namen Rehbein und sauste wieder los. Schon eine halbe Minute später stellte er zwei Flaschen Sekt und einen großen Blumenstrauß mitten auf den Tisch Nummer 82. Anschließend überreichte er Frau Finkbeiner einen Brief.

„Das finde ich nun aber zauberhaft", sagte die Frau des Apothekers, als sie den Brief geöffnet hatte, und las vor: „Das Kaufhaus des Westens wünscht Ihnen eine schöne Reise. Im Namen der Direktion, Ihr Bernhard Habernoll."

„Wirklich sehr aufmerksam", bemerkte Herr Wagner.

„Wir werden uns mit einer Ansichtskarte bedanken", schlug Apotheker Finkbeiner vor.

Dann gab es zuerst einmal Melone mit Schinken und anschließend Jumbo Shrimps à la Jambalaya.

„Ich habe gar nicht gewußt, daß Fremdwörter so gut schmecken", bemerkte Frau Finkbeiner. „Es scheint sich um Fisch zu handeln."

Die Tischstewards hatten jetzt Hochbetrieb. Sie wechselten Teller aus, trugen Reste ab, legten neue Bestecke auf, lächelten, empfahlen, zuckten die Achseln und flitz-

ten im Gegenverkehr zwischen den Tischen, hin und her, verschwanden hinter den Flügeltüren zur Küche und kamen mit dunkelrotem Roastbeef oder glasiertem Fasan wieder zurück.

„So zwischendurch sollte ich mich immer wieder mal in den Arm kneifen", meinte Frau Finkbeiner und nahm sich noch ein wenig von der Geflügelkraftbrühe mit Eierstich. „Nur um sicher zu sein, daß ich nicht träume."

Gleich darauf machte Ulli eine Entdeckung. „Da drüben", flüsterte er. „Unser Schmetterling."

„Sieh mal einer an." Peter staunte und pfiff durch die Zähne. „Wie ein Mensch sich verändern kann."

Tatsächlich hatte sich der Knabe mit den vergammelten Blue jeans in einen enorm vornehmen jungen Mann verwandelt. Er steckte plötzlich in einem dunkelblauen Samtanzug und trug dazu ein weißes Seidenhemd, das wie Christbaumschmuck glitzerte. In einem Rollstuhl aus Metall schob er die ältere Dame vor sich her, die während der Omnibusfahrt durch New York neben ihm gesessen hatte.

„Das ist Mrs. Fuller mit ihrem Neffen", sagte Tischsteward Rehbein zur Erläuterung, weil er das besondere Interesse von Peter und Ulli bemerkt hatte.

„Sie sind in jedem Jahr wenigstens einmal an Bord. Manchmal auch öfters."

„Und weshalb dürfen sie am Kapitänstisch sitzen?" fragte Ulli. Der Junge in dem dunkelblauen Samtanzug schob den Rollstuhl mit seiner Tante inzwischen nämlich quer durch den Saal auf einen größeren Tisch zu, der am Kopfende vor einem großen Spiegel stand.

„Er sieht aus wie ein junger Prinz", bemerkte Frau Finkbeiner anerkennend.

„Ein Prinz mit Bürstenhaarschnitt!" Peter grinste. „Das ist eine Seltenheit wie ein Zebra ohne Streifen."

„Und diese Mrs. Fuller", sagte Ulli, „sitzt in ihrem Rollstuhl wie die englische Königin-Mutter auf dem Thron."

„Jedenfalls macht die alte Dame nicht den Eindruck, eine arme Frau zu sein. Als Hotelportier kriegt man dafür eine Nase." Herr Wagner lächelte.

„Ihre Nase liegt richtig", versicherte der Tischsteward Rehbein. „Steinreich muß sie sein. Jede zweite Nähmaschine kommt in Amerika aus ihren Fabriken. Und die amerikanischen Hausfrauen sollen einen ganz enormen Verbrauch haben. Das ist..." Der Steward unterbrach sich und flüsterte: „Da kommt der Kapitän."

Beinahe gleichzeitig verstummten die Gespräche an den Tischen für eine Weile, und die Passagiere blickten ein wenig neugierig zu dem Mann hinüber, dem sie sich für die nächsten drei Wochen anvertraut hatten. Und was sie sahen, mußte sie beruhigen.

Da drüben der Mann in seiner blauen Uniform mit dem vielen Gold am Ärmel und auf den Schultern war nämlich ein Schiffskapitän wie aus einem Bilderbuch. Er war groß und dabei sehr dünn. Er hatte eine Haut wie aus Leder, und seine Haare waren von der Sonne gebleicht.

Er hatte inzwischen die Fullers begrüßt und auch die übrigen Gäste, die an seinem Tisch saßen.

„Der Herr mit dem englischen Schnurrbart neben dem Kapitän ist Mister Richard Wilkinson, falls Sie das interessiert“, erklärte der Tischsteward Rehbein.

„Irgendwie kommt mir das Gesicht bekannt vor“, überlegte Herr Wagner, „aber ich kann mich auch täuschen.“

„Also dieser Mister Wilkinson“, Herr Rehbein fuhr mit seiner Auskunft fort, „macht sein Geld mit Streichhölzern und soll damit die ganze Mrs. Fuller mit allen ihren Nähmaschinen zehnmal in die Tasche stecken können. Er ist übrigens auch Stammkunde auf dem Schiff.“

„Weshalb man für ihn die Gangway noch einmal heruntergelassen hat, als er heute bei der Ausfahrt zu spät kam“, bemerkte Herr Finkbeiner.

„Ja, das hab’ ich auch gesehen“, sagte Herr Rehbein. Dann entschuldigte er sich und flitzte davon, denn selbstredend mußte er auch mal andere Tische bedienen.

So kam es, daß auch seine nächsten Auskünfte immer wieder unterbrochen wurden.

„Der Mann mit der Glatze“, sagte Tischsteward Rehbein, als er wieder einmal kam, um die Teller zu wechseln, „also der Mann, der neben Mister Wilkinson sitzt, das muß Monsieur Prunelle sein. Er ist in der Passagierliste als Museumsdirektor aus Paris angegeben. Entschuldigung..."

Herr Rehbein war von einem anderen Tisch verlangt worden und sauste los.

„Monsieur Prunelle", wiederholte Herr Finkbeiner, „das war doch der elegante Herr mit den weißen Gamaschen..."

„...der dabei war, als diese schmale Kiste an Bord transportiert wurde", fuhr Peter fort. „Was ergibt sich daraus?"

„Ja, laß uns kombinieren", schlug Herr Finkbeiner vor. Er wollte sich gerade nachdenklich in seinen Sessel zurücklehnen, da sah er das verwunderte Gesicht von Herrn Wagner und mußte plötzlich lachen. „Entschuldigen Sie bitte, aber das ist so ein Spielchen zwischen uns. Wenn im Fernsehen ein Krimi läuft, fangen wir schon während der Sendung an, die Lösung zu finden. Und wer den Täter zuerst herauskriegt, bekommt vom anderen 50 Pfennige. Bei besonders kitzligen Fällen geht es auch schon mal um eine Mark."

„Das Kommissar-Maigret-Spiel heißt das bei ihnen", bestätigte Frau Finkbeiner. „Und ich darf mich daran nicht beteiligen, weil das eine reine Männersache sei."

„Sollten wir auch bei uns einführen", schlug Herr Wagner seinem Sohn Ulli vor.

„Es macht einen Heidenspaß", versicherte der Apotheker Finkbeiner. „Und man kann sich ja nicht ausschließlich mit Pillen und Arzneien beschäftigen."

„Kombinieren wir also", sagte Peter. Er stützte sein Kinn auf die Fäuste und war jetzt bereit für eine schwierige Gedankenarbeit.

Aber da kam schon wieder der Steward Rehbein mit seiner Marzipanhaut an den Tisch zurück.

„Die junge Dame, die dem Kapitän an seinem Tisch

genau gegenübersitzt", erklärte er dieses Mal, „das ist Lisa Liranda!" Er blickte über seine linke Schulter zu der platinblonden Schönheit hinüber, die gerade an einem Glas nippte. „Sie tritt im Programm als Schlangentänzerin auf und hat einen Körper wie eine... Entschuldigung."

Herr Rehbein wurde wieder einmal an einen anderen Tisch gerufen. So erfuhren die Wagners und Finkbeiners vorerst noch nicht, womit der Körper der Dame Lisa Liranda verglichen werden sollte. Am Kapitänstisch gab es jetzt nur noch einen baumlangen Mann mit hellbauen Augen und schwarzen Haaren, über den der Tischsteward Rehbein noch nichts erzählt hatte. Er holte es nach, als er ein wenig später fünf Eisbecher auf den Tisch mit der Nummer 82 stellte.

„Ein Mister Palmer aus London", berichtete er. „Ich sehe ihn auch zum ersten Mal, und merkwürdig ist, daß sein Name nicht in der Passagierliste ausgedruckt ist. Aber vielleicht hat er erst im letzten Augenblick gebucht."

Der Mann mit den hellblauen Augen und den schwarzen Haaren am Kapitänstisch zündete sich gerade eine Pfeife an.

„Die Suppe ist zu kalt", beschwerte sich in diesem Augenblick ein Passagier am Nebentisch.

Der Steward Rehbein entschuldigte sich wieder einmal, und während er sich umdrehte, fragte er auch schon: „Die Suppe ist zu kalt, mein Herr? Habe ich richtig gehört?"

„Ja, zum Teufel!" Der Passagier am Nebentisch setzte seine Beschwerde fort. Dabei knackte er ein knuspriges Brötchen mit der rechten Hand. Er hatte lange Bartkoteletten bis zum Kinn und neben sich eine Frau, die beinahe an allen Fingern große und glitzernde Ringe trug.

Am gleichen Tisch saß übrigens auch Mister Hobbs mit seinen traurigen Fischaugen.

„Vielleicht ist der Weg von der Küche zu weit", ließ sich der Brötchenknacker weiter hören. „Aber dann möchte ich einen anderen Tisch. Ich habe keine Lust, drei Wochen lang wie aus einem Eisschrank zu essen."

„Keine Sorge, Herr Schmidt", sagte der Steward begütigend. „Sie werden künftig zur Klage keinen Grund mehr haben."

„Sollte mich wundern", brummte der Passagier mit den langen Bartkoteletten. Dabei bemerkte er jetzt, daß die Finkbeiners und die Wagners zu ihm herüberblickten. Er überlegte einen kurzen Augenblick, und dann verbeugte er sich ein wenig. „Wenn ich mich vorstellen darf, mein Name ist Schmidt mit dt. Und das ist meine Frau. Wir haben in Düsseldorf ein Juweliergeschäft."

„Und die Frau Gemahlin trägt an ihren Fingern das halbe Schaufenster durch die Gegend", wollte Herr Finkbeiner eigentlich sagen. Aber er schmunzelte nur und stellte sich gleichfalls vor.

Anschließend taten die Wagners das gleiche. Dann prostete man sich zu und wünschte sich eine gute Reise. Auch Mister Hobbs schloß sich diesen Höflichkeiten an.

An einem entfernteren Tisch neben der Musikkapelle standen jetzt plötzlich alle Passagiere auf und sangen für einen älteren Herrn mit weißen Haaren „Happy birthday!". Der ganze Saal sang schließlich mit und applaudierte zum Schluß.

„Thank you so much", sagte der weißhaarige Herr anschließend. Er hatte jetzt einen großen Blumenstrauß in den Händen und feuchte Augen. Bordfotograf Weber stand plötzlich da und schoß ein paar Blitzlichter ab.

„Wie eine große Familie", stellte Herr Finkbeiner fest.

Er entfernte dabei bedächtig das Cellophan von einer Zigarre und rollte sie zwischen den Fingern. „Sie gestatten?“ fragte er seine Frau. Und da kein Einspruch kam, ließ er sein Streichholz aufflammen.

So etwa nach der zehnten oder zwölften Rauchwolke wanderten die Finkbeiners und die Wagners dann mit den anderen Passagieren zum Lift und ließen sich zu den drei großen Bars im Verandadeck transportieren.

„Reisen ist wie Entweichen“, sagte gerade eine Dame, als die Berliner Familien an ihr vorbei in die Europa-Halle spazierten. „Nicht erreichbar sein, keine Post, kein Telefon...“

Gleich darauf zitterten die Gläser auf den Tischen, und der Fußboden schwankte ein wenig.

„Ja, wir kommen in eine Dünung“, erklärte ein junger Schiffsoffizier. „Aber ein wenig Seegang am Anfang ist kein Fehler. Sonst vergessen die Herrschaften ganz, daß sie auf einem Schiff sind.“

Die Bordkapelle spielte, und die ersten Paare waren schon auf der Tanzfläche.

Herr Schmidt mit dt aus Düsseldorf stand mit seiner Frau an der Bar und war auch hier schon wieder dabei, gute Laune zu verbreiten. „Steward“, rief er und hielt dabei sein Glas in die Luft. „Sehen Sie sich das mal an. Sie wollen mir doch nicht weismachen, daß das die richtige Art ist, eine White Lady zu mixen. Sie haben den Gin vergessen.“

„Entschuldigen Sie, mein Herr“, sagte der Barsteward und nahm das beanstandete Glas zurück.

„Oh, Sie scheinen, was Getränke betrifft, ein Fachmann zu sein“, bemerkte jetzt ein Passagier, der auf einem Barhocker saß und sich nach dem Juwelier aus Düsseldorf umdrehte. Er hatte ganz dicke Brillengläser und trug einen ziemlich altmodischen Anzug mit einer genauso altmodischen Krawatte. „Die White Lady ist wohl Ihre Spezialität?“

„Zwei Jigger Gin, ein Jigger Zitronensaft und etwas Cointreau“, antwortete Herr Schmidt. „So jedenfalls hab' ich's mein Leben lang zubereitet.“

„Sehr interessant“, meinte der Passagier mit den dicken Gläsern in seiner Brille. „Ich heiße Latenser und muß mich entschuldigen. Ich hätte Sie bestimmt nicht angesprochen, wenn ich heute nicht schon etwas zuviel getrunken hätte.“ Tatsächlich mußte sich Herr Latenser jetzt am Bartisch festhalten.

„Sehr erfreut, Ihre Bekanntschaft gemacht zu haben“, entgegnete der Düsseldorfer Juwelier ein wenig frostig, und dann rief er: „Hallo Steward, wo bleibt meine White Lady?“

„Manche Leute haben eine ganz besondere Begabung, sich selbst jeden Spaß zu verderben“, bemerkte Herr Finkbeiner und umgab sich dabei wieder einmal mit einer Rauchwolke aus seiner Zigarre.

Die zwei Berliner Familien machten ein paar Schritte nach links und dann wieder ein paar Schritte nach rechts. Dabei blickten sie in all die neuen Gesichter und hörten so ziemlich alle Sprachen, die es gibt.

Dicht an einer der beiden Tanzflächen ließen sich jetzt die Herren Wilkinson und Prunelle in zwei Sessel fallen. Kurz darauf schlenderte Mr. Palmer, dessen Name nicht in der Passagierliste stand, zu ihnen hinüber. Er war fast einen Kopf größer als die übrigen Passagiere und rauchte immer noch sein Pfeife. Als jetzt ein lautes und donnerndes Lachen zu hören war, blickte er sich um.

Dieses Lachen gehörte Mrs. Fuller, die gerade von ihrem Neffen an den Tischen vorbeigeschoben wurde. Sie hatte einen tiefen Baß, wenn sie sprach oder lachte. Ihre kleinen Augen waren überall und blitzten vergnügt.

Als der junge Prinz mit dem Bürstenhaarschnitt und mit dem Rollstuhl an Peter und Ulli vorbeikam, trafen sich die Blicke der drei Jungen für einen Moment. Sie schätzten sich ab und überlegten, was sie voneinander halten sollten.

Schließlich wandte sich der Junge in dem dunkelblauen Samtanzug wieder ab und schob seine Tante, die sich inzwischen von ihrem Lachanfall erholt hatte, hinüber zu den Herren an der Tanzfläche.

„In Berlin hätten wir uns schon lange aufs Ohr gehauen", meinte Herr Wagner nach einer Weile.

„Stimmt, das hatte ich fast vergessen", bemerkte Herr Finkbeiner. „Wir haben ja sechs Stunden im Flugzeug liegengelassen."

„Aber bevor wir ins Bett gehen, machen wir noch ein paar Schritte an Deck", schlug die Frau des Apothekers vor. „Zu Hause geht's nach dem Essen auch immer noch einmal um den Block oder für ein paar Minuten in den Savigny-Park."

Als sie dann vom Lift zur Treppe gingen, lief wieder einmal ein ganz feines Zittern durch das Schiff, und der Fußboden schien sich zu bewegen. Die Herren Finkbeiner und Wagner stießen mit den Schultern gegeneinander und entschuldigten sich anschließend.

„Immer eine Hand fürs Schiff", sagten Peter und Ulli gleichzeitig. Und dann berichteten die beiden Jungens, was sie von Mister Hobbs gelernt hatten.

„Es wäre sehr freundlich", bemerkte Herr Finkbeiner, „wenn eure Warnungen in Zukunft weniger Verspätung hätten!"

Der Mond war immer noch so blaß wie vor zwei Stunden, und auch die Lichter des Schiffes spiegelten sich noch im Meer. Nur der Wind war stärker geworden und trieb jetzt Wellen vor sich her.

Die Finkbeiners und die Wagners blickten noch eine Weile in die Nacht hinaus. Darauf fuhren sie zum A-Deck und holten vor den Kabinen ihre Schlüssel aus den Taschen. Sie wünschten sich gegenseitig einen guten Schlaf und lagen eine Viertelstunde später in ihren Betten.

„Ein ganz dufter Typ", meinte Peter noch. Er sprach von dem Jungen mit dem Bürstenhaarschnitt.

„Wir werden dem Knaben auf den Zahn fühlen", sagte Ulli und knipste das Licht aus.

Nach einer Weile schlug eine Schranktür auf und klappte wieder zu. Die Zahnputzgläser klirrten leise, und die Dose mit der Sonnencreme rutschte hin und her.

„Ich wünsche eine gesegnete Nachtruhe", gähnte Peter Finkbeiner und zog sich die Bettdecke über die Ohren.

„Desgleichen", murmelte Ulli und rollte sich zusammen wie ein Igel.

Auch die Finkbeiners ließen sich inzwischen von den Wellen in den Schlaf schaukeln.

Nur Herr Wagner lag noch wach.

Das lag in seiner Berufsgewohnheit. Er las jeden Abend im Bett seine Zeitung, weil er dazu tagsüber in seiner Portiersloge im Hotel Kempinski natürlich keine Zeit fand.

Er hatte sich also die Daily Mail aus der Tasche geholt, die er noch im New Yorker Hafen bei dem langen Neger gekauft hatte.

Als er zum ersten Mal umblätterte, mußte Herr Wagner auch zum ersten Mal gähnen.

Beim zweiten Umblättern gähnte er zum zweiten Mal.

Und beim dritten Umblättern fielen ihm beinahe schon die Augen zu. Seine Hand suchte bereits den Knopf an der Nachttischlampe. Aber dann sagte er plötzlich zu sich selbst: „Das kann doch nicht wahr sein."

Gleich darauf saß er in seinem Bett so aufrecht wie auf einem Stuhl und hatte den Telefonhörer in der Hand.

„Verbinden Sie mich bitte mit Kabine 224."

„Ja bitte?" fragte die Stimme von Peter Finkbeiner nach einer Weile.

„Könnte ich bitte meinen Sohn sprechen?" fragte Herr Wagner. „Ich hoffe, die Herren hatten nicht schon geschlafen?"

„Das macht fast überhaupt nichts."

Anschließend konnte Herr Wagner noch hören, wie Peter sagte: „Wach auf, du Knalltüte, dein Vater will dich sprechen." Und dann knackste es im Hörer.

„Um Himmels willen, was gibt's denn?" fragte Ulli zwei Sekunden später.

„Hier spricht das Kempinski aus Berlin und möchte den Hotelboy Ulli Wagner sprechen. Im Hotel geht alles drunter und drüber, seitdem er verschwunden ist."

„Seit wann piept's bei dir mitten in der Nacht?" Ulli unterbrach seinen Vater. „Oder bist du seekrank?"

„Im Gegenteil", lachte Herr Wagner, „ich fühle mich pudelwohl und lese da gerade in der heutigen Daily Mail eine sehr interessante Geschichte. Könntest du bitte auch deinen Freund Peter mithören lassen?"

„Ich bin schon am Draht", ließ sich Peter hören. „Schießen Sie los."

„Kostbare Fracht an Bord der MS Europa", las Herr Wagner vor und erklärte: „Das ist die Überschrift."

„Sollte da von uns die Rede sein?"

„Mehr Ernst, wenn ich bitten darf", erwiderte Herr Wagner und fing an, aus der Zeitung vorzulesen:

„Nachdem die Mona Lisa von Leonardo da Vinci wochenlang die Besucher der Internationalen Gemäldeausstellung in New York begeistert hat, reist das weltberühmte Bild jetzt an Bord der MS Europa nach Puerto Rico zur dortigen Ausstellung in San Juan. Der Transport per Schiff ist von der Versicherungsgesellschaft einer Verschickung im Flugzeug vorgezogen worden. Direktor Prunelle vom Louvre in Paris, wo das einzigartige und auf mehrere Millionen geschätzte Gemälde zu Hause ist, begleitet den Transport, der später bis Japan weitergehen soll. Natürlich sind besondere Sicherheitsmaßnahmen getroffen worden. Im übrigen sollte das ganze Unternehmen bis zum Eintreffen des Bildes in San Juan geheimgehalten werden. Aber einem unserer Reporter ist es gelungen..."

„Die schmale Kiste", japste Ulli aufgeregt.

„Deshalb die Burschen mit den Pistolen in den Taschen", kombinierte Peter.

„Ja, eine Dame, die ziemlich viel Wind macht", sagte Herr Wagner. „Gute Nacht, die Herren."

Er legte den Telefonhörer wieder auf den Apparat und knipste jetzt endgültig die Nachttischlampe aus.

Da gondelt also die weltberühmte Mona Lisa mit uns durch die Geografie, dachte Herr Wagner noch. Es ist nicht zu fassen.

Ein Passagier verläuft sich

Etwa zwölf Stunden später zeigte es sich wieder einmal, daß die gleiche Nachricht in einer Zeitung bei verschiedenen Lesern auch ganz verschiedene Wirkungen hervorrufen kann.

Mister Palmer aus London jedenfalls war außer sich.

Er hatte beim Frühstück die gestrige Ausgabe der Daily Mail gelesen. Und genau in dem Augenblick, als er einem frischgekochten Ei gerade den Kopf abschlagen wollte, entdeckte er den Artikel über die Einschiffung der Mona Lisa in New York. Er ließ Frühstück Frühstück sein, klemmte sich die Zeitung unter den Arm und tigerte los.

Der Museumsdirektor, Monsieur Prunelle, war in seiner Kabine beim Zähneputzen, als es an die Tür klopfte.

„En avant!" rief er, was soviel hieß wie „Herein!". Er dachte, es handelte sich um den Kabinensteward, den er kurz vorher um eine Kopfschmerztablette gebeten hatte. Der Franzose hatte nicht besonders gut geschlafen.

Aber anstelle des Stewards stand jetzt plötzlich dieser baumlange Mister Palmer in der Tür und sagte:

„Entschuldigung, da ist eine Riesenschweinerei passiert."

„Entrez, Monsieur", entgegnete der Museumsdirektor aus Paris, was nun wieder soviel hieß wie „Treten Sie ein, mein Herr". Er gurgelte noch einmal kurz und zog sich dann einen sehr eleganten Morgenmantel an. „Also, was ist los?"

„Sie werden gleich aus allen Wolken fallen", sagte Mister Palmer und klappte die Daily Mail auseinander.

Keine drei Minuten später stemmten sich die beiden Herren auf dem offenen Sonnendeck gegen den Wind, stapften an den Rettungsbooten vorbei über die nassen Holzplanken und kletterten anschließend die schmale Treppe zur Kommandobrücke hinauf. Mister Palmer paffte dabei aus seiner Pfeife Rauchwolken in die Luft wie eine Lokomotive, die mit überheizten Kesseln über einen Berg gejagt wird.

„Guten Morgen", grüßte Kapitän Stahlhut, als die

Herren mit zerzausten Haaren zu ihm hereinkamen. Der Wind schlug dabei die Tür hinter ihnen zu.

Durch die großen Scheiben der Kommandobrücke hatte man einen Blick wie von einem Aussichtsturm.

Der Horizont lag im Nebel und das Meer war bewegt. Seine Wellen trieben weiße Schaumkronen vor sich her.

„Es tut uns leid, daß wir Sie auf der Brücke stören müssen", sagte Mister Palmer, „aber die Angelegenheit ist dringend und gestattet keinen Aufschub."

Er holte wieder seine Daily Mail heraus und las vor. Anschließend paffte er aus seiner Pfeife hintereinander drei schnelle Rauchwolken in die Luft und knurrte: „Eine Katastrophe."

„Ich kann es einfach nicht begreifen, wie diese Nachricht in die Presse kommt", jammerte Museumsdirektor Prunelle. „Es war mit allen Stellen absolutes Stillschweigen vereinbart, als ginge es um ein militärisches Geheimnis." Er tupfte sich mit dem Taschentuch seine Glatze trocken. „Und jetzt das!"

Aus einem Funkraum von nebenan summte und klingelte es manchmal. Die drei Offiziere, die noch im Raum waren, gaben halblaute Kommandos über den Maschinen-Telegrafen.

„Vermutlich irgendwo eine undichte Stelle", sagte der Kapitän nach einer Weile. Er nahm dabei sein Fernglas vor die Augen. „Eine Panne, die eigentlich nicht vorkommen dürfte."

„Jawohl, es ist eine ausgewachsene Katastrophe", wiederholte Mister Palmer. „Und das Risiko für meine Versicherung hat sich dadurch glatt verzehnfacht." Er paffte noch einmal ein paar Rauchwolken in die Luft. „So ein Schiff hat doch einen Fahrplan, der genauso pünktlich funktioniert wie bei der Eisenbahn. Und wer die Daily Mail gelesen hat und aus irgendeinem Grund an dem Gemälde interessiert ist, kann jetzt in aller Seelenruhe nachlesen, in welchem Hafen wir anlegen, wie lange wir ankern, wann und wohin es weitergeht. Es ist gewissermaßen so, als hätten wir an alle Gangster Einladungskarten verschickt."

„Aber sind Sie denn so sicher, meine Herren, daß überhaupt jemand hinter diesem Bild her ist?" fragte Kapitän Stahlhut. Er blickte dabei immer noch durch sein Fernglas zum Meer und in den leichten Sprühregen hinaus. „Dieses Gemälde ist weltbekannt, wie jeder weiß, und wenn es geraubt würde, wäre es doch gar nicht zu verkaufen. Weil man doch genau wüßte, daß es gestohlen ist und in Wirklichkeit dem Pariser Louvre gehört."

„Das ist leider ein Irrtum", erwiderte Monsieur Prunelle höflich. „Es gibt überall in der Welt genug steinreiche Sammler, die für das Bild jeden Preis bezahlen würden. Auch wenn sie wissen, daß es gestohlen ist."

„Aber was hätten sie davon?" wollte Kapitän Stahlhut wissen. „Sie müssen es doch regelrecht verstecken."

„Unter diesen Sammlern gibt es seltsame Vögel", erklärte der Museumsdirektor aus Paris. „Sie würden die Mona Lisa tatsächlich vom Markt verschwinden lassen und das Bild nur ab und zu aus ihrem Safe holen, um es ein paar Stunden lang zu betrachten." Monsieur Prunelle zupfte seine Krawatte zurecht. „Daß sie allein vor einem Bild sitzen, daß gestohlen ist und das eigentlich der ganzen Welt gehört, schon das würde ihnen das viele Geld wert sein."

„Ich dachte, die Sache läge einfacher", bemerkte Kapitän Stahlhut.

„Immer wenn Verrücktheiten ins Spiel kommen, werden die Dinge kompliziert", meinte Monsieur Prunelle nachdenklich.

Mister Palmer hatte inzwischen seine Pfeife ausgeklopft und pumpte sich jetzt die Brust mit Luft voll wie ein Maikäfer.

„Sie wollen bestimmt auch etwas sagen?" fragte der Kapitän und lächelte ein wenig.

„Allerdings", antwortete Mister Palmer. „Im Namen der weltweiten Versicherung Lloyd's in London, die zu vertreten ich die Ehre habe..." stellte er fest, und was er sagte, hörte sich an wie die feierliche Erklärung irgendeines Außenministers von einem Parlament, „...muß ich in Anbetracht der erhöhten Gefahr um ganz besondere Schutzmaßnahmen bitten." Er räusperte sich. „Ich muß darum sogar dringend ersuchen!"

„Auf dem Ozean gibt es leider keine Polizeistationen", gab Kapitän Stahlhut zu bedenken. „Außerdem könnte ein Dieb ja nicht allzuweit kommen. Genau einhundertdreiundachtzig Meter. So lang ist die Strecke vom Kiel bis zum Heck."

„Noch knappe drei Tage, und wir kommen zum erstenmal in einen Hafen", sagte Monsieur Prunelle. „Was dann?"

„Ich werde jedenfalls an Bord bleiben", antwortete Mister Palmer. „Und ich werde die Gangway nicht aus dem Auge lassen." Dabei blickte er dem Kapitän mitten ins Gesicht. „Sie können doch wohl persönlich dafür garantieren, daß der Aufbewahrungsort absolut sicher ist?"

„Jetzt werden Sie mir aber komisch!" lachte der Mann in seiner blauen Uniform. „Wir sind hier nicht die Bank von England und auch nicht Fort Knox. Vielleicht dachten Sie, ein Passagierschiff sei so was Ähnliches wie ein Geldschrank mit Schwimmflossen. Ist es aber nicht, meine Herren."

„Um so mehr Verständnis werden Sie also dafür

haben", meinte Mister Palmer kühl, „daß ich gern erfahren möchte, wo sich das Bild in diesem Augenblick befindet!"

„Am sichersten Platz, den es auf dem Schiff gibt", antwortete jetzt anstelle des Kapitäns ein jüngerer Offizier mit drei goldenen Streifen an den Ärmeln. „Ich bin für die Fracht an Bord verantwortlich."

„Mein Erster Offizier", stellte Kapitän Stahlhut vor.

„Sehr erfreut", sagten die Herren Palmer und Prunelle.

„Ebenfalls", erwiderte der braungebrannte junge Offizier und berichtete weiter: „Im gleichen Tresor wird auch unsere Schiffskasse aufbewahrt, und die ist bis heute noch nicht geklaut worden."

„Wie groß ist dieser Tresor?" fragte Mister Palmer.

„So groß wie ein doppelter Kleiderschrank."

„Und steht wo?"

„Auf dem B-Deck in einem Lager neben dem Tiefkühlraum." Der Erste Offizier versuchte zu lächeln. „Ich glaube, Sie können ruhig schlafen, meine Herren."

„Haargenau damit ist es jetzt vorbei", bemerkte Mister Palmer.

„Wir werden eine zusätzliche Wache einteilen lassen", versprach der Schiffskapitän nach einer kleinen Pause.

„Beruhigend zu hören", sagte Monsieur Prunelle. „Ich darf gar nicht daran denken, was mir in Paris passieren könnte, wenn ich ohne das Gemälde zurückkomme. Sie erinnern sich vielleicht daran, daß die Stadt eine sehr blutrünstige Vergangenheit hat."

„Was mich betrifft, so müssen Sie mich jetzt entschuldigen", verkündete Mister Palmer. „Ich habe ein Blitztelegramm an meine Versicherung in London abzuschikken."

„Und ich muß sofort mit Paris Verbindung aufnehmen", meinte daraufhin Monsieur Prunelle.

Die beiden Herren verbeugten sich knapp und gingen.

„Das hat uns gerade noch gefehlt", stöhnte der Erste Offizier.

„Ist aber nicht zu ändern", bemerkte Kapitän Stahlhut. „Und da im Augenblick ja wohl nicht mehr viel passieren kann, haue ich mich jetzt für ein paar Stunden in die Falle."

In diesem Augenblick tauchten hinter dem Fenster an der Seitentür flachsblonde Haare und eine Stubsnase auf.

„Guten Morgen, Käptn", rief der Page Axel Kannengießer von draußen.

„Komm rein", rief Herr Stahlhut zurück.

Daraufhin wurde wieder einmal die Tür aufgestoßen, Wind pfiff herein, und dann stand Axel in seiner roten Pagenjacke zusammen mit Peter und Ulli vor dem Kapitän.

„Wenn Sie es gestatten", sagte der Junge mit der Stubsnase, „möchte ich diesen beiden Landratten aus Berlin unser Schiff zeigen."

Kapitän Stahlhut begrüßte die beiden jungen Passagiere, fragte sie nach dem Wetter in Berlin und wollte wissen, ob der Flug ruhig gewesen sei.

„Was uns betrifft", meinte er schließlich, „so haben wir vorerst noch Wolken, zeitweise Regen und ein Meer, das ein wenig bewegt ist. Aber schon für übermorgen verspreche ich euch Sonne wie mitten im August."

„Wo sind wir im Augenblick überhaupt?" fragte Peter Finkbeiner.

„Etwa in der Höhe von Norfolk", antwortete Kapitän Stahlhut. „Und Norfolk liegt genau vierzehn Meilen südlich von Washington." Er legte sein Fernglas auf den

Tisch und gab den Jungen die Hand. „Gute Reise, und im übrigen mache ich jetzt genau das, was ihr getan habt, während ich heute nacht hier auf dieser Brücke herumspaziert bin.“ An der Tür drehte er sich noch einmal um. „Aber keine Angst, es kann nichts passieren. Auf einem modernen Schiff funktioniert sowieso alles automatisch. Und eigentlich sind Kapitäne ganz überflüssige Luxusartikel. Gute Nacht.“

Der Luxusartikel zog den Kopf ein, weil die Türen für ihn zu niedrig waren, und verschwand in Richtung seiner Kabine.

„Der Kapitän hat die Brücke verlassen“, gab der Bootsmann durchs Telefon dem Maschinenraum bekannt. „Der Erste Offizier hat das Kommando übernommen.“

Der Wind trieb immer höhere Wellen vor sich her, die wie dunkle Täler und weiße Gebirge auf das Schiff zukamen. Aber die 20000 Tonnen Stahl der Europa pflügten sich sicher und ruhig ihren Weg. Vollgepackt mit Antriebs- und Kühlungsmaschinen, mit Boilern, Pumpen, Dynamos, Aggregaten, Turbinen, Öl, Ballasttanks, Stabilisatoren und mehr als zwanzig Kilometer Kabel.

Nachdem die drei Jungen erfahren hatten, daß der elektrische Kreiselkompaß zusammen mit der automatischen Steueranlage und dem Maschinentelegrafen so ziemlich die wichtigsten Instrumente auf der Brücke sind, verabschiedeten sie sich von den Offizieren und kletterten wieder in den Wind hinaus.

Um den Schlot herum turnten sie an den Rettungsbooten vorbei zur Achterreling.

Überall waren die Passagiere trotz des schlechten Wetters auf den Beinen und machten einen Morgenspaziergang. Aber daran waren die Stewards schuld, die auf dem ganzen Schiff verbreitet hatten, daß frische Luft das sicherste Mittel gegen Seekrankheit sei.

„Am besten, wir fangen ganz unten an“, schlug der Page Kannengießer vor, als sich im Lift die Tür hinter den drei Jungen geschlossen hatte.

Der große Fahrstuhl trug sie gemächlich am Sonnen- und am Verandadeck vorbei und tiefer in das Schiff hinein.

„Tut Ihnen dabei nicht das Trommelfell weh, Herr Kannengießer?“ fragte Ulli besorgt.

„Das Trommel... Nein. Wieso?“

„Weil euer Düsenlift dauernd die Schallmauer durchbricht.“

„Sehr witzig“, bemerkte der Junge mit der Stubsnase ein wenig beleidigt.

„Humor ist wohl nicht deine starke Seite?“ fragte Ulli.

„Du sollst dich nicht über das Schiff lustig machen“, brummte der Page aus dem Speisesaal.

„Also gut“, Ulli lenkte ein, „ich entschuldige mich.“

„Großzügig angenommen.“

Inzwischen waren sie im D-Deck angekommen und stiegen aus.

„Wir dürften jetzt so etwa vierzig Meter unter der Wasseroberfläche sein“, bemerkte der Page Kannengießer. Er trabte voraus durch den schmalen Korridor und erklärte dabei: „Da drüben sind die Öltanks, und rechts geht's zur Sauna und zum Lazarett.“

Gleich darauf standen sie im Maschinenraum. Hier waren die Decken durchbrochen, weil die riesigen Kompressoren, Aggregate und Turbinen die Höhe von drei Decks brauchten. Auf den schmalen Niedergängen aus Stahl turnten die Matrosen an den Frischwasserpumpen und Schalttafeln vorbei. Es roch nach Öl. Es war heiß wie in einem Dampfbad. Und die Ventile an den

VOLL
VOLL
STOP
PAGE

Maschinen hämmerten so laut wie ein halbes Hundert Nähmaschinen, so daß man sein eigenes Wort nicht verstehen konnte. Aber alles glänzte und blitzte wie in einer gescheuerten Küche am Sonntagnachmittag.

An den Kabinen der Besatzung vorbei kletterten sie durch einen Korridor zum B-Deck. Und dort prallten sie beinahe mit Herrn Latenser zusammen. Wie aus dem Boden gewachsen stand er auf einmal vor ihnen. Für einen ganz kurzen Augenblick sah es so aus, als hätten ihm die drei Jungen durch ihr plötzliches Auftreten einen Schreck eingejagt. Aber dann lächelte er auch schon und sagte: „Was für eine angenehme Überraschung."

„Haben Sie sich verlaufen?" fragte der Page Kannengießer höflich.

„Ja, ich bin verlorengegangen", antwortete der Mann mit den dicken Brillengläsern und lachte herzlich. „Hier unten gibt es wohl keine Bar oder so was Ähnliches?" Dabei zwinkerte er vergnügt mit dem linken Auge.

„Auf diesem Deck sind nur die Tiefkühlräume für die Küche und die Lager für den Oberzahlmeister", sagte Axel. „Es tut mir leid, aber eine Bar finden Sie hier unten bestimmt nicht."

„Hab' ich mir beinahe schon gedacht, ziemlich trockene Gegend", kicherte Herr Latenser. „Da sause ich am besten ganz schnell wieder ein paar Stockwerke höher." Er zwinkerte noch einmal durch seine dicken Brillengläser und machte sich dann zum Fahrstuhl auf den Weg.

„Wie kommt der bloß hier runter ins B-Deck?" fragte der Page Axel Kannengießer. „Glaubt ihr, daß er schon wieder zu lange in die Flasche geschielt hat?"

„Er war ganz nüchtern", stellte Peter Finkbeiner fest. „Und er hatte sich nicht verlaufen. Man fährt aus Versehen nicht gleich fünf oder sechs Decks zu tief."

„Psst“, sagte Ulli, „Kommissar Maigret kombiniert.“

„Jedenfalls würde ich sagen…“ Peter hatte jetzt die Augen geschlossen, legte den Zeigefinger an die Nase und machte den Eindruck, als ob er wie aus heiterem Himmel plötzlich hypnotisiert worden sei.

„Was würden Sie sagen, Meister?“ fragte Ulli vorsichtig, um ihn nicht aufzuwecken.

„…daß man sich diesen Herrn Latenser merken muß“, verkündete Peter. „Für den Fall nämlich, daß eines Tages ein Bankkassierer gesucht wird, der zu Hause ein paar tausend Mark unterschlagen hat und damit als harmloser Passagier auf irgendeine Karibische Insel türmen will!“

„Großartig“, sagte Ulli neidlos. „Deine Phantasie könnte im Zirkus auftreten.“

„Man soll das Känguruh nicht an die Wand malen“, bemerkte der flachsblonde Knabe namens Axel Kannengießer besorgt.

Daraufhin stiefelten die drei zur Treppe und zum A-Deck.

Mister Palmer taucht im falschen Augenblick

Fünf Decks höher lag Herr Wagner neben dem Apothekerehepaar Finkbeiner im Liegestuhl.

„Nicht zu glauben, daß wir erst knappe zwei Tage von Berlin weg sind“, sagte er nachdenklich. „So zwischendurch kommt's mir vor, als seien wir schon wochenlang unterwegs. Was für ein Tag ist eigentlich heute?“

„Ich glaube, Dienstag“, erwiderte Herr Finkbeiner. „Ich habe so ein Gefühl von Dienstag.“

Sie lagen in Wolldecken eingepackt neben anderen Passagieren im geschlossenen Promenadendeck. Das gleichmäßige Rollen des Schiffes machte sie ein wenig schläfrig.

Frau Finkbeiner blätterte in der Schiffszeitung, die nachts an Bord gedruckt worden war und die man frühmorgens unter der Kabinentür durchgeschoben hatte.

„Der Schiefe Turm von Pisa hat sich wieder um zwei Zentimeter geneigt", las sie vor. Sie mußte dabei beinahe gähnen. „Und in Deutschland gibt's seit heute nacht einen Kälteeinbruch."

„Ausgezeichnet", bemerkte Apotheker Finkbeiner. „Dann rennen sie uns zu Hause nach Grippetabletten und Hustensäften die Bude ein." Er legte die Hände unter den Kopf und blickte zufrieden in den grauen Himmel hinaus.

Zur gleichen Zeit kam der Page Axel Kannengießer mit den zwei Berliner Landratten im A-Deck aus der Schlosserwerkstatt, die sie gerade besichtigt hatten.

„Und jetzt gehen wir an den Süßwassertanks vorbei", erklärte er wie ein Fremdenführer bei der Schloßbesichtigung. „Übrigens sind wir jetzt ganz vorne im Bug des Schiffes, und hinter dieser Wand da drüben ist der Kettenkasten, der wie ein Aufzugschacht bis ins D-Deck hinuntergeht. Wenn der Anker hochgezogen ist, füllt die Kette den ganzen Kasten aus. Und jetzt...", der flachsblonde Page mit der Stubsnase blieb plötzlich stehen, „...jetzt machen wir einen Abstecher zu den Maxen nach China."

„Dunkel ist mir deiner Rede Sinn", bemerkte Peter Finkbeiner und zauberte eine Falte auf seine Stirn.

„Er wird's uns gleich erklären!" Ulli Wagner grinste. „Schieß los!"

„Daß es auf einem Schiff jeden Tag eine Menge schmutzige Wäsche gibt, könnt ihr euch doch vorstellen?“ Axel Kannengießer blickte die beiden Jungen aus Berlin an, als hätte er sie nach der Hauptstadt von Abessinien gefragt.

„Ja, das können wir uns vorstellen“, erwiderte Ulli.

„Und daß diese Wäsche an Bord von irgend jemandem gewaschen werden muß.“

„Auch das ist uns klar.“

„Kluge Kinder“, sagte der Knabe namens Axel Kannengießer lobend und setzte sich wieder in Bewegung.

„Nun gibt es da eine komische Sache“, erklärte er weiter. „Auf allen Schiffen in der ganzen Welt wird die Wäsche von Chinesen gewaschen, und überall an Bord sagt man ganz einfach Max zu ihnen.“

„Wie der männliche Vorname?“ fragte Ulli ungläubig. „Wieso gerade Max?“

„Vielleicht weil Max international ist“, antwortete der Page aus dem Speisesaal. „Ihre chinesischen Namen sind jedenfalls für andere Sprachen regelrechte Zungenbrecher, wie man weiß.“

„Und das ist für sie kein Schimpfname wie Nigger oder so?“ wollte Peter wissen.

„Bestimmt nicht“, versicherte Axel. „Aber du wirst es ja gleich sehen.“

Sie kamen jetzt am Kompressorraum vorbei. Man hörte die Motoren und das Summen der Aggregate.

Gleich darauf standen sie vor einer offenen Tür und blickten in einen ziemlich großen, aber niedrigen Raum mit einer Menge Maschinen zum Waschen, Trocknen und Bügeln. Die Chinesen arbeiteten mit nacktem Oberkörper. Grelles Neonlicht brannte. Ventilatoren verteilten den Dampf und kämpften gegen die Hitze.

„Hallo, Partner“, sagte einer der Männer, als er sich umgedreht hatte. Er war etwa vierzig Jahre alt und sehr schlank. Er hatte eine glatte, dunkle Haut und Muskeln wie ein Zehnkämpfer. Sein dichtes schwarzes Haar wuchs ihm wie Gras aus dem Kopf.

„Ich bin der Obermax“, stellte er sich vor und lächelte. „Mein chinesischer Name ist Chang Lie.“ Dabei verbeugte er sich ein wenig. Jetzt sagten auch Peter Finkbeiner und Ulli Wagner ihre Namen.

„Wir wollten grade eine Tasse Tee trinken“, sagte daraufhin der Chef der Wäscherei. „Ich würde mich freuen, wenn ich euch dazu einladen darf.“

Fünf Minuten später standen die Maschinen still; nur die Ventilatoren summten weiter. Die Chinesen setzten sich mit gekreuzten Beinen auf den Boden oder auch an einen Tisch. Sie lächelten höflich und nickten dabei mit dem Kopf zu den jungen Gästen hinüber.

„Wir sind alle irgendwie eine Familie und miteinander verwandt“, erklärte Herr Chang Lie. „Das zum Beispiel ist Huang, mein jüngster Bruder.“

Damit war der junge Chinese gemeint, der gerade den Kessel vom Holzfeuer nahm und die Porzellankanne innen und außen mit kochendem Wasser abbrühte. Schnell gab er jetzt Teeblätter in die Kanne und machte den Aufguß. Anschließend verteilte er die winzigen Schalen, die kleiner waren als Mokkatassen. Er machte das so geschickt und so flink, daß ihm alle aufmerksam zuschauten.

„Wie ein Zauberer, der in seinem Zylinder ein Kaninchen verschwinden läßt“, staunte der Page Axel Kannengießer.

„Die Vorbereitung ist fast das größte Vergnügen“, bemerkte Chang Lie. „Und mein Bruder Huang ist wirklich ein kleiner Künstler.“

Anschließend schlürfte die ganze Wäscherei schweigend aus den winzigen Tassen.

„Man trinkt Tee, damit man den Lärm der Welt vergißt", meinte Chang Lie lächelnd. „Und man soll ihn nur mit guten Freunden trinken."

Eine Viertelstunde später wurden die Maschinen wieder eingeschaltet, die Wäschetrommeln drehten sich von neuem, und die feuchten Badetücher und Bettlaken dampften wieder, wenn sie geplättet wurden.

„Besten Dank, Obermax!" Der Page mit der Stubsnase verabschiedete sich und gab dem Chef der Wäscherei die Hand.

„Kommt uns wieder besuchen", erwiderte Chang Lie. „Vielleicht habt ihr mal Appetit auf Glasnudeln und Sojabohnen."

„Sehr freundlich", sagte Peter Finkbeiner.

„Bis bald, Herr Chang Lie", meinte Ulli Wagner.

Die Chinesen blickten von ihren Maschinen auf und lächelten ein wenig.

„Auf Wiedersehn", sagten die drei Jungen durcheinander und verschwanden wieder.

„Ausgesprochen nette Leute", bemerkte Peter Finkbeiner.

„Aber man kann sie leicht verwechseln, so ähnlich sehen sie sich", meinte Ulli, als sie im Korridor dicht an der Elektrowerkstatt vorbeikamen. „Übrigens hätte ich jetzt Lust, ein paar Runden zu schwimmen."

„Nach der Hitze in der Wäscherei keine schlechte Idee", meinte Peter Finkbeiner.

Und da auch der Page Kannengießer nichts gegen eine Unterbrechung der Schiffsbesichtigung einzuwenden hatte, flitzten sie los, um ihre Badehosen zu holen.

Aus der Kabine von Mister Hobbs war das Cello zu hören.

„Er übt schon den ganzen Vormittag“, erklärte der Steward Horst, der mit den langen Haaren. „Ich bin gerade dabei, die Luken zu öffnen, damit überall frische Luft hereinkommt.“

Wir haben also keinen Sturm zu erwarten?“ fragte Peter.

„Aber nein“, erwiderte der Kabinensteward. „So was würden wir uns solchen Passagieren gegenüber doch gar nicht erlauben.“ Dabei war er eingetreten, machte am Sicherungsriegel der Luke ein paar Drehungen und öffnete sie. „Vielleicht ein bißchen Seegang. Mehr würde der Kapitän nie gestatten.“

Im überdachten Schwimmbad lag der baumlange Mister Palmer im Wasser und spielte Delphin. Er schwamm auf dem Rücken, drehte sich um die eigene Achse, tauchte ein paar Sekunden und kam dann schnaubend an die Oberfläche zurück. Kurz darauf drehte er sich wieder auf den Rücken und begann seine Vorstellung von vorn.

Auf der anderen Seite des Beckens veranstaltete der amerikanische Junge mit dem Bürstenhaarschnitt eine private Schwimm-Olympiade.

Am Beckenrand saß Mrs. Fuller in ihrem Rollstuhl und hatte eine Stoppuhr in der Hand.

„Three fifteen“, rief sie mit ihrer tiefen und lauten Stimme, als ihr Neffe jetzt zur Wende ansetzte und wie ein Torpedo wieder in die Bahn schoß. „Great! Great!“ rief sie noch hinter ihm her.

Vor einem schmalen hohen Spiegel lief inzwischen Mister Richard Wilkinson, der sein Geld mit Streichhölzern verdiente, auf der Stelle. Dabei hatte er die Arme angewinkelt und die Brust nach vorn gedrückt. Trotz seiner sechzig Jahre war er schlank, drahtig und sehnig wie ein Flitzbogen. Jetzt blickte er unter seinen buschigen Augenbrauen hervor ärgerlich zum Schwimmbecken hinüber.

Dort schlug nämlich Mrs. Fuller in ihrem Rollstuhl gerade die Hände zusammen, daß es nur so knallte. Gleichzeitig rief sie immer wieder: „Four twenty two!“

Schließlich hielt sie die Stoppuhr in die Luft wie die Freiheitsstatue im New Yorker Hafen ihre Fackel. „Four twenty two“, rief sie noch einmal, und ihre Äuglein strahlten vor Begeisterung.

Der Junge mit dem Bürstenhaarschnitt lag mit den Schultern auf dem Beckenrand und pumpte nach Luft. Als er jetzt aufblickte, lächelte er zuerst ein wenig verlegen zu Mrs. Fuller hinüber. Dann entdeckte er die drei Jungen, die ihm mit ihren Badehosen und Handtüchern unter den Armen zugeschaut hatten.

„Hallo“, japste der junge Amerikaner.

„Hallo“, antworteten Peter und Ulli.

„Good morning, Mister Fuller“, grüßte der Page Axel Kannengießer höflich. Immerhin war der Junge im Wasser ein Passagier.

„Ihr kommt also aus Berlin“, sagte der Bürstenhaarschnitt. Er stieß sich vom Boden ab und kletterte über den Beckenrand. Dabei führte er seine knielange Badehose vor, die ungefähr so knallig bunt war, als wäre sie aus einem Vorhangstoff gemacht.

„Woher“, fragte Peter verwundert, „woher weißt du, daß wir aus Berlin sind?“

„Vom Tischsteward im Speisesaal!“ Der klitschnasse Fuller junior grinste.

„Die Tischstewards sind hier wohl so etwas Ähnliches wie die Nachrichtenzentrale?“ Jetzt grinste auch Peter.

„Sie sind die Klatschtanten an Bord“, stellte der Page Axel Kannengießer fest. „Eine bedauerliche Berufskrankheit.“

„Well“, meinte der Bürstenhaarschnitt. „Was hat also der Steward an eurem Tisch über mich erzählt? Würde mich direkt interessieren.“

„Er hat was von Nähmaschinen gesponnen“, berichtete Ulli und rieb sich heftig an seiner Nase. „Dann meinte er noch, daß du...“

„Hallo, Page“, rief in diesem Augenblick Mrs. Fuller mit ihrer tiefen Stimme. „Willst du mir die jungen Herren nicht auch vorstellen?“ Sie hatte ihren Rollstuhl in Bewegung gesetzt und erinnerte jetzt tatsächlich ein wenig an die Königinmutter von England. Sie trug ein hellblaues Kleid mit einer Menge kleiner Schleifen.

„Aber mit dem größten Vergnügen“, versicherte der Page Axel Kannengießer und zeigte zuerst auf Peter. „Das ist...“

An dieser Stelle unterbrach der Schiffslautsprecher vorläufig die Zeremonie.

„Eine Durchsage für Mister Palmer aus London“, sagte eine Stimme, die jetzt in allen Räumen und auf allen Decks des Schiffs zu hören war. „In der Funkstation liegt ein Telegramm für Sie. Bitte, Mister Palmer“, wiederholte der Lautsprecher noch einmal. „Ein Telegramm liegt für Sie in der Funkstation.“

Aber ausgerechnet der Passagier, der gesucht wurde, konnte die Durchsage nicht hören. Mister Palmer aus London absolvierte nämlich immer noch seine akrobatischen Übungen – und kurz bevor sich der Lautsprecher gemeldet hatte, war er wieder mal als Delphin ins Wasser getaucht. Haargenau im gleichen Moment, als die Durchsage vorüber war, kam er wieder an die Oberfläche, schnaubte zufrieden und drehte sich auf den Rücken.

„Hallo, Mister Palmer“, rief Mrs. Fuller mit ihrer tiefen Stimme zu ihm hinüber. „Während Sie da unten mit den Fischen geplaudert haben, ist hier oben ein Telegramm für Sie eingetrudelt."

Schon zehn Sekunden später lief Mister Palmer, so schnell er es eben schaffte, in seinem Bademantel zum nächsten Lift.

„Und jetzt zu euch", sagte daraufhin Mrs. Fuller.

Der Page Axel Kannengießer hatte ihr die beiden Jungen aus Berlin inzwischen vorgestellt. „Es kommt euch vermutlich spanisch vor, daß wir beide ganz gut deutsch sprechen, mein Neffe Ronny und ich. Aber das ist kein Wunder. Sein Vater war nämlich Schweizer, und meine Eltern kamen aus Österreich nach Amerika." Sie blickte auf. „Was soll denn das jetzt wieder?"

Das Schiffstyphon war ausgelöst worden und jaulte durch das ganze Schiff.

„Rettungsbootübung, gnädige Frau", bemerkte der Page Axel Kannengießer. „Sie steht für heute im Bordprogramm, und die Passagiere werden gebeten, sich auf dem Sonnendeck einzufinden."

„Da wird immer behauptet, daß man auf so einem Schiff seine Ruhe hätte!" Mrs. Fuller lachte. „Die Leute haben keine blasse Ahnung!"

Die rund sechshundert Passagiere der MS Europa holten jetzt ihre Schwimmwesten aus den Kabinen und fuhren in den Lifts zum Sonnendeck. Dort versammelten sie sich an den Treffpunkten, die ihnen ihr Kabinensteward mitgeteilt hatte.

Die Finkbeiners und die Wagners waren zum Boot XII eingeteilt.

„Aha, bei dieser Gelegenheit sieht man sich endlich wieder", bemerkte der Apotheker, als Peter und Ulli angelaufen kamen.

Matrosen nahmen die Persenning von den Rettungsbooten, und ein junger Offizier sagte: „Darf ich um Ihre

Aufmerksamkeit bitten?“ Anschließend erklärte er, wie man sich die knallgelben Schwimmwesten über den Kopf ziehen müsse und wo man sie aufzublasen hatte. Die Passagiere halfen sich gegenseitig und waren schließlich vorschriftsmäßig zum Einsteigen in die Boote bereit.

Kapitän Stahlhut spazierte mit seinen Offizieren im Kielwasser über die Decks und an den Passagieren vorbei. Er lächelte freundlich und nahm immer wieder einmal die Hand an seine Mütze mit dem vielen Goldlaub auf dem Schild. Kurz darauf sagte eine Stimme durch den Lautsprecher: „Besten Dank, damit ist die Übung beendet.“

„Und den Ernstfall lassen wir einfach weg“, bemerkte Frau Finkbeiner vergnügt.

Einige Passagiere lachten, und Herr Weber, der Bordfotograf, blitzte und knipste mit seinem Fotoapparat durch die Gegend. Von den anderen Schriffsreisen wußte er, daß gerade die Bilder von der Rettungsbootübung immer besonders gut zu verkaufen waren.

Als sich die Passagiere jetzt wieder über das ganze Schiff verteilten, sahen sie mit den aufgeblasenen Schwimmwesten über ihren Kleidern und Anzügen ein wenig so aus, als kämen sie gerade von einem Karnevalszug nach Hause.

„Das Ganze ist nichts als ein Affentheater“, schimpfte wieder einmal der Juwelier aus Düsseldorf.

„Aber es ist doch Vorschrift“, sagte seine Frau beruhigend.

„Pah“, erwiderte Herr Schmidt mit dt. „Die ganze Welt ist voll von Vorschriften, und eine ist dümmer als die andere.“

Als die Finkbeiners und Wagners im Lift standen, um wieder zu ihren Kabinen ins A-Deck hinunterzufahren, kamen im letzten Moment zuerst Monsieur Prunelle und

gleich darauf Mister Wilkinson zu ihnen hereingeklettert.

„Schön, Sie zu treffen, Monsieur Prunelle", sagte der Streichholzfabrikant mit dem englischen Schnurrbart. „Von Ihnen hört man ja reizende Sachen. Sie müssen es ziemlich dick hinter den Ohren haben."

„Ich verstehe Sie nicht", meinte der Museumsdirektor aus Paris verwundert. Alles an ihm war piekfein, und er sah wieder einmal wie aus dem Ei gepellt aus.

„Angeblich sind Sie allein an Bord. Aber das stimmt nicht." Mister Wilkinson lächelte geheimnisvoll. „In Wirklichkeit reisen Sie nämlich in Begleitung einer wunderhübschen Dame, die Sie irgendwo auf dem Schiff versteckt haben..."

„Ich verstehe Sie immer noch nicht", beteuerte Monsieur Prunelle. Aber er holte jetzt sein Taschentuch heraus und tupfte damit über seine sehr gepflegte Glatze, die allmählich ins Schwitzen kam.

„Leugnen ist zwecklos“, meinte Mister Wilkinson und zauberte die Daily Mail aus seinem Jackett. „Es steht nämlich schon in der Zeitung, Sie alter Casanova.“

„Um Himmels willen, mein Herr, ich muß Sie um Diskretion bitten. Die ganze Sache sollte völlig geheim...“ Monsieur Prunelle schwieg plötzlich und blickte sich ängstlich um. „Da lachen ja die Hühner“, wieherte Mister Wilkinson, „das ganze Schiff spricht doch schon davon.“ Er drehte sich um und fragte in den Lift hinein: „Oder behaupte ich zuviel?“

„Wenn von einer Dame namens Mona Lisa die Rede ist, keinesfalls“, bestätigte Herr Wagner.

„Ich hatte ja keine Ahnung.“ Monsieur Prunelle war völlig durcheinander. „Jedenfalls war das Gespräch sehr interessant für mich“, sagte er noch und stieg aus, als der Lift das Hauptdeck erreicht hatte.

„Viel Vergnügen“, rief Mister Wilkinson hinter ihm her, bevor sich die Tür wieder ganz geschlossen hatte.

„Übrigens“, sagte Herr Wagner nach einer Weile. „Ich glaube Sie zu kennen, Mister Wilkinson.“

„Da bin ich aber neugierig“, bemerkte der Streichholzfabrikant und zog seine buschigen Augenbrauen in die Höhe.

„Hotel Kempinski in Berlin“, sagte Herr Wagner.

„Stimmt, da war ich schon öfters. Das letzte Mal vor zwei oder drei Jahren.“

„Damals hatten Sie noch keinen Bart, und deshalb hab' ich Sie nicht gleich erkannt. Ich bin . . . “

„Warten Sie, langsam dämmert's bei mir“, unterbrach Mister Wilkinson. „Waren Sie nicht in der Portierloge?“

„Da bin ich auch heute noch, wenn ich nicht gerade eine Schiffsreise mache.“ Herr Wagner lächelte. „Und

Sie wollten abends immer eine Flasche Mineralwasser aufs Zimmer und ein drittes Kissen ins Bett."

„Ja, weil ich beim Schlafen fast aufrecht sitzen muß." Mister Wilkinson wollte sich jetzt ausschütten vor Lachen. „Aber daß Sie sich daran noch erinnern! Wir müssen möglichst bald zusammen einen Drink nehmen", schlug er vor, nachdem er sich von seinem Lachanfall wieder erholt hatte.

Die Finkbeiners und die Wagners stiegen im A-Deck aus und wandelten dann durch den Korridor zu ihren Kabinen.

„Wieso ein drittes Kissen?" fragte der Apotheker. „Er könnte sich doch seine Brieftasche unter den Kopf legen."

„Ganz so aufrecht will er nun auch wieder nicht schlafen." Frau Finkbeiner lachte und schloß dabei ihre Kabinentür auf. „Abmarsch zum Speisesaal in zehn Minuten", gab sie noch bekannt.

Ulli hielt gerade sein Gesicht unter den Wasserhahn und Peter wollte sich ein frisches Hemd über den Kopf ziehen, als die Jungen vor dem Bullauge plötzlich den Rücken von Mister Palmer sahen und dann die Glatze des Museumsdirektors aus Paris. Und da die Luke ja nicht geschlossen war, konnten sie auch die Stimmen hören, obgleich die Herren sich nur sehr leise unterhielten.

„Wir müssen tatsächlich davon ausgehen", sagte Monsieur Prunelle gerade, „daß schon das ganze Schiff Bescheid weiß. Es tut mir leid, aber wir dürfen uns nichts vormachen."

Die beiden Herren schwiegen eine ganze Weile, bis dann wieder die Stimme des Museumsdirektors zu hören war: „Würden Sie mir bitte das Fernschreiben noch einmal vorlesen?"

Leider kam in diesem Augenblick der Apotheker Finkbeiner in die Kabine und fragte: „Ihr habt wohl keinen Hunger, oder was ist los?"

Zuerst riß Mister Palmer seinen Kopf um hundertachtzig Grad herum, und gleich darauf tat das auch Monsieur Prunelle. Sie blickten für einen kurzen Moment durch das Bullauge in die Kabine hinein, und dann waren sie auch schon verschwunden.

„Jammerschade", sagte Peter. „Jetzt wäre es gerade interessant geworden."

„Und was, wenn ich bitten darf?" fragte Herr Finkbeiner erstaunt.

Der Museumsdirektor aus Paris war inzwischen über das Deck an die Reling spaziert. „So ein Schiff hat überall Ohren", sagte er ärgerlich. Dabei blickte er sich zuerst nach links um und dann nach rechts. „Hier sind wir aber wirklich allein", meinte er.

„Es sieht so aus", antwortete Mister Palmer, nachdem er sich gleichfalls umgeschaut hatte. „Also das Fernschreiben..." Er holte ein Stück Papier aus der Tasche und las vor:

„haben blitztelegramm erhalten – stop – inspektor brown ist bereits zu ihrer unterstützung unterwegs nach venezuela – stop – kommt zu ihnen an bord in la guaira – lloyds london generaldirektion."

„Kennen Sie diesen Inspektor Brown?" fragte Monsieur Prunelle. Er sah jetzt aufs Meer hinaus und auch in den Himmel, der bis zum Horizont immer noch voll Wolken war.

„Keine Ahnung", antwortete Mister Palmer. „Aber wir werden ihn brauchen können, ob er nun Sergeant, Inspektor, Polizeipräsident oder sonstwas ist."

„La Guaira ist unser erster Hafen", überlegte Monsieur Prunelle. „So lange sind Sie also noch allein?"

„Immerhin war ich zehn Jahre bei Scotland Yard, vergessen Sie das nicht", bemerkte Mister Palmer. „Ich erinnere daran, nur um Sie zu beruhigen."

Nach dem Mittagessen nahm Herr Finkbeiner wieder einmal einen Zug aus seiner Zigarre und sah dem Rauch nach, der sich zur Decke ringelte. „Dieser Mister Palmer hat also auch etwas mit dem Bild zu tun", überlegte er.

„Das ist so sicher wie die Steuer", bemerkte Ulli.

„Vielleicht ist er ein Detektiv und soll auf das Gemälde aufpassen", kombinierte Peter. „Und weil man das nicht erfahren soll, steht er nicht in der Passagierliste."

„Könnte sein", meinte Herr Finkbeiner und streifte die Asche von seiner Zigarre. „Könnte auch nicht sein..."

Die Passagiere zogen sich jetzt zum Mittagsschlaf in ihre Kabinen zurück, oder sie legten sich in die Liegestühle. Später spielten sie Bridge oder Bingo.

Im Heck konnte man draußen trotz des schlechten Wetters Tontauben schießen, und in der Atlantik-Halle gab ein preisgekröntes Tanzmeister-Ehepaar Unterricht für Anfänger.

Schlangen haben auf einem Schiff nichts zu suchen

Für den Abend stand das „Captain's Dinner" auf dem Programm.

„Immer am zweiten Abend", erklärte der Kabinensteward Horst. „Das gehört zur Tradition."

„Tradition hin, Tradition her", bemerkte Herr Wagner. „Wenn das so weitergeht, paßt mir am Ende keine Hose mehr.“

„Ja“, stimmte Frau Finkbeiner zu. „Auf so einem Schiff wird wirklich viel zuviel gefressen.“ Dabei strich sie eine Falte aus ihrem Sonnenblumenkleid und segelte mit ihren vier Männern zum Lift.

Die Schiffsoffiziere hatten sich vor dem Speisesaal nebeneinander in einer Reihe aufgestellt. In ihrer Mitte und zwei Meter vor ihnen erwartete Kapitän Stahlhut seine Passagiere und begrüßte sie.

Ein Steward ließ sich von den Gästen jeweils ihre Namen zuflüstern und flüsterte sie dann dem Kapitän ins Ohr.

„Guten Abend, Herr Latenser“, sagte der gerade.

„Guten Abend, Herr Kapitän“, antwortete der kleine Mann mit den starken Brillengläsern.

Jedesmal, wenn Kapitän Stahlhut eine Hand drückte, blitzte und knipste es, weil Herr Weber, der Bordfotograf, auch diesen Augenblick für alle Passagiere festhalten wollte. Zu Hause würden sie dann später die Bilder herumzeigen und dazu sagen: „Da schüttle ich gerade dem Kapitän die Hand.“

„Wie bei Kaisers“, bemerkte Herr Finkbeiner.

„Ja, wie bei Hofe“, erklärte Mister Hobbs, der mit den Fischaugen. Er stand in der Reihe der Gäste schon eine ganze Weile hinter den Finkbeiners und Wagners. „Übrigens, nach dem Essen spiele ich heute zum ersten Mal in der Taverne auf dem Veranda-Deck. Ich würde mich freuen – gestatten Sie, mein Name ist Hobbs.“ Er unterbrach sich plötzlich und verbeugte sich ein wenig vor den Eltern der beiden Jungen.

„Sehr angenehm“, sagte Herr Finkbeiner noch. Aber dann stand auch schon der Steward neben ihm und wollte seinen Namen wissen.

„Guten Abend, Frau Finkbeiner“, sagte gleich darauf Kapitän Stahlhut, und Bordfotograf Weber blitzte dazu.

„Guten Abend, Herr Finkbeiner.“ Es blitzte zum zweiten Mal.

„Und euch kenn’ ich ja schon!“ Der Kapitän lachte, als Peter und Ulli vor ihm standen. „Ich wünsche euch einen guten Appetit. Ihr könnt mich auf der Brücke besuchen, sooft ihr lustig seid.“

Leider blitzte es dieses Mal nicht, weil Herr Weber einen neuen Film in seine Kamera einlegen mußte.

Auf den Tischen standen heute Blumen, und die Bordkapelle spielte Mozart.

„Es fängt gleich mit Räucherlachs an“, verkündete Tischsteward Rehbein. Er war aufgeregt wie ein Schauspieler vor der Premiere. „Heute gibt’s nur das Beste vom Besten!“

Als alles vorbei war, machten die beiden Familien aus Berlin wieder einmal ihren Spaziergang auf dem Sonnendeck. Anschließend statteten sie noch Herrn Hobbs einen Besuch ab.

Weil zur gleichen Zeit im Bordkino ein Western lief, waren nicht sehr viele Passagiere in die Taverne gekommen. Dabei hätte Herr Hobbs einen besseren Besuch verdient gehabt. Er spielte nämlich ganz ausgezeichnet. Man hatte den Eindruck, als sei der dicke Mann mit seinem Cello zusammengewachsen. Sein Kopf war tief über das Instrument gebeugt, und seine Fischaugen waren geschlossen. Er brauchte eine ganze Weile, bis er sich, nach dem Applaus, aufrichtete und wieder zu sich kam.

„Wie ein Schlafwandler, den man plötzlich aufweckt“, bemerkte Frau Finkbeiner, während sie in die Hände klatschte.

Am nächsten Morgen konnte man bereits ohne Mantel an Deck gehen. Die Luft war über Nacht wärmer geworden. Aber der Himmel war immer noch bewölkt.

„Wir sind jetzt an den Bahamas vorbei“, meinte der langhaarige Kabinensteward, als er das Frühstück brachte. „Im Augenblick müßten wir in der Höhe von Kuba herumsegeln.“

Nachmittags sahen die Finkbeiners und die Wagners die ersten fliegenden Fische. Zuerst glaubten sie, daß es sich nur um irgendwelche sparsam beflügelten Vögel handeln würde, die ganz flach über das Wasser schossen. Aber als sie dann eintauchten und immer wieder ihre Sprünge machten, wußten sie Bescheid. Ein ganzes Rudel spielte jetzt dicht neben dem Schiffsbug in den Wellen.

„Flossen wie die Tragflächen eines Flugzeugs“, stellte Herr Finkbeiner fest.

„Und sie schießen durch die Gegend wie Gewehrkugeln“, bemerkte Ulli.

Vor dem Abendessen traf sich Herr Wagner in der Bar zu dem verabredeten Drink mit Mister Wilkinson, während sich Frau Finkbeine im D-Deck von der Friseuse den Kopf waschen ließ. Mister Palmer aus London flitzte in der gleichen Zeit nun schon zum siebenundzwanzigsten Mal in die Funkstation, um zu fragen, ob ein neues Fernschreiben aus London angekommen sei.

„Nichts Neues“, sagte der Funker bedauernd, „aber wir rufen Sie sofort über unseren Lautsprecher, wenn was reinkommt.“

„Besten Dank“, sagte Mister Palmer und rannte jetzt dem Oberzahlmeister die Bude ein. Auch dorthin kam er nicht zum erstenmal.

„Wie steht's mit der Kabine für Mister Brown ab La Guaira?“

„Wir sind voll bis unter den Schornstein, wie oft soll ich Ihnen das noch sagen!"

„Es ist im Interesse des Schiffes", erklärte Mister Palmer. Er nahm seine Pfeife aus dem Mund und blitzte mit seinen himmelblauen Augen.

„Ich lasse mir was einfallen", versicherte der rundliche Mann in der Offiziersuniform.

Am Abend sah es beinahe so aus, als ob der ganze Speisesaal nach dem Essen geschlossen an Deck gegangen wäre. Passagiere spazierten durcheinander wie an einem ersten Frühlingsabend. Das Schiff rollte sanft, und der warme Wind bewegte Röcke und Schals, brachte Frisuren durcheinander und hatte Lust, ein paar Hüte oder Mützen über Bord zu blasen. Der Mond segelte zum Horizont hin, und für einen Augenblick konnte man backbord ein paar Sterne sehen.

In der Atlantik-Halle hatte später Lisa Liranda ihren ersten Auftritt. Sie zeigte ziemlich viel von ihren langen Beinen und ihrer schlanken Figur, als sie ins Licht der Scheinwerfer hüpfte und sich verbeugte. Gleichzeitig schleppte ein kaffeebrauner Mann mit nacktem Oberkörper zwei große Körbe auf die Tanzfläche.

„Das ist Singh Rumi!" So stellte Lisa Liranda den jungen Mann vor. „Als gläubiger Sikh trägt er den eisernen Armreif, kurze Hosen, den Holzkamm und den Dolch. Sein Haar darf er sich niemals schneiden lassen."

Der junge Inder stand jetzt breitbeinig zwischen den Körben und hatte seine Arme vor der Brust gekreuzt. Er blickte geradeaus und rührte sich nicht. Erst als die Musik einen Tusch spielte und sich die Scheinwerfer auf die Mitte der Tanzfläche konzentrierten, kam Bewegung in den schlanken Burschen mit den pechschwarzen Haaren. Er beugte sich über einen der beiden Körbe und hielt plötzlich eine Schlange in den ausgestreckten Ar-

men, machte ein paar Schritte nach vorn und übergab sie Lisa Liranda so feierlich, als würde er ihr eine Krone überreichen.

„Eine Kobra“, flüsterte Apotheker Finkbeiner.

Lisa Liranda legte sich die Schlange wie einen Pelz um ihre nackten Schultern und machte jetzt ein paar Tanzschritte. Die Zuschauer auf den vorderen Plätzen lehnten sich in ihren Sesseln so weit als möglich zurück.

„Die Giftzähne sind gezogen“, beruhigte Lisa Liranda die Passagiere. „Sie könnte mich allerdings erwürgen“, fügte sie freundlich lächelnd hinzu.

Die Kapelle versuchte so etwas wie indische Musik zu spielen, und die Scheinwerfer kreisten in allen Farben über die Tanzfläche.

Der junge Inder mit dem Namen Singh Rumi hatte inzwischen eine Riesenschlange aus dem anderen Korb geholt. Sie war länger als zwei Meter und ließ pausenlos ihre Zunge aus dem Kopf schießen.

Lisa Liranda nahm das schwere Reptil in Empfang und hielt es mit ausgestreckten Armen in der Luft. Die Kobra hatte sie sich kurz vorher wie einen Gürtel um die Hüften gelegt.

Die Passagiere waren begeistert und klatschten in die Hände.

Jetzt machte Lisa Liranda wieder ein paar Tanzschritte. Dabei ließ sie die beiden Schlangen mit ihren Zungen immer wieder ganz dicht vor ihr Gesicht kommen.

„Die Kleine ist ja ganz niedlich“, meinte Frau Finkbeiner später auf dem Gang zu den Kabinen. „Aber die Schlangen sollte sie besser weglassen.“

„Das ist aber grade der Knüller!“ lachte Herr Wagner.

„Ich kann Schlangen nun mal nicht ausstehen“, erklärte Frau Finkbeiner. „Und auf einem Schiff haben sie eigentlich nichts zu suchen. Gute Nacht allerseits.“

Die hellerleuchteten Decks waren um diese Zeit schon menschenleer, und in den Schreibzimmern und Salons saßen nur noch einzelne Passagiere. In der Atlantik-Halle wechselten die Stewards bereits die Tischtücher und holten die Staubsauger heraus.

Nur in der Columbus-Bar war noch Betrieb. Herr Latenser hatte am Ende der Theke inzwischen schon seinen Stammplatz. Er nahm gerade wieder einen Schluck aus einem Whiskyglas und blickte dabei durch seine dicke Brille zu Mister Wilkinson hinüber, der mit den Herren Prunelle und Palmer Poker spielte.

Kurz nach Mitternacht war dann völlige Ruhe an Bord. Jetzt hatte man auch die Bars geschlossen, und die Lifts waren gesperrt.

Nur die Ventilatoren surrten, und die Maschinen pochten dumpf.

Auf der Kapitänsbrücke hielt der Erste Offizier die Mittelwache. Er blickte durch sein Fernglas in die Nacht hinaus und manchmal auf den matt erleuchteten Kompaß.

Fünf Decks tiefer putzte ein älterer Steward, der früher auch einmal im Speisesaal serviert hatte, in einem leeren Korridor die Schuhe der Passagiere. Ein paar Bäcker setzten den Teig für die Frühstücksbrötchen an, und ein paar Matrosen überwachten noch tiefer unten im Maschinenraum die ganze Nacht hindurch die Instrumente.

Am nächsten Morgen schien die Sonne.

Als die Finkbeiners und Wagners gleich nach dem Aufstehen zum Brückendeck hinauffuhren, glänzte es frisch gewaschen und abgeschwemmt im Gegenlicht. Die Deckmatrosen spulten gerade ihre Sprengschläuche wieder zusammen. Die Stewards trugen plötzlich schneeweiße Uniformen und stellten bereits die ersten Liegestühle ins Freie.

Der Himmel war jetzt zum ersten Mal auf dieser Reise hellblau und ohne Wolken.

„Mein Gott, kann die Welt schön sein", sagte Frau Finkbeiner und holte ganz tief Luft.

Sie standen alle an der Reling und blinzelten ein wenig, weil sie von den Sonnenreflexen auf dem Wasser geblendet wurden.

„Das Meer ist auf einmal ganz grün", stellte Ulli Wagner fest.

„Und ganz klar und durchsichtig", sagte Peter.

„Vor allem aber ist es ruhig", bemerkte Herr Finkbeiner.

„Und jetzt habe ich Lust auf eine Tasse Kaffee."

Über Nacht war auf dem Schiff der Frühling ausgebrochen. Die Passagiere kamen wie verwandelt mit leichten und bunten Kleidern aus ihren Kabinen. Auch die Offiziere hatten ihre dunkelblauen Uniformen im Kleiderschrank gelassen und erschienen ganz in Weiß und mit messerscharfen Bügelfalten.

Und alle zusammen zeigten fröhliche Gesichter.

Als sich die Finkbeiners und Wagners im Speisesaal an ihren Tisch setzten, strahlte das rosige Marzipangesicht des Tischstewards. „Ist das ein Wetterchen oder nicht?“ fragte er und rieb sich dabei die Hände.

„Wir sind zufrieden, Herr Rehbein“, meinte Peter Finkbeiner gnädig.

„Dann bin ich ja beruhigt“, erwiderte der Tischsteward. „Im übrigen rollen wir bereits aufs Festland zu und müßten so etwa in einer halben Stunde vor La Guaira sein.“ Er stellte frische Brötchen auf den Tisch. „Das Frühstück wie üblich?“

„Es kann also passieren“, überlegte Frau Finkbeiner, „daß wir unsere Haferflocken löffeln, und plötzlich guckt Venezuela hier durchs Fenster.“

„Durchs Bullauge“, korrigierte ihr Mann nachsichtig. „Wir sind nicht zu Hause, Erika.“

Mister Palmer übt sich im Aufpassen, und der Streichholzfabrikant spielt Postbote

Und so ähnlich kam es dann auch.

Herr Wagner nahm gerade die Kaffeekanne vom Tisch und fragte: „Wem darf ich noch eine zweite Tasse eingießen?“, als es in den Schiffslautsprechern knackte. Gleich darauf ließ sich die Stimme von Kapitän Stahlhut vernehmen.

„Guten Morgen, meine Damen und Herren. Der venezolanische Lotse ist soeben an Bord gekommen. Wir werden in etwa zwanzig Minuten La Guaira erreichen und dort vor Anker gehen. Die Gangway finden Sie dann auf der Backbordseite im A-Deck. Sie wird heute abend pünktlich um sechs Uhr wieder eingezogen. Bis dahin viel Vergnügen."

„Was hab' ich gesagt?" lachte Frau Finkbeiner. „Mitten beim Frühstück." Sie nahm noch einen Schluck aus ihrer Tasse, und dann faltete sie die Serviette zusammen.

Die Passagiere verteilten sich wieder über das ganze Schiff wie vorgestern bei der Rettungsbootübung. Sie hatten sich für den einen oder anderen Landausflug entschieden, der vom Bordreisebüro empfohlen worden war. Jetzt verschwanden sie kurz in ihren Kabinen und kamen mit Hüten, Sonnenschirmen und Fotoapparaten wieder zurück. Sie hatten es plötzlich alle sehr eilig.

„Ist ja ein Durcheinander wie nach einem Fußballspiel", murmelte der Page Axel Kannengießer vor sich hin.

Dabei kletterte er über die Treppe zum Verandadeck. „Die Lifts sind jetzt sowieso alle überfüllt", murmelte er weiter zu sich selbst.

Der flachsblonde Junge mit der roten Jacke blieb stehen und blickte sich suchend unter den Passagieren um. Dabei entdeckte er jetzt den Streichholzfabrikanten mit dem englischen Schnurrbart und den buschigen Augenbrauen.

„Guten Morgen, Mister Wilkinson", grüßte der Page Axel Kannengießer. „Darf ich mir eine Frage erlauben?"

„Du darfst", erwiderte der Mann, der wie ein pensionierter Baseballspieler aussah.

„Wissen Sie zufällig, wo ich Mister Palmer finden kann?" fragte der Page aus dem Speisesaal. „In seiner

Kabine ist er nicht, und ich hab' ein Telegramm für ihn. Leider kann er im Augenblick nicht ausgerufen werden, weil die Lautsprecher vor der Landung zur Kommandobrücke geschaltet sind."

„Es sieht so aus, als hätte dieser Mister Palmer mit seinen Telegrammen ein wenig Pech." Mister Wilkinson lachte. „Aber dieses Mal kann ich behilflich sein. Wir sind zufällig auf dem A-Deck miteinander verabredet, und wenn du willst, spiele ich gern den Postboten."

„Das ist sehr freundlich." Axel Kannengießer bedankte sich und gab Mister Wilkinson das Telegramm. „Ich hab' nämlich heute Bordwache und deshalb eine ganze Menge um die Ohren."

Er wollte schon wieder lostraben, da hielt ihn der Mann mit dem englischen Schnurrbart zurück. „Sammelst du Briefmarken?" fragte er wie aus heiterem Himmel.

„Nicht daß ich wüßte", erwiderte der Page aus dem Speisesaal.

„Dann sammelst du vielleicht weiße Elefanten?"

„Leider auch nicht", bedauerte Axel Kannengießer. „Aber nur wegen Platzmangel."

„Damned, irgend etwas mußt du doch..." Mister Wilkinson unterbrach sich, und seine Augen blitzten auf, als hätte er endlich den richtigen Einfall. „Sammelst du etwa Dollars?"

„Wer sammelt die nicht?" Der flachsblonde Junge aus dem Speisesaal grinste.

„Dann kannst du ja damit was anfangen", meinte Mister Wilkinson. Er holte eine Zweidollar-Münze aus seiner Westentasche, warf sie in die Luft und drückte sie dem Jungen mit der Stubsnase in die Hand.

„Besten Dank", sagte Axel Kannengießer und flitzte jetzt endgültig davon. Mister Wilkinson blickte ihm nach und wollte sich wieder einmal ausschütten vor Lachen.

Zur gleichen Zeit inspizierte Mister Palmer zusammen mit dem Ersten Offizier im B-Deck das Lager neben dem Tiefkühlraum. Der breite Tresor stand an der Wand hinter Eisenstäben, die bis an die Decke reichten, und einer Gittertür wie in einem Gefängnis.

Davor waren Kisten mit allen möglichen Konserven aufeinandergestapelt, Säcke mit Kaffee und Kanister mit Olivenöl. Dazwischen saßen zwei Matrosen. Sie hatten ein Telefon neben sich auf dem Tisch und spielten Karten. Ein paar Ventilatoren summten, und der ganze Raum vibrierte leicht, weil er wohl direkt über der Schiffsschraube lag.

„Sobald Ihnen die geringste Kleinigkeit auffällt, rufen Sie mich an", sagte Mister Palmer. Er hatte gerade gemeinsam mit dem Oberzahlmeister das Schloß an der Gittertür kontrolliert. „Sie erreichen mich vorerst über Apparat 72 im Hauptdeck."

„Es ist Ihnen doch wohl klar, daß das hier ein idiotischer Job ist?" fragte einer der beiden Matrosen. Er warf seine Karten auf den Tisch und blickte lustlos auf. „Nichts als Rumsitzen und auf einen Geldschrank aufpassen. Eigentlich ist das eine Sache für Polizisten."

„Es gibt eine Menge Arbeit an Bord, die schmutziger ist und mehr über die Knochen geht", gab der Erste Offizier zu bedenken.

„Im übrigen werde ich mich erkenntlich zeigen", fügte Mister Palmer hinzu.

„So war das nun auch wieder nicht gemeint", sagte jetzt der andere Matrose entschuldigend.

„Jedenfalls können Sie sich auf mich verlassen", erklärte Mister Palmer abschließend und ging zusammen mit dem Ersten Offizier zur Tür. Bevor er auf den Korridor hinaustrat, drehte er sich noch einmal um.

„Und bei der geringsten Kleinigkeit Apparat 72, wie gesagt.“

Eine Viertelstunde später verlangsamte die MS Europa ihre Fahrt und glitt behutsam durch das graue und ölige Wasser in den Hafen. Das Schiff hatte über alle Toppen geflaggt, und es heulte dumpf zur Begrüßung.

Wie bei der Ausfahrt aus New York standen die Passagiere wieder über alle Decks verteilt an der Reling und blickten auf die flachen Häuser und Lagerschuppen hinunter, zu den schwarzen Kesseln der Raffinerien, den Ladekränen und den Eisenbahnwaggons, die sich an die Frachtschiffe heranschoben. Alles dicht ineinander geschachtelt und zusammengedrängt an der Pier, weil schon dicht dahinter ein Gebirge anstieg. Mit Palmenwäldern und hellgrünen Zuckerpflanzungen. Darüber

steile Felsplatten und das Schwarzgrün des beginnenden Urwalds.

Die Luft flirrte vor Hitze und der Himmel war strahlend blau.

Die beiden Familien aus Berlin standen an der Reling im A-Deck. Sie wußten nicht recht, wohin sie zuerst blicken sollten.

„Mein Gott, kann die Welt schön sein“, sagte Frau Finkbeiner schließlich.

„Das war auch gestern schon deine Meinung“, bemerkte der Apotheker wohlwollend, und dann fragte er plötzlich wie aus heiterem Himmel: „Wieso heißt dieses Land eigentlich Venezuela? Die Hand hoch, wer es weiß!“

In diesem Augenblick stampften die Maschinen dreimal laut und standen still.

„Aha, jetzt hat der Kapitän auf die Bremse getreten“, bemerkte Ulli Wagner.

Beinahe gleichzeitig hörte man den schweren Anker hinunterrasseln und mit einem gewaltigen Klatsch ins Wasser fallen. Auf diesen Moment hatten im Bug und im Heck ein gutes Dutzend Matrosen gewartet. Sie griffen jetzt mit ihren gelben Arbeitshandschuhen nach den Tauen und warfen sie zur Pier hinunter.

Dort wartete ein Park von Taxis und eine Ansammlung von Menschen in allen Hautfarben, die zum Schiff drängten. Aber Polizisten in dunkelblauen Uniformen scheuchten sie zurück, so daß eine breite Gasse entstand. Und in diese Gasse hinein senkte sich jetzt die Gangway, während das Schiff noch festgemacht wurde. Möwen kreisten mit wütendem Gekreisch. Ihre Köpfe drehten sich wie in Scharnieren, und sie ließen sich wie Steine aufs Wasser fallen, wenn sie einen Brocken entdeckt hatten.

„Bitte recht freundlich.“ Ulli grinste und fotografierte

zuerst seinen Vater und dann die Familie Finkbeiner vor dem farbenfrohen Hintergrund. Anschließend fotografierte er den Hintergrund allein. Und als sie schließlich über die Gangway zur Pier geschlendert waren, machte er auch noch ein Bild von der MS Europa, die neben den übrigen Schiffen wie ein Riese im Hafen lag und weiß wie der Schnee vom Kilimandscharo.

Die Zollbeamten und Polizisten lächelten freundlich und grüßten immer wieder mit der Hand an der Mütze. Sie wollten nicht einmal die Bordkarten sehen, die inzwischen auf dem Schiff verteilt worden waren.

Die meisten Passagiere hatten den Tagesausflug nach Caracas gebucht. Mit der Eisenbahn vom Hafen in die Hauptstadt und dann mit einer Seilbahn über das Gebirge hinweg wieder zurück. Aber es gab auch Passagiere, die eines der wartenden Taxis mieteten und auf eigene Faust losfuhren.

Auf Mister Wilkinson wartete eine schwarze Limousine mit einem uniformierten Chauffeur. Der Streichholzfabrikant kletterte in den Wagen und rollte davon, als sei er hier zu Hause.

Mister Palmer hatte inzwischen an der Reling im Sonnendeck Stellung bezogen. Die Tür zur Kabine des Ersten Offiziers stand weit offen, damit er jederzeit das Telefon hören konnte. Er ließ seinen Blick nicht von der Gangway und von der Pier. Vor seiner Brust hing ein Feldstecher für den Fall, daß besonders genaue Beobachtungen nötig werden sollten. Jetzt tippte ihn Monsieur Prunelle auf die Schulter.

„Ich sehe, daß Sie am Ball sind“, bemerkte der Franzose. „Um so beruhigter gehe ich jetzt von Bord. Caracas hat nämlich eine Gemäldesammlung, die ich nicht versäumen darf. Bis heute abend.“

Mister Palmer nahm einen Zug aus seiner Pfeife und

blickte dem Franzosen nach. „Viel Vergnügen“, sagte er ein wenig miesepetrig. Aber das hörte Monsieur Prunelle schon nicht mehr.

Im Schatten eines Rettungsbootes lag Herr Latenser in seinem Liegestuhl, neben sich eine Flasche Bier. Seine Augen hinter den dicken Brillengläsern waren geschlossen, und man hätte glauben können, er schliefe.

Aber er langte von Zeit zu Zeit nach seiner Flasche, trank einen Schluck und blinzelte auch gelegentlich durch die Sonne zu Mister Palmer hinüber, der wieder über der Reling lehnte und zum Kai herunterblickte.

Inzwischen war das ganze Schiff ausgeflogen. Nur die Besatzung, die heute keinen Landurlaub hatte, war noch an Bord. Und in der Columbus-Bar saßen noch drei Männer zusammen mit zwei Frauen und spielten Bridge.

„Die Sorte kenn' ich“, meinte der Barkeeper. „Obs draußen regnet oder die Sonne scheint, die gucken überhaupt nicht raus, die ganze Reise lang.“

„Feine Erholung, so was“, erwiderte der Page Axel Kannengießer. Er hatte gerade einen Kasten mit Sodawasser abgeliefert. „Gondeln in den schönsten Gegenden herum und haben nur Whisky und Karten im Kopf.“

„Die Geschmäcker sind eben verschieden“, erklärte der Barkeeper. „Der eine trägt sein Geld zur Sparkasse, der andre wirft's zum Fenster raus.“

Inzwischen war unten am Kai eine dicke Frau mit einem zitronengelben Sonnenschirm auf eine Bananenkiste geklettert.

„Bitte alle Herrschaften, die mit der Bahn nach Caracas wollen, herhören“, sagte sie durch einen Handlautsprecher. Sie hatte glatte schwarze Haare und knallrot lackierte Fingernägel. „Ich freue mich, Ihnen unsere Hauptstadt zeigen zu dürfen, in der ich geboren bin. Mein Name ist Michelena, und ich stehe Ihnen jederzeit für alle Fragen zur Verfügung. Bitte folgen Sie mir jetzt zum Bahnhof.“

Die Señora mit dem zitronengelben Sonnenschirm setzte sich in Bewegung, und die Passagiere spazierten hinter ihr her wie eine Schulklasse. Man bummelte an Hafenkneipen vorbei, aus denen laute Musik zu hören war. Kaffeebraune Mädchen lehnten in billigen bunten Kleidchen im Schatten der Hauseingänge oder blickten durch Fenster. Indios, Neger und Mulatten wollten Strohhüte verkaufen, Kokosnüsse, Seidenschals, Sonnenbrillen oder Mangos. Dabei redeten sie in allen Sprachen durcheinander und fuchtelten mit ihren Armen durch die Luft.

„Leider muß ich die Herrschaften vor Taschendieben warnen“, gab Señora Michelena über ihren Lautsprecher bekannt. „Sie sind eine Landplage. Aber die Polizei ist machtlos, und bedauerlicherweise sind die Burschen flink und geschickt wie Eichhörnchen.“

„Würde mich direkt freuen, wenn sie's bei mir probieren würden“, lachte Juwelier Schmidt mit dt. Er war heute ausnahmsweise gut aufgelegt und pfiff schon die ganze Zeit über vergnügt vor sich hin.

Der Bahnhof war bald erreicht, und schon eine Viertelstunde später saßen die Passagiere in den Polstern eines blitzblanken Zuges und blickten zu den letzten Häusern von La Guaira hinaus, die vor den offenen Fenstern vorbeiflitzten. Dann kamen Wiesen, Felder und Wälder.

„Guten Morgen zusammen“, sagte Mister Hobbs, als er an den Finkbeiners und Wagners vorbeikam. „Wir suchen zwei Plätze auf der Schattenseite. In der Sonne ist es ja nicht auszuhalten. Das ist übrigens Fräulein Lisa Liranda, die Sie vermutlich schon kennen.“

„O ja, wir haben Sie gestern abend alle sehr bewundert“, erwiderte Herr Wagner höflich.

„Ungeheuer freundlich“, hauchte die Schlangentänzerin bescheiden und lächelte dabei.

„Aber wir waren auch bei Ihnen, Mister Hobbs“, ergänzte Peter Finkbeiner. „Und es war wirklich große Klasse, ehrlich. Schade nur, daß die meisten Passagiere im Kino waren.

„Beethoven und Brahms sind eben nicht so beliebt“, bemerkte der Mann mit den traurigen Fischaugen. „Man kann auf ihre Musik nicht tanzen.“ Er lächelte ein wenig verlegen und meinte dann zu Peter und Ulli: „Um so mehr freut es mich, daß es euch gefallen hat.“

Dann ging er mit der Schlangentänzerin weiter zum nächsten Waggon. Fräulein Lisa Liranda ließ dabei eine Wolke Parfum hinter sich wie ein Schiff sein Kielwasser.

„Es riecht nach Schneeglöckchen“, stellte Frau Finkbeiner fest, und dann fragte sie ihren Mann: „Also, wie war das, Herr Studienrat, wieso heißt dieses Land Venezuela?“

„Die Herrschaften hissen also die weiße Flagge?“ Der Apotheker schmunzelte.

Er ließ sich Zeit und blickte von einem zum anderen. „Oder wer weiß etwas?“

„Als die Spanier 1499 an unsere Küste kamen“, ließ sich in diesem Augenblick die Stimme von Señora Michelena hören, „sichteten sie zuerst eine indianische Siedlung, die auf Pfählen bis ins Meer gebaut war. Da gaben sie dem neuentdeckten Land den Namen Venezuela, was eigentlich ‚Klein-Venedig‘ heißt.“

„Ausgezeichnet und besten Dank“, sagte Frau Finkbeiner. Sie klatschte vergnügt in die Hände. „Ein Glück, daß man nicht immer auf Studienräte angewiesen ist, die ihre Schüler zappeln lassen.“

„Pardon, ich wollte mich nicht einmischen“, entschuldigte sich die schwarzhaarige Dame mit dem zitronengelben Sonnenschirm. „Aber ich kam zufällig vorbei und hörte ..."

„Ich hätte das lange nicht so gut erklärt", unterbrach sie der Apotheker aus Berlin. „Ich bin überhaupt nicht eingeschnappt, nicht die Bohne."

Eine halbe Stunde später schlenderten sie von der Avenida Urdaneta zur Plaza Bolivar.

Caracas ist eine laute Stadt mit Wolkenkratzern wie in Manhattan, Häusern wie aus der Kolonialzeit und überfüllten Geschäftsstraßen.

Die Männer trugen farbige Bänder um ihre Strohhüte und knallbunte Hemden.

Auf den Gehsteigen gab es offene Stände mit Silberschmuck, Ketten, Schallplatten, venezolanischen Fahnen und Ansichtskarten wie auf einem Wochenmarkt. Burschen in allen nur denkbaren Hautfarben verkauften Lose oder Eintrittskarten zum Stierkampf. Bettler streckten die Arme aus oder hockten neben ihren offenen Hüten. Und überall schwirrten kleine Jungen durch die Gegend und wollten Schuhe putzen. „Amigo", riefen sie, zeigten grinsend ihre weißen Zähne und trommelten mit ihren Bürsten auf die Holzkisten. Andere hatten es bereits zu gepolsterten Stühlen gebracht, die wie Thronsessel nebeneinander am Straßenrand standen.

„Wenn es so etwas wie einen Weltrekord in blankgeputzten Schuhen geben würde", bemerkte Herr Wagner, „wäre Caracas bestimmt nicht zu schlagen." Und dann fragte er: „Was ist denn das?"

Mitten auf einer Straße waren nämlich Jungen und Mädchen beim Rollschuhlaufen wie auf einer Eisbahn. Laute Musik spielte dazu, und zwischendurch krachten immer wieder Raketen und Knallfrösche in die Luft, zerplatzten und fielen als Funkenregen wieder vom Himmel.

„Navidad", erklärte die Señora mit dem zitronengelben Sonnenschirm. „Weihnachten." Sie lächelte. „Das ist bei uns kein stilles Fest. Da ist doch Christus geboren, und ein Geburtstag kann nicht laut genug gefeiert werden. Und das geht dann gleich weiter bis Sylvester und bis zum Karneval. Wie hier bleiben jetzt zum Rollschuhlaufen und Tanzen ganze Straßen gesperrt."

Sie nahm wieder einmal ihren Lautsprecher vor den Mund und gab bekannt: „In einer Viertelstunde treffen wir uns alle am Capitol, wo ein Bus bereitsteht."

Die Finkbeiners und Wagners trabten jetzt zur Post, die sie gleich dicht neben einem Denkmal entdeckt hatten, und kritzelten auf ein gutes Dutzend Ansichtskarten ihre Grüße und ihre Namen.

„Mein geliebtes Gipsbein", schrieb Herr Wagner an seine Frau in Berlin. Er versprach für den nächsten Hafen einen ausführlichen Brief und bat anschließend noch Ulli und die Finkbeiners um ein paar Worte und ihre Unterschrift. Auf der Vorderseite der Karte stand in Goldbuchstaben: „Grüße aus Caracas."

Als sie wieder aus der Post herauskamen, blickten sie zu dem Standbild hinauf. Es zeigte Bolivar den Befreier in Bronze gegossen auf einem Pferd, das sich steil aufgerichtet hatte und mit den Vorderhufen durch die Luft wirbelte. Der Held saß dabei furchtlos und aufrecht im Sattel. Er hatte den Blick in die Ferne gerichtet und den Hut mit der rechten Hand zum Gruß ausgestreckt.

„Wollen wir ihn noch schnell abknipsen?" fragte Ulli.

„Eigentlich können wir uns das sparen", meinte der Portier aus dem Hotel Kempinski in Berlin. „Diese Denkmäler sind doch alle gleich. Wenn man eins fotografiert hat, hat man alle fotografiert. Man müßte nur die Köpfe auswechseln."

„Dann bitte ich um Entschuldigung", meinte Ulli

Wagner mit einer kleinen Verbeugung zu dem Standbild hinauf und klappte seine Kamera wieder zu.

Vor dem weißen Capitol mit seinen Kuppeln aus Gold, seinen Palmen und seinem Springbrunnen kletterten sie dann in den Autobus und fuhren los.

Und etwa im gleichen Augenblick, als die schwarzhaarige Señora mit dem zitronengelben Sonnenschirm über ihren Handlautsprecher bekanntgab: „Links haben Sie jetzt einen Blick auf die Kathedrale mit ihrer weltberühmten Gemäldesammlung“, sagte in eben diesem Gebäude Monsieur Prunelle aus Paris: „Das ist aber eine Überraschung.“ Er hatte gerade im zweiten Stockwerk der Kathedrale einen Saal betreten und dabei den Streichholzfabrikanten Mister Wilkinson entdeckt, der nachdenklich und beinahe abwesend vor einem der ausgestellten Bilder stand. Der Straßenlärm wurde durch die geschlossenen Fenster gedämpft, und auf dem Marmorboden lagen Teppiche. Andere Besucher gab es nicht.

„Ich bin wirklich überrascht“, sagte der Direktor des Louvre noch einmal. Er war wieder so elegant angezogen, als sei er frisch aus einem Heft für Herrenmode herausgestiegen. „Sie interessieren sich auch dafür?“

„Sonst wäre ich wohl nicht hier“, antwortete Mister Wilkinson. „Eigenartig, Sie als Museumsdirektor sind überrascht, wenn sich auch andere Leute für Bilder interessieren. Ein wenig überheblich, finden Sie nicht auch?“ Er lächelte und blickte sich um. „Aber wir sind tatsächlich bis auf zwei Wärter ganz allein.“

„Ein echter Murillo“, flüsterte Monsieur Prunelle und blickte ehrfurchtsvoll durch das Eisengitter, hinter dem das Gemälde an der Wand hing.

„Und da drüben ein echter Rubens“, ergänzte Mister

Wilkinson. „Schon dafür würde sich eine Reise nach Caracas lohnen.“ Er drehte an seinen Schnurrbartspitzen. „Leider bin ich in Eile und muß mich empfehlen.“ Am Rande des Teppichs drehte er sich noch einmal um. „Was ich sehr bedaure.“

„Bis heute abend“, erwiderte Monsieur Prunelle. Und dann fixierte er eine Viertelstunde lang den Murillo, als wolle er ihn hypnotisieren und ein für allemal auf seine Netzhaut festbannen. Anschließend wanderte er zu dem Rubens hinüber und machte mit ihm das gleiche.

Inzwischen rollte der Omnibus mit den Passagieren der MS Europa an Hochhäusern und Ölraffinerien vorbei, durch die Straßen eines Elendsviertels mit Hütten aus Blech und Holz und dann wieder durch einen Park mit Springbrunnen und Palmen zum Hotel Tamanaco.

„Viel Licht und viel Schatten“, meinte die Señora mit dem zitronengelben Sonnenschirm. „Reich und bettelarm gibt's bei uns ganz dicht nebeneinander.“ Dabei stand sie auf und lächelte. „Wir sind da, und Sie sollten sich jetzt in aller Ruhe ein paar Stunden erholen.“

Bunte Liegestühle und Sonnenschirme, ein himmelblauer Swimmingpool und grüne Rasenflächen erwarteten die Passagiere. Überall wehten Fahnen, und am Horizont stieg das Avilagebirge in den Himmel, das zwischen Caracas und dem Hafen lag.

„In Berlin haben sie jetzt Eisblumen an den Fenstern“, sagte Frau Finkbeiner. Sie lag neben Herrn Wagner und ihrem Mann mit geschlossenen Augen in der Sonne.

„Und in den Geschäften treten sie sich bei den Weihnachtseinkäufen gegenseitig auf die Füße“, ergänzte der Apotheker.

„Wenn man sich das so vorstellt“, äußerte sich der Portier vom Hotel Kempinski, „genießt man es doppelt und dreifach, daß man hier in der Badehose rumliegen kann und nur aufpassen muß, daß man sich keinen Sonnenbrand holt."

Plötzlich richtete sich Frau Finkbeiner auf. „Wir haben ja bei unseren Ansichtskarten Herrn Direktor Habernoll ganz vergessen", sagte sie. „Dabei verdanken wir es seinem Warenhaus, wenn wir..."

„Wird bereits nachgeholt", unterbrach sie Herr Wagner, und dann fragte er einen Kellner, der gerade ein Tablett mit Ananassäften über den Rasen balancierte: „Es gibt doch bestimmt Ansichtskarten vom Hotel? Würden Sie uns bitte eine bringen, wenn Sie mal wieder in unsere Gegend kommen?"

„In zwei Minuten, Señor", erwiderte der Kellner und lief weiter.

Peter und Ulli jagten inzwischen am Sprungbrett hintereinanderher, als hätte der eine dem anderen sein Taschengeld geklaut. Kaum waren sie im Wasser untergetaucht, schwammen sie jedesmal gleich zum Beckenrand zurück und kletterten wieder über die Leiter nach oben. Sie drehten Saltos, kippten nach rückwärts oder sprangen wie Frösche mit ausgebreiteten Armen und Beinen.

„Hast du ihn schon entdeckt?" fragte Ulli prustend, als er wieder aus dem Wasser auftauchte. „Der Schmetterling."

Peter blickte sich vorerst noch nicht um. Aber als er wieder vom Brett sprang, drehte er eine Schraube über die linke Schulter, und da sah er dann den Jungen mit dem Bürstenhaarschnitt und neben ihm seine Tante im Rollstuhl.

„Hallo, die Herren", rief Mrs. Fuller mit ihrer tiefen Stimme, als Peter wieder an die Wasseroberfläche kam. „Vor Ostern macht ihr wohl keine Pause mehr?"

„Guten Tag, Mrs. Fuller“, grüßte Peter aus dem Swimmingpool.

„Hallo, Ronny!“ rief Ulli. Dabei sprang er auf das Brett, daß es nur so zitterte, und segelte anschließend, den Kopf voraus, mit ausgestreckten Armen durch die Luft.

„Wenn ihr nichts dagegen habt, möchte ich Ronny für eine Weile bei euch abgeben“, sagte Mrs. Fuller. „Unterdessen mache ich mich mit euren Eltern bekannt.“ Sie wartete gar nicht auf Antwort und rollte ihren Stuhl einfach zum Rasen mit den Liegestühlen hinüber.

Beinahe gleichzeitig kletterte Ronny aus seinen Bluejeans, warf die Jacke mit dem Schmetterling auf dem Rücken daneben und sprang in seiner farbenprangenden Badehose ins Wasser.

Bei der anschließenden Olympiade stellte es sich dann heraus, daß Peter die längste Strecke tauchen konnte und Ulli der Beste beim Brustschwimmen war. Dagegen schlug der junge Amerikaner die beiden anderen beim Kraulen.

„Great“, Ulli lachte, „deine Wenden sind prima.“

„Und du bist im Brustschwimmen einfach nicht zu schlagen“, erwiderte der Bürstenhaarschnitt bescheiden.

„Bei Gelegenheit mußt du mir zeigen, wie du das mit den Beinen machst“, sagte Peter. „Du kraulst wie ’ne Schiffsschraube.“

„Und du tauchst wie ein U-Boot“, entgegnete der junge Amerikaner. „Was ist der Trick, daß du die Luft so lange stoppen kannst?“

„Kinder, wir sind eine piekfeine Gesellschaft.“ Ulli grinste. „Sogar Diplomaten können sich bei uns noch ’ne Scheibe abschneiden.“

„Ja, so ein großes weißes Schiff macht die Menschen höflich.“ Jetzt grinste auch Ronny Fuller.

„Und Höflichkeit“, dozierte Peter Finkbeiner, „ist für die menschlichen Beziehungen das, was Öl für einen Motor ist. Es reduziert die Reibung auf ein Mindestmaß.“ Dabei warf er sich ohne Ankündigung mit einem Hechtsprung über den Bürstenhaarschnitt und drückte ihn unters Wasser.

Ulli sprang gleich hinterher. Es spritzte und sprudelte, als sei mitten im Swimmingpool plötzlich eine Mineralquelle ausgebrochen. Und dann dauerte es eine ganze Weile, bis das Knäuel der drei Jungen wieder auftauchte. Dabei waren ihre Beine und Arme noch immer verknotet, wie bei Zirkusakrobaten oder Catchern.

Inspektor Brown kommt fast zu spät

Eine Viertelstunde später trabten sie einträchtig nebeneinander zu den Erwachsenen zurück. Sie warfen sich ins Gras und schnappten nach Luft.

„Wir haben in der Zwischenzeit zusammen Kaffee getrunken und einen Entschluß gefaßt“, gab Mrs. Fuller bekannt. „Und zwar folgendes: Herr Wagner gondelt mit euch per Seilbahn nach La Guaira“, sie blickte zu den drei Jungen hinüber, die mit ihren nassen Haaren nebeneinander lagen, „und das Ehepaar Finkbeiner fährt mit mir im Taxi.“

„Ich verzichte ganz gern“, sagte die Frau des Apothekers. „Ich hab' sowieso einen Bammel vor Seilbahnen.“

„Und ihr werdet uns ja dann erzählen, wie es war“, meinte Herr Finkbeiner.

Hinterher sagte Mrs. Fuller dann noch: „Ich weiß, daß ich eine alte Wachtel bin, und Ronny braucht zwischendurch immer wieder mal Urlaub von mir und meinem Rollstuhl." Aber da sauste sie bereits mit dem Ehepaar Finkbeiner im offenen Taxi über die Rota del Sol, die breite Autostraße. An Araguaneybäumen und riesigen Reklameflächen für Fluggesellschaften, Filmkameras und Autos vorbei. Alles Dinge, die sich der größte Teil der Bevölkerung doch nie leisten kann.

Währenddessen stand Herr Wagner mit den drei Jungen in der Gondel der Seilbahn. Caracas mit seinen Wolkenkratzern wurde immer kleiner, und man konnte jetzt sehen, daß die Stadt wie ein großer See zwischen lauter Bergen lag.

Die Schiffspassagiere drängelten sich an den Fenstern und schossen aus ihren Fotoapparaten wie aus Maschinengewehren. Die meisten hatten jetzt frisch gekaufte und nagelneue Strohhüte auf den Köpfen. Sie waren aufgeregt wie Jäger, denen ihr Wild davonläuft. Es zogen nämlich immer häufiger hohe Bäume an den Gondeln vorbei, und bald würde von Caracas nichts mehr zu sehen sein. Und gleich darauf ging es dann wirklich nur noch über Wiesen, Felder und Wälder hinweg.

Die drei Jungen standen dicht nebeneinander und blickten durchs Fenster.

Und plötzlich fragte Ulli wie aus heiterem Himmel: „Wo sind deine Eltern eigentlich geblieben? In New York oder wo?" Er transportierte dabei den Film in seiner Kamera weiter.

„Meine Eltern sind vor zwei Jahren mit ihrem Flugzeug abgestürzt", antwortete der Junge mit den Nieten und dem Schmetterling auf seiner verwaschenen Jacke. „Mein Vater war ein ganz guter Pilot, aber sie sind in ein Gewitter gekommen."

„Tut mir leid", antwortete Ulli, „war eine blöde Frage."

„Konntest du ja nicht wissen", meinte Ronny. „Seitdem bin ich bei meiner Tante und es geht eigentlich ganz gut. ‚Den Umständen entsprechend', würde ein Arzt sagen..."

Die Gondel schwebte inzwischen an ihren dicken Drahtseilen über dem unberührten und tropischen Urwald. Dazwischen gab es immer wieder tiefe Schluchten mit steilen Felswänden. Und dann konnte man noch einmal Caracas sehen. Es war jetzt wie der Blick aus einem Flugzeug. Die Stadt lag schon im Gegenlicht der Abenddämmerung.

Als die Bahn den Gipfel erreicht hatte, stand sie für einen kurzen Moment still. Dann kippte sie auf die andere Seite des Berges und senkte sich langsam der Küste zu.

Die Passagiere mit den farbigen Bändern an ihren neuen Strohhüten hatten sich umgedreht und zielten mit ihren Fotoapparaten jetzt in die andere Richtung.

„Da wären wir ja wieder", bemerkte Herr Wagner.

Dort, wo das Gebirge aufhörte, lag nämlich abermals das Karibische Meer mit dem Hafen und seinen Schiffen.

Vom Ende der Seilbahn ging es wieder zu Fuß zum Hafen. Die engen Straßen waren jetzt genauso voll von Menschen wie in Caracas, und es war auch genauso laut.

An der Gangway spielte die Bordkapelle zur Begrüßung, und auf ein paar Tischen warteten Fruchtsäfte, Tee und Drinks mit Rum zur ersten Erfrischung.

Fast im gleichen Augenblick, als Herr Wagner mit den drei Jungen an der Pier eintrudelte, kam auch das Taxi mit Mrs. Fuller und dem Apothekerehepaar angefahren. Zugleich heulte das Schiffstyphon auf, und die schwarzhaarige Señora mit dem gelben Sonnenschirm kletterte wieder einmal auf eine Bananenkiste.

„Hiermit möchte ich mich von Ihnen verabschieden",

sagte sie durch ihren Handlautsprecher. „Ich wünsche Ihnen weiterhin eine gute Reise."

Die Passagiere sagten „Danke" oder „Merci" oder „Thanks" und klatschten in die Hände.

„Polizei", rief dazwischen eine Stimme. „Man muß sofort die Polizei alarmieren."

Gleich darauf stellte sich heraus, daß die Stimme dem Juwelier Schmidt mit dt gehörte. Er hatte seine Frau an der Hand und zog sie hinter sich her wie ein Kind, das nicht in die Schule will. Jetzt hatte er den dicklichen Oberzahlmeister entdeckt.

„Sie müssen etwas unternehmen", rief der Juwelier aus Düsseldorf aufgeregt. Sein Kopf war rot wie eine Tomate, und er schwitzte ungefähr so, als hätte er gerade fünfzig Liegestütze gemacht. „Man hat uns beraubt!" Er blickte sich um, weil er vermutete, daß ihm diese Ungeheuerlichkeit doch niemand glauben würde. Er hatte sie ja selbst noch nicht begriffen. „Ja, es stimmt, man hat uns beraubt", wiederholte er fassungslos.

„Die Polizei muß her", jammerte Frau Schmidt. „Oder es ist zu spät."

„Also, was ist passiert?" fragte der Oberzahlmeister. „Bitte erzählen Sie der Reihe nach."

Am A-Deck war Mister Palmer aufmerksam geworden. Er beugte sich über die Reling und blickte durch sein Fernglas.

Aber auch die übrigen Passagiere hatten jetzt die Ohren gespitzt und kamen näher.

„Das ist schnell erzählt", berichtete Herr Schmidt. „Wir schlendern gemütlich von der Seilbahnstation hierher, da kitzelt es mich auf einmal hier hinten." Er griff sich im Nacken mit dem ausgestreckten Zeigefinger in seinen Hemdkragen. „Zuerst denk' ich mir nichts dabei, und wir schlendern weiter..."

„Sie kratzen sich“, ergänzte der Oberzahlmeister, „aber das Prickeln hört nicht auf.“

„Wieso wissen Sie?“ fragte der Juwelier verwundert.

„Sie kratzen sich zum zweiten Mal“, fuhr der Oberzahlmeister fort, „und dann passiert es!“

„Ja, da passiert es“, bestätigte Herr Schmidt aus Düsseldorf, „während ich wieder den Arm hochnehme und in meinen Kragen fasse, schießt so ein kaffeebrauner Bengel auf mich zu und will an meine Brieftasche.“

„An die er ja in dem Augenblick leicht herankommt“, ergänzte der Oberzahlmeister wieder. „Aber es hört sich so an, als hätte der Bursche bei Ihnen kein Glück gehabt?“

„Meine Frau hat ihn rechtzeitig entdeckt und brüllt ‚Hugo!‘ erklärt der Juwelier. „Da ist er sofort wieder getürmt.“

„Trotzdem hat man Sie beraubt?“ fragte Mrs. Fuller.

„Wir hatten uns gerade vom ersten Schreck erholt“, berichtete Herr Schmidt weiter, „da stellte meine Frau fest, daß ihre Handtasche fehlt. Irgendein anderer Gauner hat die Verwirrung ausgenutzt. Oder der Angriff auf mich war nur ein Ablenkungsmanöver...“

„Bitte überzeugen Sie sich selbst“, sagte die Frau des Juweliers aus Düsseldorf. Sie hielt ihre rechte Hand in die Luft und zeigte jedem, der es sehen wollte, einen Henkel aus Krokodilleder. „Man hat die Tasche einfach abgeschnitten“, stellte sie fest. „Ich kann es immer noch gar nicht fassen.“

„Und angefangen hat die ganze Sache damit, Herr Schmidt“, meinte der Oberzahlmeister, „daß man Ihnen Juckpulver in den Kragen geschüttet hat, ohne daß Sie es bemerkt haben.“

„In Neapel reisen Taschendiebe auf den gleichen Dreh“, bemerkte Herr Latenser. Mit einem Glas in der Hand stand er ganz plötzlich da und blinzelte durch seine dicke Brille.

Das Schiff tutete bereits zum zweiten Mal.

„Ich bestehe darauf, daß die Polizei alarmiert wird!“

„Das würde ziemlich lange dauern und schließlich doch nichts bringen“, erwiderte der Oberzahlmeister. „Dazu kommt, daß wir in einer Viertelstunde ablegen.“

„Aber so was darf man sich doch nicht gefallen lassen“, sagte der Juwelier aus Düsseldorf empört.

„Ich fürchte, im Augenblick bleibt uns nichts anderes übrig.“ Der Oberzahlmeister zuckte mit den Schultern. „Aber wir können über unsere hiesige Agentur eine Anzeige erstatten, wenn Sie wollen.“

Er drehte sich jetzt zu den übrigen Passagieren um: „Wir müssen jetzt wieder an Bord, meine Damen und Herren.“

Als die Finkbeiners und Wagners über die Gangway zum A-Deck wanderten, ging wieder einmal ein ganz leichtes Zittern durch das Schiff, und dann war das leise Pochen der Maschinen zu hören. Als einer der letzten Passagiere kam Mister Wilkinson an Bord. Kurz zuvor war noch Monsieur Prunelle aus einem Taxi geklettert.

Das Schiffstyphon röhrte wieder, und die Bordkapelle spielte jetzt vom Sonnendeck herunter. Die Matrosen standen mit ihren gelben Lederhandschuhen an den Tauen bereit, und die Gangway wurde eingezogen.

In diesem Augenblick kam ein alter amerikanischer Wagen in einer dicken Staubwolke vom Hafen her. Er stoppte aus voller Fahrt. Die Bremsen quietschten, und das ganze Auto bockte wie ein Pferd, das ein Hindernis verweigert. Gleichzeitig sprang ein schwarzhaariger jüngerer Mann mit einer perfekten Flanke über den Rand des offenen Wagens. Er war sehr schlank und blickte jetzt zur Kommandobrücke hinauf. Dabei konnte man in sein bartloses und blasses Gesicht sehen, soweit es nicht von einer besonders großen und dunklen Sonnenbrille verdeckt war.

Die Gangway wurde noch einmal heruntergelassen, und kurz darauf kletterte der neue Passagier mit seinem Gepäck an Bord.

„Haargenau der gleiche Film wie bei der Ausfahrt in New York“, stellte Herr Finkbeiner fest. „Nur daß der Hauptdarsteller ausgewechselt worden ist.“

Der, von dem gerade die Rede war, betrat in diesem Augenblick die Reling. Der Oberzahlmeister hatte ihn erwartet, und ein Matrose kümmerte sich um sein Gepäck.

„Ich muß um Entschuldigung bitten“, sagte der schwarzhaarige junge Mann. „Aber mein Taxi hatte einen kleinen Unfall. Mein Name ist Brown.“

„Wir haben Sie erwartet, Mister Brown“, erwiderte der rundliche Oberzahlmeister.

Ohne daß sie es wollten, hörten die Finkbeiners und Wagners bis zu dieser Stelle jedes Wort der Unterhaltung. Die beiden Männer standen nämlich ganz dicht neben ihnen.

Aber jetzt sagte der Oberzahlmeister: „Ich werde Ihnen zuerst mal Ihre Kabine zeigen.“ Und dabei führte er den neuen Passagier aus der Hörweite der beiden Berliner Familien den Gang hinunter.

Erst als die zwei Männer dann nebeneinander im Lift standen, sprach der Oberzahlmeister weiter: „Mister Palmer wollte Sie nicht vor allen Passagieren begrüßen, Inspektor. Niemand soll vorerst erfahren, daß Sie und er zusammengehören. Er schlägt deshalb vor, daß Sie sich nach dem Abendessen unbeobachtet am Rettungsboot X auf dem Sonnendeck treffen.“

„Einverstanden“, sagte der Inspektor aus London.

„Leider konnte ich nur eine Innenkabine im B-Deck für Sie freimachen“, bedauerte der Oberzahlmeister.

„Ich reise ja nicht zum Vergnügen.“

„Allerdings hat diese Kabine auch einen Vorteil.“ Der rundliche Offizier in seiner blütenweißen Uniform grinste. „Nur drei Türen weiter nach Achterdeck liegt die Dame vor Anker, derentwegen Sie so besorgt sind. Sie wohnen also mit dem Tresorraum beinahe Wand an Wand.“

„Das kommt meiner Aufgabe tatsächlich entgegen“, entgegnete Inspektor Brown.

Schon kurz darauf verließ das Schiff den Hafen und machte wieder volle Fahrt.

Als die beiden Familien aus Berlin dann später frisch geduscht über den Korridor spazierten, wünschte ihnen der langhaarige Kabinensteward Horst guten Appetit. An der großen Glastür zum Speisesaal grinste der Page Axel Kannengießer und wollte wissen, wie es in Caracas gewesen sei.

Am Tisch mit der Nummer 82 wartete das rosige Marzipangesicht von Herrn Rehbein, und als der Junge mit dem Bürstenhaarschnitt seine Tante im Rollstuhl vorbeischob, rief Mrs. Fuller: „Was halten Sie davon, wenn wir nach dem Essen gemeinsam dem Meer gute Nacht sagen, bevor wir uns aufs Ohr hauen?"

Herr Stahlhut nickte freundlich vom Kapitänstisch herüber, und Mister Hobbs bemerkte: „Das war ein hübscher Tag, finden Sie nicht auch?" Sogar Juwelier Schmidt mit dt aus Düsseldorf hatte sich von seinem Schrecken erholt und sagte gut gelaunt: „Am Ende sind wir noch mit einem blauen Auge davongekommen", als er mit seiner Frau nebenan Platz nahm.

Mister Palmer kam zusammen mit dem Museumsdirektor Prunelle durch die Glastür, und die Schlangentänzerin Lisa Liranda ließ sich heute von Mister Wilkinson am Arm führen.

„Man fühlt sich schon richtig zu Hause", meinte Frau Finkbeiner. Sie tupfte sich mit der Serviette den Mund ab und blickte von einem zum anderen.

„Und morgen ist Trinidad an der Reihe", bemerkte Ulli.

„Von Kolumbus 1498 entdeckt", sprudelte Apotheker Finkbeiner heraus wie ein Musterschüler. „Heute eine knappe Million Einwohner, meist Afrikaner, Inder, Europäer und Chinesen."

„Der Hafen von Trinidad heißt Port of Spain, aber das wissen Sie natürlich", bemerkte Tischsteward Rehbein, als er die leeren Suppenteller einsammelte. „Und wir wollen schon morgens um sieben Uhr da sein.“

„Da müssen wir ja ziemlich früh aus der Falle“, sagte Herr Wagner.

Aber dieses Mal kam alles ganz anders.

Ein Gespräch in der Nacht

Vorerst kamen die Passagiere allerdings aus dem Speisesaal wie an jedem Abend.

Ein Teil wanderte zu dem Bordfotografen, Herrn Weber hinüber, der neben den Schaukästen mit seinen neuesten Fotos stand und Bestellungen entgegennahm.

Die anderen verteilten sich auf die Kabinen, die Bars und das Kino.

Die MS Europa hatte längst wieder normale Fahrt und das offene Meer erreicht. Das Wasser schäumte um den Kiel und wurde aufgehellt vom Mond und den vielen Lichtern an Bord.

Mister Palmer schlenderte über das leere Sonnendeck wie ein Passagier, der im Speisesaal ein wenig zuviel gegessen hatte. Er rauchte seine Pfeife und blieb gelegentlich stehen. Das sah dann so aus, als würde er genußvoll in den sternklaren Himmel blicken oder hinaus aufs Meer. In Wirklichkeit wollte er sich nur vergewissern, daß er auch bestimmt nicht beobachtet wurde.

Beim Rettungsboot mit der Nummer X paffte Mister Palmer drei kleine Rauchwolken in die Luft, beobachtete sie nachdenklich – und dann war er plötzlich von der Nacht verschluckt.

Auf der anderen Seite des Bootes und dicht an der

Reling tauchte er in seiner ganzen Länge wieder auf.

Er blickte sich vorsichtig um, aber er konnte niemanden entdecken.

Er spitzte die Ohren, aber er konnte nur hören, wie die Wellen gegen den Schiffskörper schlugen. Nichts sonst. Kein leises Atmen, nicht der geringste Laut von Schritten, kein Rascheln von Kleidung. Trotzdem spürte es Mister Palmer bis in die Fingerspitzen und bis in die Haarwurzeln, daß er nicht allein war. Dafür hätte er ohne Zögern ein Monatsgehalt gewettet.

Jetzt wehte vom Verandadeck ein wenig Musik herauf. In der Columbus-Bar begann bereits das Abendprogramm.

„Der Yard bildet seine Beamten also immer noch genauso gut aus wie eh und je", sagte jetzt Mister Palmer leise. Er blickte dabei auf das dunkle Meer hinaus und paffte eine Rauchwolke aus seiner Pfeife in die Luft. „Meine Anerkennung, Inspektor Brown, ich sehe Sie im Augenblick noch nicht, aber ich bin sicher, daß Sie ganz in meiner Nähe sind und mich hören können."

„Guten Abend, Mister Palmer", antwortete jetzt eine Stimme, die sich anhörte, als würde sie aus einer Tonne antworten oder aus einem Entlüftungsschacht.

Und im gleichen Augenblick, in dem sich Mister Palmer umdrehte, wurde oben am Rand des Rettungsbootes mit der Nummer X ein Stück der Persenning zurückgeschlagen, und in der Öffnung unter der Plane erschien ein schwarzhaariger Kopf mit einer besonders großen Sonnenbrille.

„Mein Name ist Brown", sagte der Kopf. „Ich freue mich, Ihre Bekanntschaft zu machen."

„Die Freude liegt auch auf meiner Seite", erwiderte Mister Palmer. „Kann ich Ihnen irgendwie behilflich sein?"

Aber der schlanke junge Mann mit der Sonnenbrille zwängte sich bereits durch die Öffnung zwischen Bootsrand und Persenning.

Anschließend sprang er leise wie eine Raubkatze aufs Deck.

„Immerhin drei bis vier Meter“, sagte Mister Palmer anerkennend.

„Ich melde mich zur Stelle und stehe Ihnen zur Verfügung“, erwiderte Inspektor Brown. Sein Atem ging so ruhig wie bei einem Hund, der in der Sonne liegt.

„Sie waren nicht im Speisesaal“, stellte Mister Palmer fest. „Jedenfalls habe ich Sie nicht entdeckt.“

„Ich wollte unsere Verabredung hier am Rettungsboot abwarten, bevor ich vor den Passagieren aufkreuze. Denn wie ich höre, haben Sie bestimmte Vorstellungen.“

„Sehr richtig“, erwiderte Mister Palmer und paffte wieder einmal eine Rauchwolke aus seiner Pfeife in die Luft. „Ich schlage vor, daß wir hier nicht gleich wie Zwillinge durch die Gegend spazieren. Oh, da fällt mir ein“, unterbrach er sich plötzlich, „wir müssen sofort nach London telegrafieren, daß Sie hier eingetroffen sind...“

„Das habe ich bereits erledigt“, warf Inspektor Brown ein. „Hoffentlich bin ich Ihnen nicht zuvorgekommen.“

„Um so besser“, meinte Mister Palmer. „Dann verlieren wir keine Zeit mehr. Also, was ich sagen wollte...“ Er lehnte sich jetzt über die Reling. „Wir müssen es ja nicht von Anfang an jedem Passagier auf die Nase binden, daß wir beide sozusagen zusammengehören.“ Er richtete sich plötzlich auf und riß den Kopf herum. Irgend jemand hatte ganz in der Nähe gehustet, und zwar so, als ob er sich verschluckt hätte.

„Ich bin untröstlich, wenn ich Sie gestört habe“, entschuldigte sich eine Gestalt, die vorerst kaum mehr als ein Schatten war. Aber dieser Schatten bewegte sich jetzt und verwandelte sich dabei in Herrn Latenser, der mit einem Glas in der Hand aus der Promenade kam. „Ich muß etwas von dem Zeug in die Luftröhre gekriegt haben“, er räusperte sich, „aber jetzt ist wieder alles okay.“

„Das freut mich für Sie“, bemerkte Mister Palmer. Er lächelte ein wenig gekünstelt und fragte gleich hinterher: „Ich darf annehmen, es ist reiner Zufall, daß Sie gerade in diesem Augenblick hier auf dem Sonnendeck...“

„Nein, das ist durchaus kein Zufall“, sagte Herr Latenser, der tatsächlich ein wenig so aussah wie ein getürmter Bankkassierer. „Ich komme jeden Abend nach dem Essen mit einem Glas Whisky hierher, um den Sternenhimmel zu betrachten. Und gerade heute ist er besonders schön.“ Er nahm einen kleinen Schluck und blickte nach oben. „Haben Sie überhaupt schon das Kreuz des Südens entdeckt!“ Herr Latenser blinzelte vergnügt durch die dicken Gläser seiner Brille. „Ein Erlebnis, finden Sie nicht auch?“

Herr Latenser nahm noch einmal den Kopf in den Nacken, etwa so, als würde er beim Friseur im Rasierstuhl sitzen. „Einfach zauberhaft“, murmelte er. „Schon die Milchstraße allein ist zum Verlieben.“ Dann sagte er noch: „Weiterhin einen angenehmen Abend, die Herren.“ Danach wanderte er mit seinem Whiskyglas in Richtung Lift.

„Ob er alles gehört hat?“ fragte Inspektor Brown besorgt.

„Einerseits trägt das Wasser jedes Wort weiter“, bemerkte Mister Palmer, „andererseits decken die Schiffsgeräusche eine Menge zu.“ Er nahm wieder einen Zug aus seiner Pfeife. „Jedenfalls ist Vorsicht die Mutter der Porzellankiste.“

„Ja, das soll man nie vergessen“, pflichtete Inspektor Brown bei.

„Es war natürlich Künstlerpech“, bemerkte Mister Palmer nach einer Weile. „Ich meine, daß Sie durch diesen blöden Unfall heute abend zu spät kamen. So hat ziemlich das ganze Schiff beobachtet, wie Sie mutterseelenallein über die Gangway getigert sind.“

„Es war wie Spießrutenlaufen“, gab die Sonnenbrille zu. „Ich hätte genausogut über einen Laufsteg kommen können.“

„Vielleicht sollten Sie sich jetzt erst mal aus dem Verkehr ziehen“, schlug Mister Palmer vor. „Sie vermeiden den Speisesaal und lassen sich Ihr Essen in der Kabine servieren.“

„Einverstanden“, erwiderte der junge Inspektor aus London.

„Und an Deck zeigen Sie sich nur, wenn ich Sie brauche.“

„Auch dagegen habe ich nichts einzuwenden.“

„Ausgezeichnet“, sagte Mister Palmer, bevor er wieder einmal eine kleine weiße Rauchwolke aufsteigen ließ. „Und jetzt erzähle ich Ihnen alles, was Sie wissen sollen – .“

Trinidad fällt ins Wasser

Am nächsten Morgen klopfte der langhaarige Kabinensteward namens Horst auf die Minute pünktlich um sieben Uhr an die Tür mit der Nummer 222.

„Ich bitte einzutreten“, rief Peter Finkbeiner gleich

darauf. Er hockte bereits hellwach und im Lotossitz wie ein Buddha auf seinem Bett.

„Einen guten Heiligen Morgen", grüßte der Kabinensteward und balancierte ein Tablett mit Fruchtsäften durch die Tür.

„Wer ist denn da mitten in der Nacht so witzig?" stöhnte der Knabe Ulli Wagner verschlafen. Vorläufig guckten von ihm nur ein paar Haare und ein Stück Ellenbogen unter der Bettdecke hervor.

„Wir haben heute abend Heiligen Abend", erwiderte der langhaarige Horst. „Demzufolge haben wir heute morgen Heiligen Morgen. Ist das nun logisch oder nicht?" Er strahlte, als ob er gerade den Reißverschluß erfunden hätte.

„Bei Ihren Witzen wird ja die Milch sauer, mein Herr", knurrte Ulli. Er schlug jetzt die Bettdecke zurück und setzte sich auf. „Wie lange dauert's noch, bis wir in Trinidad einlaufen?"

„Da muß ich Sie leider enttäuschen", erklärte der junge Kabinensteward. „Aber vielleicht kippen sich die Herren zuerst mal einen Orangensaft hinter die Binde? Das beruhigt." Dabei wanderte er mit seinem Tablett von einem zum anderen.

„Ich bin bereit", stellte Peter Finkbeiner fest, nachdem er einen kräftigen Schluck genommen hatte. „Also, was ist los?"

„Leider müssen wir an Trinidad vorbeisegeln", gab der Kabinensteward Horst bekannt. „Im Hafen streiken nämlich seit gestern die Lotsen und die Schlepper. Sie lassen kein Schiff heraus und keins hinein. Der Kapitän dampft also gleich weiter nach Barbados. Was bedeutet, daß wir heute anstelle des Landausflugs einen ganzen Tag auf See sind."

„Das Leben ist voller Überraschungen", stellte Ulli

Wagner weise fest und nahm jetzt auch einen Schluck Orangensaft. Plötzlich blickte er auf. „Aber dann sind wir doch früher auf Barbados und können dort länger bleiben?“

„Es ist euch also noch nicht aufgefallen, daß wir seit längerer Zeit nur halbe Fahrt machen?“ fragte der langhaarige Kabinensteward. „Wir dürfen in jedem Hafen nämlich nur zu den Zeiten einlaufen und ablegen, die für uns reserviert sind, weil sonst die Fahrpläne ins Schleudern kommen und alles, was damit zusammenhängt. Wir sind ja nicht das einzige Schiff.“ Er blickte auf seine Armbanduhr. „Aber jetzt muß ich zuerst mal wissen, ob ich die Kabinen 220 und 224 wecken soll oder nicht.“ Er zupfte seinen schwarzen Schlips gerade. „Einerseits war sieben Uhr abgemacht, andererseits versäumen die Herrschaften unter den neuen Umständen nichts, wenn sie weiterschlafen.“

„Das sollen die Herrschaften selbst entscheiden“, schlug Ulli vor. Er warf seine Beine in die Luft, war mit einem Sprung am Telefon und ließ sich mit der Kabine 224 verbinden.

„Ja, bitte“, meldete sich eine verschlafene Stimme.

„Einen vorzüglichen guten Morgen, Herr Wagner, es ist sieben Uhr, und ich wollte nur fragen, ob Sie geweckt werden wollen oder nicht?“ flötete Ulli ins Telefon.

„Du hast wohl nicht alle Tassen im Schrank“, brummte Herr Wagner, und dann fragte er: „Aber sonst ist bei euch hoffentlich alles in Ordnung?“

„Bis auf Trinidad...“

„Wieso, was ist damit?“

„Trinidad fällt leider ins Wasser.“

„Das soll wohl ein Witz sein?“

„Für Witze ist hier ausschließlich der Kabinensteward zuständig.“ Ulli kicherte. „Im übrigen müssen wir jetzt auch das Ehepaar Finkbeiner fragen, ob es geweckt werden will oder nicht. Gestatten Sie also, daß ich auflege, Herr Wagner."

Jetzt flitzte Peter zum Telefon und verlangte die Kabine mit der Nummer 220. Und da zeigte es sich, daß das Apothekerehepaar schon seit einer halben Stunde auf den Beinen war.

„Dein Vater ist beim Zähneputzen", sagte Frau Finkbeiner. „Du mußt dich also damit abfinden, daß dir im Augenblick nur deine Mutter zur Verfügung steht. Habt ihr schon was von Trinidad entdeckt? Ich gucke laufend durchs Bullauge und seh' nichts als Wasser und Himmel!"

„Das wird sich leider auch nicht so schnell ändern", sagte Peter bedauernd, und dann ließ er den Kabinensteward Horst seiner Mutter erzählen, was passiert war.

„Verflixt noch mal", sagte Frau Finkbeiner schließlich, und dann bedankte sie sich für die Auskunft.

Eine halbe Stunde später saßen die beiden Familien aus Berlin im Speisesaal.

„Es tut mir schrecklich leid", bemerkte Herr Rehbein, und sein Marzipangesicht legte sich dabei zum ersten Mal in traurige Falten. „Immerhin bedeutet das für Sie ein ganzes Reiseziel weniger."

„Wenn man alles mehr oder weniger geschenkt kriegt", erwiderte Frau Finkbeiner, „ist es nicht ganz so schlimm, wenn eine Insel unter den Tisch fällt. Es bleiben ja noch genug übrig."

„Nur darf die Sache nicht zur Gewohnheit werden!" lachte der Portier aus dem Hotel Kempinski in Berlin.

„Jedenfalls ist Ihre gute Laune nicht im Eimer", freute sich das Marzipangesicht. „Das ist die Hauptsache." Dabei zauberte er frische Brötchen auf den Tisch, Honig, Erdbeermarmelade und Butter.

„Ein bißchen schade ist es natürlich schon", gab Frau Finkbeiner zu. „Die Kolibris und Papageien sollen gerade auf Trinidad besonders farbig sein."

„Die Marabus nicht zu vergessen", bemerkte ihr Mann, der Apotheker.

Die Decks lagen noch feucht und leicht dampfend in der Morgensonne, als die Wagners und Finkbeiners später ihren ersten Spaziergang machten.

„Es ist ungefähr so, als hätte man uns Knall und Fall gesagt, daß heute die Schule ausfällt", sagte Peter. „Plötzlich haben wir einen ganzen Tag in der Tasche und wissen nicht so recht, was wir mit ihm anfangen sollen."

Und genau das gleiche Gefühl hatten auch die übrigen Passagiere. Sie trauerten vorerst noch dem verlorenen Landausflug nach und waren ein wenig ratlos.

Aber dann spielte die Bordkapelle vom Verandadeck herunter, die Stewards hatten wieder einmal die Liegestühle aufgebaut und organisierten Wettspiele in Pingpong, Schwimmen, Decktennis, Shuffle-Board, Domino, Bingo, Bridge, Schach und Tontaubenschießen.

„Die reinste Spielhölle", bemerkte Apotheker Finkbeiner. „Las Vegas ist dagegen ein Kindergarten."

„Parken Sie hier, Mrs. Fuller", rief Mister Wilkinson, als Ronny seine Tante im Rollstuhl über das Sonnendeck schob. Der Streichholzfabrikant hatte es sich in einem Liegestuhl bequem gemacht, angetan mit weißen Shorts, einem bunten Hemd und einer Segelmütze. „Nehmen Sie einen Drink mit mir, Mrs. Fuller?"

„Angenommen", antwortete die Amerikanerin mit ihrer tiefen Stimme. Sie trug heute ein Chiffonkleid, das in allen Regenbogenfarben strahlte, und dazu einen Hut, der so breitrandig war wie ein Sombrero.

„Good morning, Mister Wilkinson", grüßte Ronny. Dabei rollte er seine Tante neben den Liegestuhl des

Streichholzfabrikanten mit dem englischen Schnurrbart und den buschigen Augenbrauen.

„Guten Morgen, junger Freund“, grüßte Mister Wilkinson zurück. „Ich werde auf deine Tante aufpassen, du kannst dich als entlassen betrachten.“ Er lachte wieder einmal so schallend, daß die Seevögel, die auf den Rettungsbooten gesessen hatten, erschreckt durcheinanderflatterten.

„Besten Dank“, sagte Ronny.

„Es genügt, wenn du dich zum Mittagessen wieder an mich erinnerst“, meinte Mrs. Fuller.

„Also bis zum Mittagessen“, wiederholte der Junge mit dem Bürstenhaarschnitt und trabte los.

Er fand Ulli und Peter im viereckigen Schwimmbassin auf dem Oberdeck. Sie plätscherten, die Nase dicht über der Oberfläche, wie müde Goldfische zwischen den übrigen Passagieren herum.

„Sterbenslangweilig“, stöhnte Ulli. „Du darfst nicht springen und nicht tauchen.“

„Und beim kleinsten Wasserspritzer bricht die Revolution aus“, ergänzte Peter.

„Dann schlagen wir uns sofort in die Büsche!“ rief Ronny, der wieder einmal in seiner farbigen Badehose steckte.

Und das taten sie dann auch.

Inzwischen hatte sich Mister Wilkinson das Hemd ausgezogen und sich in seinem Liegestuhl eine dicke Zigarre angesteckt.

„Wenn ich ehrlich sein soll“, sagte er und blickte den Rauchwolken nach, die wie kleine Luftballons über die Reling segelten, „also wenn ich ehrlich sein soll, möchte ich Sie für ein Komplott gewinnen, für eine Art Verschwörung sozusagen.“

„Ehrlich sein ist ziemlich kompliziert“, gab Mrs.

Fuller zu bedenken. „Wenn Sie keine Übung haben, sollten Sie es lieber lassen."

Jetzt lachten beide im Duett, bis sie Tränen in den Augen hatten.

Monsieur Prunelle aus Paris, der gerade in einem dunkelblauen Bademantel mit ein paar dicken Büchern unter dem Arm aus dem Lift kam, blieb belustigt stehen. Er rief „Bon jour" herüber und suchte dann nach einem ruhigen Liegestuhl im Schatten an der Backbordseite.

„Er kommt wie aufs Stichwort", bemerkte Mister Wilkinson, wischte sich mit dem Taschentuch die Augen trocken und beugte sich dabei ganz dicht zu Mrs. Fuller hinüber.

„Um ihn geht es nämlich" flüsterte er.

„Nun schießen Sie endlich los", verlangte Mrs. Fuller.

„Auf eine richtige Verschwörung hätte ich jetzt Appetit."

„Frauen sind die besseren Diplomaten", begann Mister Wilkinson. „Deshalb soll die ganze Sache von einer Dame ausgehen, habe ich mir überlegt. Aber bevor ich weiterrede..." Er blickte Mrs. Fuller jetzt mitten in die Augen. „Der Plan kommt ganz allein von Ihnen, und ich habe nichts damit zu tun. Sie allein sind auf die Idee gekommen."

„Machen Sie's nicht so spannend", erwiderte die Frau in dem Regenbogenkleid.

„Also, hören Sie zu", flüsterte Mister Wilkinson.

Im B-Deck begegnete in diesem Augenblick der baumlange Mister Palmer dem Cellospieler mit den traurigen Fischaugen.

„Ich hoffe, es geht Ihnen gut!" sagte Mister Hobbs im Vorbeigehen. „Ich wünsche Ihnen noch einen schönen Tag."

„Gleichfalls", erwiderte Mister Palmer und blickte hinter dem dicken Mann her, der weiter durch den schmalen Korridor ging, ohne sich umzudrehen. Es hörte sich so an, als ob er vor sich hin pfeifen würde.

„Merkwürdig", murmelte Mister Palmer und schüttelte den Kopf. Dann klopfte er an die nächste Kabinentür. Sie hatte die Nummer 488.

„Ja, bitte?" fragte eine Stimme von drinnen.

„Ich bin's, Palmer."

„Guten Morgen, Sir", sagte Inspektor Brown, als er seinen Besucher eintreten ließ.

„Ich hoffe, Sie haben einigermaßen gut geschlafen?" erkundigte sich Mister Palmer.

„Es geht", erwiderte der junge Inspektor. „Diese verdammte Kabine muß genau über dem Maschinenraum liegen. Aber jetzt hab' ich mich schon daran gewöhnt."

„Vermutlich sind wir auf dem ganzen Schiff die einzigen, die sich über den Streik in Trinidad freuen." Jetzt lachte Mister Palmer und rieb sich die Hände. „Solange wir auf dem Wasser sind, kann nicht allzuviel passieren."

„Falls sich nicht jemand schon in New York an Bord geschmuggelt hat, weil er hinter dem Bild her ist."

„Das dürfen wir natürlich nicht ganz ausschließen", gab Mister Palmer zu. Er holte seine Pfeife und eine Tabaksdose aus der Tasche. „Aber als die Meldung über den Transport in der Zeitung stand, war das Schiff bereits total ausverkauft und die meisten Passagiere bezogen schon ihre Kabinen. Nein, ich bin fast sicher, daß die Sache nur gefährlich werden kann, solange wir in einem Hafen liegen." Er zündete ein Streichholz an. „Wenn sie überhaupt gefährlich werden sollte."

„Der Erste Offizier hat mich übrigens vor einer halben Stunde besucht."

„Ich weiß."

„Wir haben zusammen den Tresorraum kontrolliert..."

„...und alles war in Ordnung", ergänzte Mister Palmer.

Der erste Pfeifenrauch ringelte sich durch die Kabine.

„Ich habe mich übrigens nach dem Passagier von gestern abend erkundigt", berichtete Mister Palmer übergangslos. „Er heißt Latenser, hat die Kabine 115 im Hauptdeck und ist Autohändler von Beruf. Es sieht so aus, als ob er wirklich nur durch Zufall in unserer Nähe war. Er soll von morgens bis abends betrunken sein. Trotzdem wollen wir ihn im Auge behalten."

Inspektor Brown stand inzwischen am Bullauge und blickte in den strahlend blauen Himmel hinaus.

„Ein Wetterchen zum Eierlegen", sagte er jetzt. „In London waren die Straßen voller Schneematsch, als ich zum Flugplatz fuhr."

„Sie erinnern mich da an etwas", Mister Palmer lächelte und paffte neue Rauchwolken in die Luft, „Sie können jetzt natürlich auch ab und zu an Deck. Im Augenblick ist nicht einzusehen, weshalb Sie wie ein Gefangener in Ihrer Kabine sitzen sollen."

„Gegen eine Stunde Sonne und ein paar Runden im Schwimmbad hätte ich nichts einzuwenden", grinste der junge Inspektor aus London. Er streckte die Arme aus, als wollte er Freiübungen machen.

Mrs. Fuller rollte inzwischen in ihrem Regenbogenkleid auf dem Sonnendeck von einer Gruppe von Passagieren zur nächsten.

„Entschuldigen Sie bitte, wenn ich störe", sagte sie jedesmal zur Einleitung.

Zwischendurch meinte sie: „Also heute beim Mittagessen, und Sie dürfen mich nicht im Stich lassen." Am Ende bat sie schließlich jedesmal darum, auch die Passagiere auf den übrigen Decks zum Mitmachen zu überreden. „Mit meinem Rollstuhl kann ich nämlich leider keine Treppen steigen", sagte sie entschuldigend und lachte dabei wieder mit ihrer tiefen Baßstimme, daß es nur so dröhnte.

Mister Wilkinson lag mit geschlossenen Augen in seinem Liegestuhl. Aber das sah nur so aus. In Wirklichkeit blinzelte er immer wieder zu Mrs. Fuller hinüber und machte dabei den Eindruck eines Mannes, der mit sich und der Welt zufrieden ist.

Zur selben Zeit wurde in der Europa-Halle eine grasgrüne Tanne mitten auf die Tanzfläche gestellt, deren Spitze fast bis zur Decke ging. Seit der Ausfahrt aus Bremen vor drei Monaten hatte sie eingeschnürt im

Kühlraum herumgelegen. Jetzt wurde sie von den Herren Rehbein und Kannengießer mit Engelshaar und großen Christbaumkugeln geschmückt.

Zwei Decks höher wandelte inzwischen Kapitän Stahlhut in seiner schneeweißen Uniform am Swimmingpool vorbei. Er plauderte übers Wetter, schüttelte Hände und lachte zwischendurch immer wieder einmal. Achtern auf dem offenen Mannschaftsdeck lagen auch die Matrosen und Stewards, die gerade ihre Freizeit hatten, in der Sonne, rauchten und hörten Musik aus Transistorradios. Andere putzten ihre Schuhe oder lehnten an der Reling und blickten ins Kielwasser. Zwischen ihnen reparierte der Obermax aus der Wäscherei sein Motorrad. Neben ihm hockte sein jüngerer Bruder Huang Ku mit nacktem Oberkörper und dem Werkzeugkasten.

„Guten Morgen, Herr Chang Lie“, grüßte Ulli Wagner, der zusammen mit Peter und Ronny plötzlich auftauchte. „Sind es die Masern oder die Nieren?“

„Die Zündkerzen.“ Der schlanke Chinese, dem das schwarze Haar wie Gras aus dem Kopf wuchs, grinste. „Wie geht's, meine Freunde?“

„Das ist Ronny“, sagte Peter Finkbeiner.

„Oh, ich kenne Mister Fuller“, unterbrach der Obermax aus der Wäscherei. „Er ist ja mit seiner Tante nicht zum ersten Mal an Bord.“

„Good morning, Partner“, sagte Ronny. Er wollte dem Chinesen und seinem Bruder gerade die Hand geben, als der Page Axel Kannengießer in seiner roten Jacke angeflitzt kam.

„Hallo, Obermax, dein Typ wird verlangt“, keuchte der Junge mit der Stubsnase. „Du sollst sofort ins Personalbüro kommen.

„Also müssen die Zündkerzen warten“, seufzte der Chinese und stand auf.

„Vielleicht gibt es Geld", meinte Axel Kannengießer.

„Alles ist möglich", Chang Lie grinste und zog seine gelben Arbeitshandschuhe aus, warf sie auf den Benzintank des Motorrades und schob ab.

„Ich muß auch wieder los", gab der Page aus dem Speisesaal bekannt.

„Bist du heute als Weihnachtsengel unterwegs?" fragte Ulli Wagner. „Du hast Lametta im Haar."

„Das hat man davon, wenn man für die Herren arbeitet." Der Junge mit den flachsblonden Haaren schüttelte den Kopf. „Wenn ich euch in der Badehose rumgammeln sehe, dreht mir der Klassenhaß den Magen um. Ich warne euch." Er blickte die anderen vorwurfsvoll an. „Im übrigen kann ich Herrn Rehbein wirklich nicht zu lange mit den Christbaumkugeln allein lassen."

Er war noch nicht im Korridor zum Lift verschwunden, als der Schiffslautsprecher bekanntgab: „Steuerbords sind Delphine zu sehen. Delphine an Steuerbord."

Auf allen Decks sprangen die Passagiere aus ihren Liegestühlen und stürzten an die Reling. Mister Hobbs

kam in Hemdsärmeln aus seiner Kabine gelaufen und hatte noch den Cellobogen in der Hand. Die Schlangentänzerin Lisa Liranda trat Mister Palmer beinahe auf die Füße, und sogar Herr Latenser stand vom Bartisch auf. Er kippte noch schnell ein Glas im Stehen und stiefelte anschließend ins Freie.

Das Meer war so blank wie ein glattgeleckter Teller. Deshalb konnte man die acht oder neun Delphine auch besonders deutlich sehen. Sie schwammen neben dem Schiff her, tauchten und schossen dann plötzlich wie Torpedos in die Luft, drehten sich und verschwanden wieder elegant im Wasser. Die Passagiere knipsten wieder, was das Zeug hielt, oder guckten durch ihre Ferngläser.

Die zwei Knaben aus Berlin und der Junge mit dem Bürstenhaarschnitt saßen unterdessen mit angezogenen Beinen nebeneinander auf einem dicken zusammengerollten Tau. Auch sie blickten zu dem Rudel Delphine hinunter.

„So was bietet einem sonst nur das Fernsehen“, meinte Ulli.

„Oder ein Zirkus“, sagte Peter. Und dann sagte er plötzlich zu Ronny, der neben ihm saß: „Aber für dich ist das ja ein alter Hut.“

„Stimmt, ich hab’ Delphine schon ziemlich oft gesehen. Aber deshalb langweilen sie mich nicht, wenn du das meinst.“

„Es soll Millionäre geben“, sagte Ulli wie aus heiterem Himmel, „die sich ihre Socken selber stricken.“

„Ich verstehe kein Wort“, erwiderte Ronny verwundert.

„Das sollte nur eine elegante Überleitung sein“, gab der Page aus dem Hotel Kempinski zu. „Aber es war wohl eine glatte Bauchlandung.“

„Ich verstehe immer noch nichts“, meinte Mister Fuller junior.

„Dann paß mal auf“, sagte jetzt Peter Finkbeiner. „Wir haben in unserer Schule einen gewissen Otto Kalinke. Seinem Vater gehört in Berlin eine Schokoladenfabrik, und er kann das Geld ausgeben, als käme es übermorgen aus der Mode. Dieser Otto Kalinke ist mißtrauisch wie ein Tintenfisch. Er behauptet, daß es an der ganzen Schule keinen Jungen gibt, der nicht sein Freund sein möchte. Daß ihn alle in Wirklichkeit aber nur wie eine Zitrone auspressen wollen.“

„Mir kommen gleich die Tränen“, rief Ronny.

„Dieser Otto Kalinke ist übrigens eine ziemlich trübe Tasse“, bemerkte Peter noch.

„Was wir von dir nicht behaupten möchten“, grinste Ulli.

„Danke für die Blumen“, gab der Bürstenhaarschnitt zurück.

„Bloß diese Nähmaschinen stören uns ein bißchen“, sagte jetzt Peter. „Wir meinen die Nähmaschinenfabriken deiner Tante.“

„Es wird immer Leute geben, die mehr, und welche, die weniger Geld haben“, bemerkte Fuller junior. „Und man kann sich seine Eltern ja nicht aussuchen.“

Die Delphine schossen weiter in die Luft. Sie benahmen sich wie kleine Kinder, die erreichen wollen, daß man auf sie aufmerksam wird. Ein Flugzeug zog einen schrägen Strich über den wolkenlosen Himmel.

„Man macht sich halt so seine Gedanken“, sagte Ulli nach einer Weile. „Aber was soll's, in zwei Wochen bist du wieder in New York, und wir flattern nach Berlin zurück. Dann ist sowieso alles vorbei! Reden wir also nicht mehr darüber.“

„Was gestern und heute war, muß der Vergangenheitsform zugerechnet werden", stellte der Schüler Finkbeiner fest. „Das sagt wenigstens unser Grammatiklehrer, Studienrat Lebsanft."

Die Passagiere hatten sich inzwischen wieder in ihre Liegestühle gelegt, und die Decksstewards hetzten weiter mit blinkenden Tabletts und frischgebügelten Servietten zwischen ihnen und der Bar hin und her.

Der Topf beim Bingo war bis auf hundertzwanzig Dollar geklettert, und Juwelier Schmidt aus Düsseldorf hielt bisher den dritten Platz beim Tontaubenschießen. Herr Wagner lag dicht hinter ihm auf Nummer fünf, und Apotheker Finkbeiner belegte vorerst noch Platz zehn.

Jetzt kam ein jüngerer Mann mit schwarzen Haaren und einer dunklen Sonnenbrille an die Reihe. Schon an der Art, wie er das Gewehr in seinen Händen wog, konnte man sehen, daß er kein Anfänger war. Und als jetzt die Scheibe in den Himmel geschossen wurde, knallte sie auch schon auseinander, bevor sie richtig aufgestiegen war.

„Treffer", konstatierte der Decksteward, der fürs Tontaubenschießen zuständig war.

„Alle Achtung", bemerkte Herr Wagner.

„Ich zittere um meinen zehnten Platz", sagte Herr Finkbeiner und lächelte dabei.

Der junge Mann hatte den Gewehrkolben zwischen Kiefer und Brustbein so fest eingeklemmt wie in einen Schraubstock. Und jedesmal wenn er abdrückte, knallten die Scherben und fielen ins Meer.

„Ihr letzter Schuß, mein Herr", stellte der Decksteward fest. „Darf ich um Ihren Namen bitten?"

Aber jetzt gab der junge Mann mit der dunklen Sonnenbrille das Gewehr zurück. „Besten Dank, aber es wäre nicht fair, wenn ich mich an Ihrem Wettbewerb beteilige." Er lächelte ein wenig und verschwand.

Auch Mister Palmer lächelte. Er hatte die Szene von seinem Liegestuhl aus beobachtet. Jetzt nahm er einen Zug aus seiner Pfeife und vertiefte sich wieder in die Schiffszeitung, die für den Abend eine Weihnachtsfeier ankündigte.

Der Museumsdirektor aus Paris bummelte mittlerweile in seinem eleganten dunkelblauen Bademantel zum Swimmingpool. Dabei stellte er mit Verwunderung fest, daß ihm mehrere Passagiere freundlich zulächelten. Manche grüßten ihn sogar und sagten: „Guten Tag, Monsieur Prunelle“, oder sie fragten: „Wie geht's, Monsieur Prunelle?“

Der Museumsdirektor grüßte jedesmal erstaunt und mit einem freundlichen Kopfnicken zurück.

„Da sehen Sie selbst, alles klappt ganz ausgezeichnet“, flüsterte Mrs. Fuller, die ihren Rollstuhl inzwischen wieder neben Mister Wilkinson geparkt hatte. „Ich möchte behaupten, das ganze Schiff ist schon Feuer und Flamme.“

„Malen Sie den Teufel nicht an die Wand“, kicherte der Streichholzfabrikant. „Feuer kann auf so einem Schiff ganz schnell ins Auge gehen.“

Schon eine halbe Stunde später rief der Gong auf allen Decks zum Mittagessen in den Speisesaal.

Die Passagiere wanderten in ihre Kabinen und bevölkerten dabei wieder einmal alle Korridore, Treppen und Lifts.

Die acht oder neun Delphine, die immer noch das Schiff begleiteten, schienen zu bemerken, daß sie auf einmal überhaupt keine Zuschauer mehr hatten. Sie schossen noch ein paarmal beleidigt in die Luft, dann tauchte das ganze Rudel und schwamm unter dem Schiff hindurch auf der Backbordseite weiter ins Meer hinaus.

Der Museumsdirektor tappt in die Falle

Der ganze Speisesaal war heute so aufgeregt wie ein Bienenkorb, wenn die Königin ihre Koffer packt.

Nach den Paprikaschnitzeln und bevor der Wiener Apfelstrudel serviert wurde, klopfte Mrs. Fuller endlich mit ihrem Kaffeelöffel an eine Weinkaraffe.

„Es ist soweit“, sagte Frau Finkbeiner erfreut.

Die Tischstewards blieben stehen, wo sie gerade waren, und die Passagiere machten lange Hälse, damit sie den Kapitänstisch sehen konnten.

Dort war inzwischen der Junge mit dem Bürstenhaarschnitt aufgestanden und rollte jetzt seine Tante mehr in die Mitte des Saales. Danach setzte er sich wieder auf seinen Platz.

„Herr Kapitän, meine Damen und Herren, ich will hier keine Thronrede halten, wenn das im ersten Augenblick vielleicht auch so aussieht, weil ich in meinem Rollstuhl sitzen muß“, sagte Mrs. Fuller, und ihre Stimme war bis in die letzte Ecke zu verstehen. „Ich will mich kurz fassen und den Wiener Apfelstrudel nicht zu lange aufhalten, denn er schmeckt bestimmt so gut wie alles hier an Bord.“

Die Passagiere lächelten und setzten sich jetzt tiefer in ihre Sessel. Wie im Theater, wenn der Vorhang aufgeht.

„Wir sind heute an Trinidad vorbeigedampft und haben es nicht einmal durchs Fernglas sehen können“, fuhr Mrs. Fuller fort. „Ich kenne die Insel und ich muß Ihnen leider sagen, daß Sie etwas sehr Schönes versäumt haben.“

„Auch ich bedaure das“, bemerkte Kapitän Stahlhut dazwischen. „Aber es war leider nicht zu ändern.“

„Vielleicht doch“, erwiderte die Frau im Rollstuhl.

„Wir könnten zumindest versuchen, uns zu entschädigen.“

Da die meisten Passagiere an den Tischen ja wußten, was jetzt kommen würde, schmunzelten sie wie Leute, die einen Witz hören und dabei schon ahnen, wie er ausgeht.

„Ich bin gespannt“, sagte Kapitän Stahlhut.

„Wir haben den Blick auf eine wunderschöne Insel eingebüßt“, fuhr jetzt Mrs. Fuller fort. „Lassen Sie uns diesen Verlust eintauschen gegen den Blick auf ein wunderschönes Bild, von dem wir inzwischen alle wissen, daß es sich hier an Bord befindet.“

Wie Mrs. Fuller aufrecht in ihrem Rollstuhl saß, erinnerte sie tatsächlich wieder einmal an die Königinmutter von England.

„Sehr geehrter Monsieur Prunelle“, sie wandte sich jetzt direkt an den Kapitänstisch, „Weihnachten ist ausgebrochen, bald läuten überall die Glocken, es riecht nach Lebkuchen, alle Welt macht sich Geschenke. Und das gibt uns den Mut, auch Sie um ein Geschenk zu bitten.“ Sie sprach plötzlich ganz leise und beugte sich vor dabei. „Lieber Monsieur Prunelle, machen Sie es möglich, daß wir alle heute abend bei der Weihnachtsfeier in der Europa-Halle die Mona Lisa sehen dürfen.“

Im ganzen Speisesaal brodelte es jetzt wie in einem Kochtopf, und die Passagiere riefen durcheinander: „Jawohl, möglich machen!“ oder „Wir bitten um unser Weihnachtsgeschenk!“ Schließlich einigten sie sich auf den gemeinsamen Chor „Pru – nelle! Pru – nelle!“ und klatschten dazu im Takt die Hände. Das machte ihnen einen Heidenspaß und sie wollten deshalb gar nicht wieder aufhören.

„Ist ja wie auf einem Fußballplatz“, bemerkte der Apotheker Finkbeiner. Dabei klatschte auch er weiter in die Hände und rief jetzt mit den anderen wieder: „Pru – nelle!“ Pru – nelle!“

Der Museumsdirektor aus Paris hatte aus einer Mischung von Verlegenheit und Geschmeicheltsein einen knallroten Kopf. Er wischte sich mit einem blütenweißen Taschentuch über seine Glatze und tuschelte mit dem Schiffskapitän. Gleichzeitig kam der Erste Offizier angeflitzt.

Mister Palmer saß wie versteinert und hatte ein Gesicht so blaß wie der gekochte Fisch, den man als Vorspeise serviert hatte. Er schrieb schnell auf ein Stück Papier: „Unbedingt ablehnen!“ und schob es so vorsichtig, als handle es sich um eine Handgranate, neben den Teller des Museumsdirektors aus Paris. Aber die Warnung kam bereits zuspät.

„Seien Sie doch kein Frosch“, knurrte Monsieur Prunelle ärgerlich und schob den Zettel zu Mister Palmer zurück. „Wer klaut schon ausgerechnet an Weihnachten.“

„Haben Sie eine Ahnung“, erwiderte Mister Palmer. „Ich könnte Ihnen Dinge erzählen, daß Ihnen die Ohren schlackern...“

Aber dazu kam es nicht mehr.

Der Kapitän, sein Erster Offizier und Monsieur Prunelle steckten noch einmal die Köpfe zusammen, und dann rückte der Direktor des Pariser Louvre seinen Sessel zurück und stand auf: „Meine Damen und Herren!“

Es dauerte eine ganze Weile, bis sich der Saal beruhigt hatte.

„Meine Damen und Herren“, wiederholte Monsieur Prunelle. „Sehr geehrte Mrs. Fuller“, jetzt verbeugte er sich vor der Frau im Rollstuhl, „es ist nicht gerade eine Kleinigkeit, um die Sie bitten. Wie Sie wissen, ist die

Mona Lisa ein Millionenobjekt und der Stolz unsres Louvre in Paris. Trotzdem…"

„Um Himmels willen, ich warne Sie", zischte Mister Palmer. „Sie riskieren Kopf und Kragen!"

„Trotzdem…", fuhr Monsieur Prunelle fort, als hätte er kein Wort gehört. Und vielleicht war er in diesem Augenblick vor lauter Eitelkeit tatsächlich so gut wie taub. „Trotzdem, meine Damen und Herren, soll Ihr Weihnachtswunsch in Erfüllung gehen."

Der ganze Speisesaal sprang auf und jubelte. Die Bordkapelle spielte einen Tusch, und Mrs. Fuller schwang ihre Serviette durch die Luft wie eine Fahne. Die Passagiere trampelten, klatschten, pfiffen und riefen immer wieder: „Bravo Prunelle!" oder „Bravo, Mrs. Fuller!" Einige kletterten jetzt sogar vor Begeisterung auf ihre Sessel.

Als fünf Minuten später endlich der Wiener Apfelstrudel serviert wurde, hatte Mister Palmer den Speisesaal längst verlassen.

Der gelbe Handschuh

Nach dem Essen zogen sich die meisten Passagiere zum Mittagsschlaf in ihre Kabinen zurück.

Die Decks waren plötzlich wie ausgestorben, und die Liegestühle standen leer in der Hitze.

Nur Herr Latenser lag in seinem altmodischen Anzug unter einem Sonnenschirm und schaute den drei Jungen zu, die ganz allein durch das Schwimmbassin tobten.

„Was haltet ihr davon, wenn ich beim nächsten Wettschwimmen den Schiedsrichter mache?" rief er jetzt zu ihnen hinüber. Dabei zog er auch schon sein dunkles Jackett mit den grauen Nadelstreifen aus und lockerte seine Krawatte ein wenig. Er nahm noch schnell einen Schluck aus seinem Whiskyglas, und dann stellte er sich mit seinen Hosenträgern über dem weißen Hemd breitbeinig an den Beckenrand.

„Also auf die Startplätze, wenn ich höflich bitten darf", sagte er. „Und daß mir keiner mogelt. Ich habe nämlich ein regelrechtes Falkenauge." Er blinzelte vergnügt durch seine dicken Brillengläser. „Ich schlage vor, drei Bahnen Brust, drei Bahnen Rücken, drei Bahnen Kraulen. Der Sieger ist von mir zu einem Eisbecher mit Sahne eingeladen." Er kam jetzt einen kurzen Augenblick ins Schwanken. „Hoppla", murmelte er und stützte sich auf die Leiter am Sprungbrett. Aber gleich danach richtete er sich wieder auf: „Einverstanden?"

„Einverstanden!" Die drei Jungen lachten durcheinander und kletterten klitschnaß aus dem Wasser.

„Dann würde ich vorschlagen, Luft zu tanken", grinste Herr Latenser. Er hob den rechten Arm steil in die Luft:

„Auf die Plätze!"

Die drei Jungen stellten sich nebeneinander an den Beckenrand.

„Fertig", rief Herr Latenser.

Jetzt gingen die drei in die Hocke und nahmen die ausgestreckten Arme zurück.

„Los!" kommandierte der Mann mit den Hosenträgern.

Die Jungen flogen durch die Luft, streckten sich – und keiner schlug früher auf als der andere.

„Fabelhaft", rief der Mann, der ein wenig wie ein getürmter Bankkassierer aussah. Er ging am Beckenrand neben den drei Jungen her und paßte an der Wende genau auf, daß auch jeder richtig anschlug. „Wir nähern uns dem Ende der ersten Runde“, gab er jetzt bekannt.

Zur gleichen Zeit ließ sich zwei Decks tiefer Mister Palmer in der Kabine von Monsieur Prunelle in einen Sessel fallen. „Und das ist also Ihr letztes Wort?“ stöhnte er dabei.

„Ich kann nicht mehr zurück“, sagte der Direktor des Pariser Louvre bedauernd. „Das ganze Schiff würde mich auslachen.“

„Aber es ist so verantwortungslos wie Sie nur wollen“, entgegnete Mister Palmer und zog grimmig an seiner Pfeife.

Inspektor Brown stand mit dem Rücken an der Tür.

„Sie sehen zu schwarz“, versuchte Monsieur Prunelle einzulenken. „Aber vielleicht müssen Sie in Ihrem Beruf die Dinge so schwarz sehen.“ Er wippte jetzt auf seinen blitzblanken Lackschuhen. „Trotzdem bin ich nach wie vor der Meinung, daß uns nicht das geringste passieren kann, solange das Schiff auf dem Wasser ist.“

„Ich warne Sie zum zweitenmal, und jetzt ist Inspektor Brown mein Zeuge“, erwiderte Mister Palmer, „Sie riskieren Kopf und Kragen.“ Er paffte noch zwei kleine weiße Rauchwolken in die Luft, dann stand er auf. „Und jetzt werde ich London vorschlagen, daß man den Versicherungsschutz aufhebt. Es tut mir leid, daß ich dieses Telegramm abschicken muß. Aber Sie zwingen mich dazu.“

„Am Heiligen Abend werden Sie auch bei Lloyds nicht einmal den Pförtner erreichen“, entgegnete Monsieur Prunelle aalglatt.

„Verdammt“, gab Mister Palmer zu. „Daran habe ich im Augenblick nicht gedacht.“

„Jedenfalls sind Sie vorerst noch immer für das Bild verantwortlich“, stellte der Museumsdirektor fest. „Ob es Ihnen paßt oder nicht.“

„Ich hoffe, daß wir diese Verantwortung sehr bald an Sie zurückgeben können“, entgegnete Mister Palmer. „Aber bis dahin werden Inspektor Brown und meine Wenigkeit ihre Pflicht tun.“

„Ausgezeichnet“, sagte Monsieur Prunelle. „Das wollte ich hören.“

Die beiden standen sich jetzt gegenüber wie zwei knurrende Hunde.

Im Oberdeck nahm inzwischen Herr Latenser in Hosenträgern und Hemdsärmeln die Siegerehrung vor. Unter einem Sonnenschirm wartete ein Steward mit einem Tablett voller Eisbecher, und die Jungen standen naß und Luft pumpend am Beckenrand nebeneinander.

„Was bedeutet schon ein Meter mehr oder weniger“, meinte Herr Latenser. „Für mich gibt es drei Sieger und damit basta. Darf ich also bitten.“

Er winkte dem Decksteward, und gleich darauf hielten die drei Jungen ihre Eisbecher vor die Brust wie drei Goldmedaillen.

„Leider fehlt jetzt eine Fanfare“, sagte der Mann mit den dicken Gläsern in seiner Brille. „Aber wer trägt schon immer eine Fanfare mit sich herum.“

„Jedenfalls besten Dank“, sagte Peter Finkbeiner.

„Wir schließen uns an“, meinten Ronny und Ulli.

„Dann also guten Appetit, meine Herren“, entgegnete Herr Latenser und nahm dabei wieder sein Whiskyglas in die Hand.

Spätestens zum Nachmittagskaffee kamen die Passagiere wieder aus ihren Kabinen und legten sich nochmals in ihre Liegestühle.

Mister Wilkinson hatte es sich nicht nehmen lassen, Mrs. Fuller auf dem Oberdeck spazierenzufahren. Und überall, wo sie in ihrem Rollstuhl auftauchte, lächelte man ihr zu.

„Sie waren heute mittag aber auch ganz hinreißend", bemerkte der Streichholzfabrikant mit seiner weißen Segelmütze. „Vom Erfolg gar nicht zu reden."

„So etwas Ähnliches sagen Sie mir jetzt schon zum zehnten Mal", Mrs. Fuller lachte mit ihrer tiefen Stimme, „wollen Sie mich größenwahnsinnig machen?"

Inzwischen bastelten in der Europa-Halle zwei Monteure an der elektrischen Christbaumbeleuchtung herum. Ein paar Stewards schmückten die Tische mit Tannengrün, und die Bordkapelle übte Weihnachtslieder. Dabei saß heute Mister Hobbs mit seinem Cello für die Solostellen in der ersten Reihe.

Als es dem Abend zuging, verfärbte sich der Himmel abenteuerlich. Die Sonne tauchte wie eine riesige Apfelsine ins Meer, und der Horizont glühte dabei, als ob er brennen würde.

Die Passagiere schauten zu, knipsten mit ihren Fotoapparaten und warteten, über die Reling gelehnt, bis der Mond aufging.

Während sie sich dann für den Abend in ihren Kabinen umkleideten, lächelten sie immer wieder erwartungsvoll in den Spiegel und pfiffen vergnügt vor sich hin.

Beim Abendessen im Speisesaal fing es dann allerdings damit an, daß sie unruhig wurden wie beim Kofferpakken vor den großen Ferien.

Und dann war es endlich soweit. Man wandelte zu den Lifts und fuhr hinauf zum Verandadeck.

An der großen Glastür zur Europa-Halle stand der flachsblonde Page Axel Kannengießer und wünschte den

Passagieren, die hereinkamen, fröhliche Weihnachten. Und weil er sich dabei jedesmal höflich verbeugte und seine Augen strahlen ließ wie zwei Christbaumkugeln, spazierte niemand ohne Trinkgeld an ihm vorbei.

Auch die Herren Wagner und Finkbeiner griffen in ihre Taschen.

„Besten Dank“, sagte der Junge mit der Stubsnase.

„Na, Kollege“, Ulli grinste, „so ein Geschäft wünscht man sich.“

„Ich bin nicht unzufrieden“, gab der Page Axel Kannengießer zu. Aber dann strahlte er schon wieder die nächsten Gäste an und wünschte auch ihnen fröhliche Weihnachten.

Die beiden Familien aus Berlin fanden noch einen freien Tisch neben der Bar. Von hier hatten sie einen guten Blick auf die Tanzfläche mit dem Weihnachtsbaum und der Bühne dahinter. Auf ihr hatte vor einem goldglitzernden Vorhang die Bordkapelle Platz genommen. Sie spielte vorerst Tanzmusik. Mister Hobbs hatte also noch Zeit, sich um seinen großen Cellokasten zu kümmern. Er brachte ihn gerade dicht neben der Bühne unter, wo er keinen Platz wegnahm und die Sicht nicht behinderte.

Der Museumsdirektor aus Paris spielte sich auf, als seien die Passagiere seine persönlichen Gäste.

Er ging in einem taubenblauen Anzug und mit viel zu hohen Absätzen von Tisch zu Tisch, schüttelte Hände und sagte: „Bon soir, mes dames et messieurs, ich bin sicher, Sie werden begeistert sein.“

Als Ronny Fuller seine Tante in die Halle schob, spielte die Bordkapelle gerade einen Tango, und die ersten Passagiere begaben sich zur Tanzfläche.

„Sie ist ein Vermögen wert“, flüsterte Herr Schmidt mit dt aus Düsseldorf. „Das sehe ich über zwanzig Meter weg. Ich bin Juwelier, müssen Sie wissen.“ Er meinte die Perlenkette, die Mrs. Fuller um ihren Hals trug.

„Ich glaube, hier im Saal ist davon eine ganze Menge unterwegs.“ Inspektor Brown lächelte.

Es war natürlich kein Zufall, daß der junge Mann mit der dunklen Sonnenbrille gerade an diesem Tisch Platz genommen hatte. So saß der Inspektor aus London nämlich direkt an der Tanzfläche und kaum zwei Meter von der Stelle entfernt, an der später das Gemälde aufgestellt werden sollte.

Andererseits war es wirklich ein Zufall, daß sich gerade das Ehepaar Schmidt zu ihm gesetzt hatte.

„Natürlich ist hier eine Menge Schmuck unterwegs“, wiederholte jetzt der Juwelier aus Düsseldorf, „aber das da ist ein ganz besonderes Prachtstück.“

„Wenn Sie das als Juwelier sagen, muß es wohl stimmen“, meinte Inspektor Brown höflich.

Er sollte nachher wie ein Wachhund immer ganz dicht an dem Bild bleiben und es nicht aus den Augen lassen. Mister Palmer hingegen wollte sich vor die große Glastüre stellen, den einzig möglichen Ausgang.

„Na, schwingen wir auch mal das Tanzbein?“ fragte Apotheker Finkbeiner seine Frau, als die Kapelle einen Walzer spielte.

„Du mußt aber auf meinen Sonnenbrand aufpassen“, meinte Frau Finkbeiner. „Auch das ist neu, daß man mit einem Sonnenbrand unterm Christbaum sitzt.“

„Und wer tanzt mit mir?“ fragte Peter.

„Ja, wer tanzt mit uns?“ fragte jetzt auch Ulli und streckte die Beine von sich.

„Ich stehe jederzeit zur Verfügung“, flötete die Schlangentänzerin Lisa Liranda vom Nebentisch. Sie kullerte jetzt mit ihren großen blauen Augen und kicherte dabei.

„Die beiden jungen Herren sind des Tanzes noch unkundig“, Herr Wagner räusperte sich, „aber vielleicht darf ich für sie einspringen, gnädiges Fräulein?“

Kurz darauf drehte sich der Portier vom Hotel Kempinski in Berlin mit Fräulein Liranda auf der Tanzfläche.

„So wie Sie tanzen“, bemerkte Herr Wagner, „muß man auf Ihre Schlangen direkt neidisch werden.“

„Das ist ja reizend.“

„Und es ist die Wahrheit.“

„Bitte nicht aufhören“, piepste die platinblonde Schönheit. „Ich bin ganz verrückt auf Komplimente.“

„Dann müssen wir unbedingt von Ihren Augen sprechen“, erwiderte Herr Wagner. Dabei winkte er den Finkbeiners zu, die sich gerade flott in die Kurve legten.

„Ja, sprechen Sie“, hauchte die Schlangentänzerin.

„Also“, Herr Wagner blinzelte sie an, „im Vergleich zu Ihren blauen Augen ist das ganze Karibische Meer bloß eine Erbsensuppe.“

Jetzt kicherte Fräulein Lisa Liranda so laut, daß sich die anderen Leute umdrehten.

Im gleichen Augenblick kam Kapitän Stahlhut mit ein paar Offizieren in den Saal. Später trudelte noch der Streichholzfabrikant Wilkinson ein und setzte sich an den Tisch zu Mrs. Fuller. Als Herr Latenser aufkreuzte, mußte er sich bereits durch die Männer von der Schiffsbesatzung schleusen, die sich am Eingang und im Hintergrund die Stehplätze gesichert hatten. Unter ihnen waren Deckstewards, Kabinenstewards, Matrosen, ein paar Chinesen aus der Wäscherei, Köche, Funker und Stewardessen aus dem Reisebüro.

Nach einer kleinen Pause spielte die Bordkapelle jetzt das erste Weihnachtslied. Mister Hobbs saß tief über sein Cello gebeugt ganz vorn auf der Bühne.

Der Saal verdunkelte sich, und gleichzeitig flammten am Weihnachtsbaum die elektrischen Kerzen auf.

„Ah“ und „Oh“ sagten die Passagiere durcheinander. Sie lehnten sich tief in ihre Sessel zurück und träumten vor sich hin. Als die Bordkapelle dann später „Stille Nacht, Heilige Nacht“ spielte, sangen sie alle mit, jeder in seiner Sprache. Anschließend kam der Schiffsarzt als Neptun verkleidet und versprach auch für die nächsten zwei Wochen schönes Wetter mit ruhiger See.

Der Kapitän hielt eine kurze Ansprache, wünschte fröhliche Weihnachten und weiterhin gute Fahrt.

Ein Rechtsanwalt aus Leverkusen bedankte sich hinterher im Namen der Passagiere.

Und jetzt betrat zum allgemeinen Erstaunen der junge Inder namens Singh Rumi die Tanzfläche. Er hatte sich heute einen eleganten Smoking angezogen. Dazu trug er über seinen langen Haaren einen Turban aus schwarzer Seide, auf dem eine ganze Menge bunter Perlen und Pailletten aufgenäht waren. Als dann ein roter Scheinwerfer eingeschaltet wurde, glitzerten und flimmerten sie mit dem Weihnachtsbaum nur so um die Wette.

Der schlanke Inder stellte jetzt einen großen Korb neben sich und faltete die Hände vor der Stirn.

„Auch wir haben uns eine kleine Überraschung ausgedacht“, sagte Fräulein Lisa Liranda und stand dabei von ihrem Tisch auf. „Aber sehen Sie selbst.“ Sie lächelte und zeigte mit dem ausgestreckten Arm zur Tanzfläche.

Dort hatte sich der junge Inder inzwischen mit gekreuzten Beinen auf den Boden gesetzt. Er holte jetzt eine Flöte hervor und öffnete den Deckel des Korbes, der vor ihm stand.

„Aha, heute kommt er uns als Schlangenbeschwörer“, flüsterte Ulli und legte die Beine übereinander.

Und da verschlug es auch schon allen Passagieren die Sprache. Der junge Inder spielte nämlich auf seiner Flöte die Melodie von „O du fröhliche, o du selige“. Dabei hatte er die Augen geschlossen und beschrieb mit seiner Flöte ganz kleine Kreise.

Niemand im Saal rührte sich, alle blickten gespannt auf die Öffnung des Korbes im Licht des roten Scheinwerfers.

Dort bewegte sich jetzt zuerst ein Schatten, und dann wurde der Kopf einer Kobra sichtbar. Sie spreizte ihren Nackenschild und kam immer höher. Ein Drittel ihres Körpers hatte sich schließlich senkrecht aufgerichtet und schwankte genauso wie die Flöte im Rhythmus des Liedes hin und her.

Jetzt klatschten die Passagiere in die Hände.

Darauf nahm der junge Inder seine Flöte wieder von den Lippen, die Kobra fiel in ihren Korb zurück, und Fräulein Lisa Liranda konnte sich vor Lachen kaum noch halten.

„Etwas ungewöhnlich“, bemerkte der Apotheker Finkbeiner. „Eine Schlange, die auf Weihnachtslieder tanzt.“

„Wenn sie dabei noch eine Christbaumkugel auf der Nase balanciert hätte“, fügte Herr Wagner hinzu, „wäre die Sache perfekt gewesen.“

Der junge Inder mit dem Namen Singh Rumi hatte sich inzwischen mehrfach verbeugt. Jetzt verschwand er mit seinem Schlangenkorb und dem schwarzen Seidenturban wieder hinter dem goldglitzernden Vorhang.

„So habe ich mir immer einen Maharadscha vorgestellt“, bemerkte Frau Finkbeiner.

Jetzt kamen mehrere Matrosen und Stewards von ihren Stehplätzen, stellten sich nebeneinander vor den Weihnachtsbaum und sangen Lieder von der Waterkant.

Dann endlich war es soweit.

Zuerst stolzierte Monsieur Prunelle durch die breite Glastür und verkündete: „Meine Damen und Herren, sie ist im Anzug!“

Plötzlich saß der ganze Saal wie auf Kohlen, und alle drehten die Köpfe in Richtung zum Eingang.

Dort tauchte jetzt Mister Palmer auf. Er überflog mit einem schnellen Blick die Passagiere und die Tische. Dann postierte er sich mit undurchdringlichem Gesichtsausdruck neben der Glastür und winkte mit dem rechten Zeigefinger.

Und jetzt kam das Gemälde.

Es wurde von zwei Matrosen in frischgebügelten Uniformen getragen. Ein dritter hatte die Staffelei über der Schulter, an der sonst vor dem Speisesaal das Bordprogramm ausgehängt wurde.

Der Erste Offizier überholte jetzt die Gruppe und dirigierte sie zur Tanzfläche.

Die Passagiere verfolgten die Prozession mit ihren Blicken. Dabei saßen sie stumm und andächtig in ihren Sesseln.

Die Staffelei wurde kaum zwei Meter von Inspektor Brown entfernt auf der Tanzfläche aufgebaut, und als die zwei Matrosen das Bild jetzt ganz vorsichtig darauf stellten, sahen die Passagiere die Mona Lisa zum erstenmal. Sie machte den Eindruck, als würde sie ein wenig verwundert in den Saal blicken.

Und da war es mit der Ruhe vorbei.

Die Passagiere waren von einem Augenblick zum anderen wie ausgewechselt. Sie klatschten jetzt in die Hände, riefen „Bravo“ und waren ganz einfach aus dem Häuschen.

Es brauchte eine ganze Weile, bis sich Monsieur Prunelle Gehör verschaffen konnte.

„Da steht sie vor Ihnen, meine Damen und Herren", rief der Museumsdirektor aus Paris in den Saal. „Mona Lisa. Kein anderes Bild auf der ganzen Welt ist so berühmt und so bekannt. In den rund vierhundertfünfzig Jahren sind die Farben allerdings ein wenig dunkler geworden, und oben in der Mitte ist links über dem Kopf auch eine leichte Bruchstelle zu erkennen. Aber ansonsten ist uns Leonardos Gemälde in seiner ganzen Schönheit erhalten geblieben."

Man applaudierte wieder, und dann durften die Passagiere einzeln an dem Bild vorbeispazieren. Dazu stellten sie sich vor der Tanzfläche hintereinander auf, als müßten sie an irgendeinem Fahrkartenschalter Schlange stehen.

„Darf man auch eine Blitzlichtaufnahme machen?" fragte Ulli, als die Wagners und Finkbeiners an der Reihe waren.

„Aber selbstverständlich, junger Freund", lächelte Monsieur Prunelle. Und dann sagte er noch: „Bitte achten Sie darauf, daß Sie von den Augen der Mona Lisa immer voll angeblickt werden, gleichgültig ob Sie links oder rechts von ihr stehen."

„Tatsächlich", bemerkte Herr Latenser und schlich dabei wie ein Indianer im Halbkreis um das Bild herum. „Sie läßt mich überhaupt nicht aus den Augen."

„Und für eine vierhundertfünzig Jahre alte Dame sieht sie noch sehr jung aus", witzelte Frau Schmidt mit dt.

„Das ist also das berühmte Lächeln der Mona Lisa", piepste die Schlangentänzerin Liranda. „Eigentlich hatte ich mir das Gemälde größer vorgestellt."

„Genau dreiundfünfzig Zentimeter breit und siebenundsiebzig lang", bemerkte der Direktor des Pariser Louvre ein wenig beleidigt. „Es kommt nicht auf die Größe an."

Inspektor Brown machte in seinem Sessel den Eindruck, als würde er sich langweilen. In Wirklichkeit beobachtete er durch seine dunkle Sonnenbrille alles, was um das Bild herum vorging, haargenau und war wie ein Panther jederzeit zum Sprung bereit.

„Noch etwa vierzig Passagiere, und wir sind durch", flüsterte der Erste Offizier mit den drei Goldstreifen an seinen weißen Uniformärmeln. Er stand jetzt neben Mister Palmer an der Glastür. „In fünf Minuten ist alles vorbei."

Ronny rollte seine Tante gerade zur Tanzfläche, als zwei oder drei elektrische Kerzen am Weihnachtsbaum anfingen zu flackern. Kurz darauf flimmerten auch die übrigen Kerzen, und dann ging auf einen Schlag im ganzen Saal das Licht aus.

Die Passagiere lachten, redeten durcheinander und tasteten sich mit ausgestreckten Armen zu ihren Plätzen zurück.

„Komm, spiel mit mir Blindekuh", kicherte Frau Finkbeiner und nahm ihren Mann bei der Hand.

„Bitte bleiben Sie stehen, wo Sie sind", rief plötzlich die Stimme von Mister Palmer. „Und verhalten Sie sich ruhig."

„Es kann nur Sekunden dauern", sagte jetzt Kapitän Stahlhut. Und dann fragte er laut: „Was ist denn mit der Notbeleuchtung, verflixt noch mal?"

Die Passagiere blieben jetzt artig auf ihren Plätzen und hielten den Mund. Das wäre auch noch eine ganze Weile so geblieben, wenn nicht plötzlich Mrs. Fuller mit ihrer tiefen Stimme in die Stille hinein gesagt hätte: „Ich glaube, mir ist gerade eine Schlange über das linke Bein gekrabbelt."

Jetzt dachte natürlich kein Mensch mehr an die Mahnung von Mister Palmer. Alle redeten wieder durcheinander, und die meisten kletterten auf ihre Sessel oder drängten zum Ausgang.

Bordfotograf Weber war ganz aufgeregt. Er fingerte im Dunkeln an seinem Fotoapparat herum und blitzte einfach zweimal durch die Gegend. Als er gerade zum drittenmal abdrücken wollte, leuchtete plötzlich wieder der Weihnachtsbaum auf und hinterher das Licht im ganzen Saal.

Zuerst wurde es daraufhin ganz ruhig, und die Passagiere blickten sich nur erstaunt an, wie sie sich da auf den Sesseln gegenüberstanden oder sogar auf den Tischen.

„Es ist bestimmt keine Schlange im Saal", sagte jetzt der junge Inder mit seinen glitzernden Perlen und Pailletten auf dem schwarzen Seidenturban. Er nahm den Deckel von seinem Korb, und sofort zeigte sich der Kopf der Kobra. „Sie ist da, wo sie hingehört", fügte er lächelnd hinzu, verbeugte sich und verschwand mit der Schlange wieder hinter dem Vorhang.

„Sollte ich mich tatsächlich getäuscht haben?" fragte Mrs. Fuller. „Aber ich hab' doch was gespürt."

„Dein Schal ist dir übers Bein gerutscht", lächelte Ronny.

„Tja, wenn es dunkel ist", bemerkte Mister Wilkinson, „schlägt unsere Phantasie Purzelbäume."

„Wenn das so ist, bitte ich Sie eben alle um Entschuldigung", sagte Mrs. Fuller.

Die Passagiere lachten und kletterten wieder von ihren Sesseln und Stühlen herunter. Dabei entdeckten sie jetzt erst, daß plötzlich ein junger Mann mit einer dunklen Sonnenbrille breitbeinig vor dem Bild der Mona Lisa stand. Er hatte die rechte Hand unter dem Jackett und blickte in den Saal, als stünde er vor einem Raubtierkäfig.

„Das sieht ja aus wie ein Banküberfall", entrüstete sich eine dicke Dame mit einer blau eingefärbten Perücke.

Und ein Passagier aus dem Sonnendeck zielte mit dem Zeigefinger auf Mister Brown und rief: „Sie haben bestimmt eine Kanone unter ihrem Jackett, junger Mann. Nehmen Sie die Hand weg!"

„Ich bin Ihnen eine Erklärung schuldig, meine Damen und Herren", meldete sich jetzt Mister Palmer zu Wort. Er drängte sich dabei zusammen mit dem Oberzahlmeister durch die Passagiere zur Tanzfläche.

„Mein Name ist Mike Palmer, und das hier ist Inspektor Brown. Wir sind von der Lloyd's-Versicherung, London, und es ist unsere Aufgabe, die Mona Lisa unbeschädigt nach Puerto Rico zu bringen. Deshalb waren wir auch dagegen, daß dieses Gemälde heute abend hier ausgestellt wird. Und als vorhin das Licht ausging, mußten wir annehmen..."

Jetzt erst begriffen die Passagiere allmählich, was eigentlich los war.

„Um Himmels willen, dann haben Sie unter Umständen einen Diebstahl befürchtet?" fragte jetzt wieder die Dame mit der Perücke. „Das wäre ja furchtbar gewesen."

„Genauso ist es, gnädige Frau." Mister Palmer lächelte höflich. „Aber da dem Bild nichts passiert ist, dürfen wir annehmen, daß der Kurzschluß in der Lichtleitung ganz einfach durch einen dummen Zufall zu erklären ist."

„Aber Sie hätten es für möglich gehalten", jetzt lachte Mrs. Fuller, „daß sich jemand von uns in dem allgemeinen Durcheinander das Bild in die Tasche steckt."

„Bei der völligen Dunkelheit wäre die Gelegenheit jedenfalls sehr günstig gewesen."

Jetzt wollten sich die Passagiere kugeln vor Lachen. Es

machte ihnen einen Heidenspaß, sich vorzustellen, wie sie mit dem Gemälde unter dem Arm in ihre Kabinen schlichen.

„Was ist denn mit Ihnen passiert?" fragte Frau Finkbeiner auf einmal durch das allgemeine Gelächter hindurch. „Sie haben ja plötzlich eine Beule am Kopf."

Herr Latenser drehte sich um und sagte: „Sieh mal an." Dabei holte er ein Taschentuch heraus. „Vielleicht bin ich in der Dunkelheit mit einem Ellenbogen oder einem Kronleuchter zusammengestoßen." Dabei grinste er.

„Merkwürdig", murmelte Mister Palmer, und dann forderte er Inspektor Brown auf, wieder in seinem Sessel Platz zu nehmen. Anschließend durften die Passagiere, die das Gemälde noch nicht aus der Nähe betrachtet hatten, das nachholen.

„Es ist schon hinreißend", sagte der Streichholzfabrikant, als er wieder an seinen Tisch zurückkam.

„Es ist einmalig", gab Mrs. Fuller zu.

„Mich faszinieren diese Augen", meinte Herr Latenser. Er ging jetzt schon zum zweiten Mal im Halbkreis um das Gemälde herum. „Sie verfolgen einen geradezu, ganz egal, wo man steht."

„Ja, davon spricht man in der ganzen Welt", bemerkte Mister Palmer kurz angebunden, und dann gab er bekannt, daß die Mona Lisa jetzt wieder in ihrem Versteck verschwinden würde.

Die drei Matrosen in ihren frischgebügelten Uniformen erschienen erneut auf der Tanzfläche und nahmen das Bild und die Staffelei mit.

„Da liegt ja auf einmal ein Handschuh", rief in diesem Augenblick Juwelier Schmidt mit dt aus Düsseldorf. „Ich fresse meinen Hut, wenn dieser Handschuh vorhin auch schon da gelegen haben soll."

Mister Palmer blickte zuerst zu Herrn Schmidt und dann zu dem gelben Lederhandschuh.

Er lag ziemlich genau dort, wo bisher die Staffelei mit dem Bild gestanden hatte.

Inzwischen trugen die Matrosen das Gemälde bereits wieder zum Ausgang. Der Erste Offizier marschierte ein paar Schritte voraus, und Inspektor Brown kam mit seiner dunklen Sonnenbrille hinterher. Der ganze Saal applaudierte wieder, die Bordkapelle spielte, und das Ganze machte den Eindruck, als würde ein siegreicher Boxer aus dem Ring getragen.

Mister Palmer hatte die Gruppe unterdessen eingeholt. Aber plötzlich blieb er stehen und bekam eine senkrechte Falte auf die Stirn; dann flitzte er zur Tanzfläche zurück. Da die Passagiere zur Mona Lisa hinüberklatschten, bemerkten sie gar nicht, wie Mister Palmer blitzschnell den gelben Lederhandschuh vom Boden aufhob und in seine Jackentasche steckte. Gleich darauf flitzte er wieder los und holte das Gemälde kurz hinter der großen Glastür ein.

Die Bordkapelle spielte einen Tusch, und dann betrat Kapitän Stahlhut noch einmal die Tanzfläche: „Ich bitte für alles, was eigentlich nicht im Programm stand, um Entschuldigung“, sagte er. „Und jetzt wünsche ich Ihnen endgültig fröhliche Weihnachten.“

Gleich darauf galoppierten die Stewards wieder mit Getränken von einem Tisch zum anderen, und die Passagiere sangen noch einmal Weihnachtslieder.

„Man lernt nie aus“, bemerkte Frau Finkbeiner. „Ein Heiliger Abend kann auch ganz schön aufregend sein.“

„Und Zufälle gibt's, die gibt's gar nicht“, fügte ihr Mann, der Apotheker, wieder einmal hinzu. Dabei blinzelte er durch seinen Zigarrenrauch in die elektrischen Weihnachtskerzen.

Zur selben Zeit fuhr die vierhundertfünfzig Jahre alte Dame Mona Lisa mit ihrer Begleitung im Lift zum B-Deck.

„Als da auf einmal das Licht ausging", sagte Monsieur Prunelle nach einer Weile, „also ich glaubte, mir bricht der Boden unter den Füßen zusammen." Er blickte zuerst zu Inspektor Brown und dann zu Mister Palmer. „Ich möchte mich entschuldigen, meine Herren. Ich hätte es niemals erlauben dürfen."

„Wir sind ja mit einem blauen Auge davongekommen", sagte Mister Palmer kurz und steckte sich eine Pfeife an.

Mister Palmer springt aus dem Bett

Mister Palmer wachte erst auf, als es zum viertenmal leise an die Tür klopfte.

Er knipste die Nachttischlampe an und fragte: „Wer ist da?"

Aber anstelle einer Antwort wurde ein zusammengefaltetes Stück Papier durch den Türspalt in die Kabine geschoben.

Mister Palmer sprang aus dem Bett. Er drehte den Schlüssel herum und riß die Tür auf.

„Hätte ich mir denken können", murmelte er ärgerlich.

Kein Mensch war zu sehen. Der Korridor war links genauso leer wie rechts. Nur die ungeputzten Schuhe der Passagiere standen herum.

Mister Palmer fuhr sich durchs Haar und schlurfte in seine Kabine zurück. Er machte die Tür wieder hinter sich zu, und dann bückte er sich nach dem Stück Papier, das jetzt direkt vor seinen nackten Füßen lag.

Irgend jemand hatte folgendes mit großen Druckbuchstaben darauf geschrieben:

DIE MONA LISA IN IHREM TRESOR
IST EINE FÄLSCHUNG.
DAS ORIGINAL IST HEUTE ABEND
AUS DER HALLE GEKLAUT WORDEN.

„Das darf nicht wahr sein“, sagte Mister Palmer zu sich selbst. „Da will mich nur jemand auf den Arm nehmen.“

Er las den Zettel zum zweitenmal, und dann drehte er ihn von der einen Seite auf die andere. Er prüfte das Papier zwischen Zeigefinger und Daumen. Schließlich hielt er es gegen die Nachttischlampe und suchte nach einem Wasserzeichen oder dergleichen.

Als er sich wieder aufrichtete, sah er sein Gesicht im Spiegel.

„Und wenn es doch …?“ fragte er sich. Aber er hatte nicht den Mut, sich zu antworten.

Er starrte sich noch acht oder zehn Sekunden in die eigenen Augen. Dann wußte er, was er zu tun hatte, und stürzte los.

„Ich trommle sie alle aus den Betten“, knurrte er, als er sich seinen Morgenmantel mit den blau-roten Streifen über die Schultern warf. Er zerrte den gelben Lederhandschuh aus seiner Jackettasche, und gleich darauf flitzte er an den abgestellten Schuhen vorbei durch den Korridor zum Lift.

Erst nachdem er fünfmal auf den Knopf gedrückt hatte, fiel ihm ein, daß die Aufzüge um diese Zeit ja längst abgestellt waren. „Jetzt ist schon alles egal“, schimpfte er und rannte die Treppe hoch.

Von einem Gemälde, mit dem man die Fische füttern kann

Kurz vor Mitternacht nahm das Schiff seine Geschwindigkeit noch einmal um zwei Knoten zurück.

„So werden wir genau um sieben Uhr vor Barbados aufkreuzen", meinte der Erste Offizier.

Die See war ruhig, und die Kommandobrücke stand wie ein hellerleuchtetes Schaufenster mitten in der Nacht.

Die Passagiere schliefen in ihren Kabinen, und das Schiff lag im Dunkeln. Bis auf die Europa-Halle.

Hier hatte Mister Palmer vor einer Viertelstunde die Saalbeleuchtung und die elektrischen Kerzen am Weihnachtsbaum einschalten lassen.

„Wir brauchen genau dieselbe Situation wie heute abend bei der Weihnachtsfeier", hatte er gesagt.

Deshalb war auch der goldglitzernde Vorhang auf der kleinen Bühne wieder zugezogen, und die Staffelei mit dem Gemälde der Mona Lisa stand wieder an der alten Stelle auf der Tanzfläche. Schließlich lag dicht daneben auch wieder der gelbe Handschuh.

Monsieur Prunelle hing völlig verzweifelt in einem Sessel. Er starrte an die Decke, und seine Arme baumelten ins Leere. Etwa zehn Meter von ihm entfernt lag in einem anderen Sessel Inspektor Brown. Er streckte seine langen Beine von sich und spielte mit einer leeren Streichholzschachtel.

Der Erste Offizier lehnte am Podium, auf dem die Notenständer und Stühle noch genauso herumstanden, wie die Bordkapelle sie verlassen hatte. Er rauchte eine Zigarette und blickte ziemlich verschlafen über die vielen leeren Tische.

Im Gegensatz zu ihm war Mister Palmer hellwach. Er stapfte in seinem blau-rot gestreiften Morgenmantel wie ein angeschossener Elefantenbulle durch die Gegend und qualmte wie ein Schlot aus seiner Pfeife.

„Unter diesen Umständen werden Sie es mir wohl verzeihen, wenn ich Ihre Nachtruhe gestört habe", sagte er bereits zum zweiten Mal und spazierte dabei weiter auf der leeren Tanzfläche hin und her.

„Was für ein Bubenstück", jammerte der Museumsdirektor aus Paris. „Was für ein schändliches Bubenstück!"

„Ach was", knurrte Mister Palmer. „Sagen Sie mir lieber noch einmal, ob Sie wirklich ganz sicher sind, daß dieses Bild da eine Fälschung ist." Er war auf seinem Spaziergang jetzt vor dem Gemälde gelandet und paffte der Mona Lisa respektlos ein Wolke Pfeifenrauch ins Gesicht.

„Noch nie in meinem Leben war ich einer Sache so sicher." Monsieur Prunelle stöhnte. Auch er hatte sich in der Eile nur seinen seidenen Morgenmantel über den Schlafanzug ziehen können. „Als wir vorhin im Tresorraum das Bild aus seiner Kiste geholt haben, brauchte ich nur den Rahmen zu sehen..."

„Wieso, was ist mit dem Rahmen?" fragte Mister Palmer.

„Alles an ihm ist künstlich alt gemacht", seufzte Monsieur Prunelle. „In Wirklichkeit ist das Ding so neu, wie Sie nur wollen. Das sieht doch jedes Kind."

Mister Palmer fuhr herum und nahm die Pfeife aus dem Mund: „Aber als heute abend das Licht wieder anging, haben Sie es nicht gesehen!" schnauzte er. „Warum denn nicht, wenn es so einfach ist?"

„Weil ich mit keinem Auge daran dachte, daß mit dem Bild etwas passiert sei", seufzte der Direktor des Pariser

Louvre. Tränen standen jetzt offenbar bevor, wenn sie nicht schon unterwegs waren.

„Bitte, nehmen Sie sich doch zusammen", sagte Inspektor Brown bittend. Dabei zerdrückte er jetzt krachend die leere Streichholzschachtel zwischen seinen Händen.

Der Erste Offizier zuckte zusammen, und dann gähnte er. „Es tut mir leid, meine Herren, aber ich muß jetzt allmählich wieder in meine Kabine", stellte er fest. „Man erwartet von mir, daß ich in vier Stunden einigermaßen ausgeschlafen zum Dienst erscheine. Ihre Mona Lisa hin, Ihre Mona Lisa her. Das Schiff ist sowieso nur für den Transport verantwortlich, und die Sicherheit ist nicht unser Bier. Wir sind keine Kriminalpolizei."

„Trotzdem bitte ich Sie, noch zehn Minuten zu bleiben, Herr..."

„Rössler ist mein Name", bemerkte der Erste Offizier in seiner weißen Uniform. „Also schön, auf eine Viertelstunde soll's jetzt auch nicht mehr ankommen."

„Besten Dank, Herr Rössler", sagte Mister Palmer. Dann wanderte er hinüber zu dem Museumsdirektor aus Paris. „Also zum letzten Mal, Monsieur Prunelle." Er blieb stehen und zeigte mit seiner Pfeife zur Staffelei. „Dieses Bild ist eine Fälschung, darauf schwören Sie Stein und Bein?"

„Sie können damit die Fische füttern, wenn Sie wollen", antwortete der Franzose. „Es ist nicht mehr wert als ein alter Hut."

„Und Sie könnten auch beschwören", fragte Mister Palmer unbeirrt weiter, „daß wir heute abend zur Weihnachtsfeier das echte Gemälde in diesen Saal hereingebracht haben?"

„Daran ist überhaupt nicht zu rütteln", versicherte der Museumsdirektor. „Wie Sie sich vielleicht erinnern, sagte ich ein paar Worte zur Einführung. Dabei habe ich das Bild genau betrachtet. Zu diesem Zeitpunkt war es noch die echte Mona Lisa. Da gibt es gar keinen Zweifel."

„Dann ist vermutlich folgendes passiert", sagte Mister Palmer. Er spazierte jetzt wieder nachdenklich über die Tanzfläche und paffte weiter kleine weiße Rauchwölkchen vor sich hin. „Das Licht im Saal geht aus. Ein ziemliches Durcheinander entsteht. Und in diesen acht oder zehn Sekunden verschwindet das Original von der Staffelei. Als dann das Licht wieder angeht, steht an seiner Stelle die gefälschte Mona Lisa. Und niemand hat den Umtausch bemerkt." Er blieb stehen. „Glauben Sie, daß ein Kurzschluß die Ursache war?"

„Die Technik hier ist eine verdammt kitzlige Sache", antwortete der Erste Offizier. „Wir können das erst untersuchen, wenn die Elektrowerkstatt wieder im Dienst ist. Bis dahin lasse ich von einem Matrosen die Sicherungskästen bewachen."

„So weit, so gut." Mister Palmer nickte. Er wanderte jetzt an dem hellerleuchteten Weihnachtsbaum vorbei. „Es steht also wohl fest, daß wir seit der Einschiffung in New York eine Person an Bord haben, die von Anfang an hinter dem Bild her ist." Er blickte beim Gehen hinter einer Rauchwolke her. „So wie es aussieht, müssen wir sogar davon ausgehen, daß es sich um mehrere Personen handelt. Um Personen, die nicht unerfahren sind."

„Wer weiß, wie lange der ganze Coup schon geplant war!" stöhnte Monsieur Prunelle und ließ sich noch tiefer in seinen Sessel sinken. „Sie müssen ja mit dem gefälschten Gemälde schon an Bord gekommen sein."

„Also schön", fuhr Mister Palmer fort, ohne sich stören zu lassen. „Das Licht geht wieder an, und das Gemälde steht nach wie vor auf dieser Staffelei. Ein paar

Passagiere betrachten es noch, und dann bringen wir es zurück ins B-Deck, packen es wieder in seine Kiste und verschließen es im Tresor. Das falsche Gemälde, wohlgemerkt. Aber das wissen wir noch nicht." Mister Palmer blieb stehen und blickte mit seinen himmelblauen Augen von einem zum anderen: „Das Original verschwindet inzwischen irgendwo hier auf diesem Schiff."

„Wie eine Nadel im Heu", stöhnte Monsieur Prunelle wieder.

Gelegentlich ging ein leichtes Zittern durch die Halle, und aus dem Maschinenraum war das Pochen der Turbinen zu hören.

„Und nun kommen wir dazu", sagte Mister Palmer nach einer Weile. Er bückte sich und hob den gelben Lederhandschuh mit zwei gestreckten Fingern vom Boden auf. „Ist irgendwas Auffälliges an ihm?"

„Er ist ziemlich schmutzig", stellte Inspektor Brown fest. „Ölflecke oder so was Ähnliches."

„Ja, das ist sonderbar", meinte der Erste Offizier namens Rössler. „Solche Handschuhe trägt unsere Schiffsbesatzung bei der Arbeit."

„Stimmt", sagte Mister Palmer. „Und ein paar Männer der Besatzung waren ja auch hier im Saal."

„Aber ich sehe da keinen Zusammenhang", bemerkte der Offizier in der weißen Uniform. „Jedenfalls hatte bestimmt keiner seine Arbeitshandschuhe dabei."

„Trotzdem bitte ich Sie feststellen zu lassen, wem dieser Handschuh fehlt", sagte Mister Palmer freundlich. „Das wird doch möglich sein?"

„Da sehe ich keine Schwierigkeiten", meinte Herr Rössler. „Wir haben eine Kleiderkammer an Bord und registrieren genau, was rein- und rausgeht." Er mußte wieder gähnen. „Ich sollte mich jetzt wirklich aufs Ohr legen, meine Herren."

„Da der Diebstahl sowieso nicht vertuscht werden kann, möchte ich den Passagieren die Wahrheit sagen", meinte Mister Palmer. „Vielleicht haben sie Beobachtungen gemacht, die uns weiterhelfen."

„Das kann Ihnen nur der Kapitän erlauben", erwiderte der Erste Offizier.

„Und wenn wir anlegen", fuhr Mister Palmer fort, „sollte uns eine gewisse Kontrolle möglich sein."

„Auch das ist Sache des Kapitäns."

„Gehen morgen irgendwelche Kisten oder Pakete von Bord?" wollte jetzt Mister Pamer wissen.

„Nein, ich glaube nicht", erwiderte Herr Rössler.

„Was heißt hier Kisten und Kartons", warf jetzt Inspektor Brown dazwischen. „Wenn jemand die Leinwand aus dem Rahmen schneidet, kann er sich das Gemälde wie ein Korsett um den Bauch binden und verschwindet damit, ohne daß wir es spitzkriegen."

„Hören Sie auf!" rief Monsieur Prunelle. „Das würde das Bild ja gar nicht aushalten. Schon wenn es aus dem Rahmen genommen würde, bräche es auseinander und wäre wertlos. Nein, das wäre barbarisch und ist absolut undenkbar."

„Wann kann ich den Kapitän sprechen?" fragte jetzt Mister Palmer.

„Er ist bestimmt ab sechs Uhr auf der Brücke", erwiderte der Erste Offizier.

„Dann besten Dank, Herr Rössler", sagte Mister Palmer. „Ich habe im Augenblick keine Fragen mehr."

„Ich wünsche einen wunderschönen guten Morgen", grinste der Erste Offizier. Er schaltete noch die elektrischen Kerzen am Weihnachtsbaum aus und trollte sich.

„Ich muß Paris benachrichtigen", sagte Monsieur Prunelle und blickte plötzlich auf: „Und was machen Sie mit Ihrer Direktion in London?"

„Ich habe mir bis morgen abend Zeit gegeben“, antwortete Mister Palmer. „Wenn ich jetzt telegrafieren würde, könnte ich genausogut gleich meine Kündigung einreichen. Und wer weiß, vielleicht sieht morgen alles schon ganz anders aus.“

„Und notfalls haben wir die Weihnachtstage zur Entschuldigung“, bemerkte der Museumsdirektor. „Aber wenn ich offen sein soll, ich mache mir keine Hoffnung mehr.“

„Kopf hoch, Monsieur Prunelle“, kommandierte Mister Palmer. „Solange sich das Original noch an Bord befindet, ist nichts verloren.“

„Aber wie lange bleibt es noch hier?“ fragte der Museumsdirektor. „Wo haben es diese Halunken versteckt? In welchem Hafen wollen sie es an Land bringen und für immer verschwinden lassen?“

„Das ist nicht unser erster Fall“, sagte Mister Palmer ein wenig vorwurfsvoll.

„Wir sind keine Anfänger“, fügte Inspektor Brown höflich hinzu.

Plötzlich sprang Monsieur Prunelle auf und griff sich an den Kopf. „Ich kann es immer noch nicht fassen!“ schrie er. „Das ist doch heller Wahnsinn!“

„Jetzt dreht er durch“, bemerkte Inspektor Brown seelenruhig und schlug seine langen Beine übereinander.

„Das kann doch alles überhaupt nicht wahr sein“, brüllte der Museumsdirektor weiter. „Sagen Sie mir, daß das alles...“ Plötzlich brach seine Stimme ab, und es hörte sich fast so an, wie wenn der Tonabnehmer über eine Schallplatte rutscht. Er fiel wieder in den Sessel zurück und starrte zu der gefälschten Mona Lisa hinüber. Mister Palmer paffte seinen Pfeifenrauch in die Luft und wußte nicht recht, was er sagen sollte. Er blickte verlegen auf seine Schuhspitzen.

Eine Weile hörte man jetzt nur das Pochen der Maschinen.

„Vielleicht sollten Sie jetzt auch ins Bett gehen", sagte Mister Palmer schließlich. „Ich habe mit Inspektor Brown noch eine Menge zu besprechen." Er sprach wie ein Arzt zu einem Kranken.

„Ich bitte Sie um Entschuldigung, meine Herren", sagte der Museumsdirektor und stand auf. Aber mitten auf dem Weg zu der breiten Glastür blieb er überraschend stehen und drehte sich um. „Sie haben keine Ahnung, wer Ihnen diesen Zettel in die Kabine geschoben hat?"

„Nicht die geringste Ahnung", antwortete Mister Palmer.

„Und das Papier ist von derselben Sorte, wie es an Bord überall in den Schreibzimmern ausliegt?" fragte Monsieur Prunelle weiter.

„Genauso ist es", erwiderte Mister Palmer.

„Wer um alles in der Welt steckt wohl dahinter?" Der Museumsdirektor aus Paris schüttelte den Kopf.

„Wer immer es ist", meinte Mister Palmer, „er hätte einen Blumenstrauß von uns verdient."

Diebe sollten blaue Sommersprossen haben

„Mir bleibt die Spucke weg", keuchte Ulli Wagner und schnappte nach Luft.

„Eine Fata Morgana oder er ist als Schlafwandler unterwegs", japste Peter Finkbeiner.

Beide blickten verdutzt hinüber zu dem Jungen mit dem Bürstenhaarschnitt, der gerade in seiner knallfarbigen Badehose über die Treppe zum Oberdeck geklettert kam. Jetzt sprang er auf die Planken und gleich darauf drehte er einen Salto durch die Luft. Anschließend landete er bei Peter und Ulli im offenen Swimmingpool.

„Guten Morgen, ihr Klammeraffen", grinste Ronny, als er wieder auftauchte. „Bildet euch bloß nicht ein, daß andere Leute nicht auch mitten in der Nacht aufstehen können."

Es war noch nicht einmal sechs Uhr morgens, und auf dem ganzen Deck war außer den drei Jungen weit und breit kein Mensch zu sehen.

„Dann wollen wir mal", meinte Ulli. Er pumpte nach Luft und ging auf Tauchstation. Peter legte sich auf den Rücken, und Ronny drehte sich auf den Bauch. Sie einigten sich auf zwanzig Bahnen, und dann pflügten sie los.

Als die Jungen sich hinterher abtrockneten, bibberten sie und bekamen ziemlich schnell eine Gänsehaut. Sie wollten schon in ihre Kabinen zurück, da blieben sie plötzlich wie angewurzelt stehen.

Und gleich darauf lehnten sie dicht nebeneinander und in ihre Handtücher gewickelt über der Reling.

Hinter dem Heck leuchtete das brodelnde und schäumende Kielwasser nämlich auf einmal in allen Regenbogenfarben. Manchmal sah es so aus, als würden ein paar Tonnen Blumen oder Konfetti durcheinandergewirbelt.

„Das sind Korallen", erklärte Fuller junior. „Vor der Insel ist das Wasser nicht mehr so tief, und sie werden aufgewühlt, wenn das Schiff über sie hinwegfährt."

„Kolossal", meinte Ulli überwältigt.

„Wie wenn plötzlich aus einem versunkenen Piratenschiff Gold und Juwelen an die Oberfläche kommen", sagte Peter.

Am Horizont konnte man schon Land sehen. Die Sonne stand bereits voll am Himmel, und die Mondsichel war gerade dabei, sich bis zum Abend zu verabschieden. Sie war so blaß, als hätte sie gerade eine Erkältung überstanden.

Als Peter und Ulli später zu ihrer Kabine zurückflitzten, wurden sie bereits von Herrn Wagner erwartet. Er kam aus seiner offenen Tür, als er sie kommen hörte, und hatte vom Rasieren Seifenschaum im Gesicht.

„Macht euch auf einiges gefaßt", sagte er. „Ihr habt ja keine Ahnung, was passiert ist."

In seiner Kabine mit der Nummer 224 saß bereits das Ehepaar Finkbeiner auf dem Sofa und starrte in den Fernsehapparat.

„Du kriegst die Tür nicht zu", meinte Ulli. „Das ist doch Mister Palmer."

Tatsächlich flimmerte Mister Palmers Gesicht über die Röhre. Das Bild zitterte gelegentlich, und zwischendurch sah es auch so aus, als ob es dicht vor Mister Palmer im Studio schneien würde. Aber er ließ sich dadurch nicht erschüttern, sondern blickte den Zuschauern mitten in die Augen. Seine Stimme war dabei so gut zu verstehen, als würde er in der Kabine auf dem Sofa sitzen.

„...das Original des Bildes muß also irgendwo an Bord versteckt sein", sagte Mister Palmer gerade. „Mit dem Einverständnis des Kapitäns möchte ich Sie um Ihre Hilfe bitten, falls Sie irgendwelche besonderen Beobachtungen gemacht haben oder machen werden. Ich danke Ihnen für Ihre Aufmerksamkeit." Er verbeugte sich ein wenig. „Für die Passagiere, die später aufstehen, werde ich diese Durchsage laufend wiederholen."

„Ach du grüne Neune", sagte Frau Finkbeiner. „Das ist ja eine schöne Bescherung."

„Ich verstehe immer nur Bahnhof", bemerkte Peter verwundert. „Darf man erfahren, was eigentlich los ist?"

„Nichts Besonderes", meinte Herr Wagner, „nur daß die Mona Lisa geklaut ist." Anschließend erzählte er den beiden Jungen gemeinsam mit dem Berliner Apotheker, was passiert war.

Natürlich hatten auch die Passagiere in den Korridoren, in den Lifts und schließlich im Speisesaal kein anderes Gesprächsthema.

„Sie müssen zugeben, daß wir an Bord alles tun, um keine Langeweile aufkommen zu lassen", meinte der Tischsteward mit dem freundlichen Marzipangesicht.

„Kein Krimi könnte spannender sein", gab Herr Finkbeiner zu.

„Übrigens, hier ist ein Telegramm für Sie", sagte Herr Rehbein. „Das hätte ich fast vergessen."

„Hoffentlich nichts Schlimmes", meinte Frau Finkbeiner. Aber gleich darauf freute sie sich und lachte vergnügt. „Weihnachtsgrüße von Direktor Habernoll und seinem Warenhaus. Das finde ich nun wieder rührend."

„Nanu", sagte Herr Wagner streng, „hat denn dieser Kerl nichts andres zu tun, als uns laufend mit Telegrammen zu bombardieren?"

„War es doch was Schlimmes?" fragte Herr Rehbein besorgt, als er mit frischen Brötchen kam und das Gesicht von Herrn Wagner sah. Aber als jetzt der ganze Tisch in Gelächter ausbrach, meinte er: „Na, dann bin ich ja beruhigt", und flitzte mit seinen leeren Tabletts zur Küche.

Nach dem Frühstück rüsteten sie sich für den Landausflug, und dann kletterten sie zum Sonnendeck, weil man von hier den besten Ausblick hatte.

Mister Palmer saß inzwischen immer noch im Fernsehstudio neben der Funkkabine und machte jetzt schon zum x-tenmal seine Durchsage. Danach stand er endlich wieder auf und ließ die Übertragung abschalten. „Höchste Eisenbahn, daß ich an Deck komme. In zwanzig Minuten geht das Schiff vor Anker", sagte er und verschwand.

Die beiden Familien aus Berlin lehnten zwischen zwei Rettungsbooten an der Reling und blickten zu der Insel, die immer näher kam. Sie spürten die Sonne auf ihren Gesichtern und hörten die Möwen kreischen, die seit heute morgen wieder ums Schiff flatterten.

„Eigentlich geht diese Frechheit auf keine Kuhhaut", murmelte Apotheker Finkbeiner vor sich hin.

„Sie denken an das geklaute Gemälde?" fragte Herr Wagner.

„Allerdings", erwiderte Herr Finkbeiner. „Wenn es stimmt, was dieser Mister Palmer da vorhin im Fernsehapparat behauptet hat, dann war das Original in einem Tresor eingeschlossen und wurde außerdem noch bewacht. Natürlich hat kein vernünftiger Mensch je daran gedacht, es dort mit Gewalt herauszuholen."

„Weil man so etwas nur macht, wenn man hinterher türmen kann", meinte Peter. „Und dazu ist ein Schiff ganz ungeeignet, insbesondere, solange es auf dem Wasser ist."

„Ausgezeichnet, ganz ausgezeichnet", lobte der Apotheker aus Berlin, „kombinieren wir also weiter."

„Entschuldigung", fragte Ulli, „darf man sich an diesem Spiel beteiligen?"

„Aber selbstverständlich", Herr Finkbeiner lächelte, „bei einem so schwierigen Fall würde sogar Kommissar Maigret um Hilfe bitten. Also, was wolltest du sagen?"

„Irgend jemand muß bereits mit dem gefälschten Bild an Bord gekommen sein", meinte Ulli.

„Und jetzt ging es allein darum“, sagte Peter, „die beiden Gemälde miteinander zu vertauschen.“

„Und zwar so, daß es niemand merkt“, ergänzte Herr Wagner.

Ulli hatte vom angestrengten Nachdenken zwei steile Falten auf der Stirn. „Es mußte also eine Gelegenheit gefunden werden...“

„Das ist es“, Apotheker Finkbeiner unterbrach ihn. „Die Gelegenheit, das ist der springende Punkt!“

„Und diese Gelegenheit war die Weihnachtsfeier gestern abend“, stellte Herr Wagner fest.

„Jetzt kann man schon die ersten Palmen sehen, Häuser und Fischerboote“, bemerkte Frau Finkbeiner. „Ihr seid doch nicht hier, um Detektiv zu spielen.“

„Nur einen Moment noch, meine Liebe“, erwiderte der Apotheker und blinzelte in die Sonne. „Logischerweise müssen wir also jetzt zuerst fragen: Wer hat sich dafür eingesetzt, und wer hat es schließlich auch erreicht, daß die echte Mona Lisa aus dem sicheren Tresor geholt und den Passagieren gezeigt wird?“

„Mrs. Fuller!“ antworteten Ulli und Peter wie aus der Pistole geschossen.

Und haargenau im selben Augenblick kam diese Mrs. Fuller über das Deck gerollt. „Guten Morgen“, rief sie mit ihrer tiefen Stimme schon von weitem. „Ein Lustspiel ist das ja gerade nicht, was sich da abspielt.“

„Guten Morgen allerseits“, grüßte jetzt auch Ronny, der wieder einmal seine Blue-jeans-Jacke mit dem Schmetterling anhatte.

„Auf einmal ist jeder Passagier verdächtig, und das finde ich ungerecht“, meinte Mrs. Fuller. „Diebe sollten sich gefälligst besondere Kennzeichen zulegen, wie zum Beispiel blaue Sommersprossen oder erbsengrüne Haare, damit man weiß, woran man ist.“

„Das würde auch die Arbeit der Polizei wesentlich erleichtern“, sagte Apotheker Finkbeiner und lachte.

Das Schiff drehte jetzt langsam bei, bis es quer vor dem Hafen auf der Reede lag. Die Flaggen wurden gehißt, und das Typhon heulte dumpf zur Begrüßung. Noch einmal drehte sich die Schiffsschraube und wühlte das Wasser auf. Dann hörte man zuerst das Poltern der Ketten und schließlich am Heck und am Kiel die schweren Anker ins Wasser klatschen. Die Passagiere wußten bereits aus der Bordzeitung, daß der Wasserstand für die Europa im Hafen zu niedrig war und daß sie deshalb nicht am Kai anlegen konnte.

„Unsere Barkassen bringen Sie zur Insel und holen Sie dort auch wieder ab“, gab jetzt der Schiffslautsprecher bekannt. „Die Boote pendeln während des ganzen Tages hin und her, so daß Sie jederzeit an Bord zurückkommen können.“

„Da bleibe ich mit meinem Rollstuhl heute besser an Deck“, meinte Mrs. Fuller. „Darf ich deshalb meinen Herrn Neffen wieder bei Ihnen an der Garderobe abgeben?“

„Aber selbstverständlich“, erwiderte Frau Finkbeiner.

„Na schön.“ Ulli seufzte. „Wenns überhaupt nicht anders geht, was soll man machen?“

„Ja, was soll man machen?“ meinte auch Peter bedrückt.

„Kolossal anständig von euch“, lachte Mrs. Fuller.

Während jetzt die beiden schneeweißen Barkassen ins Wasser gelassen wurden, kreuzten vom Hafen her die ersten Boote auf. Schmale Kanus mit billigen Außenbordmotoren, Ruderjollen und Kähne, die beinahe bis zum Bordrand im Wasser lagen. Darin standen Mulatten und Neger, winkten mit bunten Tüchern oder zeigten mit ausgestreckten Armen, was sie zu verkaufen hatten. Bananen, Ananas, lebende Papageien und tote Seesterne, die so groß waren wie Bratpfannen. Sie schrien durcheinander, und ihre kleinen Nußschalen tanzten dabei auf dem Wasser, daß man Angst haben mußte, sie würden gleich umkippen.

Zum Aussteigen mußten die Passagiere mit den Lifts bis zum A-Deck hinunter. Von dort kletterten sie dann über eine Aluminiumtreppe an der Außenwand des Schiffes in die Barkassen. Sie waren gut gelaunt und neugierig auf die neue Insel. Selbstverständlich waren ihre Fotoapparate schußbereit, und viele hatten die in Caracas gekauften Strohhüte auf dem Kopf. Die farbigen Händler waren in ihren kleinen Booten inzwischen so dicht herangekommen und dabei so laut geworden, daß man sein eigenes Wort nicht mehr verstehen konnte.

Jetzt hätte bestimmt kein Mensch mehr an die verschwundene Mona Lisa gedacht.

Aber da stand dann plötzlich Mister Palmer zusammen mit Inspektor Brown auf der letzten Stufe der Aluminiumtreppe, und die Passagiere mußten an ihnen vorbei, einer hinter dem anderen, in die Barkasse klettern.

Die beiden Herren wünschten abwechselnd „Viel Vergnügen", oder „Einen schönen Aufenthalt auf Barbados". Dabei lächelten sie so höflich, daß es einem fast die Schuhe auszog.

„Aha", flüsterte Ulli Wagner. „Das riecht mir aber sehr nach Leibesvisitation."

„Allerdings nur mit den Augen", ergänzte Herr Finkbeiner. „Mehr hat der Kapitän wohl nicht gestattet."

Der Museumsdirektor aus Paris lehnte über der Reling

und starrte durch die Leute durch. Er war piekfein angezogen und glatt rasiert, wie immer. Trotzdem sah man sofort, daß er während der ganzen Nacht kein Auge zugemacht hatte, und die Passagiere wichen ihm aus, als hätte er Masern.

Nur Mister Wilkinson spazierte jetzt direkt auf ihn zu und legte ihm die Hand auf die Schulter. „Tut mir aufrichtig leid“, sagte er. „Aber das gibt es ja nicht, daß sich ein Gemälde so einfach in Luft auflöst. Sie werden sehen, es findet sich wieder.“ Auf dem Weg zur Barkasse drehte er sich noch einmal um und rief zurück: „Es findet sich bestimmt wieder!“

Gleich nach den beiden Berliner Familien und Ronny kletterte auch die Schlangentänzerin Lisa Liranda in die Barkasse. Mit ihren hohen Absätzen und dem engen Rock war das gar nicht so einfach. Deshalb reichte ihr Mister Hobbs galant die Hand. Als er anschließend an Inspektor Brown vorbeikam, lüftete er seinen Hut und zeigte höflich die Innenseite. „Kein doppelter Boden!“ Dabei lächelte er gutmütig.

„Guten Morgen, Mister Hobbs“, grüßte Peter Finkbeiner.

„Guten Morgen, Fräulein Liranda“, sagte Ulli Wagner.

„Sehr freundlich, meine jungen Herren“, erwiderte der dicke Mann, der ein bißchen wie ein Seehund aussah. „Leider ist das heute unser Schwanengesang auf dem Schiff. Am Abend spiele ich zum letztenmal in der Europa-Halle, und auch Fräulein Liranda gibt ihre Abschiedsvorstellung. Die Tage fliegen nur so an einem vorbei.“ Dabei setzte er sich neben die Schlangentänzerin und schlug seine kurzen Beine übereinander.

„Das ist ja jammerschade“, bemerkte Apotheker Finkbeiner höflich.

„Aber nicht zu ändern“, meinte Mister Hobbs. „Man kann den Passagieren ja nicht eine ganze Reise lang dasselbe Programm zumuten. Das wäre ja genauso, als müßten Sie andauernd nur Wiener Schnitzel essen. Deshalb wird unterwegs immer wieder ausgewechselt. Das ist auf allen Schiffen so. Und morgen auf St. Thomas sind wir an der Reihe. Für uns kommen dann eine brasilianische Tanzgruppe an Bord und ein englischer Zauberkünstler, der ziemlich bekannt sein soll.“

„Und was passiert mit Ihnen?“ fragte Ulli Wagner neugierig.

„Fräulein Liranda fliegt mit ihren Schlangen nach New York zurück“, erwiderte der Seehund.

„Wir haben ein Engagement in einem Kabarett am Broadway“, flötete die platinblonde Schönheit dazwischen. Sie hatte rund um sich herum wieder einmal eine Wolke von Schneeglöckchen-Parfum.

„Und ich wechsle bis Jamaica auf ein französisches Passagierschiff“, Mister Hobbs lächelte, „anschließend langweile ich mit meinem Cello die Passagiere an Bord eines Schweden.“ Er lachte und rieb sich die Hände. „Ein Wetter ist das heute wieder, wie Samt und Seide.“

„Oh, wie treffend“, kicherte Fräulein Liranda. „Tatsächlich wie Samt und Seide.“ Jetzt lächelte sie zu den beiden Berliner Familien herüber.

„Dieses Lächeln müssen die Amerikaner schon als Babys gelernt haben“, meinte Frau Finkbeiner später. „Wenn man nicht wüßte, daß das alles aus einem Automaten kommt, müßte man glatt wegschmelzen wie Himbeereis in der Sonne.“ Und dann flüsterte sie noch: „Wo treibt sich eigentlich dieser Inder herum? Man sieht ihn immer nur, wenn sie zusammen auftreten. Aber sonst kommt er nicht in den Speisesaal und läßt sich auch nirgends an Deck blicken.“

„Ich hab' gar nichts dagegen, wenn er bei seinen Schlangen bleibt und auf sie aufpaßt", bemerkte Herr Wagner.

Nebenan nahm inzwischen ein kräftiger Neger, der breitbeinig und mit ausgestreckten Armen in seinem Kahn stand, ein Motorrad in Empfang, das der Chinese Chang Lie gemeinsam mit seinem jungen Bruder Huang Ku an zwei Tauen über Bord ließ.

Die Barkasse wollte gerade ablegen, als im letzten Moment noch ein Junge mit einer knallroten Cordhose und in einem Hemd mit lauter Kokosnüssen, Bananen und Palmenblättern drauf angelaufen kam. „Hallo", er lachte und kletterte ins Boot, „ich dachte schon, ihr seid über alle Berge."

„So sehen also Pagen aus dem Speisesaal aus", grinste Ulli Wagner, „wenn sie Landurlaub haben."

„Ein bißchen wie ein Buntspecht", meinte Frau Finkbeiner freundlich.

„Buntspechte sollen reizende Tiere sein", stellte Axel Kannengießer fest. „Übrigens ist dicke Luft an Bord."

„Inwiefern?" fragte Peter und schlug dabei die Beine übereinander.

„Die ganze Besatzung muß vorerst an Bord bleiben und mit ihren Arbeitsklamotten auf dem Mannschaftsdeck antreten. Die Urlauber wollten schon an Land und sind im letzten Augenblick zurückgepfiffen worden."

„Aha", murmelte Herr Finkbeiner leise vor sich hin. „Der gelbe Handschuh..."

„Wie bitte?" fragte Axel Kannengießer.

„Ich habe nur laut gedacht", sagte der Apotheker.

Am Kai ging es zu wie auf einem Jahrmarkt. Ein Dutzend junger Neger machte mit Trommeln und Benzinfässern Calypsomusik. Sie rollten dabei die Schultern, stampften mit ihren nackten Füßen und zeigten ihre weißen Zähne. Frauen und Männer in allen Hautfarben wollten Stoffpuppen verkaufen, Korallenketten, Kokosnüsse oder bunte Hemden. Kleine Negerjungen sprangen wie Frösche in das schmutzige Hafenwasser, wenn die Passagiere ein Geldstück hineinwarfen. Sie tauchten bis auf den Grund und kamen dann wieder ausgepumpt, aber strahlend an die Oberfläche zurück. Und weil sie in ihren schmalen Badehosen keine Taschen hatten, steckten sie sich das gefundene Geld einfach in den Mund.

„Die haben aber alle geschwollene Backen", bemerkte Frau Finkbeiner besorgt.

„Ja, das viele Tauchen geht vermutlich über die Weisheitszähne", erwiderte ihr Mann.

„Du willst mich bloß wieder einmal auf den Arm nehmen", sagte Frau Finkbeiner. „Das ist kein feiner Zug von dir." Sie richtete sich auf und blickte sich um. „So, und jetzt will ich wissen, wo wir eigentlich sind."

„Eine berechtigte Frage", gab der Apotheker zu. „Also, wie wir alle wissen, heißt die ganze Insel Barbados . . ."

„Du wirst es nicht für möglich halten", unterbrach ihn seine Frau. „Aber das wissen wir tatsächlich schon."

„Und was da jetzt vor unserer Nase liegt", fuhr Apotheker Finkbeiner fort, ohne sich stören zu lassen, „das ist die Hauptstadt Bridgetown, die noch bis 1966 englisch war."

„Das hätte ich nun wieder nicht gewußt", gab Frau Finkbeiner zu.

In diesem Augenblick brauste der Boß der Maxe auf seinem Motorrad an den beiden Berliner Familien vorbei. Er hatte seinen Fotoapparat vor der Brust baumeln, und sein Bruder Huang Ku saß hinter ihm. Beide winkten und lächelten zu den Jungen herüber.

Ein Neger verliert sein Gesicht

„Bitte recht freundlich“, sagte Tischsteward Rehbein.

Die beiden Berliner Familien standen zusammen mit Ronny Fuller und Axel Kannengießer auf dem Trafalgar Square nebeneinander wie eine Fußballmannschaft und lächelten um die Wette.

„Besten Dank“, sagte Ulli, als das Marzipangesicht geknipst hatte. Er ließ sich die Kamera zurückgeben und transportierte den Film weiter.

„Es freut mich, daß ich Ihnen behilflich sein konnte“, meinte Herr Rehbein. Dabei zog er seinen weißen Strohhut und trollte sich. „Bis heute abend, Herr Rehbein“, rief der Page aus dem Speisesaal hinter ihm her.

„Komisch“, sagte Frau Finkbeiner. „Privat sieht ein Page oder ein Steward wie verkleidet aus. Dabei müßte es doch umgekehrt sein.“ Und dann meinte sie noch: „Es stimmt. Hier erinnert tatsächlich jede Ecke an England.“

Das Nelson-Denkmal auf dem Trafalgar Square war sogar älter als das in London, die Straßen hatten englische Namen, die Autos fuhren links, das Rathaus sah aus wie ein altes englisches Schloß, in dem nachts die Türen knarren, und die kaffeebraunen Polizisten steckten in denselben Uniformen wie die Bobbies auf dem Piccadilly Circus.

„In einer Stunde wieder am Denkmal von Herrn Nelson“, schlug Apotheker Finkbeiner vor.

Die Erwachsenen wollten nämlich zur Broad Street. Dort sollte es Geschäfte geben, in denen man zollfrei einkaufen durfte.

Die vier Jungen tigerten inzwischen zum alten Hafen, in dem noch Frachtensegler lagen, die so aussahen, als

kämen sie gerade von einer Piratenfahrt zurück. Große Neger schleppten Säcke und Kisten, andere lagen faul im Schatten und schoben sich Krabbenfleisch und Salatblätter mit den Fingern in den Mund.

Und da heute Markttag war, wimmelte es von Menschen zwischen den Körben mit Tintenfischen, Töpfen mit Mais und roten Bohnen, Guayanabas und Bananen, aufgeschnittener Ananas und lebenden Kolibris.

Zwei junge Mulatten rieben frische Krokodilhäute mit Viehsalz ein, damit sie bis zum Verkauf haltbar blieben. Jetzt richteten sie ihre nackten Oberkörper auf, weil Musik zu hören war. Sie wischten an ihren Hosen das Salz von den Händen ab und gingen langsam los. Im Gehen angelten sie sich Zigaretten aus den Hosentaschen.

Irgendwo hinter den Marktständen hielt eine Sekte ihren Gottesdienst ab.

„Da brennt es doch", sagte Axel Kannengießer zuerst.

Aber dann entdeckten sie, daß der Qualm von einem halben hundert Räucherkerzen kam, die dicht nebeneinander auf den Stufen einer alten Steintreppe standen. Über ihnen und mitten in ihrem Dunst thronte ein ziemlich fetter Neger auf einem zinnoberroten Sessel.

Er war vielleicht vierzig Jahre alt und hatte sich mit Armbändern und Ketten behängt wie eine orientalische Bauchtänzerin. Auf dem Kopf trug er einen weißen Sombrero, so groß wie ein Wagenrad. Er hatte die Augen geschlossen und schien zu schlafen.

Eine gleichfalls dicke Negerin ging wie ein Tier im Käfig hin und her. Sie sang dabei, und ein paar Instrumente spielten dazu. Ab und zu kniete einer der Zuschauer auf die unterste Stufe, legte Geld zwischen die Räucherkerzen und durfte dann die herunterhängende Hand des dicken Mannes in dem zinnoberroten Sessel küssen.

„Das ist die Treppe zum Paradies", sagte der Junge mit dem Bürstenhaarschnitt leise; er übersetzte den Gesang der Negerin. „Jede Räucherkerze und jedes Geldopfer bringt uns näher zu dir..."

Ulli Wagner hatte sich inzwischen mit seinem Fotoapparat an den Zuschauern vorbei nach vorne geschlichen. Als er zum ersten Mal knipste, wurden nur die beiden jungen Mulatten aufmerksam, die gerade ihre Krokodilhäute in Stich gelassen hatten. Sie blickten ärgerlich herüber, und der eine von ihnen gab mit der Hand zu verstehen, daß der Junge mit dem Fotoapparat ganz schnell zu verschwinden habe.

Aber der kleine Page aus dem Hotel Kempinski in Berlin tat so, als hätte er genau das Gegenteil verstanden.

Er lächelte, zwinkerte den beiden zu und schlich wie ein Indianer auf dem Kriegspfad unter einem Pferdekarren durch.

Anschließend klemmte er sich hinter eine alte Tonne, in der lauter lebende Fische durcheinanderschwappten. Er prüfte an seiner Kamera die Einstellung der Blende und der Entfernung. Dabei ließ er den schlafenden Fettwanst auf dem Zinnoberthron nicht aus den Augen. Und als jetzt wieder einmal einer aus der Versammlung vor den Räucherkerzen niederkniete und schließlich die Hand des Negers mit den vielen Ketten und Bändern küßte, schnellte Ulli Wagner hinter der Fischtonne hervor und schoß sein Blitzlicht ab.

Und das wirkte genauso, als ob er eine Bombe geworfen hätte.

Der fette Neger unter dem riesigen Sombrero riß seine Augen auf, entdeckte den Jungen mit dem Fotoapparat und sprang mit einem einzigen Satz in die Luft und brüllte wie ein Stier. Und weil er dabei jetzt so halb im Qualm der Räucherkerzen stand, wirkte er ein bißchen wie ein schlechter Schauspieler in einem Schmierentheater. Die ganze Versammlung tanzte und wirbelte durcheinander, als sei plötzlich ein Sack voll Flöhe explodiert. Fäuste flogen in die Luft. Schreie wurden ausgestoßen.

Und jetzt sprangen die zwei halbnackten Mulatten, die kurz zuvor noch ihre Krokodilhäute mit Viehsalz eingerieben hatten, auf einen Berg von Kisten, und von dort stürzten sie gleichzeitig auf den Berliner Hotelboy mit dem Fotoapparat. Kurz darauf hörte man lautes Hundegebell, dann ein tiefes Knurren, und schließlich stand eine riesige weißschwarz gefleckte Dogge auf der höchsten Stufe der Treppe zum Paradies.

Sie ließ ihre Augen blitzen, und dann sprang sie über die Lichter der Räucherkerzen hinweg direkt auf den

Jungen namens Ulli Wagner, der inzwischen längst am Boden lag. Über ihm blieb sie stehen und zitterte am ganzen Leib wie ein Löwe vor dem Mittagessen.

Peter Finkbeiner stand zusammen mit dem Bürstenhaarschnitt und dem flachsblonden Axel schon eine geraume Zeit wie erstarrt und so, als seien ihm die Füße am Boden festgenagelt.

Als sie jetzt das offene Maul der schwarzweiß gefleckten Dogge ganz dicht über dem Gesicht ihres Freundes sahen, wachten sie endlich auf.

„Los!“ flüsterte Ronny.

„Ja, hauen wir sie in die Pfanne!“ zischte Peter Finkbeiner.

Die drei wollten gerade losstürzen, da passierte etwas Neues: Wie aus dem Boden gezaubert stand plötzlich der Chinese Chang Lie mitten in der Versammlung. Er gab zuerst der schwarzweiß gefleckten Dogge einen herzhaften Klaps zwischen die Ohren. Anschließend riß er zuerst den einen Mulatten von Ulli Wagner weg und dann den anderen. Die Dogge knurrte erfreut, sprang dem Boß der Wäscherei vor die Brust und legte ihm ihre Vorderpfoten auf die Schultern. Die beiden Burschen benahmen sich nicht ganz so freundlich. Beinahe gleichzeitig wollten sie über den Chinesen herfallen. Gerade noch rechtzeitig konnte sich Chang Lie umdrehen und unter dem ersten Schlag wegtauchen.

Der eine Mulatte wurde dabei vom eigenen Schwung nach vorn gerissen.

Jetzt rammte ihm der schlanke Chinese seine Schulter in den Magen, so daß sich der andere krümmte, die Hände vor den Leib riß und sich schließlich langsam auf eine Kiste setzte wie auf einen Stuhl beim Zahnarzt.

Chang Lie federte herum, weil er jetzt den Angriff des zweiten Mulatten erwarten mußte. Aber da sah er zuerst nur seinen jüngeren Bruder Huang Ku. Der war ein wenig außer Atem, aber er lächelte, als er sich jetzt das Haar aus der Stirn strich. Hinter ihm rutschte der andere Mulatte gerade noch ein letztes Stück an der Fischtonne herunter und blieb dann vorerst regungslos auf dem Boden liegen.

Auch Ulli Wagner blieb vorerst regungslos auf dem Boden liegen. Seitdem die Dogge nicht mehr über ihm war und seitdem die beiden Burschen mit den verschwitzten nackten Oberkörpern ihn wieder aus ihrem Griff gelassen hatten, hatte er noch nicht gewagt, sich zu rühren.

Seine drei Freunde staunten schon eine ganze Weile sprachlos Löcher in die Luft.

Nur der Page aus dem Speiseraum stammelte so zwischendurch immer wieder: „Das ist ja nicht zu fassen."

Mittlerweile standen sich Chang Lie und der fette Neger gegenüber wie zwei Catcher vor der letzten Runde. Sie fuchtelten mit den Armen, blitzten mit den Augen und brüllten sich an.

Plötzlich sprang der Obermax mit seinen pechschwarzen Haaren zu Ulli Wagner hinüber und riß ihn vom Boden.

„Er hätte sein Gesicht verloren, behauptet er", keuchte Chang Lie. „Wer ihn fotografiert, würde ihm sein Gesicht stehlen. Er will deine Kamera haben und sie hier vor der ganzen Versammlung kaputtmachen."

„Könnte er nicht damit zufrieden sein, wenn der den belichteten Film kriegt?" fragte Ulli kleinlaut.

„Mal sehen", meinte Chang Lie und hielt jetzt Ullis Fotoapparat in die Luft. Die Versammlung applaudierte, die Musik spielte plötzlich wieder, und einige fingen an zu tanzen.

Eine Weile brüllte der fette Neger mit dem weißen

Sombrero noch, aber der Boß aus der Schiffswäscherei brüllte jedesmal genauso laut zurück. Bis der Dicke wieder ganz oben auf der Treppe neben seinem zinnoberroten Thron stand und allen einen aufgerollten Film zeigte. Er schwenkte ihn wie eine Fahne durch die Luft. Die ganze Versammlung klatschte wieder in die Hände und hüpfte dabei durcheinander, als hätten sie das große Los gezogen.

Da fiel es gar nicht auf, daß sich die beiden Chinesen aus der Wäscherei mit dem kleinen Ulli Wagner so schnell als möglich auf die Socken gemacht und verdrückt hatten.

Auch die drei Freunde verließen ihre Beobachtungsposten.

An der Ecke zu einer schmalen Hafengasse und neben einem Gebirge von alten Bananenkisten trafen sie sich.

„Menschenskind, Obermax, wir sind ja richtig stolz auf dich“, japste der flachsblonde Page aus dem Speisesaal. „Eigentlich müßten wir dich und deinen Bruder auf den Schultern zum Schiff tragen.“

„Wollen wir?“ fragten Ronny und Peter. Sie wollten sich schon die Ärmel hochkrempeln.

Aber da sagte Ulli Wagner ziemlich leise: „Ich möchte mich bei Ihnen bedanken.“ Er nickte mit dem Kopf zuerst zu Chang Lie und dann zu Huang Ku. Hinterher fügte er besorgt hinzu: „Das hätte ganz schön in die Hosen gehen können.“

„Aber wieso hat die Dogge sofort pariert?“ wollte jetzt Peter Finkbeiner wissen.

„Weil ich sie von klein auf kenne.“ Der Boß aus der Wäscherei grinste. Dabei kletterte er schon auf sein Motorrad. „Und diesen fetten Kerl auf dem zinnoberroten Thron kenn’ ich genauso lange. Früher hat er auf Guadaloupe nach Korallen getaucht. Später hat er auf

Margarita Flamingos, Marabus und Affen gefangen, und schließlich ist er vor Aruba beim Schmuggeln geschnappt worden. Daß er sich jetzt die Hände küssen läßt und dafür Geld kassiert, ist mir auch neu." Der Chinese schüttelte seinen Kopf mit den pechschwarzen Haaren und startete den Motor. Gleichzeitig kletterte Huang Ku wieder hinter ihm in den Sattel.

„Übrigens, da hast du deine Kamera zurück", meinte Chang Lie jetzt so nebenbei. „Und deinem Film ist auch nichts passiert."

„Wieso?" fragte Ulli erstaunt. „Er hat ihn doch durch die Luft gewirbelt wie ein Lasso?"

„Das war ein nagelneuer und unbelichteter Film, den ich in meiner Hosentasche hatte", erklärte der Obermax. „In dem Durcheinander hat das kein Mensch gemerkt."

Die beiden Chinesen grüßten vergnügt, und dann knatterten sie auf ihrem Motorrad davon.

Ein Gespräch im Schatten

Der junge Neger mixte die bestellten Drinks ziemlich lustlos und ließ sich Zeit dabei. Es war drückend heiß, und er wollte sich so wenig als nur möglich bewegen.

Zuerst gab er den Saft von den ausgedrückten Orangen und Ananas in die Schalen der Kokosnüsse. Dann kamen ein paar Eiswürfel dazu, Rum und ein Strohhalm.

Über der Bar hing ein getrockneter Kugelfisch an einem elektrischen Kabel. Er hatte eine Glühbirne im Bauch, und wenn abends das Licht angeknipst wurde, konnte man sehen, daß er rundherum noch seine langen Stacheln hatte wie ein Igel.

Aber im Augenblick brauchte man noch kein Licht. Auch die bunten Lampions, die überall von der Decke herunterhingen, brannten nicht.

Draußen knallte die Sonne auf die paar Dächer und auf den Platz vor dem Touristenlokal. Sogar die Hunde hatten sich in die Häuser verkrochen.

Vor etwa einer Viertelstunde war eines der weiß-blauen Taxis in einer Staubwolke über die Serpentinenstraße von Bridgetown aus heraufgekommen. Ein dicker Mann in einem dunklen Anzug und mit einem Strohhut auf dem Kopf hatte sich ins Freie gequält und war dann, ohne sich lange umzudrehen, im Aloma verschwunden. So hieß das Lokal.

Schon fünf Minuten später war ein zweites Taxi von der Stadt heraufgeklettert. Wieder in einer Staubwolke, und auch dieses Mal war ein einzelner Mann ausgestiegen. Er schien älter zu sein als der andere. Auch er war direkt ins Aloma hineingegangen. Mit federnden und beinahe sportlichen Schritten.

Jetzt saßen die beiden im Schatten eines dunkelblauen Sonnensegels in der hintersten Ecke der Veranda. Um sie herum nichts als leere Tische und leere Stühle, von denen die Farbe abblätterte. Nur der junge Neger war noch da. Er kam gerade mit den beiden Drinks. Sein kariertes Hemd war bis zum Gürtel offen, und er hatte einen Bleistift in seinem schwarzen Kraushaar stecken wie eine Hutnadel.

Die beiden Männer aus den Taxis, die so tief im Schatten saßen, daß man sie nicht erkennen konnte, unterbrachen ihr Gespräch.

Sie warteten, bis die beiden Kokosnüsse vor ihnen standen und bis sich der junge Neger ganz vorn neben den Eingang auf die flache Treppe gesetzt hatte. Er holte jetzt eine Handvoll Mandeln aus der Tasche.

Die beiden Männer zwischen den leeren Stühlen und Tischen saugten an ihren Strohhalmen.

„Sehr erfrischend", stellte der Ältere fest und schlug seine weißen Hosenbeine übereinander. „Ehrlich gesagt, noch gestern abend hätte ich gewettet, daß alles glattgeht."

„Also für mich war das ein Ding mit dem Holzhammer." Der Dicke seufzte. „Jetzt ist alles geplatzt, denke ich, als dieser Mister Palmer heute morgen über den Fernseher flimmert und dem ganzen Schiff erzählt, was in der Nacht passiert ist!"

„Natürlich wäre es angenehmer gewesen, wenn sie von dem Umtausch überhaupt nichts gemerkt hätten", gab der Ältere mit übereinandergeschlagenen Beinen zu. „Andererseits haben wir aber auch immer mit der Möglichkeit gerechnet, daß man die Fälschung entdeckt, bevor wir von Bord sind. Das wirft uns also nicht um. Nur wird die Sache jetzt ein wenig schwieriger." Er nahm wieder einen Zug aus seiner Kokosnußschale. „Und wir dürfen jetzt keine Zeit mehr verlieren."

„Dann warten Sie nicht bis Puerto Rico?"

„Das Risiko wäre zu groß."

„Schon morgen?" Der Dicke hatte sich eine Zigarette in den Mund gesteckt.

„Für den Fall, der jetzt eingetreten ist, haben wir schon von Anfang an alles für St. Thomas vorbereitet. Sie wissen es doch, lieber Freund." Der Ältere blickte dabei über die leeren Tische und Stühle hinweg.

Auf der Treppe neben dem Eingang saß immer noch der junge Neger mit dem Bleistift im Haar. Er zerknackte seine Mandeln und spuckte die Schalen in hohem Bogen durch die Luft. Auf dem Platz, der wie ein weißes Viereck in der prallen Sonne lag, standen die zwei Taxis mit weit aufgerissenen Türen unter vier oder fünf mageren Palmen. Die Fahrer hockten daneben und spielten Karten.

In dem linken Wagen, einem alten amerikanischen Schlitten, schien jemand zu sitzen und zu warten. Aber vom Lokal herüber konnte man nicht entdecken, ob es sich um eine Frau handelte oder um einen Mann.

„Wer wohl dahintergekommen ist?“ überlegte der Dicke unter dem dunkelblauen Sonnendeck. „Dieser Museumsdirektor oder einer von der Versicherung?“

„Sie müssen es erst bemerkt haben, als sie mit dem Bild wieder aus dem Saal waren“, sagte der Ältere. „Sonst wäre uns doch irgend etwas aufgefallen. Ein Jammer, daß wir ihre Gesichter nicht sehen konnten.“

„Ob sie einen Verdacht haben?“ fragte der Dicke. „Ich meine, gibt es vielleicht Fingerabdrücke oder so etwas Ähnliches?“

„Es ist nicht anzunehmen, daß die Herren ein kriminaltechnisches Labor in der Hosentasche mit sich herumtragen.“ Der Ältere schmunzelte. „Auf so einem Schiff sind die diesbezüglichen Verhältnisse geradezu ideal.“

„Sein Fernsehauftritt sollte wohl so etwas wie ein Appell an alle Passagiere sein.“

„Und war in Wirklichkeit eine Riesendummheit“, bemerkte der andere. „Sonst hätten wir überhaupt nicht erfahren, daß sie die Verwechslung entdeckt haben, und wären ihnen vielleicht in die Falle gegangen.“

„Vielleicht glaubt er, daß es ihn weiterbringt, wenn fünfhundert Passagiere Detektiv spielen“, gab der Dicke zu bedenken. „Jedenfalls ist dieser Mister Palmer nicht von schlechten Eltern. Sie sollten ihn nicht unterschätzen.“ Er drückte seine Zigarette mit dem Daumen im Aschenbecher aus.

„Deshalb sind wir ja hier“, sagte der Ältere. „Also, lassen Sie uns Nägel mit Köpfen machen!“

Man soll eine Dogge nicht auf die leichte Schulter nehmen

Am Nelson-Denkmal auf dem Trafalgar Square standen sich Herr Wagner und das Apothekerehepaar bereits die Füße in den Bauch.

Herr Finkbeiner guckte gerade wieder einmal auf seine Armbanduhr, als die vier Jungen endlich über die Straße gelaufen kamen. Sie hatten übrigens beschlossen, das Abenteuer im Hafen totzuschweigen. Einerseits weil sie sich nicht gerade mit Ruhm bekleckert hatten, andererseits wollten sie die Erwachsenen nicht noch nachträglich beunruhigen.

Aber da rief Frau Finkbeiner schon: „Ihr laßt ja die Köpfe hängen, als hätte es euch die Erdbeeren verhagelt!“ Und zu Ulli Wagner sagte sie noch: „So wie du aussiehst, gefällst du mir aber gar nicht, mein Sohn.“

Und jetzt erst bemerkten es auch die Jungen: Ullis Hemd war so schmutzig, als käme er gerade aus dem Kohlenkeller, und in sein linkes Hosenbein war ein Dreieck gerissen. So zwischen Knöchel und Schienbein.

„Seid ihr etwa unter die Räuber gefallen?“ fragte Herr Wagner neugierig. Der Page aus dem Hotel Kempinski in Berlin blickte seine Freunde an und fragte beklommen: „Na, dann müssen wir wohl?“

„Es sieht so aus“, meinte Peter Finkbeiner kleinlaut.

Anschließend erzählten die vier Jungen durcheinander, was passiert war. Der Chinese Chang Lie wurde dabei zu einer Mischung aus Tarzan und James Bond.

„Das war's“, bemerkte Axel Kannengießer zum Schluß.

„Ich könnte noch hinterher einen Herzklaps kriegen“, seufzte Frau Finkbeiner. „Und so eine schwarzweiß gefleckte Dogge darf man nicht auf die leichte Schulter nehmen.“ Sie bestand darauf, daß Ulli sein rechtes Hosenbein bis zum Knie hochkrempelte. „Na, es scheinen ja nur ein paar blaue Flecken zu sein“, bemerkte Herr Wagner.

„Aber immerhin“, erwiderte Frau Finkbeiner.

„Ja, das Leben ist voller Gefahren“, meinte ihr Mann, der Apotheker, abschließend. Aber da saßen sie alle bereits in einem alten und klapprigen Bus, der kein Glas vor den Fenstern hatte. Frauen und Männer mit allen nur denkbaren Hautfarben hockten um sie herum, Hühner gackerten in Holzkäfigen, und der glatzköpfige Neger hinter dem Steuerrad sang so laut er konnte „Old man River“.

Es ging durch endlose Zuckerrohrfelder und vorbei an übermannshohen Kakteen, die grau und ausgetrocknet waren. Manchmal lagen magere Ziegen in ihrem Schatten. Die beiden Berliner Familien und ihre Gäste hatten sich heute selbständig gemacht, weil der flachsblonde Page aus dem Speisesaal versprochen hatte, sie zum schönsten Strand der Insel zu lotsen.

„Vielleicht ist es überhaupt der schönste Strand in der ganzen Karibik“, sagte Axel Kannengießer. „Sand wie Kristallzucker und das Meer so blau wie Tinte.“

So war es denn auch.

Das Meer war tatsächlich tiefblau, und der Sand war schneeweiß. Ein dichter Palmenwald ging bis zum Ufer. Bunte Orchideen wucherten wie Pilze. Kleine schwarze Jungen kletterten wie Affen zu den Kokosnüssen hinauf, und Kolibris flatterten auf, wenn sie zu nah kamen. Dahinter auf den Hügeln war das Grün bei den Kaffeeplantagen dunkler und das bei den Tabakfarmen heller. Die Sonne zeigte sich von ihrer besten Seite, und die Wolken hatten wieder einmal große Ferien.

„Die Einwohner von Barbados behaupten, daß der Regenbogen von ihrer Insel seine Farben hat“, meinte der Apotheker Finkbeiner. Er lag jetzt schon eine ganze Weile in der Badehose neben den anderen unter einem Sonnendach aus Palmenblättern, blickte von seinem Liegestuhl in die Brandung und rauchte dabei eine Zigarre.

„Ein hübscher Gedanke“, sagte Herr Wagner. „Der Regenbogen spaziert über die Insel und sucht sich seine Farben zusammen.“

Sie spürten durch das Palmendach die Sonnenflecke auf ihrer Haut und versuchten sich das vorzustellen.

„Mein Gott, kann die Welt schön sein“, wollte Frau Finkbeiner wieder einmal sagen. Aber dann dachte sie es nur, weil ihr noch rechtzeitig einfiel, daß sich auch Worte abnutzen wie Zahnbürsten oder Schuhsohlen.

„Haben Sie schon das alte Schloß dort drüben entdeckt?“ fragte plötzlich eine Stimme, und gleichzeitig fiel ein Schatten über die Füße von Ronny und Peter Finkbeiner.

Der Schatten und die Stimme gehörten dem Autohändler Latenser. Er hatte seine Strümpfe und Schuhe ausgezogen und seine Hosenbeine hochgeschlagen. Auf dem Kopf trug er einen Strohhut, so daß man nicht sehen konnte, ob seine Beule von gestern abend schon wieder verschwunden war.

„Hoffentlich störe ich nicht?“ fragte der Mann in seinem altmodischen dunklen Anzug.

„Sie sind dieses Mal nicht an Bord geblieben?“ fragte der flachsblonde Page aus dem Speisesaal zurück.

„Heute haben mir die Umstände einen kleinen Ausflug gestattet“, kicherte Herr Latenser.

„Das freut mich für Sie“, erwiderte Frau Finkbeiner höflich.

„Und was ist mit dem alten Schloß da drüben?" fragte jetzt Ulli Wagner.

„Es ist vor ein paar hundert Jahren von Sam Lord erbaut worden", erzählte Herr Latenser. „Und Mister Sam war damals ein berüchtigter Seeräuber."

„Sehr interessant", bemerkte Herr Finkbeiner und ließ dabei ein paar Rauchringe in die Luft klettern.

„Wenn es Abend wurde", berichtete der Mann mit den dicken Brillengläsern weiter, „hängte er mit seinen Sklaven ein paar Dutzend Laternen in die Bäume. Jetzt meinten die Schiffe, daß sie die Hafenstadt Bridgetown vor sich hätten, setzten volle Segel und nahmen geraden Kurs. So liefen sie direkt auf die Felsen, wo Mister Sam mit seinen Leuten nur die Beute einzusammeln brauchte. Gefangene soll er nicht gemacht haben."

Im Augenblick lag das alte Schloß wie ein Scherenschnitt im Gegenlicht. Die Brandung schlug gegen die Felsen und zog sich immer wieder schäumend ins Meer zurück.

„Noch einen schönen Tag", wünschte Herr Latenser.

„Und besten Dank für Ihre Geschichte", meinte Frau Finkbeiner. „Auch wenn sie ein bißchen grausam war."

„Andere Länder, andere Sitten." Herr Latenser blinzelte vergnügt durch seine dicken Brillengläser, lüftete seinen Hut und stapfte dann durch den Sand davon.

„Ein komischer Vogel", sagte Peter Finkbeiner nach einer Weile.

„Aber eigentlich ganz sympathisch", stellte Frau Finkbeiner fest.

„Irgend etwas stimmt nicht bei ihm", widersprach der Junge mit dem Bürstenhaarschnitt und der knallbunten Badehose. „Aber ich weiß nicht, was."

„Wenn ich mir überlege, welche Personen etwas mit dem Verschwinden der Mona Lisa zu tun haben könnten", sagte der Apotheker Finkbeiner nachdenklich, während ihn der Rauch seiner Zigarre einhüllte. „Möglicherweise käme dieser Herr Latenser dafür in Frage."

„Und ich tippe auf den Kapitän", warf Frau Finkbeiner dazwischen, „weil in richtigen Kriminalromanen die Unschuldigsten hinterher immer die Täter sind."

„Mein Liebes", sagte ihr Mann, „du bist nicht mit dem nötigen Ernst bei der Sache."

„Weil ich diese ganze Detektivspielerei nicht begreife", erwiderte Frau Finkbeiner. Sie setzte sich jetzt aufrecht in ihren Liegestuhl. „Wer diese Mona Lisa geklaut hat, kann uns doch vollkommen egal sein. Wir haben Ferien und damit basta! In Berlin haben die jetzt Schneematsch und kalte Füße. Da sollten wir aufpassen, daß uns hier keine einzige Minute verlorengeht."

„Eigentlich hast du recht", sagte Herr Finkbeiner. Er drückte seine Zigarre aus, sprang auf und streckte die Arme aus. „Was haltet ihr davon, wenn wir uns den Wellen zum Fraß vorwerfen?"

Eine Viertelstunde später schrie Ulli, als er gerade mal wieder aus dem Wasser auftauchte: „Ich will ja unseren Grunewaldsee in Berlin nicht beleidigen, aber gegen den Atlantischen Ozean ist er höchstens 'ne Badewanne."

„Was hast du gesagt?" brüllte Peter durch die Brandung zurück.

„Du hast wohl Bohnen in den Ohren", rief Ulli zurück, und dann schlug es wieder einmal wie Seifenschaum oder Schlagsahne über ihm zusammen.

Sie ließen sich von den Wellen überrollen, tauchten unter ihnen durch oder sprangen über sie hinweg.

Etwa zur selben Zeit kam auf dem Schiff Mister Palmer zusammen mit Inspektor Brown zum Lift im A-Deck. Sie hatten gerade der Wäscherei einen längeren Besuch abgestattet und fuhren jetzt zum Hauptdeck hinauf. Das Schiff machte Mittagspause. Die meisten Passagiere waren an Land, und die übrigen hatten sich aufs Ohr gelegt.

Die beiden schneeweißen Barkassen ankerten dicht neben der Schiffswand und schwappten leer auf dem Wasser hin und her. Im Augenblick gab es also keine Verbindung vom Schiff zum Hafen, und die Herren Palmer und Brown konnten sich etwas Zeit lassen.

„Herr Latenser hat die Kabine 154", sagte der Steward, der für diesen Teil des Hauptdecks zuständig war.

„Ja, das ist uns bekannt", sagte Mister Palmer. „Würden Sie bitte aufschließen?"

„Aber nur weil es der Oberzahlmeister erlaubt hat", erwiderte der Steward. „Ich lasse Sie fünf Minuten allein und weiß von nichts."

„Das ist eine blendende Idee", meinte Mister Palmer, und dann blickte er sich gemeinsam mit seinem Begleiter in der Kabine um.

„Das Schiff hat rund vierhundert Kabinen. Von den übrigen Räumen gar nicht zu sprechen", sagte Inspektor Brown. Dabei schob er die Gardinen auf die Seite und schlug dann die Bettdecke auf. „Um alles auf den Kopf zu stellen, bräuchten wir ein paar Tage Zeit und wenigstens ein halbes Hundert Polizisten."

„Das ist mir auch klar", knurrte Mister Palmer. „Deshalb interessiert mich unter den Passagieren vorerst auch nur, wer sich verdächtig gemacht hat."

Er durchsuchte jetzt den Kleiderschrank. „Dieser Herr Latenser stand direkt vor dem Bild, als das Licht ausging, und hatte hinterher plötzlich eine Beule am Kopf. Das gibt jedenfalls zu denken."

„Leere Whiskyflaschen, weiter nichts", sagte Inspektor Brown. Er hatte sich inzwischen auf den Boden gekniet und unter das Bett geblickt.

Die Finkbeiners und Wagners waren mit ihren Gästen inzwischen wieder aus dem Ozean geklettert. Dabei stellten sie fest, daß die Brandung sie fast zweihundert Meter abgetrieben hatte.

„Im Laufschritt", kommandierte Apotheker Finkbeiner, und dann trabten sie gemeinsam zu den Liegestühlen und Handtüchern zurück.

Unterwegs blieb der flachsblonde Page aus dem Speisesaal auf einmal stehen. Er pfiff durch die Zähne und sagte: „Sieh mal an, wie klein die Welt ist."

„Nicht die Welt", korrigierte Chang Lie und lächelte dabei. „Die Insel ist klein."

Er hockte zusammen mit seinem jüngeren Bruder und ein paar Chinesen im Schatten einer Palme im Sand. Sie aßen aus vielen kleinen Töpfen, die über einem Feuer hingen, und tranken Reiswein dazu. Aus dem Radio kam Calypso-Musik.

„Meine beiden Retter!" trompetete Ulli in seiner himmelblauen Badehose. Dabei nahm er die rechte Hand vors Herz und verbeugte sich.

„Spaß beiseite", sagte jetzt Herr Wagner. „Ich bin der Vater dieses Unglücksraben, und ich möchte mich bedanken." Danach stellte er noch das Ehepaar Finkbeiner vor.

„Wollen Sie ein Glas Reiswein mit uns trinken?" fragte Chang Lie.

„Das sollten Sie nicht ausschlagen", sagte Herr Latenser und blinzelte dabei durch seine dicken Brillengläser. Er hatte bisher nur seinen Rücken gezeigt und sich erst in diesem Augenblick umgedreht.

„Das ist sehr freundlich", dankte Herr Wagner, und Frau Finkbeiner meinte: „Reiswein hab' ich noch nie getrunken." Kurz darauf stellte sie fest: „Der schmeckt aber wirklich ganz ausgezeichnet." Und weil sie neugierig war wie alle Hausfrauen, wenn es ums Kochen geht, probierte sie auch noch die Glasnudeln, die Bambussprossen und die Sojabohnen.

Später ging es dann wieder in einem der klapprigen Omnibusse zum Hafen.

Die Sonne streifte bereits die Schornsteine, als sie mit einer der beiden Barkassen zum Schiff zurückfuhren.

Dort hatte Huang Ku gerade mit ein paar anderen aus der Wäscherei das Motorrad an Bord gehievt. Sein Bruder Chang Lie stand dieses Mal bei dem baumlangen Neger im Boot, bezahlte ihn und ließ sich jetzt an Bord rudern.

Er kletterte in dem Augenblick auf die Aluminiumtreppe, als auch die Barkasse mit den Finkbeiners und Wagners anlegte.

„Manchmal sieht man sich überhaupt nicht", sagte der flachsblonde Junge mit den Kokosnüssen und Bananen auf seinem Hemd, „und dann tritt man sich pausenlos auf die Füße, als wäre man miteinander verheiratet."

Haargenau in diesem Augenblick sagte Mister Palmer: „Ich hätte Sie gerne gesprochen, Herr Chang Lie."

Und Inspektor Brown fügte hinzu: „Bitte kommen Sie mit!"

„Tut mir leid", erwiderte der Chinese mit den pechschwarzen Haaren. „Ich muß jetzt in meine Wäscherei."

„Das hat Zeit", meinte Mister Palmer. „Machen Sie keine Dummheiten."

„Wohin?" wollte Chang Lie wissen.

„Zuerst einmal in das Büro des Ersten Offiziers", meinte Inspektor Brown. Und dann sagte er noch einmal: „Kommen Sie mit."

Mister Palmer ging voraus, Chang Lie folgte ihm, und Inspektor Brown marschierte als Schlußlicht hinterher.

Die Finkbeiners und Wagners sowie der Bürstenhaarschnitt und der Knabe Axel Kannengießer blickten ihnen nach und waren sprachlos.

„Mich laust der Affe", murmelte Ulli Wagner erst eine ganze Weile später. „Jetzt fehlen bloß noch die Handschellen."

Ulli frißt notfalls einen Besen

Als sie zum Speisesaal spazierten, stand der flachsblonde Junge mit der Stubsnase wieder wie jeden Abend in seiner roten Pagenuniform mit den goldenen Messingknöpfen neben der großen Glastür und begrüßte die Passagiere.

„Ich war in der Wäscherei", flüsterte er.

„Na und?" fragte Peter Finkbeiner.

„Nach dem Essen auf dem Brückendeck am hinteren Schornstein", zischte Axel Kannengießer. Und im gleichen Atemzug sagte er auch schon: „Guten Abend, die Herrschaften."

Damit meinte er den Juwelier Schmidt mit dt und seine Frau aus Düsseldorf.

Es gab heute kaltes Buffet, und die Bordkapelle spielte vorerst einen Wiener Walzer. Man schlenderte zu den langen Tischen mit den vielen Platten, und die Stewards in ihren blitzblanken Jacketts zauberten auf die Teller, was man sich aussuchte.

Die Passagiere plauderten dabei über ihre heutigen Erlebnisse, und erst als Monsieur Prunelle auftauchte, dachte der eine oder andere vielleicht wieder einmal an die verschwundene Mona Lisa. Aber nur für einen kurzen Augenblick. Das geklaute Gemälde war für die meisten schon längst Schnee von vorgestern.

„Besten Dank", sagte Mrs. Fuller zu den Finkbeiners und Herrn Wagner, als sie sich am Buffet ein Stück Kalbszunge geben ließ. „Hoffentlich hat sich mein Herr Neffe einigermaßen aufgeführt?"

„Er hat!" lachte Frau Finkbeiner und entschied sich für ein Stück Hühnerbrust.

Unterdessen hatte Ulli Wagner dem Bürstenhaarschnitt ins Ohr geflüstert, wo man sich hinterher treffen wollte.

Und eine gute halbe Stunde später war es soweit.

„Du bist so freundlich und entschuldigst uns nachher für eine Viertelstunde", sagte der Apotheker aus Berlin zu seiner Frau, als der Tischsteward Rehbein mit dem Nachtisch aus der Küche kam.

„Aha, die Herren Detektive wollen unter sich sein", erwiderte Frau Finkbeiner. „Aber unter den neuen Umständen verstehe ich das sogar. Ich gehe solange ins Bordkino. Man zeigt heute einen Mickymaus-Film."

Als sie dann hintereinander über die Treppe zum Brückendeck kletterten, kam ihnen der Page Axel Kannengießer auf Zehenspitzen entgegen und flüsterte aufgeregt: „Gut, daß Sie endlich kommen, ich sitze schon wie auf glühenden Kohlen."

„Ich denke, du stehst", grinste Ulli Wagner.

„Bitte, jetzt keine Witze!" zischte der Junge mit der Stubsnase.

Der Himmel war voller Sterne, das Wasser rauschte am Schiff vorbei, und die Maschinen pochten gleichmäßig wie immer. Auf dem ganzen Deck war weit und breit kein Mensch. Bis jetzt am hinteren Schornstein ein Schatten auftauchte. Gleich danach glühte eine Zigarette.

Axel Kannengießer pfiff ganz leise durch die Zähne. „Das ist das Zeichen, daß die Luft rein ist.“ Und hinterher meinte er: „Man kann nie vorsichtig genug sein.“

Jetzt bummelten die Detektive quer über das Deck wie Passagiere, die sich nach dem Essen noch die Füße vertreten wollen.

Im Schatten des hinteren Schornsteins stand dann plötzlich der jüngere Bruder von Chang Lie vor ihnen. Er hatte nur eine Hose und ein Hemd an.

„Wir sollen vorerst alle in der Wäscherei oder in unseren Kabinen bleiben, hat man uns gesagt. Ich muß also gleich wieder zurück.“

„Was ist mit Ihrem Bruder?“ fragte der Apotheker Finkbeiner.

„Er wird immer noch verhört“, sagte Huang Ku besorgt. „Wir wissen überhaupt nicht, was los ist.“ Er nahm einen tiefen Zug aus seiner Zigarette und warf sie dann über Bord. „Als wir an Land waren, kam auf einmal dieser Mister Palmer mit dem Inspektor aus London in die Wäscherei. Sie haben alles durchsucht und auf den Kopf gestellt, aber sie haben nichts gefunden. Und am Abend, als wir zurückgekommen sind, haben sie dann meinen Bruder...“

„Wir haben danebengestanden“, unterbrach Ulli Wagner. „Wir wissen Bescheid.“

„Haben Sie irgendeine Ahnung?“ fragte jetzt Herr Finkbeiner. „Ich meine, wissen Sie irgendeinen Grund?“

„Ich weiß überhaupt nichts, das ist es ja“, sagte der junge Chinese. „Aber vielleicht können Sie irgend etwas in Erfahrung bringen? Sie hören doch, was man an Bord redet, und Sie waren so freundlich zu uns.“ Huang Ku blickte von einem zum anderen, und dann sagte er ganz schnell: „Besten Dank.“ Damit verschwand er lautlos im Dunkeln.

„Eine dumme Geschichte“, meinte Herr Wagner nach einer Weile, und dann schlenderten sie wieder über das offene Deck zurück. „Bisher konnte uns das gestohlene Gemälde ja wirklich schnurzpiepegal sein. Aber jetzt...“

„Jedenfalls ist Chang Lie nicht der Dieb“, behauptete Ulli Wagner. „Da fress’ ich einen Besen!“

„Zuerst müssen wir rauskriegen, was ihn verdächtig gemacht hat“, sagte der Bürstenhaarschnitt.

„Das ist mir ganz egal“, meinte Ulli Wagner. „Eine Hand wäscht die andere, und deshalb müssen wir ihm helfen, damit basta!“

„Wenigstens sollten wir es versuchen“, sagte der Apotheker Finkbeiner nachdenklich.

Zwei Decks tiefer fragte Mister Palmer mittlerweile schon zum siebenundzwanzigstenmal: „Das ist doch Ihr Handschuh?"

„Ja, das ist mein Handschuh", antwortete der Chinese Chang Lie ein wenig müde und ärgerlich. Er saß auf einem Stuhl, und zwischen ihm und Mister Palmer stand ein Schreibtisch. Auf diesem Schreibtisch lagen im Licht einer Taschenlampe zwei gelbe, ölverschmutzte Lederhandschuhe mit groben Nähten. Handschuhe, wie sie die Besatzung an Bord zur Arbeit benutzte.

„Den einen haben wir heute mittag in Ihrer Wäscherei gefunden", stellte Mister Palmer fest. „Und der andere lag wie vom Himmel gefallen neben dem Gemälde, als das Licht wieder anging."

Mister Palmer nahm einen Zug aus seiner Pfeife. „Beide Handschuhe gleichen sich wie Zwillinge, wenn man sie nebeneinanderlegt. Sie haben auch innen von der Kleiderkammer die gleiche Nummer eingestempelt."

„Ich bestreite ja gar nicht, daß es meine Handschuhe sind", erwiderte der Obermax aus der Wäscherei.

„Aber Sie bestreiten zu wissen", fuhr Mister Palmer fort, und seine Stimme wurde laut dabei, „wie dieser eine Handschuh auf die Tanzfläche in der Europa-Halle gekommen ist." Er blickte durchs Bullauge und paffte eine Wolke Zigarrenrauch vor sich hin. Dann drehte er sich blitzschnell um: „Glauben Sie an Wunder, Herr Chang Lie?"

„Die Wahrheit ist, daß ich Ihnen nichts dazu sagen kann", erklärte der Chinese. „Ich weiß es wirklich nicht."

Inspektor Brown saß in einer Sofaecke und betrachtete aufmerksam seine Fingernägel.

Vom Ersten Offizier hingen nur ein Mantel und eine Mütze über dem Kleiderhaken an der Tür.

„Aber Sie waren doch bei der Weihnachtsfeier im Saal?“ fragte jetzt Mister Palmer.

„Weil ein paar Matrosen gesungen haben, mit denen wir befreundet sind, und da wollten wir dabei sein“, antwortete Chang Lie. „Aber wir waren immer in der Nähe des Eingangs.“

„Und als plötzlich das Licht ausging?“ warf Mister Palmer schnell dazwischen.

„Auch als das Licht ausging“, wiederholte der Chinese, und dann blickte er plötzlich auf: „Wird es nicht langweilig, immer wieder dasselbe zu fragen?“

Mister Palmer paffte eine Rauchwolke in die Luft, als ob er nichts gehört hätte, und Inspektor Brown betrachtete weiter seine Fingernägel.

„Wo waren Sie heute mit Ihrem Motorrad?“ lautete die nächste Frage.

„Ich war meilenweit vom Schiff weg.“ Chang Lie lächelte. „Da muß ich Sie enttäuschen.“

„Also, enttäuschen Sie mich“, sagte Mister Palmer. „Wo waren Sie genau?“

Rollstühle sind kein Mittel gegen Dummheit

Nach einer Stunde war Mister Palmer wieder haargenau da, wo er angefangen hatte. Er drehte sich mit seinen Fragen tatsächlich im Kreis wie ein Karussell.

„Von diesen Handschuhen sind achtundvierzig Paare an die Besatzung ausgegeben worden, das macht genau sechsundneunzig Stück.“ Mister Palmer klopfte seine Pfeife aus und ließ sich in einen Sessel fallen. „Wieso liegt ausgerechnet Ihr Handschuh neben dem Bild, als das

Licht wieder angeht? Dafür muß es doch eine Erklärung geben. Oder?"

In der Zwischenzeit waren auch der Erste Offizier und der Museumsdirektor aus Paris in der Kabine aufgetaucht.

Inspektor Brown lehnte mit seiner dunklen Sonnenbrille nach wie vor in einer Sofaecke, und der Chinese Chang Lie saß immer noch auf dem Stuhl vor dem Schreibtisch.

„Ich kann Ihnen nicht helfen, es tut mir leid", erwiderte der Obermax aus der Wäscherei. „Sie verschwenden nur Ihre Zeit. Ich habe mit der ganzen Geschichte nichts zu tun."

„Und davon bin ich sogar überzeugt", mischte sich jetzt Herr Rössler ein. „Ich fürchte, Sie sind da auf dem falschen Dampfer."

„Das in jedem Fall", Mister Palmer lachte grimmig, „ich kann mir eine gemütlichere Schiffsreise vorstellen."

„So hab' ich das nicht gemeint", widersprach der Erste Offizier. „Aber Sie können es sich eigentlich gar nicht leisten, einer falschen Spur nachzulaufen. Morgen nach dem Mittagessen landen wir in St. Thomas, und übermorgen sind wir schon in Puerto Rico."

„Ja, die Zeit flitzt uns nur so durch die Finger", sagte Monsieur Prunelle und starrte dabei auf den gelben Handschuh, der im Licht der Schreibtischlampe lag. „In meinem Kopf tickt es wie bei einer Taxiuhr. Spätestens in Puerto Rico wird sie explodieren."

„Kann ich jetzt endlich wieder unter Deck?" fragte der Chinese leise.

„Wenn wir an Land wären, hätte ich Sie schon längst eingesperrt", äußerte sich Mister Palmer.

„Wir sind nicht an Land", entgegnete Chang Lie freundlich.

„Versprechen Sie uns, daß Sie während der nächsten zwei Tage mit Ihren Freunden freiwillig in der Wäscherei bleiben“, sagte der Offizier. „Dann muß sich so oder so alles geklärt haben, und bis dahin wäre es die einfachste Lösung.“

„Eine Art Untersuchungshaft?“ fragte Chang Lie und lächelte. Er überlegte eine Weile, dann nickte er und stand auf. „Gut, Sie haben mein Wort.“

„Es ist Ihr Handschuh, den wir am Tatort gefunden haben“, knurrte Mister Palmer. „Vergessen Sie das nicht.“

Mittlerweile hatte sich der größte Teil der Passagiere in der Europa-Halle versammelt, und die elektrischen Kerzen am Weihnachtsbaum brannten noch einmal. Mrs. Fuller hatte wieder ihre Perlenkette um den Hals, von der Juwelier Schmidt mit dt behauptet hatte, daß sie ein Vermögen wert sei, und Ronny hatte wieder einmal seinen Samtanzug an, in dem er wie ein Prinz mit Bürstenhaarschnitt aussah.

Mister Hobbs spielte auf seinem Cello zum Abschied Tschaikowsky, und Fräulein Lisa Liranda servierte als Schlußüberraschung eine waschechte Klapperschlange mit knallrotenTupfen auf dem Rücken. Der dunkelhäutige Inder trug vom Turban bis zu den Schuhen nur Gold und sah heute tatsächlich aus wie ein steinreicher junger Maharadscha.

„Wie aus dem Märchenbuch“, seufzte Frau Finkbeiner gerührt.

Zwischendurch schmetterte der Posaunist aus der Bordkapelle ein paar Töne durch den Saal, die sich wie eine Fanfare anhörten. Anschließend stand er auf und verbeugte sich vor dem Publikum: „Meine sehr verehrten Damen und Herren, ich möchte nur daran erinnern, daß morgen abend auf dem Sonnendeck unser Piratenball stattfindet. Wer Kostüme benötigt, soll sich bitte an die Kabinenstewards wenden.“ Der Posaunist hatte rote Haare und ein lustiges Pferdegebiß. Er schmetterte jetzt wieder kurz auf seiner Posaune, und dann sagte er noch: „Jetzt schlage ich vor, daß wir uns von Fräulein Lisa Liranda und Mister Hobbs herzlich verabschieden.“

Die Passagiere klatschten wie eine folgsame Schulklasse in die Hände, und die beiden Künstler verbeugten sich. Die Schlangentänzerin warf darüber hinaus noch fleißig Kußhändchen über die Tische.

Und als der Applaus sich gar nicht beruhigen wollte, spielte Mister Hobbs zusammen mit der Bordkapelle noch den Yankee doodle dandy.

Von der großen Glastür her kam in diesem Augenblick der Page Axel Kannengießer. Die Passagiere klatschten inzwischen im Takt der Musik.

„Ein Betrieb wie am Rosenmontag in Köln“, murmelte der flachsblonde Junge, und dann stand er am Tisch der beiden Berliner Familien. „Bitte festschnallen“, sagte er. „Was jetzt kommt, ist wie ein Luftloch in zehntausend Meter Höhe.“

„Schieß schon los“, rief Ulli Wagner.

„Ich war gerade noch mal in der Wäscherei . . . “

„Na und?“ fragte Frau Finkbeiner.

„Der gelbe Handschuh, der plötzlich neben dem Bild auf der Tanzfläche lag...“ Der Junge mit der Stubsnase machte eine Kunstpause.

„Mach’s nicht so spannend“, sagte Peter ungeduldig.

„Also dieser Handschuh“, der Page Axel Kannengießer nahm Anlauf wie zu einem Weitsprung, und dann ließ er die Katze aus dem Sack, „dieser Handschuh gehört Chang Lie, und deshalb haben sie ihn wie eine Zitrone ausgequetscht. Beziehungsweise sind sie noch dabei.“

„Verflixt und zugenäht“, murmelte Apotheker Finkbeiner und paffte eine Zigarrenrauchwolke in die Luft.

„Deshalb mußte heute morgen die ganze Besatzung auf dem Mannschaftsdeck antreten“, berichtete der Junge mit der Stubsnase aufgeregt. „Und dabei ist es rausgekommen.“

„Da sitzt der Obermax aber ganz schön in der Tinte“, meinte Peter.

„Das ist doch blanker Unsinn“, knurrte Ulli Wagner.

Zur selben Zeit sagte Mister Palmer ein Deck höher: „Fassen wir zusammen.“ Er legte die Füße auf den Schreibtisch und hüllte sich wieder einmal in Pfeifenrauch.

„Es macht Ihnen doch hoffentlich nichts aus, wenn ich vorher frische Luft in die Kabine lasse?“ fragte der Erste Offizier höflich und riß das Bullauge auf.

Mister Palmer hörte ihn gar nicht. Er blickte an die Decke und machte die Augen zu. „Da wäre zuerst einmal des Pudels Kern, um den sich alles dreht“, sagte er. „Wo ist das Bild versteckt und wo und wann soll es von Bord geschmuggelt werden?“

„Ja, das ist der springende Punkt“, meinte Inspektor Brown. „Wenn wir das wüßten, wäre der Rest ein Kinderspiel.“

„Wir wissen es aber nicht“, bemerkte Monsieur Prunelle.

„Nun gibt es wieder einmal die berühmten zwei Möglichkeiten“, dozierte Mister Palmer weiter.

„Ich bin gespannt“, verriet der Erste Offizier in seiner schneeweißen Uniform.

„Möglichkeit Nummer eins“, Mister Palmer machte eine Pause, „kein Mensch bemerkt, daß man das Original gegen eine Fälschung eingetauscht hat. Dann wäre auch niemand gewarnt, und die echte Mona Lisa könnte ziemlich ungehindert an Land transportiert werden!"

„In diesem Fall wäre die große Pleite für uns dann erst in Puerto Rico passiert!" stöhnte der Museumsdirektor aus Paris. „Wir wären völlig ahnungslos mit unserer Kiste losspaziert, hätten sie vermutlich vor den Augen der ganzen versammelten Presse ausgepackt und dann im Blitzlichtgewitter der Fotografen zugeben müssen, daß wir eine gefälschte Mona Lisa mitgebracht haben." Monsieur Prunelle schlug sich die Hände vors Gesicht. „Quel malheur! Eine feinere Blamage könnte man gar nicht erfinden."

„Daß es nicht so gekommen ist", bemerkte der Erste Offizier, „haben Sie einzig und allein diesem geheimnisvollen Zettel zu verdanken, den man unter Ihrer Kabinentür durchgeschoben hat."

„Ja, das gebe ich zu", sagte Mister Palmer.

„Wenn wir nur rauskriegen könnten, wer das gewesen ist", meinte Monsieur Prunelle. „Bestimmt weiß der Betreffende noch eine ganze Menge mehr."

„Lassen Sie uns die zweite Möglichkeit überdenken", schlug jetzt Mister Palmer vor. Er zauberte drei Rauchringe übereinander. „Die Fälschung wird also entdeckt."

„Was ändert das schon?" fragte Monsieur Prunelle geknickt.

„Sehr viel", stellte Mister Palmer fest und schwang in einem eleganten Bogen seine langen Beine vom Schreibtisch. „Vor allem lassen die Diebe als erstes jetzt Puerto Rico unter den Tisch fallen." Er machte ein paar Schritte durch die Kabine.

„Und weshalb, wenn ich fragen darf?" fragte der Erste Offizier dazwischen.

„Weil die Herrschaften gesehen haben, wie das Gemälde in New York unter Bewachung an Bord gebracht worden ist“, antwortete Mister Palmer. „Sie können es sich an ihren zehn Fingern abzählen, daß auch in Puerto Rico wieder Polizei auffährt und die Mona Lisa in ihren Schutz nimmt. Nachdem der Diebstahl bekannt ist, müssen sie sogar damit rechnen, daß wir zusätzliche Kräfte anfordern, damit jedes einzelne Gepäckstück und jeder Passagier unter die Lupe genommen werden können. Nein, Puerto Rico riskieren sie nicht mehr. Das ist für mich so sicher wie die Steuer.“

„Und da wir vorher nur noch St. Thomas anlaufen“, meinte jetzt der Erste Offizier, „müßte es eigentlich morgen nach dem Mittagessen passieren?“

„Davon bin ich fest überzeugt“, erwiderte Mister Palmer. Er blieb, so lang er war, mitten in der Kabine stehen und blickte sich um. „Im Hafen von St. Thomas werden sie morgen versuchen, die echte Mona Lisa von Bord zu bringen. Es bleibt ihnen gar nichts anderes übrig. Habe ich mich klar genug ausgedrückt, meine Herren?“

„Und wie wollen Sie das verhindern?“ fragte Monsieur Prunelle.

„Wir werden die Augen offen halten“, versicherte Mister Palmer.

„Das ist nicht besonders viel“, entgegnete der Museumsdirektor vorwurfsvoll. Aber gleich darauf beeilte er sich zu sagen: „Natürlich können Sie gar nichts anderes machen, solange Sie von den Dieben keine blasse Ahnung haben.“

„Das ist es ja! Wir haben wirklich kein blasse Ahnung!“ raunzte Mister Palmer ärgerlich. „Dabei bleiben uns bis St. Thomas im besten Fall noch fünfzehn bis sechzehn Stunden.“ Er blickte einer kleinen weißen

Rauchwolke nach. „Wenn wenigstens die Zeit nicht so verdammt knapp wäre."

„Wer ist denn bisher überhaupt verdächtig?" fragte der Erste Offizier neugierig. „Von dem Chinesen einmal abgesehen, meine ich."

„Dieser Chinese könnte immerhin irgendeinen geheimnisvollen Auftraggeber haben", bemerkte Inspektor Brown. „Er läßt Chang Lie den Kopf riskieren, während er selbst in einem Liegestuhl liegt oder an der Bar herumsitzt."

„Weil Sie die Bar erwähnen", warf Herr Rössler ein, „interessiert mich, ob Sie diesen Herrn Latenser ganz von Ihrer Liste gestrichen haben."

„Keinesfalls", erwiderte Mister Palmer. „Allerdings säuft er wie ein Nilpferd, und Betrunkene sind nicht ganz vollzunehmen. Schließlich haben wir seine Kabine durchsucht und nichts Verdächtiges entdeckt."

„Aber die Beule an seinem Kopf", gab der Erste Offizier zu bedenken. „Immerhin war er in allernächster Nähe des Bildes, als das Licht ausging."

„Gestrichen ist er natürlich nicht", betonte Mister Palmer. „Wir werden ihn genau beobachten." Er dampfte jetzt wie ein Fabrikschornstein und fragte: „Wer sonst noch?"

„Ja, wer sonst noch?" fragte jetzt auch Monsieur Prunelle und schüttelte den Kopf. „Ich habe schon an Mrs. Fuller gedacht." Dabei blickte er ein wenig verlegen auf die Spitzen seiner blitzblanken Lackschuhe. „Aber das ist wohl sehr abwegig. Eine Frau im Rollstuhl..."

„Rollstühle sind kein Mittel gegen Dummheit", erklärte Mister Palmer und hüllte sich immer mehr in Pfeifenrauch. Obgleich das Bullauge offenstand, hätte man die Luft in der Kabine schon wieder in Scheiben schneiden können. „Jedenfalls hat sich die Dame verdächtig gemacht."

„Wieso, um Himmels willen?" fragte der Erste Offizier perplex. „Eine Frau mit fünf Nähmaschinenfabriken."

„Erinnern Sie sich an ihre Ansprache im Speisesaal?" Mister Palmer ließ sich in seinen Sessel zurückfallen und legte seine Füße wieder auf die Schreibtischkante. „Immerhin hat sie die ganze Sache auf Touren gebracht. Sie hat die Passagiere angeheizt, bis sie verlangt haben, daß wir das Bild zum Ausstellen bei der Weihnachtsfeier freigeben. Und allein dadurch ist die ganze bodenlose Frechheit überhaupt erst möglich geworden!"

„Vielleicht eine Zentralfigur", sagte Inspektor Brown nachdenklich.

„Da lachen ja die Hühner", bemerkte Herr Rössler ziemlich respektlos. „Mrs. Fuller ist so ziemlich unser bester Gast an Bord."

„Was mich nicht hindern wird, ihr auf den Zahn zu fühlen", verkündete Mister Palmer entschlossen.

„Allmählich werden Sie mir unheimlich", entgegnete der Erste Offizier in seiner schneeweißen Uniform und nahm den Hörer ab. Das Telefon hatte nämlich gerade geklingelt.

„Ja, ich gebe Ihnen Mister Palmer", sagte Herr Rössler nach einer Weile und reichte den Hörer weiter. „Ihr Typ wird verlangt."

„Hier spricht Palmer, was kann ich für Sie tun?"

„Mein Name ist Harris, Kabine 328 im B-Deck", sagte die Stimme aus dem Telefon. „Walt Harris aus Baltimore. Ich hab' dort eine Großtankstelle."

Mister Harris sprach so laut, daß alle in der Kabine mithören konnten: „Sie haben doch die Passagiere aufgefordert, Ihnen wegen der verschwundenen Mona Lisa zu helfen. Deshalb rufe ich an."

„Sehr freundlich, Mister Harris, haben Sie irgend etwas beobachtet?“

„Im Maschinenraum“, antwortete die Telefonstimme.

„Aha“, sagte Mister Palmer verdutzt. „Im Maschinenraum?“

„Ja, haben Sie schon im Maschinenraum herumgesucht?“ fragte Mister Harris aus Baltimore. „Oder in den Eisschränken und Backöfen in der Küche? Solche Halunken knobeln die ausgefallensten Verstecke aus, und ihr Kriminalisten habt nicht genug Fantasie, um dahinterzukommen!“

„Eine ausgezeichnete Idee, entschuldigen Sie, wenn ich Sie unterbreche“, meinte Mister Palmer, „aber wir können nicht schnell genug abschwirren, um sofort die Eisschränke und alles andere unter die Lupe zu nehmen. Besten Dank, Mister Harris.“

„Man muß eben Köpfchen haben.“ Der Tankstellenbesitzer aus Baltimore lachte und legte auf.

„Das war genau der vierunddreißigste Anruf“, sagte Mister Palmer müde. „Eigentlich bin ich von unseren Passagieren ein wenig enttäuscht. Ich hatte mir gewisse Hoffnungen gemacht.“

Eine ganze Weile hingen die vier Herren jetzt ihren Gedanken nach.

Dann sagte Monsieur Prunelle plötzlich in die Stille: „Vor allem brauchen Sie mehr Zeit, meine Herren. Das habe ich jetzt begriffen.“ Er sprang auf. „Also gut.“ Mit drei Schritten war er an der Tür. Er riß sie auf und drehte sich noch einmal um: „Ich werde Ihnen diese Zeit besorgen!“

Danach knallte die Tür wieder hinter ihm zu. Die drei Männer in der Kabine blickten sich verwundert und sprachlos an.

Schließlich sagte der Erste Offizier: „Kein Wunder,

daß ihm die ganze Geschichte an die Nerven geht. Eine Kleinigkeit ist das ja gerade nicht für ihn."

„Für uns auch nicht", bemerkte Mister Palmer trocken. Er stand jetzt am offenen Bullauge und blickte aufs Meer hinaus.

Auch die Detektive aus Berlin blickten zur selben Zeit aufs Meer hinaus. Allerdings vom Brückendeck herunter. In einem Punkt waren sie bei ihren Überlegungen zum gleichen Ergebnis gekommen wie Mister Palmer in der Kabine des Ersten Offiziers.

„Es bleibt uns gar nichts anderes übrig", sagte Apotheker Finkbeiner gerade, „wir müssen Mrs. Fuller einige Fragen stellen."

„Sehr diplomatisch natürlich", bemerkte Ulli Wagner.

„Und eigentlich so, daß sie's überhaupt nicht merkt", schlug Peter Finkbeiner vor.

„Ich bin gespannt, wie das funktionieren soll", schmunzelte der Portier aus dem Hotel Kempinski in Berlin, „denn auf den Kopf gefallen ist die alte Dame nicht."

In diesem Augenblick hörten sie Schritte hinter sich, und als sie sich umdrehten, sahen sie den Museumsdirektor aus Paris übers Deck laufen. Er bemerkte die Detektive gar nicht, trabte weiter und kletterte über die Treppe zur Kommandobrücke. Dort riß er schließlich die Tür auf und sagte ziemlich atemlos: „Ich muß den Kapitän sprechen."

Der Rudergänger nahm seinen Blick vom Kompaß, und ein junger Offizier mit einem schwarzen Kinnbart nahm sein Fernglas von den Augen. Er wollte gerade sagen: „Das ist aber höchst ungewöhnlich", aber da kam Herr Stahlhut von nebenan aus dem Funkraum.

„Na, wo brennt's, Monsieur Prunelle?" fragte der Kapitän freundlich. „Denn irgendwo brennt es doch bestimmt, sonst kämen Sie hier nicht so hereingeschneit."

„Sie müssen sofort das Schiff anhalten", sagte der Museumsdirektor aus Paris, als sei das die selbstverständlichste Sache der Welt.

„Es wird nicht ganz einfach sein, mitten auf dem offenen Meer einen geeigneten Parkplatz zu finden", erwiderte der Kapitän. „Übrigens, aus welchem Grund soll ich anhalten, wie Sie es nennen?"

„Wir müssen Zeit gewinnen", erklärte Monsieur Prunelle. „Und wir dürfen erst dann an Land gehen, wenn wir die echte Mona Lisa und die Diebe entdeckt haben."

„Wie lange kann das Ihrer Meinung nach dauern?" fragte Herr Stahlhut immer noch freundlich.

„Das bleibt abzuwarten", antwortete der Museumsdirektor ein wenig ungeduldig.

„Natürlich, das bleibt abzuwarten", wiederholte der Kapitän mit dem vielen Gold an seiner weißen Uniform. „Ein paar Tage, eine Woche, vielleicht auch zwei Wochen..."

Der junge Offizier und die übrigen Männer auf der Brücke starrten den Franzosen und dann ihren Kapitän an wie zwei Marsmenschen.

„Sie werden das Schiff also stoppen?" fragte Monsieur Prunelle.

„Ich fürchte, das wird nicht möglich sein", sagte Herr Stahlhut bedauernd. „Wir haben so rund fünfhundert Passagiere an Bord, die in ihrem Urlaub von einer Insel zur anderen transportiert werden wollen. Darauf muß ich Rücksicht nehmen."

„Also nicht?"

„Ich würde Ihnen ja gern den kleinen Gefallen tun", erwiderte der Kapitän höflich, „aber es geht nicht."

„Schön", sagte Monsieur Prunelle. „Dann springe ich über die Reling. Sie wissen, was das bedeutet?"

„Mann über Bord", antwortete der junge Offizier mit dem schwarzen Kinnbart und fügte noch hinzu: „Das geht aber nun wirklich zu weit."

„Bei dem Manöver Mann über Bord muß das Schiff sofort stoppen und Rettungsboote aussetzen", schmetterte der Museumsdirektor jetzt wie ein Schüler, der unregelmäßige Verben herunterleiert. „Die Suchaktion muß bis zum Erfolg durchgeführt werden, mindestens aber zwei volle Tage und bei jedem Wetter." Er richtete sich auf. „Sie sehen, ich weiß Bescheid!"

„Es wäre mir fast lieber gewesen, wenn Sie nicht so gut Bescheid wüßten", entgegnete der Kapitän. „Sie bleiben bei Ihrer Drohung?"

„Ich werde mich jetzt von Ihnen verabschieden", sagte Monsieur Prunelle. „Und dann springe ich."

„Und natürlich lassen Sie sich das von mir nicht ausreden?"

„Ich kann auf diesen Sprung leider nicht verzichten."

„Schade", sagte Kapitän Stahlhut. „Wenn Sie sich so gut im Seerecht auskennen, wissen Sie bestimmt, daß der Kapitän eines Schiffes auch für die Sicherheit an Bord verantwortlich ist. Sie drohten damit, diese Sicherheit in Gefahr zu bringen. Und das ist eine ernste Sache, Monsieur Prunelle. Ich muß Sie leider bitten, in Ihre Kabine zu gehen. Mein Zweiter Offizier begleitet Sie, und dann wird Sie unser Schiffsarzt besuchen."

„Ich protestiere", rief der Museumsdirektor aufgeregt. Er trommelte sich mit den Fäusten auf die Brust. „Denken Sie daran, wen Sie vor sich haben. Ich werde Anzeige gegen Sie – ich – ich werde..." Plötzlich brach er auf einem Stuhl zusammen und fing an zu weinen. „Entschuldigen Sie", stammelte er. „Ich bitte Sie alle um Entschuldigung. Es ist einfach zuviel für mich."

„Wir können Sie ganz gut verstehen", meinte Kapitän Stahlhut.

Als Monsieur Prunelle zehn Minuten später neben dem jungen Offizier mit dem schwarzen Kinnbart über das Brückendeck ging, sahen ihn die Berliner Detektive gar nicht.

Sie lehnten nebeneinander an der Reling und blickten in die vielen Lichter, die wie ein Schatten neben dem Schiff übers Meer glitten. Aus der Europa-Halle war wieder die Bordkapelle zu hören.

Sie hatten sich inzwischen über einen gewissen Herrn Latenser ihre Gedanken gemacht und schließlich darüber gegrübelt, wie man wohl einen Kurzschluß fabriziert. So im allgemeinen und an elektrischen Weihnachtskerzen im besonderen.

Jetzt waren sie vom vielen Nachdenken müde.

„Morgen ist auch noch ein Tag", bemerkte Apotheker Finkbeiner. „Und Rom ist auch nicht an einem Abend erbaut worden."

Sie holten noch Frau Finkbeiner ab, die gerade mit Mister Hobbs in der Taverne einen Pfefferminzlikör getrunken hatte, und dann bummelten sie zu ihren Kabinen.

Kaum eine Viertelstunde später knipsten sie ihre Nachttischlampen aus.

Und wenn sie jetzt geträumt hätten, was am nächsten Tag passieren sollte, hätten sie sich erst gar nicht aufs Ohr gelegt, oder sie wären mitten in der Nacht vor Schreck aus dem Bett gefallen.

Mister Palmer und Inspektor Brown verteilten sich inzwischen auf die verschiedenen Decks. Sie spazierten durch die Korridore, schlenderten an den leeren Schwimmbassins vorbei oder an den Rettungsbooten. Es war ihnen dabei natürlich klar, daß sie nur durch Zufall oder mit enorm viel Glück etwas Verdächtiges entdecken würden.

Da niemand die Diebe kannte, mußten sie sich ja gar nicht in der Nacht verstecken, wenn sie sich treffen wollten. Sie konnten sich ganz offen an die Bar setzen oder von Kabine zu Kabine miteinander telefonieren. Trotzdem hatte Mister Palmer auf diesen Kontrollgängen bestanden. Und er hatte abschließend gesagt: „Ohne Fleiß kein Preis."

So stiefelten die beiden Herren von Lloyd's London also noch stundenlang durch das Schiff.

Auf dem Sonnendeck lag Herr Latenser in einem Liegestuhl. Eine Flasche stand in seiner Reichweite, und er hatte ein Glas in der Hand. Mister Palmer entdeckte ihn erst, als er fast schon über seine Füße gestolpert wäre.

„Immer noch munter auf den Beinen?" fragte Herr Latenser freundlich.

„Und Sie betrachten wieder einmal die Sterne?" fragte Mister Palmer zurück.

„Ich kann es einfach nicht lassen", antwortete Herr Latenser. „Allerdings hat sich das Kreuz des Südens heute schon ziemlich früh verdrückt."

Kurz nach Mitternacht zogen sich auch die Herren der Londoner Versicherungsgesellschaft in ihre Kabinen zurück.

„Bis morgen, Mister Palmer."

„Gute Nacht, Inspektor."

Mister Palmer blätterte noch eine Weile in der neuesten Nummer der Times, die man gestern aus Bridgetown an Bord gebracht hatte. Es war die Ausgabe aus hauchdünnem Luftpostpapier.

Mister Palmer überflog zuerst die Titelseite, dann las er von einem Bankeinbruch in Liverpool, von einem Fünfuhrtee im Buckingham Palace und vom Streik der Hafenarbeiter in London. Bei den Wetternachrichten schlief er ein.

Mister Palmer kommt mit einem Blumenstrauß

Der entscheidende Tag fing mit Regen an.

Schon in der Nacht wurde die Luft feucht und drückend.

Morgens waren dann die Decks beschlagen, und die Bezüge der Liegestühle schwitzten.

Schließlich ballte sich am Horizont ein graues Wolkengebirge zusammen, schob sich vor die Sonne und bedeckte schon eine Viertelstunde später den ganzen Himmel. Gleich darauf fielen die ersten schweren Tropfen.

„Ob er trotzdem kommt?" fragte Ulli Wagner, kurz bevor er auf dem Oberdeck ins Schwimmbassin hüpfte.

„Hoffentlich", erwiderte Peter Finkbeiner und sprang hinter Ulli her. Als er wieder auftauchte, meinte er noch: „Wir müssen es ihm so schonend wie möglich beibringen."

„Allmählich müßtest du wissen, wie feinfühlend ich bin", japste Ulli Wagner. Er pumpte sich die Lungen voll und war für eine Weile unsichtbar.

Als er wieder auftauchte, kam der Junge mit dem Bürstenhaarschnitt in seiner knallbunten Badehose über das klitschnasse Deck getrabt. Und zwar mit einem aufgespannten Regenschirm.

„Den hat der Affe gebissen“, Ulli lachte, „ich werde glatt verrückt.“

„Das war nicht meine Idee“, sagte Fuller junior. „Aber meine Tante hätte mich ohne Schirm gar nicht aus der Kabine gelassen.“

„Ist ja egal“, rief Peter Finkbeiner.

„Übrigens guten Morgen, ihr Berliner Pfannkuchen.“ Jetzt lachte auch Ronny. Er sprang los und glänzte wieder einmal mit seinem zweifachen Salto, bevor er ins Wasser klatschte.

Das Gewitter braute sich immer mehr zusammen. Der Donner rumpelte über den inzwischen schwarz gewordenen Himmel, und dann gab es einen Wolkenbruch, der sich gewaschen hatte. Das Schiff stampfte gegen die Wellen, und das Wasser im Schwimmbassin schwappte von einer Seite zur anderen.

„Kinder, macht das Spaß!“ schrie Ulli Wagner. Er drehte sich, tauchte, stieß sich vom Boden ab und schoß wieder nach oben.

Die beiden anderen blieben lieber auf dem Rücken liegen und ließen sich die Gesichter vollregnen.

Ein paar Seevögel flatterten vorbei, und der kleine Ulli Wagner drehte sich weiter wie eine Schiffsschraube.

„Das ist einfach schön“, sagte Peter Finkbeiner.

„Ja“, erwiderte der Bürstenhaarschnitt, „es ist schön.“

Sie machten die Augen zu und ließen es sich wohl sein.

Erst nach einer ganzen Weile fragte Ronny: „Was ist eigentlich mit Chang Lie?“

„Er steht noch unter Verdacht und muß in seiner Wäscherei bleiben“, antwortete Peter, ohne die Augen aufzumachen. „Gut, daß du von ihm redest. Wir haben nämlich über alles noch einmal nachgedacht und überlegt, wer uns vielleicht weiterhelfen könnte.“

„Und wer ist das?“ fragte Ronny. „Wer könnte euch vielleicht weiterhelfen?“

„Wir dachten an deine Tante“, antwortete Peter Finkbeiner vorsichtig.

„Das ist ein ganz ausgezeichneter Einfall“, sagte in diesem Augenblick eine Stimme.

Die beiden Jungen fuhren herum, und auch Ulli Wagner lag plötzlich wie erstarrt im Wasser.

Hinter ihnen stand Herr Latenser in seinem altmodischen Anzug am Beckenrand. Er hatte Ronnys Schirm aufgespannt und lächelte. „Entschuldigen Sie, wenn ich mich ohne Ihr Einverständnis bedient habe. Aber der Regen hier draußen wird immer ungemütlicher.“

„Haben Sie etwa zugehört?“ fragte Peter ärgerlich.

„Es blieb mir leider gar nichts anderes übrig“, bedauerte Herr Latenser. „Übrigens ist Ihre Idee wirklich ganz ausgezeichnet, wie gesagt. Schließlich war Mrs. Fuller sozusagen der Motor. Wir Passagiere hätten dieses wunderschöne Bild ja nie betrachten dürfen, wenn sie nicht so sehr für das Ausstellen eingetreten wäre.“ Er blinzelte wieder einmal vergnügt durch seine starken Brillengläser: „Ich hätte mir nicht im Traum einfallen lassen, daß euch die Sache so beschäftigt.“

„Ja, sie beschäftigt uns“, gab der Junge mit dem Bürstenhaarschnitt zu. „Und wie ist das bei Ihnen?“

„Nun“, erwiderte Herr Latenser. „Sie beschäftigt mich gleichfalls. Aber da befinde ich mich ja in guter Gesellschaft.“ Er lächelte höflich. „Außerdem ist wohl das ganze Schiff an einer schnellen Aufklärung interessiert. Noch einen angenehmen Tag allerseits.“

Er stellte den Schirm wieder aufs Deck und stapfte durch den Regen davon.

„Aus so was soll ein Mensch nun klug werden“, stöhnte Ulli Wagner.

Eine halbe Stunde später verkündete der Junge mit dem Bürstenhaarschnitt: „Die Detektive aus Berlin.“ Dabei schloß er im Sonnendeck die Kabinentür hinter den Herren Finkbeiner und Wagner samt ihren beiden Kindern.

Mrs. Fuller thronte in ihrem Rollstuhl und sagte freundlich: „Guten Morgen! Bitte nehmen Sie Platz.“

„Hoffentlich stören wir Sie nicht“, bemerkte Herr Wagner.

Und Apotheker Finkbeiner meinte noch: „Eigentlich fühle ich mich nicht ganz wohl in meiner Haut. Wenn Kinder Detektiv spielen, schön und gut. Aber Erwachsene sollten sich dafür zu erwachsen sein.“

„Das finde ich überhaupt nicht“, erwiderte Mrs. Fuller. „Aber darüber unterhalten wir uns gelegentlich unter vier Augen.“ Sie lächelte vergnügt. „Und jetzt schießen Sie los! Ich würde Ihnen und diesem Chang Lie nämlich sehr gern behilflich sein.“

„Sie wissen schon, weshalb wir Sie sprechen wollen?“ fragte Peter verwundert.

„Ich kann es mir denken“, gab Mrs. Fuller zu, „Ronny hat mir das Wichtigste erzählt.“

„Um so besser“, bemerkte Herr Finkbeiner und holte sich eine Zigarre aus dem Jackett. Aber beinahe im gleichen Augenblick sagte er: „Oh, Entschuldigung“ und steckte sie wieder ein. „Aber rauchen Sie doch“, meinte Mrs. Fuller.

„Sehr freundlich, aber das hat Zeit“, entgegnete der Apotheker. „Und jetzt schlage ich vor, daß zuerst unsere Herren Söhne zu Wort kommen.“

„Einverstanden“, bemerkte Herr Wagner und lehnte sich tiefer in den Sessel.

„Also, ich spitze die Ohren“, gab Mrs. Fuller bekannt.

Die beiden Jungen aus Berlin blickten sich an, und

dann legten sie los. „Sie erinnern sich an den Tag, als wir an Trinidad vorbeigedampft sind?“ fragte Peter.

„Ich erinnere mich“, entgegnete Mrs. Fuller.

„Wir sitzen mittags im Speisesaal“, fuhr Ulli Wagner fort. „Und kurz vor der Nachspeise klopfen Sie mit Ihrem Kaffeelöffel an eine Weinkaraffe...“

In diesem Augenblick klopfte der Kabinensteward an die Tür und fragte dann, ob der Besuch von Mister Palmer angenehm wäre.

„Kommen Sie rein!“ rief Mrs. Fuller. „Es sieht so aus, als hätte ich heute Audienztag.“

Mister Palmer hatte einen großen Blumenstrauß mitgebracht. Trotzdem wollte er gleich wieder verschwinden, als er sah, daß alle Sessel schon besetzt waren. „Es ist wohl besser, wenn ich später wiederkomme“, stammelte er. „Ich hoffte Sie allein anzutreffen.“

„Seien Sie kein Frosch“, lachte die Frau im Rollstuhl. „Sie sehen, die Herren machen Ihnen schon Platz.“

Ulli und Peter hatten sich nämlich bereits auf den Teppich gesetzt.

„Darf ich mir gestatten?“ sagte jetzt Herr Palmer und überreichte seinen Blumenstrauß. „Die Auswahl an Bord ist leider nicht besonders groß.“

„Aber Sie täuschen sich, wenn Sie glauben, ich hätte Geburtstag.“

„Nur eine kleine Aufmerksamkeit“, bemerkte Mister Palmer und nahm Platz. „Scheußlich, dieser Regen.“

„Ich fürchte, daß Sie mit mir nicht übers Wetter plaudern wollen“, sagte Mrs. Fuller. „Für einen Mann, dem das Feuer unter der Hose brennt, ist das kein Gesprächsthema. Sagen Sie mir in wenigen Worten, was ich für Sie tun kann.“

Mister Palmer räusperte sich und blickte ein wenig hilflos von einem zum anderen.

„Das sind meine Freunde", bemerkte Mrs. Fuller. „Wir haben keine Geheimnisse."

„Wie Sie meinen", erwiderte Mister Palmer. „Darf ich Ihnen einige Fragen stellen?"

„Dann komme ich heute nicht aus der Übung", erwiderte Mrs. Fuller. „Fragen Sie." Und schon kurz darauf brach die Frau im Rollstuhl wieder einmal in ihr tiefes Lachen aus, das schließlich auch die Detektive ansteckte.

Mister Palmer riß verwundert seine himmelblauen Augen auf. Anschließend sagte er beleidigt: „Sie scheinen den Ernst der Lage nicht erkannt zu haben."

„Entschuldigen Sie", rief Mrs. Fuller und wischte sich dabei die Tränen aus den Augen. „Aber das ist zu komisch." Sie konnte sich noch immer nicht ganz beruhigen. „Aber kurz bevor Sie hier hereingekommen sind, haben mich die vier Herren aus Berlin haargenau dasselbe gefragt."

„Und was haben Sie geantwortet?" wollte Mister Palmer wissen.

„So weit sind wir gar nicht gekommen", entgegnete Mrs. Fuller.

„Natürlich bin ich jetzt neugierig", meinte Mister Palmer und peilte nacheinander den Apotheker an, dann Herrn Wagner und schließlich die Knaben Peter und Ulli. „Welche Gründe wollen Sie mir für Ihre Nachforschungen angeben?"

„Nun ja", meinte Herr Finkbeiner verlegen.

„Ja nun", ergänzte Herr Wagner.

„Immerhin ist doch das ganze Schiff an einer schnellen Aufklärung der Geschichte interessiert", sagte plötzlich Peter Finkbeiner. Im letzten Augenblick war ihm eingefallen, was Herr Latenser kurz zuvor am Schwimmbecken gesagt hatte.

„Und Sie selbst haben sozusagen zur Mitarbeit aufgefordert", warf jetzt der Portier vom Hotel Kempinski dazwischen. Er hatte inzwischen seine Sprache wiedergefunden.

„Ich hatte dabei mehr an Beobachtungen gedacht, die man mir mitteilen sollte", bemerkte Mister Palmer.

Die Herren schwiegen sich eine Weile aus.

Und dann sagte Mrs. Fuller schließlich: „Eigentlich muß ich zugeben, daß ich mich wie ein Kamel benommen habe." Sie rollte mit ihrem Stuhl zum Telefon. „Ich habe das Denken anderen Leuten überlassen." Dann nahm sie den Hörer ab. „Verbinden Sie mich bitte mit Kabine 11."

„Sie wollten eine Frage beantworten", erinnerte Mister Palmer.

„Ich bin gerade dabei", antwortete Mrs. Fuller, und dann sagte sie ins Telefon: „Ich hoffe, ich störe Sie nicht, Mister Wilkinson. Es geht nur um unsere kleine Verschwörung. Ich habe Ihnen mein Wort gegeben, nicht mit anderen Leuten darüber zu sprechen, und natürlich will ich dieses Wort auch halten. Darf ich deshalb noch einmal wiederholen, was ich sagen soll, falls man mir Fragen stellt? Also: Ich bin ganz allein auf die Idee gekommen, daß man das Bild den Passagieren zeigen soll, und Sie hatten von diesem Plan keine Ahnung. Ist das so richtig?"

Mister Wilkinson sprach jetzt eine Weile am anderen Ende der Leitung.

„Nein, wirklich nicht, ich wollte mich nur noch einmal mit Ihnen absprechen", sagte Mrs. Fuller schließlich. „Irgendwann könnte ich gefragt werden, und dann will ich nichts Falsches sagen. Ich hoffe, wir sehen uns bald."

Im gleichen Augenblick, in dem Mrs. Fuller den Hörer auflegte, sprang Mister Palmer aus seinem Sessel.

„Ich bin Ihnen zu Dank verpflichtet", sagte er und verabschiedete sich.

„Mister Wilkinson", sagte Apotheker Finkbeiner leise und pfiff durch die Zähne.

„Ich habe nichts gesagt", stellte Mrs. Fuller fest. „Ich habe nur zufällig in Ihrer Gegenwart telefoniert."

Die Perlenkette und sonst noch so einiges

Weil die Wolken immer noch dunkler wurden und der Regen nicht aufhören wollte, hatten sich die Passagiere damit abgefunden, vorerst unter Deck zu bleiben.

Sie schlenderten durch die kleine Verkaufsstraße im Korridor vor der Columbus-Bar, brachten ihre Haare beim Friseur vorbei oder buchten im Reisebüro die nächsten Tagesausflüge. Andere betrachteten in den Schaukästen die neuesten Fotos, die der Bordfotograf von ihnen geknipst hatte, und wenn sie glaubten, daß sie günstig genug getroffen waren, bestellten sie sich bei Herrn Weber ein paar Abzüge zur Erinnerung. Schließlich trafen sich die meisten in der Atlantik-Halle im Veranda-Deck. Sie spielten Karten oder Domino, blickten in den Regen hinaus und plauderten miteinander. Dazu machte die Bordkapelle Musik.

„Meine Damen und Herren", sagte jetzt der Posaunist mit den roten Haaren und dem Pferdegebiß, „ich möchte einen Vorschlag machen." Er legte sein Instrument auf den Stuhl hinter dem Notenständer und kam in die Mitte des Podiums. „Lassen Sie uns Frage und Antwort spielen. Das hat auf unseren anderen Reisen allen Passagieren immer sehr viel Spaß gemacht."

„Und wie soll das funktionieren?“ fragte Juwelier Schmidt aus Düsseldorf.

„Ganz einfach“, erklärte das Pferdegebiß. „Jeder darf jeden fragen, was er will.“

„Und wenn man gefragt wird, muß man auch unbedingt antworten?“ wollte der Tankstellenbesitzer aus Liverpool wissen.

„Man darf die Antwort verweigern“, erklärte der rothaarige Posaunist. „Aber wenn Sie die Frage annehmen, dürfen Sie nicht schwindeln. Das heißt, daß Ihre Antwort ganz ehrlich sein sollte.“

„Probieren wir's doch mal“, rief eine Dame mit blaugefärbter Perücke.

„Vielleicht fangen Sie gleich mit der ersten Frage an?“ lachte das Pferdegebiß. „Und sagen Sie bitte, wer Ihnen antworten soll.“

Schon fünf Minuten später war der ganze Saal nur noch eine große Schulklasse. Die Passagiere meldeten sich mit ausgestreckten Armen und waren enttäuscht, wenn sie nicht gleich aufgerufen wurden. Wie Schüler, die zufällig einmal Bescheid wissen. Die Fragen und Antworten flogen von einem Tisch zum anderen wie Tennisbälle.

Zwischendurch wurde immer wieder gelacht und in die Hände geklatscht.

„Was würden Sie machen, wenn Sie eine Handtasche mit einer halben Million finden und wissen mit absoluter Sicherheit, daß man Sie dabei nicht beobachtet hat?“

„Natürlich würde ich die Handtasche sofort zum Fundbüro bringen“, antwortete Mrs. Fuller. Sie saß zusammen mit den Berliner Familien an einem Tisch.

„Mit oder ohne Inhalt?“ fragte jetzt der rothaarige Ponsaunist dazwischen.

Der ganze Saal wieherte, und falls Mrs. Fuller noch

etwas gesagt hatte, konnte es kein Mensch verstehen.

Mister Palmer lehnte zusammen mit Inspektor Brown an der Bar neben dem Eingang. Sie beobachteten den Streichholzfabrikanten Wilkinson, der mit seinem englischen Bart und den buschigen Augenbrauen ziemlich dicht am Podium saß. Auch er lachte und klatschte in die Hände. Dabei beugte er sich jetzt ein wenig zur Seite und fragte: „Geht es Ihnen auch wirklich wieder besser?"

„Besten Dank", antwortete Monsieur Prunelle. „Der Arzt hat mir ein paar Tabletten gegeben, und ich habe zum erstenmal wieder geschlafen wie ein Waschbär. Doch, ich fühle mich wieder ganz gut." Er lächelte. „Jedenfalls den Umständen entsprechend." Und dann drehte er sich um und sagte gleichzeitig: „Ja, bitte?"

Die Dame mit der blauen Perücke hatte ihn nämlich zur Beantwortung einer Frage aufgerufen.

„Ich habe leider nicht zugehört", sagte der Museumsdirektor aus Paris. „Würden Sie Ihre Frage freundlicherweise wiederholen?"

„Wenn Sie einen einzigen Wunsch hätten, der Ihnen aber bestimmt erfüllt wird, was würden Sie sich wünschen?"

„Im Augenblick brauche ich darüber überhaupt nicht nachzudenken", antwortete Monsieur Prunelle ziemlich leise.

„Oh, das war gedankenlos von mir", entschuldigte sich die Dame.

Die Passagiere blickten plötzlich ein wenig verlegen auf ihre Tische, und Mrs. Fuller sagte: „Was da passiert ist, bedauern wir alle sehr."

„Das Spiel geht weiter!" rief das Pferdegebiß und knallte in die Hände, weil er keine trübe Stimmung aufkommen lassen wollte.

„Dann möchte ich jetzt Mister Wilkinson eine Frage

stellen", erklärte Mrs. Fuller und drehte ihren Rollstuhl herum, so daß die Gummireifen quietschten.

„Da bin ich aber gespannt", meinte der Streichholzfabrikant, der aussah wie ein gealterter Baseballspieler.

„Es gibt in der Welt einige Dinge, die man auch für viel Geld nicht kaufen kann", sagte Mrs. Fuller.

„Kein Widerspruch", entgegnete Mister Wilkinson.

„Wenn Sie nun zum Beispiel Briefmarken sammeln würden und wären ganz verrückt nach einer blauen Mauritius", fragte Mrs. Fuller, „was würden Sie tun?"

„Ich muß Ihnen leider widersprechen", sagte Mister Wilkinson. „Die blaue Mauritius gehört nicht zu den Dingen, die unverkäuflich sind. Es gibt meines Wissens fünfundzwanzig Exemplare, die immer wieder angeboten werden." Er schüttelte den Kopf. „Ich persönlich würde keinen Dollar dafür bezahlen."

„Und weshalb nicht?" fragte die Frau des Juweliers aus Düsseldorf neugierig.

„Weil ich mich für Briefmarken überhaupt nicht interessiere." Der Streichholzfabrikant schlug die Beine übereinander. „Und dann ist die englische Königinmutter Mary auf der Mauritius auch nicht gerade der erfreulichste Anblick. Dabei soll das Porträt noch sehr schmeichelhaft ausgefallen sein."

Die Passagiere schmunzelten.

„Gibt es ein Porträt, das Ihnen besser gefällt?" fragte jetzt Mrs. Fuller.

„Ich kann mir denken, was Sie hören wollen, und ich möchte Sie nicht enttäuschen", erwiderte Mister Wilkinson honigsüß und lächelte dabei. „Die Mona Lisa zum Beispiel gefällt mir bedeutend besser." Er lehnte sich in seinen Sessel zurück und blickte sich um.

Mister Palmer sah aus, als wollte er gleich Gift und Galle spucken. Er merkte gar nicht, daß in diesem

Augenblick wieder ein erster Sonnenstrahl über seine Hosenbeine wanderte.

„Und auch nur zum Beispiel", fragte Mrs. Fuller weiter. „Was würde Ihnen dieses Gemälde wohl wert sein?"

„Eine ganze Menge", erwiderte der Streichholzfabrikant und lächelte. „Sie wissen, daß Bilder mein Hobby sind. Es gibt Städte, von denen ich nur die Galerien und Museen kenne." Er strich sich mit den Fingerspitzen über seinen englischen Bart. „Aber leider gehört die Mona Lisa nun wirklich zu den Dingen, die man nicht kaufen kann." Er nahm einen Schluck aus seinem Glas mit Orangensaft. „Jetzt schon gar nicht mehr." Kaum hatte er das gesagt, lachte er schallend los.

Und ein Teil der Passagiere lachte mit.

„Das ist eine bodenlose Frechheit", zischte Mister Palmer.

„Er flutscht einem durch die Finger wie ein Stück nasse Seife", knurrte Mrs. Fuller.

Plötzlich brach das Gelächter wieder ab. Monsieur Prunelle war nämlich aufgestanden und stolzierte ganz blaß und steif wie ein Storch zum Ausgang.

„So war es doch nicht gemeint", rief Mister Wilkinson hinter ihm her.

Glücklicherweise kam in diesem Augenblick ein Decksteward in den Saal und gab bekannt, daß der Regen aufgehört hatte. „Wir stellen bereits die Liegestühle auf", verkündete er.

Kaum eine Viertelstunde später lagen die Passagiere mit Badehosen in der Sonne.

Keine einzige Wolke war zurückgeblieben, und der Himmel war wieder so blau wie gestern und vorgestern.

„Ja, so ist das in diesen Breiten", meinten die Decksstewards, die jetzt wieder mit glitzernden Tabletts und blütenweißen Servietten zwischen den Liegestühlen hin und her flitzten.

Auch der flachsblonde Page Axel Kannengießer flitzte in seiner roten Uniformjacke durch die Gegend. Er hatte gerade in einer Kabine des Hauptdecks Tabletten gegen Zahnschmerzen abgeliefert. Jetzt fuhr er zum Sonnendeck, wo ein Passagier Geburtstag haben mußte. Jedenfalls war er schon zum viertenmal unterwegs und hatte gerade in der Funkstation sieben neue Telegramme für ihn in Empfang genommen. Aber die würde er nicht alle auf einmal abliefern, sondern jeweils einzeln und in Abständen von fünf oder zehn Minuten, weil dabei jedesmal ein gutes Trinkgeld abfiel.

Der Page Axel Kannengießer klopfte an die Kabinentür:

„Schon wieder ein Telegramm, mein Herr."

„Sehr freundlich, mein Sohn", sagte das Geburtstagskind. „Rührend, wer heute alles an mich denkt."

„Das muß ein schönes Gefühl sein", bemerkte der Page mit der Stubsnase. „Auch meine Glückwünsche und besten Dank."

Als er anschließend über den Korridor zurücklief, sprach er wieder einmal mit sich selbst. „Geburtstage machen die Menschen großzügig", murmelte er. „Schade, daß Passagiere nur einmal geboren werden." Und dann sagte er laut: „Guten Morgen, Inspektor."

Mister Brown kam nämlich gerade aus der Kabine von Mrs. Fuller. Er drehte sich um, zögerte einen kurzen Augenblick und nickte dann dem Pagen zu. Beinahe gleichzeitig verabschiedete er sich durch die halboffene Kabinentür und sagte: „Ich bitte noch einmal um Entschuldigung, Mrs. Fuller, und ich werde Mister Palmer sofort Bescheid sagen."

Danach schloß der Inspektor die Tür hinter sich und

begegnete dem Jungen mit den flachsblonden Haaren etwa nach fünf oder sechs Schritten.

„Immer munter auf den Beinen?" Er lachte im Vorbeigehen.

„Man tut, was man kann", gab der Page Axel Kannengießer zurück und trabte zum Lift.

Unter den Passagieren, die rund um das offene Schwimmbad in der Sonne lagen, entdeckte er die beiden Familien aus Berlin und Mrs. Fuller in ihrem Rollstuhl.

Er grüßte zu ihnen hinüber, und dann kletterte er zum

Oberdeck hinunter, weil er die blaugefärbte Perücke von Kabine 83 für eine Dauerwelle zum Friseur bringen sollte. Mitten auf der schmalen Treppe blieb er wie vom Blitz getroffen stehen.

„Das war doch gerade...“, flüsterte er zu sich selbst, und dann galoppierte er auch schon im Affentempo zum Verandadeck zurück.

„Denk an deinen Kreislauf“, flachste Ulli Wagner, als der Knabe Kannengießer mit puterrotem Kopf angeschossen kam.

„Du hast ja keine Ahnung, du Knallfrosch!“ keuchte Axel, und dann fragte er Mrs. Fuller: „Waren Sie gerade in Ihrer Kabine, gnädige Frau?“

„Nicht daß ich wüßte“, erwiderte sie. „Wieso?“

„Dann muß es Ihr Geist gewesen sein“, meinte der Junge mit der Stubsnase und berichtete im Telegrammstil, was er gerade beobachtet hatte.

„Inspektor Brown kam aus meiner Kabine?“ fragte Mrs. Fuller verblüfft.

„Vielleicht hat er das Gemälde gesucht?“ vermutete Frau Finkbeiner.

„Nach dem Gespräch mit Mister Palmer glaube ich das nicht“, entgegnete Mrs. Fuller. „Und weshalb führt er Selbstgespräche mit einer leeren Kabine?“

„Damit ich glauben soll, er hätte Ihnen gerade einen Besuch abgestattet“, antwortete der Page Kannengießer und bekam zwei steile Denkfalten über der Nase.

„In Wirklichkeit war er heimlich in Ihrer Kabine“, kombinierte der Apotheker Finkbeiner. „Und unser Freund Axel läuft ihm über den Weg, als er sich gerade verdrücken will.“

„Sie sprechen von Inspektor Brown“, Mrs. Fuller mahnte zur Sachlichkeit, „das ist nicht irgendein Strauchdieb oder Straßenräuber.“

„Wo verstecken Sie eigentlich Ihre wertvolle Perlenkette?“ fragte jetzt Herr Finkbeiner wie aus heiterem Himmel. „In der Kabine, oder kommt sie jeden Abend beim Oberzahlmeister ins Schließfach?“

„Das letztere wäre ein wenig umständlich“, bemerkte Mrs. Fuller. Und dann begriff sie endlich. „Sie nehmen doch nicht an...?“

Im gleichen Augenblick flitzte eine knallfarbige Badehose an den Liegestühlen vorbei zum Lift. Schon drei Minuten später war sie zurück.

„Die Kette ist weg“, japste der Junge mit dem Bürstenhaarschnitt. „Die Schublade steht noch offen, und das Schloß ist aufgebrochen.“

„Das muß ich sofort dem Ersten Offizier melden“, sagte der Page Axel Kannengießer aufgeregt.

„Und Mister Palmer muß unterrichtet werden“, bemerkte der Portier vom Hotel Kempinski in Berlin. „Er fällt bestimmt aus allen Wolken, wenn er erfährt, daß der Inspektor hinter seinem Rücken die Gäste ausplündert.“

„Ihre schöne Kette!“ jammerte Frau Finkbeiner.

„Solange wir auf dem Wasser sind, kann sie ja nicht von Bord“, erwiderte Mrs. Fuller. „Das hat sie mit der Mona Lisa gemeinsam.“

Es wurde beschlossen, daß sich die beiden Berliner Jungen zusammen mit Ronny auf die Socken machen sollten, um Mister Palmer aufzuklären.

Axel war schon abgeschwirrt, um den Ersten Offizier zu suchen.

Aber dann ergab es sich, daß beide Herren nebeneinander auf dem Sonnendeck an der Reling standen und dem Tontaubenschießen der Passagiere zuschauten.

„Was Sie mir da von Mister Wilkinson erzählt haben“, sagte der braungebrannte Offizier mit den drei Goldstreifen gerade, „das macht mich nun doch ein wenig hellhörig. Haben Sie ihn zur Rede gestellt?"

„Er würde mir nur ins Gesicht lachen", erwiderte Mister Palmer.

„Trotzdem gibt es zu denken", meinte Herr Rössler. Die Bügelfalten in seiner weißen Uniform waren heute so scharf wie Rasierklingen.

Drüben beim Tontaubenschießen hatten einige Passagiere jetzt Inspektor Brown entdeckt, der übers Deck geschlendert kam und die Augen offenhielt, so wie es mit Mister Palmer verabredet war.

„Bitte, Sie müssen uns noch einmal zeigen, was ein richtiger Schütze ist", rief ein dicker Mann mit einem blauen Strohhut. „Wir haben Ihre neun Treffer von neulich nicht vergessen."

„Kann ich Sie bitte eine Minute sprechen?" fragte in diesem Augenblick der Page Axel Kannengießer den Ersten Offizier.

„Können wir Sie gleichfalls sprechen, Mister Palmer?" fragte Peter Finkbeiner, der zwischen Ulli und dem Bürstenhaarschnitt stand. „Wir glauben, daß es sehr wichtig ist, und niemand sollte uns hören können."

Die beiden Herren blickten sich verwundert an, und dann sagte der Erste Offizier: „Ich gehe voraus." Er spazierte auf eine Tür zu und öffnete sie. „Bitte einzutreten!"

Es war der Raum, in dem die Liegestühle, Wolldecken und Badetücher aufbewahrt wurden. Nach der grellen Sonne und der flimmernden Luft an Deck wirkte es hier drinnen dunkel und kühl. Durch die halboffene Tür hatte man einen Blick auf die Gruppe der Passagiere beim Tontaubenschießen.

Nachdem die vier Jungen berichtet hatten, was zu berichten war, gab drüben Inspektor Brown dem allgemeinen Drängen nach. Er ließ sich vom Decksteward das Gewehr geben und klemmte es zwischen Kiefer und Brustbein. Als es gleich darauf knallte, flogen auch schon die Splitter der ersten Scheibe durch die Luft und ins Wasser.

„So wie er das Gewehr hält, ist er jedenfalls nie bei Scotland Yard ausgebildet worden“, zischte Mister Palmer verächtlich. „Er schießt wie auf dem Rummelplatz.“

„Aber er ist doch Inspektor, und sein Name stimmt auch?“ fragte der Erste Offizier. „Haben Sie sich seine Papiere zeigen lassen?“

„Er war ja aus London telegrafisch angemeldet“, entgegnete Mister Palmer, und dann fügte er hinzu: „Ich bin ein komplettes Rhinozeros und habe mich täuschen lassen wie ein Anfänger.“

„Was Sie da gerade gesagt haben, ehrt Sie sehr“, bemerkte Ulli Wagner. „Es ist ziemlich selten, daß Erwachsene ihre Fehler zugeben.“

„Jedenfalls sind wir euch allen sehr dankbar“, erwiderte Mister Palmer. „Ihr habt uns die Augen geöffnet und zum Glück gerade noch kurz vor zwölf.“

„Ja, ein paar Stunden später, und es wäre zu spät gewesen“, bemerkte der Erste Offizier und schüttelte den Kopf. „Ich kann es noch gar nicht fassen.“

„Werden Sie ihn jetzt verhaften?“ fragte der Page Axel Kannengießer neugierig.

„Das kann ich gar nicht“, erwiderte Mister Palmer. „Ich bin ja nur von meiner Versicherung beauftragt und habe überhaupt keine Polizeivollmacht.“

„Aber der Kapitän könnte ihn doch in Ketten legen“, schlug der Page Axel Kannengießer vor.

„Ja, das könnte er“, entgegnete der Erste Offizier. „Eine andere Frage ist, ob es klug wäre.“

„Bah“, sagte Mister Palmer. „Es wäre eine Riesendummheit. Wenn wir ihn nicht merken lassen, daß er uns verdächtig ist und wenn wir ihn auf Schritt und Tritt beschatten, kriegen wir vielleicht heraus, ob er tatsächlich nur die Perlenkette wollte, oder ob er auch hinter der Mona Lisa her ist.“ Mister Palmer blickte zusammen mit den anderen zu Mister Brown hinüber, der gerade wieder eine Tonscheibe abknallte.

„Und falls er Komplizen an Bord hat, zeigt er sie uns“, fuhr Mister Palmer fort. „Irgendwann muß er sie treffen. Wir dürfen ihn nur nicht aus den Augen lassen.“

„Bedeutet das“, fragte der Bürstenhaarschnitt, „daß wir Ihnen beim Beobachten helfen sollen?“

„Darum wollte ich gebeten haben“, erwiderte Mister Palmer. „So allein wie ich jetzt bin.“

„Verfügen Sie über uns“, sagte Ulli Wagner und breitete dabei die Arme aus.

„Ich werde auf euer Angebot ganz bestimmt zurückkommen“, meinte Mister Palmer.

„Wollen Sie nicht wenigstens seine Kabine durchsuchen?“ fragte der Page Axel Kannengießer besorgt.

„Meinst du, er hat die Kette einfach über einen Kleiderhaken gehängt?“ fragte Mister Palmer zurück.

Drüben beim Tontaubenschießen hatte Inspektor Brown inzwischen schon die siebte Scheibe getroffen. Jetzt wurde bereits die achte in die Luft geschleudert, und er verfolgte sie mit seinem Gewehrlauf.

Dabei fiel die Sonne voll auf die linke Hälfte seines Gesichts und dann auf eine Narbe, die vom Ohr bis zum Hemdkragen ging. Das pechschwarze Haar, das sie sonst zudeckte, war durch die schnelle Bewegung für einen kurzen Augenblick zurückgefallen.

Nur Peter Finkbeiner hatte die Narbe entdeckt. Und diese Entdeckung traf ihn wie ein elektrischer Schlag.

Beinahe gleichzeitig fiel ihm jetzt ein großer knallroter Omnibus ein und ein zitronengelbes New Yorker Taxi. Als er gerade überlegen wollte, wie Inspektor Brown wohl ohne seine dunkle Sonnenbrille und mit einem Bart auf der Oberlippe aussah, sagte Mister Palmer: „Und jetzt laßt mich bitte allein, ich weiß ja, wo ich euch finde." Er stellte sich an die Reling und paffte an seiner Pfeife. „Ich muß dringend eine Weile nachdenken."

„Viel Erfolg dabei!" wünschte der Erste Offizier, bevor er sich in Bewegung setzte.

Axel Kannengießer lief wegen der blau gefärbten Perücke zuerst zur Kabine 83. Anschließend angelte er das nächste Telegramm aus seiner roten Jacke mit den goldenen Messingknöpfen und kassierte bei dem Geburtstagspassagier im Sonnendeck sein fünftes Trinkgeld.

Die zwei Berliner Jungen und der Bürstenhaarschnitt spazierten inzwischen in ihren Badehosen ziemlich nachdenklich zum Swimmingpool zurück.

„Einen Moment, meine Freunde", rief Herr Latenser, als sie an seinem Liegestuhl vorbeikamen. Er lag voll angezogen im Schatten und wärmte mit seiner Hand ein kleines Kognakglas. „Habt ihr bei Mrs. Fuller etwas in Erfahrung bringen können?" Von der Beule an seinem Kopf war nur noch ein roter Fleck, so groß wie ein Hosenknopf, übriggeblieben.

„Nichts Besonderes", erwiderte Ulli Wagner und bekam dabei rote Ohren.

„Schön, daß der Regen aufgehört hat", meinte Peter Finkbeiner.

„Verstehe, die Herren wollen ihre Geheimnisse für sich behalten", entgegnete Herr Latenser. „Dann noch einen vergnügten Tag." Er nippte an seinem Glas und blinzelte durch seine dicke Brille in die Sonne.

Und jetzt passierten einige Dinge beinahe zur selben Zeit:

Mister Palmer stieß sich von der Reling ab und stürzte in seine Kabine. „Er kommt überhaupt nicht aus London", knurrte er vor sich hin. Dabei blätterte er bereits aufgeregt in der Times, die noch auf seinem Nachttisch lag. Als er den Wetterbericht gefunden hatte, zwang er sich zur Ruhe und las sich selber langsam vor: „Die Woche vor Weihnachten brachte der britischen Hauptstadt Temperaturen wie im Frühling. Die Luftfeuchtigkeit stieg allerdings an und führte zu tagelangem Nebel. Das Wetter wird sich während der Feiertage kaum ändern."

Mister Palmer knüllte die Zeitung wütend zusammen und kickte sie wie einen Ball durch die Kabine. „Wie war das, Inspektor Brown? Was haben Sie mir erzählt?" Jetzt erwischte er die Zeitung mit der linken Schuhspitze und knallte sie an der Stehlampe vorbei direkt in den Spiegel. „Sie seien durch lauter Schneematsch zum Flugplatz gefahren!" Die Zeitungskugel flog übers Bett an die Tür zum Bad. „Sie sollten gefälligst den Wetterbericht in der Zeitung lesen!" Mister Palmer pumpte nach Luft wie ein Maikäfer. Dann flitzte er wieder los.

Zwei Decks höher lag in diesem Augenblick Herr Latenser noch ganz ruhig im Schatten. Aber das sollte sich schon in den nächsten zehn Sekunden ändern. Der Autohändler in seinem altmodischen Anzug hatte nämlich ganz plötzlich einen Einfall. Er richtete sich auf, saß einen Moment aufrecht in seinem Liegestuhl und blickte aufs Meer hinaus, allerdings ohne irgend etwas zu sehen. Gleich darauf flitzte er genauso schnell wie kurz zuvor Mister Palmer zur Treppe.

Und damit war beinahe auch schon der Augenblick für Frau Finkbeiner gekommen. Sie sollte nämlich auch einen Einfall haben. Aber zunächst steckten die Detektive sowie Mrs. Fuller und der Bürstenhaarschnitt noch ihre Köpfe zusammen, weil Peter gerade erzählte, was ihm beim Tontaubenschießen aufgefallen war.

„Das wäre allerdings ganz was Neues", meinte der Apotheker aus Berlin hinterher und lehnte sich in seinem Liegestuhl zurück. Dabei qualmte er ein paar Rauchwolken vor sich hin.

„Dürfte ich ausnahmsweise heute auch eine Zigarre haben?" fragte Herr Wagner höflich. „Das geht nämlich ganz schön an die Nerven."

„Bitte sehr", entgegnete Herr Finkbeiner, „bedienen Sie sich."

„Jetzt verstehe ich, daß im Fernsehen alle Kriminalkommissare rauchen wie Fabrikschlote", meinte Herr Wagner, und dann fragte er: „Du glaubst also, daß unser Inspektor Brown auch der junge Mann in dem Taxi in New York gewesen ist?"

„Ich bin sogar sicher", erwiderte Peter Finkbeiner. „Nur daß er noch einen Bart auf der Oberlippe hatte, als er Mister Hobbs aus dem Omnibus holte."

„Und hier an Bord tun die beiden Herren so, als wären sie sich noch nie begegnet", überlegte der Portier aus dem Hotel Kempinski in Berlin. „Aber das würde dann doch bedeuten, daß auch Mister Hobbs..." Er ließ den Verdacht in der Luft kringeln wie seine erste Wolke Zigarrenrauch.

„Übrigens", sagte Frau Finkbeiner und hielt sich dabei die Hand vor den Mund, weil sie sich nicht sicher war, ob sie gähnen mußte. „Habt ihr euch eigentlich schon mal über den Bordfotografen Gedanken gemacht?"

„Wie kommen Sie auf Herrn Weber?" fragte der Portier aus dem Hotel Kempinski in Berlin.

Die beiden Herren genossen ihre Zigarren und lächelten nachsichtig.

„Mir fällt gerade ein", meinte Frau Finkbeiner, „daß er doch bei der Weihnachtsfeier seine üblichen Aufnahmen geschossen hat. Und als es dann für einige Zeit dunkel war, da hat er doch auch fotografiert. Jedenfalls hat sein Blitzlicht ein paarmal aufgeleuchtet." Frau Finkbeiner machte die Augen zu und hielt ihr Gesicht in die Sonne: „Es wäre doch sehr praktisch, wenn er zufällig die Herren Diebe bei der Arbeit abgelichtet hätte."

„So was würde man dann einen Schnappschuß nennen", bemerkte Herr Wagner.

Und der Apotheker aus Berlin fragte: „Was sitzen wir eigentlich noch hier herum?"

Beinahe gleichzeitig sprangen die Detektive aus ihren Liegestühlen und schwirrten los. Lediglich zwei Zigarren blieben im Aschenbecher zurück.

„Nanu", sagte Frau Finkbeiner verwundert, „die haben's ja plötzlich so kolossal eilig."

„Kein Wunder bei der Rakete, die Sie da gerade abgefeuert haben", meinte Mrs. Fuller. Anschließend lachten die beiden Frauen um die Wette.

Mittlerweile kletterten die Detektive im Verandadeck aus dem Lift. Und etwa zur selben Zeit, als sie in den langen Korridor einbogen, riß Mister Palmer zwei Etagen höher die Tür zur Funkstation auf. Es piepste und summte wie in einem Bienenkorb.

„Hallo, Mister Palmer", grüßte der Funkmaat. Er war ein pfiffiger Bursche mit lustigen Augen. „Haben Sie gerade einen Waldlauf gemacht?"

„Ich möchte ein Telegramm aufgeben", keuchte Mister Palmer.

„So ein Zufall", grinste der Funkmaat. „Sie kommen wie auf Bestellung."

„Ich verstehe Sie nicht", erwiderte der baumlange Engländer. Und dann sagte er zu ungeduldig: „Die Sache ist wahnsinnig eilig."

Da zeigte der Bursche mit den lustigen Augen auf den Fernschreiber: „Was da gerade tickt, ist nämlich für Sie und kommt aus London."

„Lassen Sie sehen", stieß Mister Palmer hervor, und dann ließ er den schmalen Funkstreifen, der aussah wie eine weiße Papierschlange, durch seine Finger gleiten.

„Das kann doch nicht wahr sein", murmelte er und las zum zweiten Mal:

„abflug inspektor brown wegen nebel bis heute unmöglich – stop – versucht spätestens in puerto rico bei ihnen zu sein – stop – vermissen weitere nachrichten – stop – fröhliche weihnachten lloyd's london."

„Fröhliche Weihnachten“, wiederholte Mister Palmer knurrend und ging wieder zur Tür.

„Sie wollten doch ein Telegramm aufgeben?“ rief ihm der pfiffige Funkmaat hinterher.

„Das hat jetzt wieder Zeit“, antwortete Mister Palmer und trottete davon. Inzwischen standen die Detektive im Verkaufsraum des Bordfotografen wie vom Donner gerührt.

Als sie Herrn Weber nämlich gerade erklärt hatten, weshalb sie gekommen waren, erschien plötzlich der Autohändler Latenser in der Tür zur Dunkelkammer und sagte: „So sieht man sich also wieder.“

„Um Himmels willen“, stöhnte Ulli Wagner fassungslos, „sind Sie denn überall?“

„Wir haben scheinbar gleichzeitig denselben Einfall gehabt“, sagte Herr Latenser. „Bitte, treten Sie ein.“

„Ja, kommen Sie“, wiederholte der Bordfotograf. „Ich war gerade dabei, für Herrn Latenser den gewünschten Film in den Vergrößerungsapparat zu legen.“

Dabei knipste er bis auf eine rote Lampe in der engen Dunkelkammer das Licht aus.

„Leider sind die betreffenden Bilder alle unscharf“, sagte Herr Weber entschuldigend und ließ die Projektionslampe aufleuchten, die jetzt ein helles Viereck auf den Tisch warf. „Ich habe deshalb auch gar keine Abzüge gemacht. Vermutlich war ich zu aufgeregt, und dann konnte ich in der Dunkelheit ja auch den Apparat nicht richtig einstellen.“

Das erste Bild zeigte irgendwelche Passagiere, die bei der Weihnachtsfeier an ihren Tischen saßen und in die Kamera lächelten.

„Kapitän Stahlhut“, stellte der Junge mit dem Bürstenhaarschnitt fest, als die nächste Aufnahme an die Reihe kam.

„Und das könnte die Dame mit der blauen Perücke sein", rief Ulli Wagner anschließend. Die Personen waren nämlich nicht so ohne weiteres zu erkennen, weil die Negative hell zeigten, was eigentlich dunkel war, und umgekehrt.

Die Detektive standen zusammen mit dem Bordfotografen und Herrn Latenser dicht nebeneinander um den Projektionsapparat herum und blickten gespannt auf die Bilder, die er nacheinander auf den Tisch warf. In dem dunklen Raum und mit den Gesichtern, die nur von unten angestrahlt wurden, wirkten sie wie ein halbes Dutzend Verschwörer.

„Aha", murmelte Apotheker Finkbeiner. „Jetzt wird's spannend."

Die Aufnahme war zwar unscharf, trotzdem konnte man das Gemälde auf der Staffelei erkennen, einen Teil des Weihnachtsbaums und die Passagiere, die aufgestanden waren.

„Die nächste Aufnahme, wenn ich bitten darf", sagte Herr Latenser ein wenig ungeduldig.

Der Bordfotograf transportierte den Film weiter.

Die Detektive und Herr Latenser beugten sich noch dichter über den Tisch unter dem Projektionsapparat. Der Apotheker aus Berlin stieß dabei fast mit Herrn Wagner zusammen.

„Entschuldigung", murmelten beide.

Aber sonst blickten alle sprachlos vor sich hin.

Erst nach einer Weile fragte Herr Latenser den Bordfotografen: „Haben Sie zufällig eine Lupe, Herr Weber, oder ein Vergrößerungsglas?"

Zur selben Zeit tauchte am Horizont ein weißes Motorboot auf. Sein Kiel stand steil über der Bugwelle, und es hielt ziemlich genau Kurs auf die MS Europa.

Das weiße Motorboot

Als sie aus der Dunkelkammer und den schmalen Korridoren wieder an Deck kamen, mußten sie für einen Augenblick die Augen zukneifen. Die Sonne brannte jetzt schon senkrecht vom Himmel, und die Luft flirrte nur so vor Hitze.

„Ich muß Ihnen ein Kompliment machen", sagte Herr Latenser und blickte jetzt durch seine dicken Brillengläser zuerst zu den Herren Finkbeiner und Wagner, dann zu deren Söhnen und dem Jungen mit dem Bürstenhaarschnitt. „Sie gehören offenbar zu den wenigen Leuten, die mit dem Großhirn und dem Kleinhirn gleichzeitig denken. So etwas ist so selten wie ein Zebra ohne Streifen."

„Besten Dank für die Blumen." Ulli Wagner feixte. Dann spitzte er plötzlich die Ohren und drehte den Kopf auf die Seite: „Was ist denn das?"

Jetzt erst nahmen auch die anderen das Geräusch wahr, das vom Wasser her kam. Und als sie zwischen zwei Rettungsbooten an die Reling traten, entdeckten sie das weiße Motorboot, das inzwischen bis auf etwa zweihundert Meter herangekommen war. Es legte sich gerade in eine Kurve, und dabei konnte man jetzt zwei Männer erkennen. Der eine stand dick und breitbeinig hinter dem Steuer. Er hatte einen Wald von dunklen Haaren auf der Brust und einen blauen Strohhut über der Stirn.

Der andere war ein Neger und hockte in einer Badehose seitlich auf der Bordkante. Als sich jetzt die Sonne in der Windschutzscheibe spiegelte, verschwanden die beiden Männer wieder hinter den Blitzen und Reflexen wie hinter einem Vorhang.

„Aha", sagte Herr Latenser. Er hatte seine rechte

Hand über den Augen. Als er sie jetzt wieder herunternahm, fügte er noch hinzu: „Entschuldigen Sie, aber ich möchte mir an der Bar einen Whisky genehmigen." Schon bei den letzten Worten ging er davon.

Die Detektive blickten ihm nach.

„Dieser Herr Latenser ist ein wandelndes Kreuzworträtsel", bemerkte Herr Finkbeiner.

„Jedenfalls ist er kein getürmter Bankkassierer", sagte Ulli Wagner, „auch wenn er so aussieht."

„Man weiß wirklich nicht, was man mit ihm anfangen soll", meinte der Junge mit dem Bürstenhaarschnitt.

„Aber ich möchte wetten", sagte schließlich Herr Wagner, „daß er heute ausnahmsweise einmal nüchtern ist."

Mittlerweile war das weiße Motorboot immer näher gekommen, und man konnte jetzt deutlich sehen, wie der Neger in der Badehose mit zwei Wasserskiern hantierte. Der Dicke lachte zum Schiff herüber und schwenkte dabei seinen blauen Strohhut durch die Luft.

„Das sieht nach einer Darbietung aus", bemerkte Apotheker Finkbeiner.

„Allerdings vor ziemlich leeren Tribünen", fügte Herr Wagner hinzu.

Vor etwa einer Viertelstunde waren nämlich achtern die Silhouetten von St. Thomas am Horizont aufgetaucht, und die Mehrzahl der Passagiere bereitete sich jetzt in ihren Kabinen auf den Landausflug vor.

„Eigentlich sollten wir doch Mister Palmer Bescheid sagen", meinte Apotheker Finkbeiner nach einer Weile. „Wenn er wüßte, daß dieser Inspektor mit dem dicken Herrn Hobbs unter einer Decke steckt, würde er sich für die Ankunft auf der Insel vielleicht einen ganz anderen Plan ausdenken."

„Und wenn sich Peter getäuscht hat?" fragte der Junge

mit dem Bürstenhaarschnitt. „Wenn die beiden gar nichts miteinander zu tun haben?“

„Dann fallen wir ganz schön auf die Nase“, warf Ulli Wagner ein. „Was peinlich wäre.“

„Blamieren wollen wir uns allerdings nicht“, erwiderte der Apotheker aus Berlin. „Also Schwamm drüber. Vergessen wir's.“ Er richtete sich auf. „Und jetzt muß ich mich mal wieder um Frau Finkbeiner kümmern.“

„Ich helfe Ihnen“, bemerkte Herr Wagner und ging mit.

Das weiße Boot hatte inzwischen seine Fahrt gestoppt und schwappte mit laufendem Motor auf den Wellen, die vom Schiff herüberkamen. Der schlanke Neger in der Badehose hatte bereits den ersten Ski am Fuß.

„Jetzt kann es nicht mehr lange dauern“, stellte Ulli fest.

„Notfalls spaziere ich im Kopfstand von Hongkong bis Helsinki“, knurrte Peter plötzlich, „wenn dieser Inspektor Brown nicht genau derselbe ist wie der Bursche, der in New York den Seehund aus dem Bus geholt hat.“

„Also gut“, erwiderte der Bürstenhaarschnitt. Er nahm die Hände auf den Rücken und machte zuerst ein paar Schritte nach links und dann wieder ein paar nach rechts. „Manchmal ist es gut, wenn man wie eine Katze um den heißen Brei herumgeht“, philosophierte er. „Und ein anderes Mal ist es wieder besser, wenn man den Stier bei den Hörnern packt.“ Er blieb stehen und blickte die anderen an: „Worauf warten wir noch?“

„Tja, worauf warten wir noch?“ wiederholte Ulli Wagner, und dann galoppierten sie los.

Als sie im A-Deck aus dem Lift kamen, hörten sie bereits nach den ersten zwanzig Schritten im Korridor das Cello von Mister Hobbs.

„Ein fleißiger Knabe", flüsterte Ulli Wagner, „das muß ihm der Neid lassen."

„Wenn man bedenkt, daß er in einer halben Stunde das Schiff wechselt", erwiderte Peter, „kann er doch eigentlich nur in Hut und Mantel üben."

Sie schlichen bis vor die Tür der Kabine mit der Nummer 226. „Es könnte sich um Tschaikowsky handeln", sagte Ronny leise.

„Oder Beethoven", flötete Ulli Wagner. „Ich hab' so ein Gefühl von Beethoven."

„Dann wollen wir mal", murmelte Peter Finkbeiner und klopfte an die Tür.

Aber der Seehund schien so tief in sein Spiel vertieft zu sein, daß er nichts hörte.

Da klopfte Peter zum zweitenmal.

Kurz darauf kam der langhaarige Kabinensteward namens Horst mit ein paar Thermoskannen über den Korridor. „Ihr wollt euch wohl von Mister Hobbs verabschieden?" fragte er.

„Sie sagen es!" Ulli Wagner grinste. „Aber er hört uns nicht."

„Als ich vor ein paar Minuten zu ihm wollte, hat er sich auch nicht stören lassen", erklärte der Steward. „Ich bringe gerade frisches Eiswasser in die Kabinen."

„Na, dann ist wohl nichts zu machen", meinte Peter Finkbeiner.

„Er würde sich über euren Besuch bestimmt freuen, so allein, wie er meistens ist." Dabei hatte der Steward Horst bereits seine Eiswasserkannen auf den Boden gestellt. „Schließlich habe ich für alle Fälle einen Universalschlüssel", sagte er und öffnete jetzt vorsichtig die Tür zur Nummer 226. „Entschuldigung, Mister Hobbs", sagte er leise, „dürfen wir hereinkommen?"

Kurz darauf standen die drei Jungen in ihren Badehosen neben dem Steward und starrten in die leere Kabine. Die Schranktüren waren offen und das Gepäck verschwunden. Nur ein paar gebrauchte Handtücher hingen noch an den Haken.

Das einzige, was Mister Hobbs zurückgelassen hatte, war ein kleines Tonbandgerät. Es stand auf dem Nachttisch und ließ ein Cello vernehmen, das entweder Tschaikowsky oder Beethoven spielte.

„Nur ein Hörspiel!“ knurrte Ulli Wagner. „So eine Affengemeinheit.“

„Jedenfalls stimmt etwas nicht mit ihm“, bemerkte Ronny Fuller. „Daran gibt es jetzt keinen Zweifel mehr.“

„Das soll begreifen, wer will“, meinte der langhaarige Kabinensteward verwirrt. „Und nicht einmal Trinkgeld hat er liegen lassen.“

„Jetzt müssen wir sofort Mister Palmer Bescheid sagen“, japste Peter Finkbeiner aufgeregt.

Mister Palmer lehnte in diesem Augenblick zusammen mit Inspektor Brown und dem Ersten Offizier an der Reling auf dem Sonnendeck. Sie blickten alle drei zu dem weißen Motorboot hinunter und auch hinüber zu den Bergen von St. Thomas, die immer näher kamen.

„Jetzt wird er gleich ins Wasser hopsen“, bemerkte Herr Rössler. „Ich begreife allerdings nicht, weshalb er ausgerechnet auf unseren Bugwellen herumtanzen will.“

Der Neger in dem weißen Motorboot hatte inzwischen tatsächlich beide Skier an den Füßen. Jetzt ließ er gerade ein Seil ins Wasser.

„Pure Eitelkeit“, bemerkte Mister Palmer. „Er wird vor möglichst vielen Zuschauern zeigen wollen, was er kann.“

„Warten wirs ab“, lächelte Inspektor Brown und blickte dabei zum Meer hinunter.

Mister Palmer drehte sich verwundert um und sagte: „Nanu, zum ersten Mal bemerke ich eine gewisse Heiterkeit in Ihrem Gesicht.“ Er war fest entschlossen, den angeblichen Inspektor aus London nicht mehr aus den Augen zu lassen. „Ich klebe an dir wie dein eigener Schatten“, dachte er und versuchte so harmlos als möglich aus der Wäsche zu gucken.

In diesem Augenblick heulte in dem weißen Boot plötzlich der Motor auf. Beinahe gleichzeitig warf sich sein Bug in die Luft, und das Wasser rundherum schäumte wie in einem kochenden Wäschetopf. Der Neger riß sich die Skier wieder von den Füßen und ließ sich über die Bordkante zurückrollen.

Die drei Jungen in ihren Badehosen waren inzwischen über die Treppen gerannt, weil die Passagiere die Lifts belegt hatten. Sie durchquerten im Laufschritt die Halle vor dem Sonnendeck und schleusten sich durch die Tür ins Freie. Sie entdeckten Mister Palmer, wie er gerade, von Inspektor Brown und dem Ersten Offizier begleitet, von der Backbordseite nach Steuerbord hinüberflitzte.

Dort beugte er sich mit den beiden anderen wieder über die Reling.

„Wir müssen Sie unbedingt sofort sprechen“, keuchte Peter Finkbeiner. „Es ist nämlich so gut wie sicher, daß auch Herr...“ Er kam ins Stottern, weil er doch in Gegenwart des falschen Inspektors die Katze nicht aus dem Sack lassen wollte.

Aber Mister Palmer hörte ihn gar nicht. Es war nicht einmal sicher, ob er die drei Jungens, die jetzt hinter ihm standen, überhaupt bemerkt hatte.

Als er sich kurz umdrehte, blickte er jedenfalls durch sie hindurch wie durch eine Fensterscheibe. Er war ganz bleich im Gesicht und stammelte: „Mit allem hatte ich gerechnet, nur nicht damit.“

„Wie bitte?“ fragte Ulli Wagner.

Doch Mister Palmer hatte sich schon wieder umgedreht und schaute zusammen mit Inspektor Brown und dem Ersten Offizier zum Wasser hinunter.

„Das ist genau die Stelle, die man von der Brücke aus nicht einsehen kann“, stellte Herr Rössler fest und rannte los. „Ich muß Bescheid sagen.“

„Um Himmels willen, unternehmen Sie etwas“, rief Monsieur Prunelle, der jetzt mit knallrotem Kopf angelaufen kam.

Er stürzte an die Reling, und die drei Jungen in den Badehosen folgten ihm. Jetzt blickten sie alle zum Wasser hinunter.

Dort stand der Dicke mit dem blauen Strohhut und dem Wald auf der Brust hinter dem Steuer und ließ immer wieder den Motor aufheulen. Der Neger streckte gerade seine Arme nach einem dunkelbraunen Koffer aus, der an einem Seil vom Schiff her auf ihn zukam. Jetzt berührte er ihn zum erstenmal mit seinen Händen.

„Sie dürfen sie nicht entkommen lassen“, keuchte der Museumsdirektor aus Paris.

„Bevor ich nur an der Treppe bin, ist das Boot schon wieder über alle Berge“, fauchte Mister Palmer.

Sie beugten sich jetzt alle über die Reling, soweit das möglich war, und verrenkten die Köpfe dabei. Trotzdem konnten sie keine Spur von den Komplizen entdecken, die doch irgendwo an Bord des Schiffes sein mußten. Sie sahen nur den dunkelbraunen Koffer, der jetzt ins Boot fiel. Blitzschnell sprang der Neger auf ihn zu und fing an, das dicke Seil aufzuknoten.

Da rief eine laute Stimme:

„Mann über Bord!“

Der Dicke hinter dem Steuer riß plötzlich den Kopf

ΛV 185

herum, und der Neger hatte auf einmal Augen so groß wie Billardkugeln.

Vom Schiff her kamen nämlich zwei Männer auf sie zugeflogen. Der eine in einem altmodischen Anzug, der andere in einem bunten Hemd mit pechschwarzen Haaren. Sie mußten fast gleichzeitig abgesprungen sein und segelten jetzt nebeneinander mit ausgebreiteten Armen wie zwei Zirkusakrobaten durch die Luft. Dicht neben dem Boot schlugen sie ins Wasser.

Als sie gleich darauf wieder auftauchten, klammerten sie sich an die Bordkante.

Gleichzeitig warf jetzt der Neger das Seil zurück, und der Dicke mit dem blauen Strohhut ließ wieder den Motor aufheulen.

„Der eine ist doch Herr Latenser!" rief Ulli Wagner aufgeregt.

„Der andere ist Chang Lie!" stellte Peter Finkbeiner fest.

„Und dreimal dürft ihr raten, was in dem Koffer drin ist", polterte Mister Palmer.

Das weiße Boot drehte sich inzwischen mit dröhnendem Motor auf der Stelle, sein Bug kam wieder steil aus dem Wasser und donnerte dann davon. Die beiden klitschnassen Akrobaten hatten sich gerade noch über die Bordwand ziehen können.

„Am hellichten Tag", empörte sich Mister Palmer.

„Und direkt vor unserer Nase", ergänzte Inspektor Brown.

„Ja, vor unserer Nase", wiederholte Mister Palmer so freundlich wie ein schwarzer Panther. „Kommen Sie. Wir müssen über Funk die Hafenpolizei verständigen." Die beiden liefen wie Zwillinge nebeneinanderher zum Brückendeck.

Das weiße Boot zog mittlerweile eine große Kurve und

entfernte sich immer weiter. Sein Motor hörte sich jetzt beinahe an wie ein Flugzeug, das vorüberzieht.

„Das müssen Vandalen sein", seufzte Monsieur Prunelle. „Wer so mit einem Gemälde umgeht, das von der ganzen Welt bewundert wird..." Er unterbrach sich und schüttelte den Kopf. „Nein, das paßt nicht zusammen, das paßt überhaupt nicht zusammen..."

Allmählich kamen jetzt die Passagiere aus den Kabinen zurück. Sie hatten sich für den Landausflug wieder einmal ihre Fotoapparate umgehängt, trugen Taschen mit Badezeug und Sonnenschirme oder Hüte.

Von dem weißen Motorboot hatten sie eigentlich nur mitbekommen, wie es aufgetaucht war und wie es sich jetzt wieder davonmachte. Was dazwischenlag, hatte ja nicht einmal so lange gedauert wie das Zähneputzen vor dem Schlafengehen. Von der Insel war jetzt schon der Hafen zu erkennen, der zwischen grünen Bergen und Hügeln wie ein großer See in einer Bucht lag.

Juwelier Schmidt mit dt aus Düsseldorf blickte durch sein Fernglas: „Ich glaube, da kommt schon der Lotse angedampft", bemerkte er.

„Die Stadt soll ja besonders drollig sein", meinte seine Frau. „Wie heißt sie doch bloß?"

„Charlotte Amalie", antwortete Mister Wilkinson.

„Es gäbe dort alte Häuser mit Giebeln und Fachwerk wie in den Märchen von Andersen, stand heute in der Bordzeitung. Und gleich daneben wüchsen Bananenstauden und Kokospalmen." Frau Schmidt aus Düsseldorf war ein wenig stolz darauf, daß sie alles so gut auswendig gelernt hatte.

„Das kommt davon, weil die Insel früher einmal Dänemark gehört hat", ergänzte Mister Wilkinson höflich.

„Und der Whisky ist zollfrei!" Die Schlangentänzerin

Lisa Liranda kicherte. Sie hatte einen leichten Mantel über dem Arm und einen Handkoffer neben sich stehen, weil sie doch in St. Thomas das Schiff wechselte.

Auf dem Brückendeck versammelte sich jetzt die Bordkapelle.

„Am liebsten würde ich heute direkt zum Strand gondeln und mich ins Meer legen", verkündete Juwelier Schmidt aus Düsseldorf und nahm sein Fernglas wieder vor die Augen. Beinahe im gleichen Augenblick sagte er: „Sieh mal an." Dabei betrachtete er ein wenig zu auffällig das spinatgrüne Chiffontuch, das sich die Schlangentänzerin um den Hals gebunden hatte. „Ein reizender Schal", bemerkte er jetzt. „Und was Sie darunter tragen, ist auch nicht von schlechten Eltern."

„Sie meinen die Kette?" Fräulein Lisa Liranda lachte. „Ja, sie sieht ganz hübsch aus, aber sie kann nicht viel wert sein, sonst hätte Mario sie mir nicht..." Sie unterbrach sich und blickte plötzlich zu Mister Wilkinson wie ein kleines Mädchen, das beim Abschreiben erwischt worden ist. „Sonst hätte sie mir Inspektor Brown heute morgen doch nicht geschenkt", korrigierte sie sich und kicherte dabei wieder wie ein Backfisch.

„Ich fürchte, ich hab' meine Schiffskarte in der Kabine liegen lassen", sagte jetzt der Juwelier aus Düsseldorf. „Ich bin gleich wieder zurück."

„Aber Hugo", rief Frau Schmidt mit dt hinter ihm her. „Ich hab' doch alles in meiner Handtasche.

Aber ihr Mann hörte sie nicht, oder er tat wenigstens so, und deshalb trottete sie hinter ihm her.

„Von wem ist die Kette?" zischte Mister Wilkinson wütend, als er mit der Schlangentänzerin allein war.

„Ich hab' die Wahrheit gesagt", antwortete das platinblonde Fräulein Liranda beleidigt. „Was ist denn überhaupt auf einmal los?"

„Das werden wir früher merken, als uns lieb ist“, erwiderte der Streichholzfabrikant böse.

In diesem Augenblick kletterten die Fahnen über das Schiff und in den Himmel.

Und als jetzt auch die Bordkapelle zu spielen anfing, kam plötzlich Mrs. Fuller über das Deck. Der Bürstenhaarschnitt dirigierte den Rollstuhl direkt zu der Schlangentänzerin und Mister Wilkinson. Herr Schmidt mit dt sowie die Knaben Ulli Wagner und Peter Finkbeiner begleiteten sie wie eine Ehrenwache.

„Ich wollte mich nur von Ihnen verabschieden“, sagte Mrs. Fuller freundlich. „Denn Sie verlassen uns ja.“

„Furchtbar nett, daß Sie sich meinetwegen so viel Mühe machen“, flötete Fräulein Lisa Liranda. Dabei band sie ihren spinatgrünen Schal auf und ließ ihn wie eine Fahne im Fahrtwind flattern. „Es ist doch wärmer, als ich dachte“, gluckste sie.

„Aber vor einer Minute hatten Sie doch noch...“ stammelte der Juwelier aus Düsseldorf und starrte auf den nackten Hals der Schlangentänzerin. „Ich kann mich doch nicht getäuscht haben.“

„Darf ich Ihnen bei dieser Gelegenheit Ihren Schmuck zurückgeben?“ lächelte jetzt der Streichholzfabrikant mit den buschigen Augenbrauen. Dabei holte er die Perlenkette aus seiner Jackentasche und legte sie auf seine Handfläche wie auf ein Tablett. „Sie müssen sie irgendwo verloren haben“, meinte er. „Aber glücklicherweise ist sie gefunden worden. Bitte sehr.“ Herr Schmidt aus Düsseldorf schnappte nach Luft wie ein Fisch ohne Wasser.

„Und wem darf ich den Finderlohn anbieten?“ fragte Mrs. Fuller inzwischen. „Etwa diesem Herrn Brown, der sich in meine Kabine eingeschlichen hat?“

Mister Wilkinson blickte auf. Für einen ganz kurzen

Moment verschwand das honigsüße Lächeln aus seinem Gesicht: „Was wissen Sie von Inspektor Brown?" fragte er scharf. Aber dann hatte er sich bereits wieder gefaßt: „Sollte es möglich sein, daß mit dem Inspektor irgend etwas nicht in Ordnung ist?" fragte er höflich.

„Allerdings", antwortete Mrs. Fuller und wußte schon im gleichen Augenblick, daß sie leider gerade eine Riesendummheit gemacht hatte. Und die drei Jungen in ihren Badehosen wußten es auch. Ronny biß sich auf die Unterlippe, und die beiden anderen blickten auf ihre Zehenspitzen.

Nur Herr Schmidt mit dt aus Düsseldorf war vollständig verwirrt und verstand die Welt nicht mehr. Wenigstens augenblicklich nicht.

Das Schiffstyphon röhrte wieder einmal, die Anker klatschten ins Wasser, und die Gangway senkte sich auf den Kai. Die Bordkapelle spielte „Stars and Stripes" zur Begrüßung, und Menschen in allen Hautfarben, die an der Pier warteten, winkten hinauf, und die Passagiere winkten herunter. Anschließend schlenderten sie neugierig von Bord.

Mister Palmer hatte sich zusammen mit Inspektor Brown im A-Deck neben dem Ausgang postiert. Er wollte zumindest verhindern, daß größere Gepäckstücke unkontrolliert an Land gebracht wurden. Aber er war nur noch mit halbem Herzen bei der Sache.

Die Hafenpolizei hatte ihm wenig Hoffnung gemacht und über Funk ziemlich kaltschnäuzig und kurz erklärt, daß auf St. Thomas mehr als tausend Schiffe aller Art registriert seien, und es wäre zudem auch durchaus möglich, daß das betreffende weiße Motorboot zu einer anderen Insel getürmt sei. Etwa nach St. John, St. Croix oder auch nach Tortola. Katzensprünge für ein Boot mit einem einigermaßen starken Motor.

Für Mister Palmer gab es keinen Zweifel daran, daß die echte Mona Lisa in dem braunen Koffer entführt worden war und daß der Chinese aus der Wäscherei gemeinsam mit diesem Herrn Latenser die Hand im Spiele hatte.

Wenn überhaupt noch etwas zu retten war, dann mußte Mister Palmer jetzt alles versuchen, um herauszukriegen, welche Personen sonst noch an der ganzen Geschichte beteiligt waren. Ganz allein von ihnen waren Hinweise zu erwarten, die vielleicht doch noch zu einer Spur des verschwundenen Gemäldes führten. Und einer, der bis über beide Ohren mitten in der Sache drinsteckte und bestimmt eine ganze Menge wußte, war dieser angebliche Inspektor Brown.

Mister Palmer hätte ihn mit dem Ellenbogen berühren können, wenn er sich nur zwei Zentimeter nach links bewegt hätte. So dicht wollte er ihm auf der Haut bleiben, und er hatte sich auch so gestellt, daß der andere an ihm vorbei mußte, falls er mit dem Gedanken spielen sollte, sich aus dem Staub zu machen. Dann würde er ihm blitzschnell seinen Fuß zwischen die Beine knallen und ihm mit der Handkante über den Nacken streicheln. Schließlich war er noch vor ein paar Jahren in London zweimal hintereinander Karatemeister geworden.

Jetzt kam Mister Wilkinson in seiner weißen Seglermütze zusammen mit der Schlangentänzerin Liranda zur Gangway.

„Guten Morgen, Mister Palmer“, grüßte der Streichholzfabrikant. „Bis heute abend.“

„Bis heute abend“, erwiderte Mister Palmer ziemlich unhöflich.

Gleichzeitig sagte Inspektor Brown: „Viel Vergnügen an Land.“

Aber Mister Wilkinson und Fräulein Liranda taten so,

als hätten sie ihn gar nicht gehört. Sie blickten ihn auch nicht an. Er war ganz einfach Luft für sie oder so etwas wie das Zeug, aus dem Wolken gemacht sind. Ohne sich noch einmal umzudrehen, wanderten die beiden zum Kai.

„Wir fangen jetzt mit dem Ausladen an", sagte kurz darauf der Erste Offizier in seiner frischgebügelten weißen Uniform. „Sie haben gewünscht dabeizusein."

„Wir kommen", erwiderte Mister Palmer und wollte losgehen. Aber da schlug Inspektor Brown vor: „Soll ich nicht einstweilen hier an der Gangway bleiben?"

„Mister Palmer dachte: „Das könnte dir so passen, Freundchen", und er lächelte sogar ein wenig. Gleichzeitig sagte er: „Die meisten Passagiere sind ja von Bord. Lassen Sie uns besser zur Verladeluke gehen. Vier Augen sehen mehr als zwei."

„Hat's denn überhaupt noch Sinn?" fragte der angebliche Inspektor Brown säuerlich. Aber er stiefelte folgsam zwischen dem Ersten Offizier und Mister Palmer zum Hauptdeck.

Vor der Treppe begegneten ihnen die drei Jungen in den Badehosen.

„Können wir irgendwie behilflich sein?" fragte Peter Finkbeiner.

„Aber wir wollen uns nicht aufdrängen", bemerkte Ulli gleich hinterher.

„Kommt auf alle Fälle mal mit", erwiderte Mister Palmer. „Man kann nie wissen."

Im Hauptdeck schwenkte der hohe Verladekran gerade die ersten Container mit schmutziger Großwäsche, die in dieser Masse von den Chinesen nicht bewältigt werden konnte, über Bord. Eine Firma von der Insel stand mit ihrem Lastwagen auf der Pier.

„Theoretisch könnte das Bild natürlich auch zwischen

diesen schmutzigen Tischtüchern und Bettlaken geschmuggelt werden", bemerkte Inspektor Brown.

„Aber praktisch nicht", erwiderte der Erste Offizier. „Ich bin beim Einpacken der gesamten Wäsche persönlich dabeigewesen."

Jetzt kam der große Holzkäfig von Singh Rumi an die Reihe. Man konnte die Schlangen nicht sehen, aber man ahnte sie, weil die Kiste sich manchmal bewegte. Die Tiere schienen unruhig zu sein.

Die Kobra und die Klapperschlange waren getrennt in ihre großen Körbe gesperrt und schwebten zuerst von Bord.

Der Inder stand am Kai genau an der gleichen Stelle, wo kurz zuvor noch der Lastwagen der Großwäscherei geparkt hatte. Er hatte einen schwarzen Turban auf dem Kopf und trug einen Leinenanzug, so hell wie Eierschalen. Die beiden Körbe standen inzwischen neben ihm, und er blickte zum Schiff hinauf. Im Laderaum befestigten zwei Matrosen gerade die Drahtseile rund um die Kiste mit den übrigen Schlangen, als der Ladebaum des Krans zurückkam.

„Happy landing", lachte der eine von den beiden Matrosen, als er die Haken befestigt hatte, und gab der Kiste einen leichten Klaps. Sofort wurde es hinter den dicken Holzbrettern lebhaft, und die Kiste bewegte sich wieder, weil sich die schweren Tiere wohl an die Wände warfen.

Etwa in diesem Augenblick kam vom Hafen her ein verbeulter und offener Lieferwagen angebraust. Er mußte einer Malerwerkstatt gehören, denn er war vollgeladen mit Leitern und Farbtöpfen. Sein Fahrer nahm den Fuß nicht vom Gas und die Hand nicht von der Hupe. Die Menschen sprangen zur Seite, und als er an ihnen vorbei war, schimpften sie hinter ihm her.

Kaum einen Meter neben dem Inder mit dem schwarzen Turban und seinen zwei Körben stoppte das verbeulte Auto. Die Reifen quietschten, eine Staubwolke blähte sich auf, und die Farbtöpfe wirbelten durcheinander. Gleichzeitig riß Herr Latenser die Tür auf und war mit einem Sprung auf dem Kai und neben Singh Rumi. Jetzt erst sprang auch Chang Lie aus dem Lieferwagen heraus. Sein Hemd war schon wieder trocken. Nur seine Hose war noch naß.

Auch der Anzug von Herrn Latenser sah noch so aus, als sei er erst vor ein paar Minuten damit aus dem Wasser geklettert. Als er zum Schiff hinaufblickte, sahen die Jungen und Mister Palmer, daß er plötzlich seine Brille mit den dicken Gläsern nicht mehr auf der Nase

hatte. „Zurück!“ rief er jetzt und hielt sich dabei seine Hände wie ein Sprachrohr vor den Mund. „Zurück!“

„Was bedeutet das nun wieder?“ fragte Mister Palmer verwundert. Dabei schwenkte der Kran gerade die große Käfigkiste mit den Schlangen über seinen Kopf hinweg zur Bordwand.

„Zurück!“ brüllte Herr Latenser wieder. Er streckte jetzt seine Arme aus und machte mit ihnen heftige Bewe-

gungen nach oben. Gleichzeitig brüllte der Inder namens Singh Rumi und ruderte mit seinen Armen haargenau in die andere Richtung. Währenddessen senkte sich die Kiste mit den Schlangen immer tiefer zum Kai.

Mister Wilkinson saß neben Fräulein Liranda im Halbdunkel eines geschlossenen Taxis. Sie blickten beide gespannt und wortlos zu Herrn Latenser hinüber und dann wieder zu dem Holzkäfig, der im Augenblick noch zwischen Himmel und Erde schwebte.

„Zurück, um Himmels willen!“ brüllte Herr Latenser noch einmal. „Lassen Sie die Kiste nicht an Land!“

Er sah beinahe komisch aus, wie er in seinem altmodischen und nassen Anzug neben dem eleganten Inder stand und wie beide ihre entgegengesetzten Freiübungen machten.

„Das ist doch nur wieder ein Trick“, bemerkte Mister Palmer.

„Ich versteh’ überhaupt nichts mehr“, gab der Erste Offizier zu.

„Natürlich ist es bloß ein Trick“, warf jetzt auch Inspektor Brown dazwischen.

Mister Palmer fuhr herum und blickte dem falschen Inspektor mitten ins Gesicht.

„Vielleicht sollten Sie doch auf Herrn Latenser hören“, sagte Ulli Wagner leise. „Wie er da unten steht, ist er ja wie ausgewechselt.“

Und tatsächlich wirkte Herr Latenser plötzlich nicht allein jünger, er machte auf einmal auch den Eindruck eines Mannes, der genau weiß, was er will.

Die Käfigkiste mit den Schlangen schwebte jetzt immer dichter auf den Inder und Herrn Latenser zu. Es waren nur noch vier oder drei Meter bis zum Kai.

„Treten Sie zur Seite“, mahnte bereits ein Offizier, der mit ein paar Zollbeamten in der Nähe stand.

„Stopp!“ befahl in diesem Augenblick Mister Palmer den beiden Matrosen im Laderaum. „Holen Sie die Kiste zurück!“ Dem Ersten Offizier zugewandt, fügte er noch hinzu: „Wir verlieren ein paar Minuten Zeit, aber das ist auch das Schlimmste, was uns passieren kann.“

Und als jetzt die große Käfigkiste knapp über den Köpfen von Herrn Latenser und dem Inder in der Luft hängenblieb und kurz darauf wieder zum Schiff zurückschwebte, sprang Inspektor Brown.

Er warf sich auf den Matrosen, der den Kran bewegte, und packte ihn bei den Armen. „Zurück“, keuchte er. „Zurück zum Kai!“

Aber da flog auch schon Mister Palmer in seiner ganzen Länge durch die Luft. Seine rechte Handkante traf den falschen Inspektor im Nacken, und sein Knie erwischte ihn dicht unter der Brust. Beinahe im gleichen Augenblick drehte ihm Mister Palmer den rechten Arm auf den Rücken, angelte sich dessen Pistole und befestigte sie in seinem eigenen Gurt.

Die Käfigkiste schwebte inzwischen wieder durch den wolkenlos blauen Himmel zum Hauptdeck zurück.

„Dieser geldgierige Idiot“, knurrte Mister Wilkinson in seinem Taxi. „Nur weil er hinter meinem Rücken auch noch die Kette in die eigene Tasche kassieren wollte. Dabei hatte ich ihm ein halbes Vermögen versprochen.“ Er schüttelte den Kopf und spuckte durch das offene Fenster. „Aber manche Leute können den Hals nie voll genug kriegen. Los, fahren wir.“

Der dunkelhäutige Chauffeur startete den Motor.

„Nicht einen Dollar sieht er von mir“, fauchte Mister Wilkinson noch. „Und wenn sie ihn einbuchten, rühre ich keinen Finger. Dummheit kann man nie hart genug bestrafen.“

Der Inder mit dem Namen Singh Rumi drehte sich um,

als das Taxi an ihm vorbei zum Hafen fuhr. Dann blickte er wieder völlig ratlos zum Schiff hinauf.

Dort stand inzwischen Kapitän Stahlhut mit seinem Ersten Offizier auf dem Oberdeck am Rand der Ladeluke.

„Sie haben einen Mann unserer Besatzung niedergeschlagen?“ fragte er. Von seiner üblichen Freundlichkeit war nichts mehr übriggeblieben.

„Ich entschuldige mich“, erwiderte der junge Mann mit der dunklen Sonnenbrille.

„Und Sie tragen eine Schußwaffe mit sich herum?“ fragte der Kapitän weiter.

„Ich bin Inspektor im Dienst, wie Sie wissen“, antwortete Mister Brown, von dem jetzt ziemlich sicher war, daß er keinesfalls Brown hieß.

„Eingeschlichen haben Sie sich!“ brüllte Mister Palmer und bekam einen tomatenroten Kopf dabei. „Der Inspektor Brown, für den Sie sich ausgeben, wird Sie morgen auf Puerto Rico in Empfang nehmen. Nicht besonders freundlich, nehme ich an.“

„Und die Kette von Mrs. Fuller geht auch auf sein Konto“, rief der Page Axel Kannengießer, der in diesem Moment bei der Ladeluke auftauchte.

„Herr Brown oder wie Sie auch immer heißen“, sagte jetzt der Schiffskapitän, „wir müssen Sie leider in Haft nehmen.“

Anschließend befahl er seinem Ersten Offizier und den beiden Männern der Besatzung, den falschen Inspektor ins C-Deck zu bringen.

„Mit ausgesprochenem Vergnügen, Käpt'n“, bemerkte der Matrose, den Brown niedergeschlagen hatte. „Und wir werden ihn gut einschließen, damit er uns nicht verlorengeht.“

Der junge Mann mit der Sonnenbrille und den schwarzen Haaren wollte noch etwas sagen. Aber dann drehte er sich doch wortlos um und ließ sich ohne Widerstand abführen.

Schon knappe fünf Minuten später vollführten die drei Jungen in den Badehosen zusammen mit dem flachsblonden Pagen aus dem Speisesaal rund um die Ladeluke herum einen waschechten Kriegstanz. Und die Erwachsenen staunten überwältigt und strahlten wie Schneekönige.

Es hatte damit angefangen, daß Herr Latenser ganz atemlos in seinem nassen Anzug über die Gangway an Deck gelaufen kam. „Ich bin Ihnen eine Erklärung schuldig", keuchte er. „Ich bin Privatdetektiv. Und im Gegensatz zu einem gewissen Inspektor Brown kann ich mich ausweisen."

„Falls das überhaupt stimmt, was Sie sagen", erwiderte Mister Palmer verdutzt. „Sind Sie auf eigene Faust an Bord, oder haben Sie irgendeinen Auftrag übernommen?" Er räusperte sich. „Für eine entsprechende Vergütung, wie ich annehme?"

„Im vorliegenden Fall haben wir beide denselben Auftraggeber", sagte Herr Latenser.

„Wollen Sie damit behaupten, daß meine Versicherung...?" Mister Palmer war wie vor den Kopf geschlagen.

„Ich wußte Bescheid", bemerkte Kapitän Stahlhut. „Und wenn ich den enormen Wert der Mona Lisa bedenke, kann ich die Herren Ihrer Gesellschaft sogar gut verstehen."

„Nach dem schönen Motto, daß besser hält, was doppelt genäht ist", erklärte Herr Latenser. „Entschuldigung", sagte er noch, und dann kletterte er auch schon zu der großen Holzkiste mit den Schlangen, die jetzt wieder auf ihrem alten Platz im Laderaum stand. Er interessierte sich vor allem für den unteren Teil des Käfigs, klopfte ihn ab und horchte an ihm herum wie ein Arzt, der einen Patienten untersucht. Die Schlangen wurden dabei unruhig, und die ganze Kiste bewegte sich gelegentlich, als würde sie spuken.

„Mit einem Stemmeisen kämen wir der Sache jetzt ziemlich nahe", meinte Herr Latenser schließlich.

Und kurz darauf war es dann soweit.

Im Boden der Käfigkiste war ein Hohlraum, und in ihm lag die echte Mona Lisa, sorgfältig verpackt in einer großen und ziemlich genau passenden Schublade.

Die Detektive tauschen zwei Minuten gegen eine Geschichte

Ausgerechnet Monsieur Prunelle verschlief diesen Augenblick beinahe.

Alle anderen liefen zusammen, als hätte das Schiffstyphon mehrfach zweimal kurz hintereinander getutet, was immerhin das Signal für Feueralarm ist. Matrosen, Stewards, Offiziere, das Ehepaar Finkbeiner und Herr Wagner.

Sogar Mrs. Fuller stand in ihrem Rollstuhl da und auch Chang Lie, noch halbnaß und schon wieder halb trocken.

„Jetzt fehlt eigentlich nur noch die Hauptperson", sagte Kapitän Stahlhut, nachdem er sich umgeblickt hatte.

„Schon gebongt", rief der Page Kannengießer und flitzte los.

Es dauerte eine ganze Weile, bis er mit dem Museumsdirektor aus Paris zurückkam. Monsieur Prunelle hatte nämlich auf den Landausflug gepfiffen und sich gleich nach dem Frühstück mit zwei Schlaftabletten wieder ins Bett gelegt, weil er einfach nicht dran denken wollte, was ihm morgen bei der Ankuft in Puerto Rico bevorstand.

„Na, was sagen Sie dazu?" Kapitän Stahlhut lachte ihm entgegen. „Eigentlich müssen Sie jetzt der glücklichste Mensch auf der Welt sein."

Aber seitdem der Page Axel Kannengießer an seine Kabine geklopft und ihm gesagt hatte, daß die echte Mona Lisa gefunden sei, hörte Monsieur Prunelle nichts mehr, und er machte den Eindruck, als würde er im Augenblick auch kaum noch etwas sehen.

Trotzdem kletterte er so sicher wie ein Mondsüchtiger in seinem tintenblauen Morgenrock in die Ladeluke hinunter.

Mister Palmer und Mister Latenser wollten ihm behilflich sein, aber er ging an ihnen vorbei, als wären sie Luft.

Als er vor dem Gemälde stand, beugte er sich zuerst über die linke untere Ecke, danach kontrollierte er eine ganz bestimmte Stelle des Rahmens, und dann war er mit seiner Nase und den Augen ganz dicht über den Händen der Mona Lisa, schließlich über ihrem Haar.

„Und?" fragte Mister Palmer endlich.

„Ja, sie ist es", antwortete Monsieur Prunelle leise. Er drehte sich jetzt um und blickte zu den Gesichtern hinauf, die ihn beobachtet hatten. „Sie ist es wirklich, daran gibt es keinen Zweifel." Er stapfte steif wie ein Storch wieder zur Leiter und kletterte zum Deck zurück. Als er gerade die letzte Sprosse erreicht hatte, blieb er stehen. „Ein Wunder", sagte er. „Ein regelrechtes Wunder." Und dann hatte er wieder einmal Tränen in den Augen.

„Ist ja schon gut“, meinte Kapitän Stahlhut.

In diesem Augenblick federte Mister Palmer plötzlich herum, als sei ein Schuß auf ihn abgefeuert worden. „Wer war das?“ fragte er scharf.

„Entschuldigung“, sagte der Tischsteward Rehbein bekümmert.

Die Sonne spiegelte sich nämlich in dem blitzblanken Tablett, das er unter dem Arm hatte, und einer der Reflexe hatte Mister Palmer direkt ins linke Auge getroffen.

„Es tut mir leid“, versicherte das betrübte Marzipangesicht.

„Nicht so wichtig“, murmelte Mister Palmer und holte dabei wieder einmal seine Pfeife aus der Jackentasche. „Und jetzt muß zuallererst diese Dame wieder in ihr Körbchen.“

Mit „Dame“ meinte er die weltberühmte Mona Lisa und mit „Körbchen“ den Safe im B-Deck.

„Und was passiert mit der Fälschung?“ fragte der Erste Offizier.

„Wir bewahren sie genauso gut auf wie das Original“, antwortete Mister Palmer, während er jetzt sein Feuerzeug aufschnappen ließ. „Natürlich werde ich sofort eine Untersuchung veranlassen, wenn wir in New York sind, und dann ist dieses zweite Bild vielleicht ein sehr wichtiger Beweis. Es gibt bestimmt nur ein paar Leute, die eine solche Fälschung malen können, und die müßten der Polizei bekannt sein. Dann ist es ein Kinderspiel, den Auftraggeber nachzuweisen.“ Mister Palmer paffte die erste Wolke Pfeifenrauch in die Luft. „Und jetzt ab ins B-Deck mit ihr.“

„Jawohl, en avant!“ rief der Museumsdirektor, der sich inzwischen wieder erholt hatte. „Und ich werde den Tresor bis Puerto Rico nicht mehr aus den Augen lassen.“

„Sie haben den Inder vergessen“, bemerkte Kapitän Stahlhut. „Was machen wir mit ihm?“

Tatsächlich stand Singh Rumi in seinem eleganten Eierschalenanzug immer noch am Kai und blickte zum Schiff hinauf.

„Warum ist er überhaupt nicht schon längst getürmt?“ fragte Mrs. Fuller mit ihrer lauten und tiefen Stimme. „Was wir jetzt wissen, reicht doch aus, um ihn genauso hopszunehmen wie diesen falschen Inspektor Brown.“

„Er ist von Bord, und damit sind wir ziemlich machtlos“, meinte Kapitän Stahlhut. „Schön, wir können ihn bei der Hafenpolizei anzeigen. Aber da würde kaum etwas passieren. Man will hier nichts als zufriedene Passagiere und um alles in der Welt keine Schwierigkeiten.“ Er blickte zu Monsieur Prunelle hinüber. „Schließlich haben Sie Ihre echte Mona Lisa wieder, und das ist doch die Hauptsache.“

„Ich bin ganz Ihrer Meinung, Kapitän“, erwiderte der Museumsdirektor. „Man soll diesen Inder mit seinen Schlangen laufen lassen. Ich fühle mich sowieso wohler, wenn diese Reptilien wieder von Bord sind.“

„Was mich betrifft, so hab' ich die ganze Schlangentänzerei schon von Anfang an für eine Kateridee gehalten“, murmelte Kapitän Stahlhut noch und spazierte mit seinen Offizieren zurück zum Brückendeck.

„Aber bevor unser indischer Freund endgültig verschwindet“, bemerkte Herr Latenser, „möchte ich ihn doch noch kurz in die Zange nehmen. Sie entschuldigen mich.“

„Woher wußten Sie überhaupt, daß die gestohlene Mona Lisa in der Schlangenkiste war?“ fragte Frau Finkbeiner wie aus heiterem Himmel.

„Dreimal dürfen Sie raten.“ Der Privatdetektiv schmunzelte und kletterte gelenkig wie ein Eichhörnchen über die schmale Treppe aus der Ladeluke. Er wollte gerade zur Gangway laufen, da blieb er plötzlich wie angewurzelt stehen. „Sieh mal an“, sagte er.

„Was ist jetzt schon wieder los?“ fragte Mister Palmer. Er nahm seine Pfeife zwischen die Zähne und turnte gleichfalls an Deck.

Alle blickten jetzt sprachlos nach steuerbord hinüber.

Dort schoben sich nämlich gerade ganz vorsichtig zuerst ein hellbrauner Lederkoffer, dann ein schwarzer Cellokasten und schließlich der breite Rücken des Seehunds unter einer Treppe hervor.

„Unser guter alter Mister Hobbs“, flüsterte Ulli Wagner. „Er ist uns also doch nicht verlorengegangen.“

Der Seehund schlich sich inzwischen auf Zehenspitzen hinter einen hohen, weißen Entlüfter, der wie ein riesiger Lautsprecher aussah. Kurz darauf tauchte er auf der anderen Seite wieder auf und blickte sich um wie ein Sioux auf dem Kriegspfad.

„Hallo, Mister Hobbs!“ rief Herr Latenser. „Fein, Sie noch zu treffen.“

Der dicke Mann zwischen dem großen schwarzen Cellokasten und dem hellbraunen Koffer fuhr herum. Als er bemerkte, daß alle zu ihm herüberblickten, riß er seine traurigen Fischaugen auf und rührte sich nicht mehr. „Ich wollte mich gerade von Ihnen verabschieden“, stotterte er verlegen.

„Das ist sehr aufmerksam“, erwiderte Herr Latenser. „Ich wollte mich nämlich meinerseits noch ein paar Takte mit Ihnen unterhalten. Bitte warten Sie auf mich.“

„Soll das etwa bedeuten“, flüsterte Mister Palmer, „daß auch dieser Cellospieler zu der Bande gehört?“

„Jedenfalls hat er zusammen mit dem Inder heute vormittag den Schrankkoffer abgeseilt, als dieses weiße Motorboot neben uns lag“, meinte Herr Latenser. „Ich hab' sie leider erst entdeckt, als ich schon abgesprungen war und bereits durch die Luft gesegelt bin. Da war es zu spät, um den beiden Herren ein paar Fragen zu stellen. Aber mit Ihrer freundlichen Erlaubnis möchte ich das jetzt nachholen, und zwar schön der Reihe nach. Zuerst nehme ich mir mal unseren Schlangenbeschwörer vor, wenn's recht ist." Damit galoppierte Herr Latenser nun endgültig zur Gangway, und die Männer der Besatzung verteilten sich wieder über das Schiff.

Die drei Jungen in den Badehosen blickten die Herren Finkbeiner und Wagner bedeutungsvoll an.

„Na, was sagt ihr jetzt?" zischte Peter. „Also doch der Seehund."

„Also doch", widerholte der Bürstenhaarschnitt.

„Sie bleiben vorerst noch an Bord", rief Mister Palmer dem dicken Mann mit dem Koffer und dem schwarzen Cellokasten zu. Und zu Monsieur Prunelle knurrte er leise: „Das ist ja wie eine Epidemie. Zuerst der falsche Inspektor Brown, dann dieser Schlangenbeschwörer und jetzt auch noch Mister Hobbs. Wer denn sonst noch?"

Er zog an seiner Pfeife, daß der Tabak nur so glühte. „Ab geht die Post!" kommandierte er jetzt. „Ich habe keine ruhige Minute mehr, bevor das verdammte Gemälde nicht wieder hinter Schloß und Riegel ist."

Als sie gleich darauf mit dem Bild abdampfen wollten, entdeckte Mister Palmer noch die drei Jungen. „He, ihr da", rief er. „Ihr wolltet doch zur Verfügung stehen. Oder war's nicht so?"

„Oh, was darf's denn sein?" fragte Ulli Wagner eingeschnappt. „Falls Sie mit ‚He, ihr da' uns gemeint haben sollten."

„Ihr könntet auf den Herrn mit dem Cellokasten aufpassen", schlug Mister Palmer vor. „Nicht, daß der Vogel von Bord geflogen ist, bis ich wieder zurück bin."

„Mal sehen, ob uns da was einfällt“, erwiderte der Bürstenhaarschnitt und grinste dabei.

„Das geht aber entschieden zu weit“, bemerkte Frau Finkbeiner, als die Herren Palmer und Prunelle mit zwei Matrosen und ihrem Gemälde zum Lift gingen. „Daß ihr Detektiv spielt, dagegen hab' ich ja nichts. Aber wenn ihr Polizisten ersetzen sollt, hört der Spaß auf.“

„Sehr richtig“, ergänzte Herr Wagner. „Alles hat seine Grenzen.“

Inzwischen war der Seehund mit seinem Cellokasten und dem hellbraunen Handkoffer von der Treppe her übers Deck gestapft. „So so, meine Freunde, ihr wollt also auf den guten alten Hobbs aufpassen, damit er sich nicht verdrückt.“ Er legte den schwarzen Cellokasten

behutsam auf den Boden und setzte sich auf das Ende eines Liegestuhls. „Wie habt ihr euch das denn so gedacht?“ Jetzt wischte er sich mit einem Taschentuch den Schweiß von der Stirn.

„Wir sind immerhin drei Mann“, stellte Ulli Wagner fest.

„Notfalls sogar vier!“ fügte der flachsblonde Page aus dem Speisesaal hinzu.

„Was so viel bedeutet wie einer an jedem Arm und einer an jedem Bein“, sagte Peter Finkbeiner. „Wenn Sie dazu noch an Ihr Gepäck denken, kämen Sie nicht einmal bis zur Treppe.“

„Der Gangway könnten Sie bestenfalls 'ne Ansichtskarte schicken“, kicherte Ulli Wagner.

„Bah“, erwiderte Mister Hobbs. „Wenn ich will, donnere ich über euch hinweg wie eine Dampfwalze.“

„Das käme auf einen Versuch an“, schlug derBürstenhaarschnitt vor und trat von einem Bein aufs andere.

„Was wirft man mir überhaupt vor?“ fragte Mister Hobbs. „Daß ich dabei war, als man einen leeren Schrankkoffer an einem Seil über Bord gelassen hat? Das war ein Spaß, weiter nichts. Sind Späße auf einem Schiff verboten?“

„Weshalb dann das Tonband?“ fragte Peter Finkbeiner.

Mister Hobbs blickte verwundert aus seinen traurigen Fischaugen. „Ach, das wißt ihr?“ Er lockerte seinen Krawattenknoten und öffnete den Knopf an seinem Hemdkragen.

„Man sollte glauben, Sie sitzen in Ihrer Kabine und üben Cello“, meinte Ulli Wagner.

„Kluge Kinder“, lächelte der Seehund. „Ja, ich wollte es nicht dem ganzen Schiff auf die Nase binden, daß ich zwischendurch mal unterwegs war, um so zu tun, als würde die verschwundene echte Mona Lisa von einem Motorboot entführt."

„Die Sache mit dem dunkelbraunen Schrankkoffer war also nur so eine Art Täuschungsmanöver?" fragte der Bürstenhaarschnitt.

„Das hast du gesagt", lächelte der Seehund wieder.

„Leider sind Sie dabei aber von Herrn Latenser entdeckt worden", warf der Page mit der Stubsnase dazwischen. „Jedenfalls hat er das gerade behauptet."

„Das war dann eben Künstlerpech", gab Mister Hobbs zu. „Trotzdem bleibt es dabei, daß das Ganze nur ein harmloser Spaß war, wie gesagt."

„Darf ich daran erinnern, daß Mister Palmer jeden Augenblick zurückkommen kann?" mahnte Frau Finkbeiner.

„Stimmt", sagte der Seehund. „Wenn ich mich auch wirklich sehr gern mit meinen Bewachern unterhalte. Sonst noch etwas, meine Herren?"

„Da wäre noch die Sache mit diesem Inspektor Brown", sagte Peter Finkbeiner ziemlich leise.

„Inspektor Brown?" fragte Mister Hobbs genauso leise zurück. Seine traurigen Fischaugen wurden noch größer, als sie schon waren, und dann blickte er zu den Seemöwen hinauf, die piepsend und krächzend über das Schiff segelten. „Wieso kommt ihr mir mit Inspektor Brown?"

„Sie haben ihn an Bord nicht einmal gegrüßt, und Sie haben kein einziges Wort mit ihm gesprochen", stellte Peter Finkbeiner fest. „Sie haben so getan, als würden Sie ihn überhaupt nicht kennen ..."

„Weshalb sollte ich ihn kennen?" fragte Mister Hobbs zu den Seemöwen hinauf.

„Weil er Sie in New York aus dem Autobus geholt hat", sagte Peter Finkbeiner.

„Damals war er allerdings noch kein Inspektor", ergänzte sein Vater. „Damals hatte er noch ein kleines Bärtchen auf der Oberlippe und keine dunkle Sonnenbrille auf der Nase. Nur die Narbe am Hals, die hatte er schon." Der Apotheker aus Berlin blickte besorgt auf die Asche an seiner Zigarre.

Mister Hobbs schien sich immer mehr für die Seemöwen zu interessieren.

„Geben Sie also gefälligst zu, daß Sie diesen Herren kennen", meinte Ulli Wagner abschließend.

„Weiß Mister Palmer darüber auch Bescheid?" fragte der Seehund nach einer Weile. Dabei griff er unter die Jacke seines dunklen und für die Hitze viel zu schweren Anzugs.

„Fühlen Sie sich nicht wohl?" erkundigte sich Frau Finkbeiner besorgt.

„Nein, nein", erwiderte Mister Hobbs. „Nur mein Taschentuch." Er wischte sich wieder den Schweiß von der Stirn.

„Mister Palmer hat keine blasse Ahnung", versicherte Peter.

„Aber jetzt wollt ihr ihm alles erzählen?" fragte Mister Hobbs. „Damit er euch auf die Schulter klopft und euch sagt, was für fabelhafte Burschen ihr doch seid!"

„Hören Sie mal, Mister Hobbs", entgegnete der Apotheker aus Berlin. „Die Hauptsache sei, daß die echte Mona Lisa wieder da ist, hat der Kapitän vorhin gesagt, und es sieht ganz so aus, als sei für ihn die ganze Geschichte damit erledigt und vergessen. Dann ist sie für uns erst recht erledigt und vergessen. Wir sind auf diesem Schiff nur Passagiere, weiter nichts. Es wäre nur ..." Er druckste herum wie ein kleiner Schuljunge und blickte wieder auf seine Zigarrenasche. „Pure Neugier ist es", gab er schließlich zu. „Entschuldigen Sie bitte."

„Und worauf wären Sie denn zum Beispiel neugierig?“ wollte der Seehund wissen.

„Warum hat man Sie in New York aus dem Bus geholt?“ fragte Ulli Wagner wie aus der Pistole geschossen.

„Und wer ist dieser falsche Inspektor Brown nun wirklich?“ Der Bürstenhaarschnitt kniff die Augen zusammen.

„Kennen Sie etwa auch den Streichholzfabrikanten Wilkinson?“ warf Peter dazwischen.

„Und warum dieses Täuschungsmanöver mit dem weißen Motorboot?“ fragte Herr Wagner.

„Das wäre eine ziemlich lange Geschichte.“ Mister Hobbs überlegte, dann blickte er sich um, weil jetzt gerade die Kiste mit dem Schlangenkäfig wieder über Bord geschwenkt wurde. Gleichzeitig flatterten die Möwen aufgeregt durcheinander und flogen schließlich zum Land hin davon.

„Ob sie die Schlangen riechen können?“ fragte Mrs. Fuller mit ihrer tiefen Stimme. „Aber bitte reden Sie weiter, Mister Hobbs.“

„Eine lange Geschichte“, wiederholte der Seehund. „Ich fürchte, ihr müßt euch entscheiden, ob ihr mich laufen lassen wollt oder ob euch diese Geschichte wichtiger ist.“

„Zu spät“, sagte Frau Finkbeiner.

Mister Palmer kam nämlich vom Oberdeck herunter.

Aber mitten auf der Treppe blieb er stehen und rief: „Ich muß noch dringend zur Funkstation, aber das dauert nicht lange.“ Damit kletterte er weiter zum Verandadeck.

„Jetzt aber nichts wie weg“, zischte Frau Finkbeiner. „Verduften Sie, aber dalli!“

„Das müssen Sie mir nicht zweimal sagen, gnädige

Frau“, erwiderte der Seehund. Er stand bereits auf, bückte sich nach seinem Cellokasten und nach seinem Koffer.

„Aber wir können ihn doch nicht einfach laufen lassen“, protestierte Ulli Wagner ein wenig unsicher. „Immerhin hat er doch –“

„Ihr sollt mich ja gar nicht laufen lassen“, unterbrach ihn Mister Hobbs. „Ihr seid nur für einen kurzen Augenblick nicht besonders aufmerksam. Das passiert euch doch in der Schule, sooft ihr wollt.“ Er zwinkerte mit seinen traurigen Fischaugen. „Vielleicht dreht ihr euch um und guckt eine Weile zum Hafen hinüber. Das kann euch hinterher niemand vorwerfen. Schließlich seid ihr ja nicht als Gefängniswärter unterwegs, sondern als Touristen, die etwas sehen wollen. Und mehr als zwei knappe Minuten brauche ich nicht. Dann bin ich an Land, und die Hafenpolizei kümmert sich einen Dreck um mich.“

Die Detektive blickten sich an.

„Und dafür bekommen wir Ihre Geschichte?“ fragte Herr Finkbeiner.

„Ja, für diese zwei Minuten bekommen Sie meine Geschichte“, versprach Mister Hobbs. „Und falls Ihnen dieser Mister Palmer die Hölle heiß machen sollte, dann sagen Sie ihm, daß ich bei ihm so stumm geblieben wäre wie ein Fisch. Auch wenn er mich stundenlang in die Zange genommen hätte.“

„Ich wäre einverstanden“, sagte der Berliner Apotheker nach einer Weile.

„Unter diesen Umständen ...“, meinte Ulli Wagner. Er wollte noch etwas sagen, aber dann blickte er doch nur in die großen Fischaugen von Mister Hobbs.

„Auch einverstanden“, gab der Bürstenhaarschnitt bekannt.

Schließlich stellte Peter Finkbeiner fest: „Höchste Eisenbahn, daß wir uns endlich für die Insel etwas anziehen." Und beinahe im gleichen Augenblick türmten die drei Jungen in den Badehosen auch schon zu ihren Kabinen.

„Jetzt liegt es also an Ihnen", sagte Herr Wagner. „Ich meine, daß Sie Ihr Wort halten."

„Auf Wiedersehen, Mister Hobbs", flüsterte Frau Finkbeiner. „Machen Sie endlich, daß Sie wegkommen." Sie hatte ihre Handtasche geöffnet und steckte sich ein Karamelbonbon in den Mund. Dabei schlenderte sie zur Backbordseite. Ihr Mann schob Mrs. Fuller in ihrem Rollstuhl hinterher, und Herr Wagner folgte ihnen. Als sie die Reling erreicht hatten, blickten sie zum Hafen hinüber, und Mrs. Fuller sagte: „Ein Boot neben dem anderen, wie bei einer Regatta."

„Und alle Segel so bunt wie Sommerkleider", bemerkte Frau Finkbeiner.

Mister Hobbs ging ein paar Schritte, dann drehte er sich noch einmal um. „Mein Schiff kommt erst am Nachmittag", sagte er leise zu den vier Rücken hinüber. „Bis dahin verdrücke ich mich ins Flamingo. Das ist ein kleines Lokal direkt am Meer. Kurz vor der Magens Bay. Jeder Taxifahrer kann Sie hinbringen, falls Sie wirklich so neugierig sein sollten. So, und jetzt schlag' ich mich in die Büsche."

„Passen Sie auf, daß Sie Herrn Latenser nicht in die Arme laufen", murmelte Herr Finkbeiner.

Als Mister Palmer ein paar Minuten später aus der Funkstation zurückkam, fand er auf dem Oberdeck nichts als leere Liegestühle vor. Er stürzte an die Reling und blickte zum Kai hinunter. Aber da entdeckte er nur den Inder in dem Eierschalenanzug, Herrn Latenser, der mit beiden Händen durch die Luft fuchtelte und auf ihn einsprach, sowie ein paar Zollbeamte, die in respektvoller Entfernung um die Kiste und um die zwei Körbe mit den Schlangen herumspazierten.

Ein Lastwagen mit Melonen, Orangen und Bananen für das Schiff kam gerade angefahren, und ein Taxi kurvte von der Pier zur Straße. Es war ein ziemlich alter amerikanischer Schlitten, und Mister Palmer konnte natürlich nicht erkennen, daß die beiden Berliner Familien in seinen zinnoberroten Kunststoffpolstern saßen und vorn neben dem Negerchauffeur Mrs. Fuller. Aus dem Gepäckraum blitzte ein Rad ihres Rollstuhls.

„Wenn wir alles genau sehen wollen, müssen wir uns beeilen", meinte Frau Finkbeiner. „Wir haben mindestens zwei Stunden Verspätung."

Sie stellten fest, daß es in Charlotte Amalie tatsächlich eine Menge alter Giebelhäuser gab mit hohen Palmen dazwischen und mit Kakteen in den Vorgärten. Aber in den Straßen drängelten und schoben sich die Menschen wie nach einem Fußballspiel oder nach einem Stierkampf. Alles Passagiere von vier Schiffen, die heute gleichzeitig im Hafen lagen. Und zwei weitere sollten noch kommen.

„Nichts als Köpfe und Fotoapparate", stellte der Bürstenhaarschnitt fest.

„Mag ja sonst ganz hübsch sein", bemerkte Ulli Wagner und gähnte schamlos. „Aber wir haben wohl nicht gerade den besten Tag erwischt."

Sie kletterten wieder in ihr Taxi und fuhren zur Stadt hinaus.

„Zum Bluebeard's Castle?" fragte Mrs. Fuller. „Das ist das Wahrzeichen von St. Thomas."

„Irgendeine auseinandergefallene Festung vermutlich." Ulli gähnte schon zum zweiten Mal.

„Oder auf den Flag-Hill?" schlug Mrs. Fuller jetzt vor.

„Von dort hat man eine herrliche Aussicht auf alle umliegenden Inseln."

„Au fein", sagte Frau Finkbeiner.

„Ich finde, es ist viel zu heiß für herrliche Aussichten", stöhnte der Bürstenhaarschnitt.

„Die Klasse ist heute auffallend unaufmerksam", tadelte Frau Finkbeiner. „Ich überlege mir schon, ob ich den Unterricht nicht einfach ausfallen lasse."

„Sämtliche Herren haben vermutlich dasselbe Kreuzworträtsel im Kopf", meinte Mrs. Fuller. „Alles ist gelöst, aber das letzte Wort mit fünf Buchstaben fehlt noch."

„Gefragt ist ein Cellospieler", schmunzelte Herr Wagner. „Der erste Buchstabe müßte H und der letzte S sein."

„Kutschieren Sie uns doch bitte zur Magens Bay", sagte jetzt Mrs. Fuller zu dem Negerchauffeur. „Es soll dort ein kleines Lokal am Meer geben." Sie drehte sich um und lachte. „Einverstanden oder nicht?"

„Einverstanden", antworteten die Detektive beinahe im Sprechchor.

Mister Hobbs kugelt sich vor Lachen

Das Flamingo entpuppte sich als eine Bretterbude zwischen Kokospalmen. Bis zur Straße ging ein riesiges Zuckerrohrfeld, und auf der anderen Seite lagen ein blütenweißer Strand und das Meer. Kein Mensch weit und breit.

Bis sie dann im Schatten unter einem ausgebleichten Sonnenschirm Mister Hobbs entdeckten. Er saß vor einem runden Blechtisch auf einer Bank und hatte einen Berg Muscheln vor sich auf dem Teller. Neben ihm lag sein großer schwarzer Cellokasten, und auf ihn hatte er sein Jackett, sein Hemd und seine Krawatte gelegt.

„Aha, da sind Sie also", sagte der Seehund. Er knackte eine Muschel mit den Händen und schlürfte sie genußvoll leer. „Wie Sie sehen, bin ich ihnen durch die Lappen gegangen." Er lachte. „Dank Ihrer Hilfe natürlich. Nehmen Sie doch Platz. Die Muscheln sind so frisch, daß sie eigentlich noch leben müßten. Mögen Sie das Zeug auch?" Gleich danach brüllte er: „Emilio, wo steckst du, du altes Stinktier? Los, nimm deine Plattfüße in die Hände und komme endlich raus aus deiner Bruchbude!" Er lachte schallend. „Und so was nennt der Kerl nun ein Restaurant und wird nicht mal rot dabei."

Emilio hatte tatsächlich Plattfüße, und er war genauso dick wie Mister Hobbs. Er bewegte sich so schnell wie eine Schildkröte und trug am linken Ohr einen Goldring wie ein alter See-Pirat. Aber er zauberte trotzdem in fünf Minuten Wein, Coca-Cola und Muscheln auf den Tisch. Sogar mit Messer, Löffel und Papierserviette.

„Aber zu den üblichen Preisen, du alter Halunke, auch wenn es vornehme Gäste sind", mahnte Mister Hobbs. „Die Herrschaften wollen nur bezahlen, was hier auf dem Tisch steht, und kein Waisenhaus stiften."

Als später von den Muscheln schließlich nur noch die Schalen übrig waren, reinigte der Seehund sein Naturbesteck in einem Wasserglas, in dem ein Stück Zitrone herumschwamm, und Herr Finkbeiner holte eine Zigarre aus seinem Lederetui.

„Hätten Sie auch eine für mich?" frage Mister Hobbs.

„Mit Vergnügen", sagte der Apotheker aus Berlin. „Und wie steht's mit Ihnen, Herr Wagner?"

„Da wir einer spannenden halben Stunde ins Auge

blicken", entgegnete der Portier vom Hotel Kempinski, „würde ich mich gerne anschließen."

„Und jetzt könnte es eigentlich losgehen", schlug Frau Finkbeiner vor. Sie lehnte sich in ihren Stuhl zurück und schaute erwartungsvoll zu Mister Hobbs hinüber.

„Wie gesagt, ich will mich erkenntlich zeigen", meinte der Seehund. „Eine Hand wäscht die andere." Er nahm einen Zug aus der Finkbeinerschen Zigarre, blickte dem Rauch hinterher und schüttelte nachdenklich den Kopf. „Daß ihr diesen Burschen aus dem Omnibus wiedererkannt habt, das hätte ich mir nicht im Traum einfallen lassen."

„Dann darf ich an die Narbe erinnern, Mister Hobbs", bemerkte Peter. „Sie war nicht zu übersehen."

„Ja, ja, ich weiß", erwiderte der Seehund. „Bei solchen Berufen kann man sich eben so etwas Auffälliges nicht leisten. Übrigens soll diese Narbe von einem Banküberfall stammen, der dann allerdings in die Hose ging. Angeblich der Streifschuß eines Polizisten, aber Mario quasselt viel, wenn der Tag lang ist."

„Sein Vorname ist also Mario?" fragte der Apotheker Finkbeiner so nebensächlich als möglich.

„Und Harris ist sein Familienname", antwortete Mister Hobbs. „Damit verrate ich nur ein Geheimnis, das bestimmt schon jetzt keines mehr ist, denn Mister Palmer hat sich inzwischen nicht aufs Ohr gelegt, und wenn er Glück gehabt hat, weiß er auch schon, daß der junge Mann bei der New Yorker Polizei bekannt ist wie ein bunter Hund. Na ja, kann mir schnurzpiepegal sein." Er nahm einen Schluck aus der Weinflasche. „Aber er hat Ihre Perlenkette geklaut, Mrs. Fuller, und ist dabei gesehen worden. Und sehen Sie, das ist mir nicht egal. Als Inspektor Brown sollte er das Ding nämlich so schaukeln, daß Palmer heute beim Landgang an der Gangway bleibt und die Passagiere beobachtet, während er oben an der Ladeluke steht und dafür sorgt, daß die Schlangenkiste möglichst schnell von Bord gehievt wird. Aber nachdem Palmer gewußt hat, daß sein angeblicher Kollege gar nicht echt ist, hat er ihn natürlich nicht mehr aus den Augen gelassen, und der Plan hat nicht mehr funktioniert. Was mich einen schönen runden Scheck gekostet hat. Und deshalb kann mir dieser Knabe Harris gestohlen bleiben." Apotheker Finkbeiner blies einen Rauchkringel gegen die Luft und durchstieß ihn mit dem Finger. „Wäre es allzu neugierig, wenn ich frage, wer diesen Scheck in Aussicht gestellt hat?"

„Mister Wilkinson", sagte der Seehund, als sei das die selbstverständlichste Sache auf der ganzen Welt.

„Also doch", entfuhr es Mrs. Fuller, und Ulli Wagner pfiff durch die Zähne.

„Dieser Streichholzfabrikant ist ganz verrückt nach dem Gemälde. Er hätte jeden Preis dafür bezahlt, und er hatte mir goldene Berge versprochen für den Fall, daß alles gutgeht. Er wollte die Mona Lisa besitzen, für sich ganz allein. Das ist bei ihm wie eine Krankheit, gegen die es keine Tabletten gibt." Mister Hobbs schlug seine kurzen Beine übereinander. „Aber jetzt, wo alles in die Binsen gegangen ist, bin ich Luft für ihn. Er wird mich überhaupt nicht mehr kennen, und den Scheck kann ich in den Kamin schreiben. Weshalb um alles in der Welt soll ich also seinen Namen nicht sagen? Passieren tut ihm sowieso nichts."

„Die Versicherung wird ihn anzeigen", warf Mrs. Fuller ein, „und vor ein Gericht stellen."

„Dieser Mister Wilkinson ist ein schlauer alter Fuchs", meinte Mister Hobbs. „Er hat bestimmt alles so eingefädelt, daß man ihm nichts nachweisen kann."

„Wenn Sie bei der Polizei aussagen, was Sie uns gerade erzählt haben", sagte der Bürstenhaarschnitt, „dann wäre er doch schon geliefert."

„Ach was, er würde Stein und Bein schwören, daß alles nicht wahr ist", erwiderte Mister Hobbs. „Und ich könnte nichts beweisen."

„Aber dieser falsche Inspektor Brown oder dieser Harris", überlegte der Apotheker aus Berlin. „Wenn er lange genug in seiner Zelle sitzt, wird es ihm eines Tages zu dumm, und er singt wie eine Nachtigall."

„Das allerdings könnte für Wilkinson gefährlich werden", gab der Seehund zu. „Mario weiß zu viel und er hätte auch einige Beweise in der Tasche." Er nahm wieder einen Schluck aus der Weinflasche. „Aber sprechen wir jetzt doch mal von mir und davon, wie ein gewisser Mister Hobbs in die ganze Marmelade hineingeschliddert ist."

„Da bin ich aber furchtbar neugierig", sagte Frau Finkbeiner und steckte sich wieder einmal ein Karamelbonbon in den Mund.

„Ich lebe von meinem Cello, wie Sie wissen, und ich wollte schon immer was Besonderes aus dem Ding rausholen." Mister Hobbs schaute zum Meer hinaus, wo jetzt ein paar Negerjungen in den Wellen herumhüpften. „Aber mehr als Durchschnitt hab' ich nie geschafft. Schön, ich bin mit ein paar Orchestern durch die halbe Welt gesegelt. Das schon. Aber nie als Solist und nie mit einem eigenen Konzert. Und man wird älter. Jüngere kommen nach. Schließlich reichte es nur noch für Bars und Tanzcafés. Und dann kam über Nacht das Angebot von einer Agentur, die Unterhaltungsprogramme für Passagierschiffe zusammenstellt. Ich war über ein Jahr ohne Arbeit gewesen, und wenn man mir angeboten hätte, in Alaska Eisbären zu hüten, hätte ich auch

angenommen." Mister Hobbs mußte plötzlich lachen. „Ein bißchen komisch, bei dieser Affenhitze ausgerechnet an Alaska zu denken." Dann fuhr er fort: „Aber bevor es zur Vertragsunterschrift kam, stand eines Tages ein schwarzhaariger junger Mann vor meiner Tür. Er hatte einen kleinen Bart über der Oberlippe und sah aus, als wäre er einer der Burschen, die ihr Geld beim Film verdienen oder als Fotomodell."

„Mario Harris", warf Ulli Wagner dazwischen.

„Ja, Mario Harris", bestätigte der Seehund. „An diesem Tag hab' ich ihn zum ersten Mal gesehen, und er sagte mir, daß ein gewisser Mister Wilkinson das Angebot der Agentur veranlaßt hätte und daß ich den Vertrag nur bekommen sollte, wenn ich mich durch ein paar kleine Gefälligkeiten dankbar zeigte."

„Also eine glatte Erpressung", stellte Apotheker Finkbeiner fest.

„Mit Aussicht auf einen Scheck über eine beträchtliche Summe", bemerkte Mister Hobbs. „Ich wäre für mein Alter versorgt gewesen." Er streifte die Asche von seiner Zigarre. „Ich habe mir immer mein tägliches Brot verdient, aber nicht genug, um etwas auf die hohe Kante zu legen. Natürlich war ich einverstanden."

„Und diese kleinen Gefälligkeiten?" fragte der Bürstenhaarschnitt. „Wie sahen die aus? Was wollte man von Ihnen?"

„Ja, jetzt wird die Sache interessant", schmunzelte Mister Hobbs. „Aber zuerst muß ich noch sagen, daß mir der Knabe Harris mit keiner Silbe verraten hat, um was es eigentlich gehen sollte. Und, ehrlich gesagt, ich wollte es lieber auch gar nicht wissen. Zum zweiten", der Seehund paffte eine Rauchwolke in die Luft, „versprach er mir, daß ich nichts zu tun hätte, was mich vielleicht irgendwann bei der Polizei in Schwierigkeiten bringen kann. Nun, es fing auch ganz harmlos an, und zwar damit ..." Er zeigte mit der linken Schuhspitze auf den schwarzen Cellokasten, den er im Augenblick zu seinem Garderobenständer degradiert hatte. „Fällt Ihnen was auf?"

Die Detektive blickten sich an, und Mrs. Fuller fragte: „Vielleicht ein doppelter Boden?"

Der Seehund schüttelte den Kopf. „Es ist das Format sozusagen", er lächelte und ließ hintereinander zwei weiße Rauchringe durch die Luft segeln.

„Ich explodiere gleich", japste Frau Finkbeiner. „Machen Sie's bitte nicht zu spannend, Mister Hobbs."

„Dieses schwarze Ding da ist das ganze Geheimnis", erklärte der Seehund. Er ließ seine großen Fischaugen jetzt vergnügt von einem zum anderen spazieren. „Eigentlich ist das nämlich der Kasten für eine Baßgeige. Für mein zierliches Cello ist er viel zu hoch und viel zu breit. Aber für ein Bild wie die Mona Lisa hat er genau die richtige Größe." Mister Hobbs schlug sich knallend auf die Schenkel und kugelte sich vor Lachen.

Der Piratenball

„So darf man mit einer Insel, die man zum erstenmal besucht, eigentlich nicht umspringen", sagte Frau Finkbeiner und schüttelte den Kopf. „Wir haben St. Thomas doch sehr vernachlässigt."

Die Europa pflügte seit ein paar Stunden bereits wieder durch die Karibische See. Das Schiff rollte ein wenig, weil Passatwinde vom Nordatlantik her eine starke Dünung gebracht hatten. Aber die Nacht war sternenklar und so mild wie im Hochsommer an den Havelseen. Lichterketten aus lauter bunten Glühbirnen gingen bis zu den Mastspitzen hinauf, die Bordkapelle spielte, und die Passagiere hatten sich auf allen offenen Decks zum angekündigten Piratenball eingefunden. Von der Insel war ein ganzer Lastwagen mit Palmenblättern angeliefert worden, die jetzt überall an der Reling befestigt waren. Die Männer hatten sich als Freibeuter, Sklaven, Scheichs, Matrosen oder Schmuggler kostümiert, und die Frauen waren als Bauchtänzerinnen, Meeresjungfrauen oder verführerische Spanierinnen aus ihren Kabinen gekommen. Manche hatten sich auch nur eine Blume ins Haar gesteckt, sich beim Friseur einen Vollbart ankleben lassen oder trugen einen von den Papierhüten auf dem Kopf, die vorsorglich zu jeder Kabinenausrüstung gehörten, genauso wie die gelben Schwimmwesten.

Im Hospital gab es keine einzige schwarze Augenklappe mehr, und ein Spaßvogel aus Wuppertal hatte nachmittags Kapitän Stahlhut auf der Brücke antelefoniert und gefragt, ob er ihm für den Abend nicht eine von seinen schneeweißen Uniformen ausleihen könnte, weil er gerne als Kapitän gehen würde.

Monsieur Prunelle saß nun doch nicht vor dem Tresor im B-Deck. Man hatte ihn überzeugen können, daß die Mona Lisa auch ohne seine persönliche Überwachung bis Puerto Rico absolut sicher sei. So tanzte der Museumsdirektor aus Paris jetzt mitten unter den Passagieren und war nicht zu übersehen. Er hatte nämlich an den Knopflöchern seiner Rockaufschläge zwei knallrote Luftballons befestigt, die über seinem Kopf schwebten und immer signalisierten, wo er sich gerade herumtrieb.

„Eine wunderbare Nacht“, seufzte Monsieur Prunelle und wagte einen besonders kühnen Tangoschritt.

„Ich freue mich so für Sie", erwiderte seine Partnerin. Es war die Amerikanerin mit der blau gefärbten Perücke. Sie war in einem gestreiften Kleid erschienen und trug auf dem Rücken ein Schild mit der Aufschrift: „Ich bin ein von Piraten geraubtes Zebra."

Mister Palmer hatte heute seine Spendierhose angezogen und die beiden Berliner Familien sowie die Fullers, Herrn Latenser und auch Chang Lie aus der Wäscherei zu einem Glas Sekt eingeladen. Es stand aber auch eine große Karaffe mit Orangensaft auf dem Tisch, und neben ihr lagen die Fotos, die der Bordfotograf Weber inzwischen vergrößert hatte. „Einerseits möchte ich mit Ihnen auf die Rückkehr einer Dame namens Mona Lisa anstoßen", sagte der Gastgeber, „andererseits interessiert mich da noch so einiges."

„Uns auch, das kann ich Ihnen flüstern!" Mrs. Fuller lachte ihr tiefes Gießkannenlachen, und als sie sich wieder beruhigt hatte, fügte sie noch hinzu: „Übrigens sollen wir Sie noch herzlich von Mister Hobbs grüßen."

In diesem Augenblick legte sich die Europa ein wenig auf die Backbordseite. Chang Lie sprang sofort auf und hielt die Sektflasche fest und die Karaffe mit dem Orangensaft.

„Man sieht doch gleich, daß Sie zur See fahren", sagte Frau Finkbeiner. „Wir sind eben doch bloß Landratten."

„Ja, Sie haben mir angedeutet, daß Sie mit diesem fragwürdigen Cellospieler noch gesprochen haben. Doch darüber später." Mister Palmer blickte ein wenig säuerlich in sein Sektglas. „Wie er so ohne weiteres verschwinden konnte, bleibt mir sowieso ein Rätsel. Aber Schwamm drüber."

„Er hat einfach seine Siebensachen genommen und ist zur Gangway getigert", sagte Ulli Wagner so harmlos wie möglich. „Hätten wir ihm ein Bein stellen sollen oder was sonst?"

„Ich würde ihm nur liebend gern ein paar Fragen gestellt haben", erwiderte Mister Palmer.

„Aber er wäre so stumm geblieben wie ein Fisch", entgegnete Peter Finkbeiner. „Das sollen wir Ihnen bestellen, hat er ausdrücklich gesagt."

„Zum Sprechen gehören im allgemeinen mindestens zwei, und zum Schweigen auch", meinte Mister Palmer. „Aber Schwamm drüber, wie gesagt."

„Wieso haben Sie überhaupt diesen Kopfsprung riskiert?" fragte jetzt Mrs. Fuller den Chinesen Chang Lie wie aus heiterem Himmel.

In diesem Augenblick wurden vom Oberdeck aus ein paar Feuerwerkskörper in den Himmel geschossen. Sie explodierten steuerbords in allen Regenbogenfarben, die Bordkapelle spielte einen Tusch, und die Passagiere riefen „Ah" und „Oh".

„Irgendwie war ich ja immer noch verdächtig", Chang Lie lächelte. „Wenn ich jetzt verhindern könnte, daß dieses weiße Motorboot das Bild entführt, wäre mit einem Schlag klar gewesen, daß ich mit der ganzen Sache nichts zu tun habe."

„Sie glaubten also, die Mona Lisa sei tatsächlich in dem Koffer?" fragte Ulli Wagner.

„Das haben wir beide geglaubt", warf Herr Latenser ein. „Bis wir schließlich merkten, daß wir auf einen verdammten Schwindel reingefallen sind. Das dauerte allerdings eine Weile. Der Neger in dem Motorboot verstand uns nämlich überhaupt nicht, und der Dicke mit der Wiese auf der Brust begriff nur jedes zehnte Wort. Aber schließlich konnten sie uns doch erklären, daß sie nur den Auftrag bekommen hatten, zu einer bestimmten Zeit einen leeren Koffer am Schiff abzuholen. Dafür waren sie so blendend bezahlt worden, daß sie notfalls auch Ärger mit der Hafenpolizei in Kauf genommen hätten. Wir durften den Koffer auch anstandslos untersuchen. Er war tatsächlich so leer wie eine Konservendose im Mülleimer. Die beiden brachten uns an Land, und Chang Lie stoppte dann dieses Auto von einer Malerwerkstatt, das uns noch gerade rechtzeitig zurückgebracht hat." Herr Latenser prostete dem Chinesen zu. „Nochmals besten Dank."

„Und ich möchte mich bei Ihnen entschuldigen, Herr Chang Lie", sagte Mister Palmer. „Aber Ihr gelber Handschuh am Tatort war zu diesem Zeitpunkt die einzige Spur."

„Verdacht ist so was Ähnliches wie Keuchhusten", bemerkte Frau Finkbeiner. „Man hat ihn im Handumdrehen am Hals und wird ihn nur schwer wieder los." Sie hatte ihr Sonnenblumenkleid angezogen, das notfalls auch als Kostüm gelten konnte. Zudem hatte sie einen von den schiffseigenen Papierhüten auf dem Kopf.

„Aber was sollte denn überhaupt der ganze Blödsinn mit dem leeren Koffer?" fragte der Bürstenhaarschnitt. „Das war doch ziemlich dämlich, und jeder konnte es sehen."

„Das war ja gerade Absicht", erwiderte Mister Palmer. „Wir sollten glauben, das Bild sei von Bord gebracht worden, und wir sollten den Diebstahl auch unbedingt bemerken. Denn verhindern konnten wir ihn ja nicht. Für eine Verfolgung sind die Schiffbarkassen viel zu langsam."

„Und wenn wir wirklich davon überzeugt gewesen wären, daß die Mona Lisa verschwunden ist", ergänzte Herr Latenser, „hätten wir heute morgen beim Landen und Ausladen gar nicht mehr aufgepaßt. Das war der Sinn der Geschichte."

„Hätte ich eigentlich auch selber drauf kommen müssen", meinte der Bürstenhaarschnitt, der wieder einmal seine Blue jeans-Jacke mit dem Schmetterling anhatte. Darunter trug er ein T-shirt mit dem Sternenbanner.

„Macht fast gar nichts", bemerkte Ulli Wagner trokken.

„Darf man fragen, ob unser falscher Inspektor in seiner abgeriegelten Kabine gesprächig ist?" fragte jetzt Apotheker Finkbeiner. „Oder hüllt er sich in Schweigen?"

Mister Palmer holte ein Telegramm aus der Brusttasche. „Seitdem ich das da von unserer Funkstation bekommen und ihm unter die Nase gehalten habe, plaudert er munter drauflos. Er heißt übrigens Mario Harris."

Die Detektive blickten sich an, und Mrs. Fuller sagte: „Irgendwie muß ich diesen Namen schon mal gehört haben."

„Nanu", meinte Mister Palmer. Seine Kostümierung für den Piratenball beschränkte sich auf ein paar Papierschlangen, die er sich um den Hals gehängt hatte. „Um auf dieses Telegramm zurückzukommen ..."

„Schon die Antwort von Interpol?" fragte Herr Latenser dazwischen.

„Eine vorläufige", sagte Mister Palmer. „Aber der Knabe ist kein unbeschriebenes Blatt mehr. Seine Vorstrafenlatte kann sich bereits sehen lassen. Zudem wird er schon wieder wegen Scheckfälschung gesucht, wegen Einbruchs und so weiter und so weiter."

„Hat er irgend etwas über Wilkinson gesagt?" wollte Mrs. Fuller wissen.

„Er belastet ihn nach Strich und Faden." Mister Palmer lächelte. „Offensichtlich ist es seine Taktik, alles auf den Streichholzfabrikanten abzuschieben. Er selbst wäre sozusagen nur verführt worden und der andere sei der Kopf gewesen und habe alle Pläne gemacht.“

„Wovon ich sogar überzeugt bin“, bemerkte Herr Latenser, der wirklich mit dem früheren Passagier Latenser nicht mehr das geringste zu tun hatte. Er trug ein buntes Sporthemd, eine moderne weiße Hose und Tennisschuhe. Er trank nur Orangensaft, und die Brille mit den dicken Gläsern war ihm beim Sprung über die Reling wohl für immer von der Nase gerutscht.

„Wie haben Sie's eigentlich rausbekommen, daß der falsche Inspektor Brown in Wirklichkeit Harris heißt?“ fragte Mrs. Fuller wieder und blinzelte dabei zu den Detektiven hinüber. „Sollte er's Ihnen selbst erzählt haben?“

„Im Hinblick auf seinen Namen hat er sich sehr geziert“, sagte Mister Palmer. „Was ich jetzt verstehen kann.“ Er klopfte auf seine Jackentasche, in die er inzwischen wieder das Telegramm von Interpol versenkt hatte. „Aber ich habe mir dann erlaubt, die Kabine von Mister Wilkinson auf den Kopf zu stellen, und dabei habe ich die Brieftasche von Herrn Harris gefunden. Ich hatte mir gedacht, daß der Streichholzfabrikant seine Papiere zu sich genommen hatte. Denn er mußte ja damit rechnen, daß ich irgendwann aus London erfahre, der echte Mister Brown sei im Nebel hängengeblieben und noch gar nicht abgereist. Dann hätte ich selbstverständlich zuerst in den Schränken und Schubladen von Harris nach Ausweis oder Paß gesucht.“

„Und Mister Wilkinson ist tatsächlich getürmt?“ fragten Peter Finkbeiner und Ulli Wagner fast gleichzeitig. Sie hatten sich für den Piratenball kurzerhand in zwei frische Schlafanzüge geworfen. Dazu trugen sie Handtücher als Turbane auf dem Kopf.

„Er sitzt vermutlich schon in irgendeinem Flugzeug“, erwiderte Mister Palmer. „Aufs Schiff ist er jedenfalls nicht zurückgekommen.“

„Und in seiner Kabine gondeln jetzt die Anzüge und Krawatten mutterseelenallein durch die Karibik“, bemerkte Frau Finkbeiner. „Es ist ein Jammer.“

Die Bordkapelle auf dem Oberdeck spielte jetzt einen Calypso, und am Heck zerplatzten wieder einmal zwei Feuerwerksraketen. „Was ich jetzt gerne erfahren hätte“, sagte Mister Palmer und holte sich dabei seine Pfeife aus der Tasche. „Gestatten Sie, meine Damen?“

„Wir wissen ja, daß Sie sich nur wohl fühlen, wenn Sie wie ein Fabrikschornstein qualmen können“, Mrs. Fuller lachte. „Also, was hätten Sie gern erfahren?“

„Die Frage geht an Herrn Latenser“, erwiderte Mister Palmer und beugte sich vor. „Wieso haben Sie eigentlich gewußt, daß die echte Mona Lisa unter der Schlangenkiste versteckt ist?“

„Es sieht aus, als komme ich genau im richten Augenblick“, sagte jetzt Kapitän Stahlhut, der die Frage noch gehört hatte.

„Bitte, nehmen Sie Platz“, meinte Mrs. Fuller. Ronny räumte den Sessel neben seiner Tante und klemmte sich zwischen Peter und Ulli.

„Sehr freundlich, mein Junge“, bedankte sich der Kapitän. „Bitte, schießen Sie los, Herr Latenser.“

Aber im selben Moment tauchten jetzt zwei knallrote Luftballons auf und mit ihnen der Museumsdirektor aus Paris. Er strahlte wie der Vollmond, an dem gerade eine winzige rosarote Wolke vorbeisegelte. „Ich wäre unglücklich, wenn ich störe“, lächelte er selig und blickte sich dabei bereits nach einer Sitzgelegenheit um. Und dann sagte er auch schon: „Das ist aber wirklich sehr aufmerksam.“

Inzwischen schob nämlich der Page Axel Kannengießer einen Sessel an den Tisch. „Bitte sehr, Monsieur Prunelle.“ Er lächelte höflich und wollte wieder verschwinden.

Aber da sagte Mrs. Fuller: „Moment, mein Sohn“, und dann fragte sie den Kapitän: „Hätten Sie etwas dagegen, wenn dieser Knabe die nächsten fünf Minuten dableibt und zuhört? Immerhin ist er nicht ganz unschuldig dran, daß der falsche Inspektor Brown aufgeflogen ist. Und zudem ist er bestimmt genauso neugierig wie wir alle.“

„Aber selbstverständlich“, erwiderte Kapitän Stahlhut. „Setz dich auf deine vier Buchstaben und spitz die Ohren.“

„Danke, Herr Kapitän“, sagte der Junge mit den flachsblonden Haaren und der Stubsnase. „Aber ich stehe lieber, sonst komme ich aus der Übung.“

„Und jetzt haben Sie endlich das Wort, Herr Latenser.“ Mrs. Fuller lehnte sich in ihren Sessel zurück, und die anderen machten es ihr nach.

Das Schiff rollte wieder ein wenig, und die Gläser auf den Tischen zitterten. Der Wind bewegte die Palmenblätter, und auf dem Oberdeck produzierte sich die brasilianische Tanzgruppe, die neu an Bord gekommen war.

„Daß dieser Inder Singh Rumi irgend etwas mit dem Diebstahl zu tun hatte“, begann Herr Latenser, „das wußte ich schon am Abend nach der Weihnachtsfeier in der Europa-Halle. Aber das, was noch viel wichtiger war, bemerkte ich schon früher, und zwar gleich nachdem die Lichter am Weihnachtsbaum wieder aufflammten und dann im ganzen Saal …“

„Also direkt nach dem Kurzschluß“, warf Mister Palmer dazwischen.

„Ja, direkt nach dem Kurzschluß", wiederholte Herr Latenser. „Da entdeckte ich bereits, daß ein gefälschtes Bild auf der Staffelei stand. Ich *mußte* es einfach merken."

„Und wieso, wenn ich fragen darf", meinte Mister Palmer und zog seine Augenbrauen nach oben.

„Unser Monsieur Prunelle hatte darauf aufmerksam gemacht, daß man von den Augen der Mona Lisa immer voll angeblickt wird, gleichgültig, ob man links oder rechts von ihr steht", erwiderte Herr Latenser. „Und es war tatsächlich so. Ich schlich im Halbkreis um das Bild herum, und die Mona Lisa ließ mich überhaupt nicht aus den Augen. Da kam der Kurzschluß. Und als dann das Licht wieder anging, habe ich meine Wanderung um das Gemälde fortgesetzt. Aber jetzt haben mich die Augen nicht mehr verfolgt. Ich spazierte nach links und ich spazierte nach rechts. Aber die Dame auf dem Gemälde blickte an mir vorbei. Das ist plötzlich nicht mehr die echte Mona Lisa, schoß es mir durch den Kopf."

„Und Sie haben uns kein Wort gesagt?" fragte Mister Palmer vorwurfsvoll.

„Ich hab' es auf einen Zettel geschrieben", schmunzelte Herr Latenser. „Und diesen Zettel habe ich noch am gleichen Abend unter der Tür hindurch in Ihre Kabine geschoben. Danach bin ich durch den Korridor davongeflitzt, daß meine Schuhsohlen nur so gequalmt haben."

„Also Sie waren das!" rief Mister Palmer durch eine Wolke Pfeifenrauch. „Dann sind wir Ihnen eigentlich noch einen Blumenstrauß schuldig."

„Und zwar einen ziemlich großen", ergänzte der Direktor des Pariser Louvre, über dessen Kopf die beiden knallroten Luftballons hin und her schwebten. „Ohne Ihren Zettel hätten die Halunken in aller Ruhe das ausgewechselte Bild in jedem x-beliebigen Hafen an Land bringen können, weil wir ja gar keinen Grund hatten, irgend jemandem besonders auf die Finger zu gucken. Wir wären ahnungslos weitergesegelt und hätten wohl erst morgen in Puerto Rico entdeckt, daß wir eine gefälschte Mona Lisa in unseren Tresor eingeschlossen hatten. Ich kriege trotz der Hitze einen Schüttelfrost, wenn ich mir das vorstelle."

„Hat es Sie eigentlich nicht in den Fingern gejuckt, die Sache ganz auf eigene Faust zu machen?" fragte Mister Palmer „Sie hätten Ihr Geheimnis ja auch für sich behalten können. Und wenn Sie dann das gestohlene Original wieder herbeigezaubert hätten, wären Sie der Größte gewesen."

„Und wenn nicht?" schmunzelte Herr Latenser. „Nein, ich wollte die ganze Verantwortung nicht allein am Hals haben." Er lächelte zu Mister Palmer hinüber. „Und auch nicht die ganze Arbeit."

„War es übrigens mit London abgesprochen, daß ich nicht erfahren sollte, wer Sie in Wirklichkeit sind?" fragte Mister Palmer nach einer Weile.

„Auf dem ganzen Schiff wußte nur Kapitän Stahlhut, daß ich als Privatdetektiv an Bord bin", erwiderte Herr Latenser.

„Als Passagier mit dickem Fensterglas in der Brille", warf Peter Finkbeiner dazwischen. „Und einem Anzug, der seit mindestens zehn Jahren aus der Mode ist."

„Nicht zu übersehen die Vorliebe für alkoholische Getränke!" lachte Monsieur Prunelle.

„Wer laufend mehr oder weniger betrunken ist, wird nicht ernst genommen", bemerkte Herr Latenser. „Und darauf kam es mir an. Im übrigen hatte ich meistens nur Mineralwasser im Glas." Er blickte jetzt wieder zu Mister Palmer hinüber: „Von Ihnen und diesem angeblichen Inspektor Brown wußten alle Passagiere, daß Sie im Auftrag der Versicherung an Bord sind. Wenn es überhaupt einen Sinn haben sollte, daß ich gleichzeitig hier herumtanze, dann durfte kein Mensch dahinterkommen, daß ich Detektiv bin und daß wir im Grunde zusammengehören."

„Was bis heute auch niemand gemerkt hat", stellte Mrs. Fuller fest.

„Im Gegenteil", sagte Monsieur Prunelle unter seinen beiden Luftballons. „Zeitweise sind Sie uns sogar durchaus verdächtig erschienen. Aber Entschuldigung ..." Er lehnte sich in seinem Sessel zurück. „Ich glaube, Sie wollten gerade etwas sagen, Kapitän?"

„Herr Latenser ist uns noch die Erklärung schuldig, weshalb er schon am Abend nach unserer Weihnachtsfeier wußte, daß dieser Inder mit dem Diebstahl zu tun hatte."

„Das ist schnell erzählt, und eigentlich ist es eine komische Geschichte", erwiderte Herr Latenser. „Nachdem ich gerade unter Mister Palmers Tür den Zettel durchgeschoben hatte, zog ich in meiner Kabine die Jacke aus. Nanu, sage ich plötzlich zu mir. Wie kommt denn das da auf deinen Anzug? Ich entdeckte nämlich irgendwelches Glitzerzeug auf meinem Rockaufschlag, und als ich genauer nachsah, fand ich hier oben in der kleinen Tasche zwei goldene Pailletten und eine kleine grüne Perle. Und da fiel mir der Inder Singh Rumi ein. Er war doch an diesem Abend in einem schwarzseidenen Turban mit einer Menge aufgenähter Perlen und Pailletten aufgetreten. Und genau dieselben Dinger hatte ich jetzt in der Hand ..." Herr Latenser lächelte zu Frau Finkbeiner hinüber. „Erinnern Sie sich noch daran, daß Sie an meiner Stirn eine Beule entdeckt haben, als das Licht wieder anging?"

„Sie seien mit einem Ellenbogen zusammengestoßen, sagten Sie", antwortete Frau Finkbeiner. „Oder mit einem Kronleuchter."

„Aber der Kronleuchter war in Wirlichkeit der Inder", fuhr Herr Latenser fort. „Und da ich während der Dunkelheit ganz dicht vor der Staffelei stehenblieb, mußte er etwas mit dem vertauschten Gemälde zu tun haben." Er nahm die Bilder des Bordfotografen vom Tisch. „Heute wissen wir, daß er sich tatsächlich zusammen mit diesem Mario Harris auf der Tanzfläche herumgetrieben hat. Hier auf der zweiten Aufnahme kann man sogar erkennen, wie er gerade nach dem Gemälde greift. Auch wenn die Vergrößerung ziemlich unscharf ist." Obgleich alle die Fotos schon kannten, gingen sie noch einmal von Hand zu Hand um den Tisch herum.

„Woraus zu folgern wäre", bemerkte Mister Palmer trocken, „daß Turbane mit Glitzerkram für Diebe keine geeignete Berufsbekleidung sind."

Der ganze Tisch brach in Gelächter aus, und Mrs. Fuller rief: „Sie haben ja plötzlich Humor, Mister Palmer."

„Selbstverständlich hab' ich den Burschen beobachtet, so gut es ging", meinte Herr Latenser nach einer Weile. „Aber das war gar nicht einfach. Meistens hielt er sich ja irgendwo im Schiffsbauch bei seinen Schlangen auf. Bis dann dieses weiße Motorboot auftauchte. Da sah ich ihn plötzlich unten auf dem Mannschaftsdeck, und er hatte gerade ein Seil über die Reling geworfen. Ich rannte los. Aber als ich ankam, war der hellbraune Schrankkoffer schon über Bord, und ich sprang hinter ihm her. Dabei sah ich noch im letzten Augenblick, wie der Inder zusammen mit Mister Hobbs über eine Treppe davonflitzte." Herr Latenser nahm einen Schluck Orangensaft. „Ein paar Minuten später wußte ich dann, daß sie mich reingelegt hatten." Er lächelte zu dem Bürstenhaarschnitt hinüber: „So dämlich war die Sache mit dem Motorboot also gar nicht. Jedenfalls hatten sie mich vorerst mal vom Hals."

„Wir haben uns natürlich alle immer wieder gefragt, wo sie das Bild wohl versteckt haben", sagte Mister Palmer, „und wie sie es von Bord bringen wollen. Diese Kiste mit dem Schlangenkäfig war kein schlechter Einfall, das muß den Herren der Neid lassen." Er paffte wieder einmal eine Rauchwolke in die Nacht hinaus. „Wie sind Sie dahintergekommen?"

„Erst im allerletzten Augenblick", gab Mister Latenser zu. „Als ich zusammen mit Chang Lie nach unserem Kopfsprung wieder an den Kai zurückkam, stand der Inder da, in seinem Eierschalenanzug, und am Hebebaum schwebte gerade die Käfigkiste mit den Schlangen über Bord. Da hat es ganz einfach gefunkt. Peng!" Herr Latenser knallte die Hände ineinander.

„Peng", wiederholte Mister Palmer und erhob sein Glas. „Ich möchte Ihnen neidlos gratulieren, Herr Kollege."

„Und wir schließen uns an", gab Frau Finkbeiner bekannt, worauf der ganze Tisch auf das Wohl von Herrn Latenser die Gläser kippte.

Die Musik spielte zufällig gerade einen Tusch, weil jetzt der englische Zauberer auftreten sollte, der ja zusammen mit der neuen Tanzgruppe ab heute im Programm war.

„Ich bin dafür, daß wir unsere Sitzung unterbrechen", schlug Mrs. Fuller vor. „Zauberer sehe ich für mein Leben gern."

Sie schlenderten also alle zur Reling hinüber. Von dort konnte man auf die übrigen Decks hinunterblicken.

„Der Streichholzfabrikant kam bei der Ausfahrt in

New York natürlich mit voller Absicht zu spät", sagte Mister Palmer im Gehen. „Er hatte die gefälschte Mona Lisa in seinem Gepäck. Wenn er so spät kam, daß man seinetwegen die Gangway noch einmal herunterlassen mußte, war es ziemlich sicher, daß ihn der Zoll kaum kontrollieren würde. Als er dann an Bord war, ist er vorgegangen wie ein Spieler, und sein ganzer Plan war eigentlich eine bodenlose Frechheit. Sollte er es wirklich schaffen, daß die echte Mona Lisa den Passagieren gezeigt wird, hatte er gewonnen. Für diesen Fall war alles haargenau vorbereitet. Blieb das Original aber im Tresor, dann wäre er mit seiner Fälschung wieder stillschweigend abgezogen, und kein Hund hätte ihm nachgebellt."

„Das hat Ihnen dieser Harris schon alles gesungen?" fragte Mrs. Fuller grimmig. „Womöglich gehörte ich zu seinem Plan, schon bevor ich aufs Schiff kam?" Und dann sagte sie plötzlich: „Um Himmels willen, der Kerl frißt ja Rasierklingen wie andere Leute Kartoffelsalat."

Der Zauberer aus England war nämlich gerade dabei, sich eine Rasierklinge nach der anderen in den Mund zu stecken. Er kaute genußvoll, und hinterher verschluckte er sie. Jedenfalls sah es so aus. Die Passagiere waren zuerst sprachlos. Aber dann machten sie ihre Witze, wünschten guten Appetit oder fragten, ob Rasierklingen besser mit Pfeffer und Salz schmecken würden oder mit Essig und Öl.

Anschließend ließ der Herr aus England Armbanduhren und ganze Brieftaschen verschwinden, verwandelte alte Zeitungen in Nationalflaggen und zauberte zum Abschluß noch ein Kaninchen aus seinem Zylinder, das er allerdings sofort bei den Ohren nahm, damit es nicht über Bord hüpfte.

„Und jetzt sollten wir uns mit Mister Hobbs beschäftigen", schlug Herr Latenser vor, nachdem sie alle wieder an ihrem Tisch Platz genommen hatten.

„Wir haben ja schon gesagt", bemerkte Mrs. Fuller, „daß wir diesen Herrn mit seinem Cello ganz zufällig heute nachmittag noch einmal getroffen haben."

Die zwei Jungen aus Berlin und der Bürstenhaarschnitt grinsten ganz offen. Mister Palmer wollte etwas sagen, aber dann räusperte er sich nur.

„In einem Lokal, wo es ganz frische Muscheln gab", sagte Frau Finkbeiner.

„Sehr interessant", erwiderte jetzt Mister Palmer. „Und was haben Sie dabei erfahren?"

„Ich glaube, eine ganze Menge", antwortete der Apotheker aus Berlin nachdenklich. Und dann fing er an zu erzählen. Gelegentlich warf Herr Wagner noch eine Bemerkung dazwischen oder Mrs. Fuller. Frau Finkbeiner nickte nur immer wieder mit dem Kopf, und die Jungen beobachteten vor allem die Gesichter von Palmer und Latenser.

„Mister Wilkinson hat diesen Hobbs also durch eine Agentur für Unterhaltungsprogramme auf das Schiff gebracht?" fragte der Privatdetektiv nach einer Weile und überlegte. „Dann hat er den Inder mit seinen Schlangen vermutlich auf dieselbe Weise an Bord geschleust."

„Und dieses Fräulein Lisa Liranda, gehörte die auch dazu?" fragte Monsieur Prunelle. „Ich meine, zu dieser Bande?"

„Harris behauptet, sie hätte keine blasse Ahnung gehabt", sagte Mister Palmer. „Aber da bin ich nicht so ganz sicher."

„Und Harris selbst?" überlegte Herr Latenser wieder und blickte dabei kurz zur Milchstraße hinauf. „Wieso hat er eigentlich gewußt, daß der echte Inspektor Brown im Londoner Nebel herumsitzt?"

„Ursprünglich sollte er in La Guaira an Bord kommen, wie jeder andere Passagier“, erklärte Mister Palmer. „Aber der Streichholzkönig muß ein Telegramm, das eigentlich für mich bestimmt war, in die Finger gekriegt haben. Und ausgerechnet in diesem Telegramm teilte mir London mit, daß Inspektor Brown vorläufig nicht abfliegen könnte. Doppeltes Geschenk für Wilkinson.“ Mister Palmer klopfte seine Pfeife aus. „Er weiß jetzt, daß ich einen Inspektor aus London erwarte, und er weiß gleichzeitig, daß dieser Inspektor vorerst nicht eintrifft. Daraufhin ändert er sofort seinen Plan. Er rast in Caracas zum Flugplatz, fängt diesen Mario Harris ab, als er aus der New Yorker Maschine klettert ...“

„... und da Sie ja keine Ahnung haben, daß sich der echte Brown vorerst noch in London die Zähne putzt“, unterbrach Herr Latenser, „kann er Ihnen seinen Mann als den erwarteten Inspektor unter die Weste jubeln. Dabei hofft er, daß der Londoner Nebel so stabil bleibt, wie man's üblicherweise von ihm erwarten darf.“

Der flachsblonde Page Axel Kannengießer hätte sich am liebsten ganz unten ins G-Deck verkrochen. „Dieses verdammte Telegramm“, dachte er wütend. Er hatte inzwischen Ohren bekommen so knallrot wie die beiden Luftballons über dem Kopf von Monsieur Prunelle. Aber das bemerkte glücklicherweise niemand, weil Apotheker Finkbeiner inzwischen schon erzählte, daß Mister Hobbs bei der Musikprobe am Nachmittag vor der Weihnachtsfeier beobachten sollte, wie in der Europa-Halle die elektrischen Anschlüsse zum Christbaum gelegt wurden. „Er machte eine genaue Skizze und versteckte sie unter seinen Notenblättern“, berichtete Herr Finkbeiner. „Am Abend war sie dann verschwunden.“

„Und wer hat den Kurzschluß fabriziert?“ fragte Mister Palmer.

„Hobbs behauptet, daß er das nicht weiß“, antwortete Herr Wagner. „Genausowenig will er wissen, wer die Skizze abgeholt hat.“

„Der falsche Inspektor Brown blieb immer in der Nähe der Staffelei“, überlegte Herr Latenser. „Käme also nur der Inder in Frage, der ja auf der Bühne hinter dem Vorhang war.“

„Jacke wie Hose“, meinte Monsieur Prunelle ungeduldig. „Aber kommen wir doch zur Hauptsache.“

„Einverstanden“, erwiderte Mister Palmer. „Das Licht geht aus, ganz egal wie. Es ist stockdunkel im Saal ...“

„Und dann gebe ich bekannt, daß mir eine Schlange übers Bein gekrabbelt sei.“ Mrs. Fuller blickte von einem zum anderen. „Ich hab' es wirklich geglaubt“, versicherte sie. „Aber allmählich könnte man annehmen, ich stecke mit diesen Halunken unter einer Decke. Fehlt nur noch, daß ich jetzt plötzlich aus meinem Rollstuhl springe und ‚Hände hoch‘ brülle.“

Kapitän Stahlhut gluckste zweimal, und dann platzte er los. Auch alle anderen bogen sich vor Lachen.

Nur Mister Palmer blickte vorwurfsvoll von einem zum anderen.

„Es ist stockdunkel im Saal“, wiederholte er, als sich der Tisch beruhigt hatte, und fuhr fort: „Als das Licht wieder angeht, steht eine gefälschte Mona Lisa auf der Staffelei. Was ist passiert? Dieser Mario Harris sagt immer nur ‚Bahnhof‘. Vorerst behauptet er noch, daß er mit dem Diebstahl selbst nichts zu tun hat.“ Mister Palmer lächelte honigsüß. „Sollte Mister Hobbs die Lösung aus seiner Tasche gezaubert haben?“

„Mehr aus seinem Cellokasten“, erwiderte Apotheker Finkbeiner und ließ sich Zeit für einen Schluck aus seinem Sektglas.

„Cellokasten?“ fragte Mister Palmer verdutzt.

„Cellokasten?“ wiederholte Herr Latenser nachdenklich.

„Könnte auch ein Baßgeigenkasten sein“, grinste Ulli Wagner.

Die beiden Berliner Familien saßen zusammen mit den Fullers in den Sesseln und schmunzelten.

Mister Palmer beugte sich schließlich vor und probierte zu lächeln: „Wir wären Ihnen sehr dankbar, wenn Sie uns jetzt die Geschichte zu Ende erzählen würden.“

Das taten sie denn auch. Der Apotheker aus Berlin, die Jungens, Herr Wagner und Mrs. Fuller.

„... und das ist das ganze Geheimnis“, meinte Frau Finkbeiner abschließend. „Ich finde, die Idee war nicht von schlechten Eltern.“

„Moment mal“, rief Mister Palmer und zündete sich wieder einmal seine Pfeife an. „Der Cellokasten mit dem gefälschten Bild steht also dicht neben der kleinen Bühne, auf der die Bordkapelle spielt ...“

„Da kommt der Kurzschluß“, fuhr Herr Latenser fort, „und während es jetzt dunkel ist, holt der Inder die Fälschung aus dem Kasten. Freund Hobbs hilft ihm dabei ...“

„... und mein falscher Inspektor Brown, der ja direkt vor der Staffelei sitzt, schnappt sich das Original.“ Mister Palmer war aufgesprungen und spazierte in seiner ganzen Länge hin und her. „Die beiden treffen sich und tauschen die Bilder aus.“

„Die Passagiere werden aufgefordert, auf ihren Plätzen zu bleiben“, ergänzte der Privatdetektiv, „sitzen also artig an ihren Tischen und stehen den Herren nicht im Weg. Bis auf einen.“

„Und der hat dann hinterher auch prompt eine Beule am Kopf“, bemerkte Mrs. Fuller sachlich.

„Als das Licht wieder angeht", kombinierte Mister Palmer weiter, „steht die Fälschung auf der Staffelei, und die echte Mona Lisa ist in den Baßgeigenkasten gewandert."

„ls die letzten Passagiere verschwunden sind und die Bordkapelle zusammenpackt, trabt Mister Hobbs mit seinem Kasten los. So einfach ist das." Herr Latenser schüttelte den Kopf. „Daß sein Cello vorerst bei den Notenständern zurückbleibt, fällt überhaupt nicht auf. Er stiefelt zum Lift und fährt hinunter ins G-Deck, wo der Inder schon auf ihn wartet. Fünf Minuten später liegt die Dame Mona Lisa unter Klapperschlangen und Kobras in ihrer vorbereiteten Schublade, die ihr paßt wie ein Maßanzug."

Herr Latenser lehnte sich in seinen Sessel zurück und blickte jetzt schon zum zweiten Male zur Milchstraße hinauf. „Nein, die Idee war wirklich nicht von schlechten Eltern, dagegen ist nichts zu sagen."

„Ich bin echt von den Socken", gab Mister Palmer zu und paffte ganz schnell hintereinander kleine weiße Rauchwolken vor sich hin.

„Und der gelbe Handschuh?" fragte Chang Lie nach einer Weile.

„Richtig, hätten wir fast vergessen", sagte Frau Finkbeiner.

„Den haben Sie mal auf Ihrem Motorrad liegenlassen, als man Sie über den Bordlautsprecher weggerufen hat", erwiderte Mister Palmer. „Da hat ihn unser falscher Inspektor Brown geklaut und dann beim Kurzschluß neben die Staffelei auf die Tanzfläche gefeuert. Für den Fall, daß doch noch etwas schiefginge. Wir sollten uns zuerst mal an einer falschen Spur die Zähne ausbeißen."

„Weiter nichts?" fragte Ulli Wagner verwundert.

„Weiter nichts", antwortete Mister Palmer.

Die weltberühmte Dame geht von Bord, und in Berlin schneit es noch immer

„Jetzt kann nichts mehr schiefgehen", meinte Mister Palmer und rieb sich zufrieden die Hände.

„Es sei denn, daß in der nächsten halben Stunde noch ein Hurrikan dazwischenkommt", bemerkte Herr Latenser.

„Oder irgendein Vulkan bricht aus."

„Das ist nicht die Jahreszeit für Hurrikans", bemerkte Mister Palmer, „und der nächste Vulkan wäre der Mont Pelée auf Martinique. Aber der hat sich schon seit mehr als siebzig Jahren aufs Ohr gelegt."

Die beiden Herren waren noch die halbe Nacht in der Funkstation herumgesessen und hatten bei Interpol Telegramme hinter Wilkinson und Hobbs hergejagt; schließlich hatten sie noch stundenlange Telefongespräche mit den Hafenbehörden von Puerto Rico geführt. Die Sonne war schon aufgegangen, als sie endlich hundemüde, aber zufrieden in ihre Kabinen getrottet waren.

„Ich glaube, wir haben an alles gedacht", hatte Herr Latenser noch gesagt.

„Der Präsident der Vereinigten Staaten kann nicht besser bewacht werden", hatte Mister Palmer geantwortet. „Hauen wir uns ganz schnell noch drei Stunden in die Falle. Gute Nacht."

Jetzt standen die beiden Herren schon wieder frisch rasiert und gut gelaunt auf dem Verandadeck. Sie blinzelten durch die Sonne hinüber zu den ersten Sandstränden und Ananasplantagen von Puerto Rico. Wenn sie sich über die Reling beugten, konnten sie bereits die Hotelpaläste und das schneeweiße Capitol der Hauptstadt San Juan sehen.

Der flachsblonde Page Axel Kannengießer kam mit einem langen Fernschreiben angeflitzt, und ein Deckstewart brachte heißen Kaffee. Die beiden Männer frühstückten im Stehen, und als sie das Fernschreiben gelesen hatten, meinte Mister Palmer befriedigt: „Also doch." Gleich darauf spitzte er die Ohren und stellte fest: „Aha, es geht los." Vom Land her knatterten nämlich zwei Hubschrauber durch den wolkenlosen Himmel.

Beinahe gleichzeitig kamen zusammen mit dem Lotsen fünf Polizeiboote über das Wasser. Sie heulten zur Begrüßung mit ihren Sirenen, und dann umkreisten sie das Schiff bis zu seiner Einfahrt in den Hafen wie ein Rudel junger Jagdhunde. Als sich die Europa schließlich langsam an den Kai schob, blieben sie auf der Wasserseite. Jetzt tuckerten sie auf den Wellen hin und her wie die Wachtposten vor dem Buckingham-Palast in London.

Die Passagiere waren inzwischen aus ihren Kabinen gekommen, verteilten sich wieder einmal auf die offenen Decks, standen dann mit ihren Fotoapparaten an der Reling und blickten zum Pier hinunter.

Dort wartete eine ziemlich große Menschenmenge, die allerdings von einem halben Hundert Polizisten in graublauen Uniformen zurückgedrängt wurde.

„Ganz ausgezeichnet", lobte Monsieur Prunelle, der inzwischen bei den Herren Palmer und Latenser aufgekreuzt war. Er wippte auf seinen blank geputzten Schuhen und rieb sich das Kinn. „Es sieht ganz so aus, als hätten Sie die gesamte Polizei auf die Beine gebracht." Seine letzten Worte waren kaum zu verstehen, weil gerade einer der beiden Hubschrauber dicht am vorderen Schornstein vorbeikurvte.

Im gleichen Augenblick kamen drei geschlossene Polizeiwagen mit Blaulicht und Sirene von der Placa de

Colon herunter. Da man vom Schiff aus in die engen Hafenstraßen hineinblicken konnte wie in eine Spielzeugstadt, sah man die Wagen über die Kreuzungen rasen.

Schließlich schossen sie aus dem Schatten der Häuser heraus in die Sonne und direkt zum Kai. Bremsen quietschten, Türen flogen auf, und heraus sprangen athletisch gebaute Männer. Alle mit dem gleichen kurzen Haarschnitt, alle in den gleichen dunkelgrauen Anzügen und alle mit Ausbuchtungen unter der Achsel. Sie sprangen auf die Gangway, bevor sie richtig den Boden berührt hatten, und liefen an Bord.

Schon eine knappe Viertelstunde später kamen sie zurück. Sie waren jetzt allerdings kaum wiederzuerkennen.

Natürlich hatte sich inzwischen nichts an ihren kurzen Haarschnitten geändert oder an ihren dunkelgrauen Anzügen, aber sie hatten es auf einmal überhaupt nicht mehr eilig und wandelten jetzt mit feierlichen Gesichtern nebeneinanderher wie bei einer Prozession. Vier von ihnen trugen die Kiste mit dem Originalgemälde der Mona Lisa so vorsichtig, als transportierten sie rohe Eier, und zwei andere folgten ihnen mit der Fälschung, die man mit einem weißen Bettlaken zugedeckt hatte.

Als die Männer in den dunkelgrauen Anzügen mit der Kiste am A-Deck aus dem Schatten in die Sonne kamen, brach unten am Kai die Hölle los. Die Menschenmenge applaudierte und fing an zu jubeln. Dabei drängte sie zum Schiff. Aber es gelang nur einem halben Dutzend Pressefotografen, an den Polizisten vorbeizukommen. Wie eine Herde Affen waren sie durch ihre Beine gekrochen und turnten jetzt über die Gangway.

„Ein überwältigender Empfang“, stellte Monsieur Prunelle fest. Er zupfte an seiner Krawatte und an sei-

M.S. EUROPA

nem blütenweißen Stecktuch. Dann stellte er sich dicht neben die Kiste mit dem Gemälde der Mona Lisa und meinte: „Guten Tag, was kann ich für Sie tun, meine Herren?"

Aber die Pressefotografen waren von ihrer akrobatischen Einlage noch viel zu sehr außer Atem. Sie sagten kein Wort, sondern knipsten und blitzten vorerst nur wie wild durch die Gegend.

„Mein Name ist Brown", sagte währenddessen ein untersetzter Mann mit etwas abstehenden Ohren. Als er kurz zuvor über die Gangway gekommen war, hatte ihn die Affenherde mit ihren Blitzlichtern und Fotoapparaten überholt und beinahe zu Boden gerissen.

„Willkommen, Inspektor Brown", erwiderte Mister Palmer. „Wieso kennen Sie mich?"

„Ich habe mir in London beim Yard Ihr Foto zeigen lassen."

„Wir hätten uns eine Menge Ärger erspart, wenn ich umgekehrt dieselbe Möglichkeit gehabt hätte", meinte Mister Palmer.

„Darf ich Ihnen den Direktor des Pariser Louvre vorstellen, und das ist Herr Latenser ..."

Aber der Privatdetektiv war plötzlich wie weggeblasen. Blitzschnell hatte er sich hinter den beiden Berliner Familien in Deckung gebracht.

Die Pressefotografen zielten nämlich mit ihren Fotoapparaten inzwischen auf die Gruppe um den Direktor des Pariser Louvre.

„Das könnte denen so passen", knurrte Herr Latenser. „Die haben wohl Maikäfer im Gehirn. Ich kann meinen Beruf glatt an den Nagel hängen, wenn mein Foto wie ein Steckbrief durch die Zeitungen geht." Er tauchte ein wenig nach oben. „Sie erlauben, daß ich mich hinter Ihnen verstecke?"

„Bitte sehr, bedienen Sie sich“, sagte Frau Finkbeiner. „Unsere Rücken stehen zu Ihrer Verfügung.“

„Der Mann mit den abstehenden Ohren, das ist also der echte Inspektor Brown?“ fragte Ulli Wagner neugierig.

„Es sieht so aus“, antwortete Herr Latenser leise.

In diesem Augenblick fing auf dem Kai die Menschenmenge wieder an zu rufen und in die Hände zu klatschen.

„Wirklich ein ganz überwältigender Empfang“, sagte Monsieur Prunelle jetzt schon zum zweiten Mal und blickte dabei möglichst freundlich in die Apparate der Pressefotografen.

„Kein Wunder“, meinte der echte Inspektor Brown aus London. „Seitdem man weiß, daß die Mona Lisa auf die Insel kommt, ist sie hier das Tagesgespräch. Und jetzt noch diese Sensation dazu.“

„Soll das etwa heißen ...?“ unterbrach der Museumsdirektor aus Paris und war jetzt gar nicht mehr so freundlich.

„Selbstverständlich haben die Zeitungen den versuchten Raub heute morgen auf der ersten Seite gebracht“, antwortete Inspektor Brown. „Jetzt ist die halbe Stadt auf den Beinen und will das weltberühmte Gemälde mit eigenen Augen bewundern. Das ist für die Ausstellung doch eine ganz fabelhafte Propaganda, finde ich.“

„Finden Sie?“ fragte Monsieur Prunelle ungläubig.

„Ja, finde ich auch“, meinte Mister Palmer. „Dazu noch eine, die keinen Dollar kostet.“

„Könnte man nicht für einen Augenblick das Bettlaken von dem gefälschten Bild nehmen?“ fragte jetzt einer aus der Horde der Pressefotografen.

„Und stellen Sie sich bitte daneben, Monsieur Prunelle!“ rief ein anderer.

Einen Augenblick zögerte der Museumsdirektor aus

Paris. Aber dann sagte Mister Palmer: „Ich habe nichts dagegen einzuwenden.“

Und während Monsieur Prunelle jetzt neben der falschen Mona Lisa im Blitzlichtgewitter der Pressefotografen stand, berichtete Herr Latenser hinter den Rücken der Berliner Familien, daß man Mister Wilkinson heute in aller Frühe auf dem Flugplatz in New York verhaftet hatte.

„Und vermutlich wird die Polizei auch eurem Mister Hobbs auf die Finger klopfen, wenn sein Schiff am Mittwoch in Lissabon festmacht“, fuhr Herr Latenser fort. „Aber ich glaube, daß er mit einem blauen Auge davonkommt.“

„Woher wissen Sie denn das schon alles?“ fragte Frau Finkbeiner.

„Vor einer knappen halben Stunde kam ein ellenlanges Fernschreiben von Interpol“, erwiderte Herr Latenser, und dann rief er plötzlich ganz laut: „Darf ich um Ihre Aufmerksamkeit bitten, meine sehr verehrten Herren von der Presse?“

Die Burschen mit ihren Blitzlichtern und Fotoapparaten drehten sich herum.

„Sie sollten unbedingt auch diese drei Knaben und ihre Eltern fotografieren“, rief Herr Latenser weiter. „Und nicht zuletzt diesen flachsblonden Pagen aus dem Speisesaal. Sie gehören nämlich zu der ganzen Geschichte wie ein Schuh zum anderen. Aber fragen Sie Mister Palmer oder Monsieur Prunelle, die können es Ihnen erzählen.“

Jetzt tauchte der Privatdetektiv wieder blitzschnell hinter die Rücken von Frau Finkbeiner und Herrn Wagner. „Ich verabschiede mich“, flüsterte er noch. „Weiterhin gute Reise.“

„Aber Herr Latenser“, protestierte Mrs. Fuller. „Sie

können uns doch nicht die Presse auf den Pelz hetzen und sich dann einfach aus dem Staub machen!“

Aber das hörte der Privatdetektiv schon gar nicht mehr. Für einen kurzen Augenblick sahen sie noch seine Beine über eine Treppe schleichen, und dann war er endgültig verschwunden.

Gleich darauf schossen die Pressefotografen auch schon ihre Blitzlichter ab. „Bitte dichter zusammen“, riefen sie. „Und lächeln Sie mitten in unsere Apparate!“

„Lassen Sie doch den Quatsch“, sagte Mrs. Fuller ärgerlich. Aber dabei rückte sie doch näher zu den Berliner Familien und legte ihren Arm um den Bürstenhaarschnitt.

Frau Finkbeiner strich noch schnell eine Falte aus dem Kleid, und der Page Axel Kannengießer schüttelte die gefalteten Hände über dem Kopf wie ein Boxkämpfer, der gerade gewonnen hat.

Als Herr Stahlhut vorbeikam, riefen die Fotografen: „Bitte dazustellen, Kapitän!“ Und schließlich mußten sich auch noch die Herren Prunelle und Palmer zwischen Peter Finkbeiner, Ulli und den Bürstenhaarschnitt klemmen. Als dann auch noch die gefälschte Mona Lisa ins Bild gehalten wurde, sagte Frau Finkbeiner: „Alle Achtung, jetzt ist das Familienfoto perfekt.“

Und dann hatte es Mister Palmer auf einmal eilig. Er scheuchte die Pressefotografen wie Hühner über die Gangway zum Kai zurück, und schon knappe fünf Minuten später verschwanden zuerst die Kiste mit der echten Mona Lisa und dann das gefälschte Gemälde in einem vergitterten Polizeiwagen. Die Männer mit den kurzen Haarschnitten und den dunkelgrauen Anzügen kletterten ihnen nach. Dabei blickten sie sich mißtrauisch nach jeder alten Konservendose um, als könnte sie im nächsten Augenblick in die Luft gehen.

Die wartende Menge am Kai drängte neugierig gegen die Absperrung.

„Mich laust der Affe", zischte in diesem Augenblick der Page Axel Kannengießer aufgeregt. „Das ist doch ..."

„Der falsche Mister Brown", murmelte Ulli Wagner und riß die Augen auf.

„Beziehungsweise Herr Mario Harris", ergänzte Peter Finkbeiner. „Aber das ist Jacke wie Hose."

Tatsächlich kam jetzt ein junger Mann mit einer auffallend großen und dunklen Sonnenbrille über eine schmale Gangway, die man inzwischen achtern vom B-Deck abgeklappt hatte. Er trug einen hellen Trenchcoat vor sich her, und zwei dunkelhäutige Polizisten gingen so dicht neben ihm, daß sie ihn mit ihren Schultern fast zwischen sich einklemmten. Als er schließlich am Kai in einen Polizeiwagen geschoben wurde, blitzten für einen kurzen Augenblick in der Sonne Handschellen auf, die der helle Trenchcoat eigentlich verdecken sollte.

Gleich darauf wurden an allen Fahrzeugen die Türen zugeschlagen, und dann brausten sie wieder genauso schnell wie sie gekommen waren mit Blaulicht und Sirene zur Stadt zurück. Die Polizisten am Kai lösten jetzt ihre Absperrung auf. Die Menschenmenge verlief sich, und die ersten Passagiere kamen über die Gangway und schlenderten zu den wartenden Autobussen.

„Und damit hat sich's dann", stellte der Apotheker Finkbeiner fest.

„Als ob überhaupt nichts passiert wäre", fügte Mrs. Fuller hinzu und schüttelte den Kopf.

Am Abend wollten die beiden Berliner Familien im Speisesaal wie üblich an ihrem Tisch Nummer 82 Platz nehmen. Aber da segelte plötzlich Herr Rehbein mit seinem Marzipangesicht um die Ecke und sagte: „Der

Kapitän bittet Sie höflichst, heute seine Gäste zu sein.“

„Dunnerlittchen“, erwiderte Frau Finkbeiner. „Mit dem allergrößten Vergnügen.“

Und da kam auch schon Herr Stahlhut in seiner schneeweißen Uniform auf sie zu. „Nachdem mir zuerst Mister Wilkinson davongelaufen ist, haben sich jetzt auch noch die Herren Prunelle und Palmer in die Büsche geschlagen. Bitte leisten Sie mir Gesellschaft.“ Er lächelte. „Es ist nämlich so schwierig, sich mit leeren Sesseln zu unterhalten.“

„Ja, damit könnte man notfalls im Zirkus auftreten“, bemerkte Ulli Wagner, ohne eine Miene zu verziehen.

Am Kapitänstisch vor dem riesigen Wandspiegel löffelte Mrs. Fuller bereits an einer Tomatensuppe, und der Bürstenhaarschnitt steckte sich gerade ein Stück Melone in den Mund.

„So sind wir ja alle wieder zusammen“, lachte Frau Finkbeiner. Und dann sagte sie: „Nanu, was für eine Überraschung.“ Zwischen den beiden Fullers saß nämlich der Page Axel Kannengießer und grinste. Er hatte seine rote Jacke mit einem tintenblauen Anzug vertauscht, trug einen Schlips und hatte in seinen flachsblonden Haaren plötzlich einen kerzengeraden Scheitel.

„Hast du Töne“, meinte Peter Finkbeiner verwundert. „Der Kerl hat sich verändert wie ein Chamäleon.“

„Kleider machen eben Leute“, erwiderte der Junge mit der Stubsnase. Er lehnte sich tief in den Sessel, schlug die Beine übereinander und schob ziemlich auffällig am rechten Arm seine Handmanschette zurück.

„Sieh mal an“, sagte Ulli Wagner. „Eine nagelneue Armbanduhr.“

„Hat mir Mrs. Fuller aus San Juan mitgebracht“, antwortete Axel Kannengießer. „Wasserdicht und mit Leuchtziffern.“

„Sozusagen als Finderlohn für meine Perlenkette“, meinte Mrs. Fuller. „Immerhin hat er den falschen Inspektor Brown in meiner Kabine beim Klauen entdeckt.“

„Und deshalb ist er auch heute mein Gast“, fügte Kapitän Stahlhut hinzu.

„Das war eine liebenswürdige Idee“, bemerkte Apotheker Finkbeiner.

„Aber die Sache darf nicht einreißen“, widersprach der Page Axel Kannengießer. „Wer kümmert sich um die Passagiere, wenn die wichtigsten Männer der Besatzung am Kapitänstisch herumsitzen?“

„Soll nie wieder vorkommen“, versprach Herr Stahlhut. Gleich darauf wollte er sich biegen vor Lachen, und die anderen ließen sich von ihm anstecken.

Als später die Tischstewards mit Kalbsschnitzeln und grünen Bohnen aus der Küche kamen, hatte man sich am Kapitänstisch natürlich längst wieder beruhigt und plauderte schon eine ganze Weile über die Geschichte von der echten und der falschen Mona Lisa.

„Eins hätte mich noch interessiert“, fragte Herr Stahlhut schließlich und kratzte sich hinter dem Ohr. „Sie haben wohl erzählt, daß Mister Hobbs in New York von diesem falschen Inspektor aus dem Omnibus geholt worden ist. Aber Sie haben nicht gesagt, wieso.“ Er schnitt sich dabei den ersten Bissen von seinem Kalbsschnitzel ab. „Ich meine, weshalb hat man Mister Hobbs überhaupt aus dem Autobus herausgeholt?“

„Weil er den falschen Kasten bei sich hatte“, erklärte Apotheker Finkbeiner. „Mister Hobbs hat uns erzählt, daß er an jenem Tag ganz in Gedanken mit seinem Cellokasten losgezottelt ist, so wie immer. Den größeren Baßgeigenkasten, den man ihm fürs Schiff besorgt hatte, ließ er zu Hause einfach stehen.“

„Und das muß dieser Mario Harris gerade noch im letzten Augenblick spitzgekriegt haben“, ergänzte Ulli Wagner. „Und deshalb war er auch so aufgeregt. Mit dem Cellokasten hätte die ganze Geschichte nämlich gar nicht funktioniert, weil er für das gefälschte Bild um ein paar Zentimeter zu klein war.“

„Da sieht man's wieder“, sagte Kapitän Stahlhut. „Der Mensch ist ein Gewohnheitstier. Es stimmt schon.“

„Und es stimmt auch, daß man viel erzählen kann, wenn man eine Reise tut“, lachte Frau Finkbeiner. „Was haben wir nicht schon alles gesehen und erlebt! Und die Leute, die man kennenlernt! Das ist alles nicht von Pappe!“

Dabei hatte die Reise ja gerade erst angefangen.

Auf Isla Margarita wanderten sie noch durch Mangrovenwälder und auf Curaçao über die weltbekannte Königin-Emma-Brücke, die auf vielen Booten schwimmt. Auf Santa Domingo sahen sie einen Hahnenkampf, und als sie in Boca Chica am Strand in der Sonne lagen, tanzte und sang die ganze Insel, weil gerade irgendein Feiertag war. Kurz vor St. Maarten schwamm stundenlang ein ganzes Rudel Haie neben dem Schiff her, und in Kingstown entdeckten sie auf dem Markt zwischen Mangos und Papayas blutjunge Leguane und Schildkrötenfleisch zum Kochen oder Braten. Sie turnten im Atlantischen Ozean durch die Brandung und kühlten abends ihren Sonnenbrand mit Eiswürfeln. Auf Martinique fotografierten sie Wasserfälle, riesige Salzseen, Mahagoniwälder, Hibiskusblüten und Pelikane. Sie sammelten Sonnenuntergänge, so wie andere Leute Briefmarken sammeln, und als es schließlich nach New York zurückging, war das Meer plötzlich von lauter grünen, blühenden Algen zugedeckt. „Sieht aus wie

Petersilie", meinte Ulli Wagner. „Könnte aber auch sein, daß hier gerade ein Tabakdampfer untergegangen ist", grinste Peter Finkbeiner. Aber in Wirklichkeit war es Seetang, der in riesigen Mengen aus dem Golf von Mexiko nach Nordosten wanderte.

Beim Abschiedsessen am Abend des ersten Tages auf See brannten im Speisesaal wieder einmal Kerzen auf den Tischen, und die Bordkapelle spielte „Rolling home".

Dabei kamen sämtliche Tischstewards hereinspaziert, und jeder trug einen großen Buchstaben aus Eisblöcken. Diese beinahe durchsichtigen Buchstaben waren beleuchtet und ergaben zusammen die Worte: „MS EUROPA" und „AUF WIEDERSEHEN". Herr Rehbein strahlte mit seinem Marzipangesicht und trug das P von EUROPA.

„Hoffentlich kommen zur nächsten Reise nicht wieder solche Knalltüten an Bord", meinte der Page Axel Kannengießer zum Abschied. Trotzdem versprach er, bei seinem nächsten Landurlaub in Berlin aufzukreuzen.

Der Obermax und sein Bruder Huang Ku begleiteten die beiden Berliner Familien bis zum Taxi. „Die dürren Tage des Sommers, die grauen des Herbstes und die schneekalten des Winters sollen für Sie alle wie der Frühling sein", sagte Chang Lie und verbeugte sich tief.

„Sie sind sehr freundlich", antwortete Frau Finkbeiner leise, und dann gaben sie sich alle die Hand.

„Vorsicht, Ronny, mein Rollstuhl ist doch kein Rennwagen", rief Mrs. Fuller, als sie in New York im letzten Augenblick zum Flugplatz kam. Sie erwischte die Wagners und die Finkbeiners gerade noch vor der Sperre zum Zoll. Auch sie versprach, zusammen mit ihrem Neffen nach Berlin zu kommen.

„Vielleicht in den Sommerferien?" fragte Apotheker

Finkbeiner. „Dann setzen wir uns an die Havel und futtern Aal grün.“

„Und ich besorge Ihnen im Hotel Kempinski die Fürstenzimmer“, schlug Herr Wagner vor.

„Aber Ronny wohnt dann bei uns“, meinte Peter Finkbeiner.

„Beziehungsweise bei uns“, sagte Ulli Wagner.

In Tempelhof wartete das Gipsbein mit zwei dicken Wintermänteln über dem Arm. In Berlin schneite es nämlich immer noch.

„Herzlich willkommen“, sagte Frau Wagner. „Das hat ja eine Ewigkeit gedauert.“

„Und wenn wir geahnt hätten, daß hier immer noch Winter ist“, erwiderte der Portier aus dem Hotel Kempinski, „wären wir noch ein paar Wochen länger in der Karibik rumgegondelt.“

Als er seiner Frau gerade einen Begrüßungskuß geben wollte, kam plötzlich der Warenhausdirektor Habernoll mit zwei großen Blumensträußen und einem halben Dutzend Fotografen über die Rolltreppe.

„Schon wieder die Presse?“ fragte Frau Finkbeiner verwundert. „Ich denke, das haben wir schon in Puerto Rico erledigt.“

„Gerade deshalb“, lachte der Warenhausdirektor. „Während Sie an allen möglichen Stränden in der Sonne gelegen haben, ist die Geschichte mit der Mona Lisa mit Ihren Fotos durch alle Zeitungen spaziert.“

„Das hat man davon, wenn man sich mit einer weltberühmten Dame einläßt“, bemerkte einer der Pressefotografen. „Würden Sie jetzt bitte in unsere Kameras lächeln?“

„Wir wissen Bescheid“, grinste Ulli Wagner und legte seinen Arm um Peter Finkbeiner. „Du sollst deine Zähne zeigen, du Klammeraffe.“

„Auf diese Reklame wollte das Kaufhaus des Westens natürlich nicht verzichten", sagte Direktor Habernoll. „Entschuldigen Sie bitte den Überfall."

So kam es, daß die Finkbeiners und Wagners schon zwei Stunden später durch die Rotationsmaschinen wanderten. Und als sie gerade ihre Koffer ausgepackt hatten und zum ersten Mal wieder in die eigene Badewanne kletterten, hing bereits DER ABEND mit ihren Bildern an den Kiosken.

Aber in den Morgenzeitungen ging es erst richtig los. Die BZ und die MORGENPOST brachten sogar ein Foto von Ulli Wagner und Peter Finkbeiner auf der ersten Seite.

„Sieh mal an", sagte Studienrat Dr. Lebsanft. „Wir sind also über Nacht berühmt geworden." Dabei blätterte er seelenruhig in den Zeitungen herum, die er zusammen mit seinen Büchern in die Klasse gebracht hatte. Die 7 b und der Schüler Peter Finkbeiner schauten ihm neugierig zu.

„Eine wirklich interessante Geschichte, und obendrein hast du dabei bestimmt noch eine Menge dazugelernt." Er klappte die Zeitungen jetzt wieder zu. „Man sollte ganze Schulklassen per Schiff durch die Welt schaukeln lassen."

„Selbstverständlich zusammen mit ihren Klassenlehrern", bemerkte Peter Finkbeiner. Die 7 b wieherte.

„Ich habe im Umgang mit berühmten Personen leider überhaupt keine Erfahrung", sagte Studienrat Dr. Lebsanft, nachdem sich die Klasse wieder beruhigt hatte. Er setzte sich hinter das Katheder und blickte besorgt auf seine Schüler. „Glaubt ihr, daß ich ihn noch fragen darf, in welchem Jahr Alexander der Große den Indus überschritten hat?"

Jetzt jubelte die 7 b, daß man es bis zur Turnhalle hören konnte.

Im Kempinski erging es dem Knaben Ulli Wagner, der sich wieder als Hotelboy verkleidet hatte, nicht viel besser.

Als er gerade durch die Empfangshalle zur Telefonzentrale trabte, stand plötzlich der Hoteldirektor vor ihm und sagte: „Oh, wir hätten beinahe einen Zusammenstoß gehabt. Entschuldigung."

„Ich muß mich meinerseits entschuldigen", entgegnete Ulli Wagner.

„Aber davon kann keine Rede sein", widersprach der Direktor. „Du bist ja jetzt so bekannt wie ein bunter Hund, und ich bin außer mir vor Freude, daß du überhaupt noch hier rumläufst."

„Ich verstehe kein Wort", meinte Ulli verwundert.

„Schön, nehmen wir mal an, die Dame von Zimmer 514 möchte gern, daß du ihren Hund spazieren führst", sagte der Hoteldirektor. „Seitdem du heute aus allen Zeitungen herauslächelst, kann man dir so etwas doch nicht mehr zumuten." Er schüttelte den Kopf und lächelte. „Nein, das ist fast so, als würde ich einen Filmstar bitten, daß er mir die Schuhe putzt."

„Ich verstehe wirklich kein Wort", widersprach Ulli in seiner grünen Uniform mit den Goldstreifen auf der Jacke.

„Dann ist ja alles in bester Ordnung", meinte der Hoteldirektor vergnügt. „Die Dame von 514 wartet nämlich schon seit einer Viertelstunde."

„O du heiliges Kanonenrohr", japste Ulli Wagner und galoppierte zum Lift.

Nach Dienstschluß erwartete ihn Peter Finkbeiner auf dem verschneiten Parkplatz hinter dem Hotel.

Die beiden verkrochen sich in ihre Wintermäntel und schlenderten durch die Uhlandstraße zum Kurfürstendamm.

„Vorgestern haben wir noch in der Badehose auf dem Verandadeck gelegen", meinte Ulli nach einer Weile.

„Und genau vor einer Woche", sagte Peter Finkbeiner, „haben wir auf Martinique noch Seekrebse aus dem Meer gefischt."

„Ja, es hat Spaß gemacht", stellte Ulli fest.

„Das kann man wohl sagen", stimmte Peter zu.

„Bis auf diese verflixten Zeitungen", sagte Ulli.

„Meinetwegen kann man die Löwen im Zoo mit Pressefotografen füttern", knurrte Peter Finkbeiner.

Plötzlich blieb Ulli stehen und fragte: „Hältst du's für möglich, daß der Kurfürstendamm schaukelt?"

„Wir haben das Schiff noch in den Knien", grinste Peter Finkbeiner. „Das ist es."

Die LeseRiesen im Loewes Verlag

Wolfgang Ecke
Privatdetektiv Perry Clifton

Zwei Fälle für Perry Clifton: „Das Geheimnis der weißen Raben“ und „Die Insel der blauen Kapuzen“.

Wolfgang Ecke
Ein Fall für Perry Clifton

Der bekannte Privatdetektiv ermittelt in zwei geheimnisvollen Juwelendiebstählen.

Wolfgang Ecke
Perry Clifton und das unheimliche Haus von Hackston

Für den bekannten und erfahrenen Privatdetektiv Perry Clifton ist der neue Fall höchst rätselhaft – und nur mit viel Grips zu lösen.

Für Leselöwen
★ Loewes Bücher ★

Die LeseRiesen im Loewes Verlag

Lise Gast
Zeit der Bewährung

Freuden und Nöte junger Menschen in einer herzerfrischenden Familiengeschichte.

Lise Gast
Ange und die Pferde

Anges größter Wunsch, einmal Reitlehrerin zu werden, geht in Erfüllung.

Lise Gast
Penny Wirbelwind

Unvergeßliche Ferientage mit vielen Tieren und dem schwarzhaarigen Wirbelwind Penny.

Für Leselöwen
★ Loewes Bücher ★